Margherita Giacobino • Hausfrauen in der Hölle

Margherita Giacobino

Hausfrauen in der Hölle

Aus dem Italienischen von
Hinrich Schmidt-Henkel

Verlag Antje Kunstmann

Zweite Auflage 1996

Titel der Originalausgabe: Casalinghe all'inferno
Umschlaggestaltung: Michel Keller, München
Satz: Schuster & Junge, München
Druck und Bindung: Clausen & Bosse, Leck
ISBN 3-88897-171-3

Ein Morgen im Spätherbst. In der Stadt steht unbewegt gräuliches Licht, wie Schmutzwasser in einer Schüssel. Durch die kalte, rußige Brühe, die feucht in die Häuser zieht, trudeln kleine, irrwitzig grellbunte Fetzen: die Rucksäcke der Kinder auf dem Weg zur Schule.

An der Kante eines Balkons im fünften Stock des Hauses Nummer vier in der Via delle Orfane steht eine Reihe dürrer Skelettchen: der Kräutergarten von Signora Ugazzi. Rosmarin, Salbei, Jasmin, Thymian; allesamt verdorrt und im ersten Frost erstarrt, stehen sie in Reih und Glied da, ein Denkmal der zerstörerischen Kraft weiblicher Nachlässigkeit.

Zu dieser Morgenstunde ist Delia Ugazzi schon mehrmals überstürzt auf den Balkon hinausgetrippelt, in Pantoffeln und Morgenrock, mit einem sich lösenden Band im Haar, ein blödes Grinsen auf ihrem herzförmigen Gesicht.

Sie kann nichts für das Lächeln, sie ist einfach so: ein altmodisches, rundes Puppengesichtchen, Pausbacken mit Grübchen, ein spitzes Kinn, die Augen stets aufgerissen, die Lippen leicht geöffnet. Ganz die tückische Einfalt. Sie lächelt, als kniffe jemand sie unentwegt in den Po. Man ist darauf gefaßt, daß sie im nächsten Augenblick loslacht oder sich umdreht und ihrem frechen Galan mit dem Finger droht. Statt dessen schreit sie wütend.

Die Küchentür geht auf und schließt sich hinter dem Schrei, schneidet ihn mittendrin ab.

Er, der Grund all ihren Ungemachs, erscheint kurz am Fenster, schwankt und verschwindet fröstelnd. Er trägt einen kanariengelben Flanell-Pyjama mit dem Emblem des Bundes der Vogelfreunde, dem auf einem Finger sitzenden Eisvogel.

Manchmal hat Nestore Ugazzi den Verdacht, er könnte tatsächlich der Grund allen Ungemachs seiner Frau sein, und das mißfällt ihm gar nicht so sehr. Ist es nicht das Ziel eines jeden Mannes, das Leben einer Frau zu ruinieren?

»Du nimmst mich nicht ernst!« kreischt sie.

»Ich habe dich sogar geheiratet, so ernst nehme ich dich!« entgegnet er. »Für dich habe ich auf meine Freiheit verzichtet.«

»Ah!« kreischt sie triumphierend und wedelt mit einer schmutzigen Socke, die sie am Fuß des Bettes aufgelesen hat. »Auf deine Rumtreiberei hast du verzichtet, das ist alles!«

Nestore ist ein lethargischer Typ. Hochgewachsen und mager, bewegt er sich langsam und denkt noch viel langsamer. Alles in allem ist er mit seinem Leben nicht unzufrieden. Sich ein besseres vorzustellen wäre eine fruchtlose Anstrengung.

Er arbeitet im städtischen E-Werk und stellt denen, die ihre Raten nicht bezahlen können, den Strom ab, das vermittelt ihm seine tägliche Dosis Befriedigung. Vor ein paar Jahren ist er eine Treppe hinabgestürzt und hat sich das Bein gebrochen, und seither kümmert er sich hingebungsvoll um die Behinderung, die ihm von diesem Arbeitsunfall geblieben ist. In der kalten Jahreszeit neigt er sich gern vor und lauscht verliebt dem Knirschen seiner Gelenke, die er in warme Decken hüllt und ins Bett bringt wie eine fürsorgliche Mutter. Seine Winter sind mit Krankschreibungen durchsetzt wie ein hügeliger Park mit Bänken, die dem erschöpften Wanderer Pausen zwischen den steilen Wegen gönnen.

Voriges Jahr haben sie Silberhochzeit gefeiert. Wenn Delia daran denkt, daß sie mit einundzwanzig geheiratet hat, wird ihr schwindlig.

Ach, könnte sie doch die Zeit zurückdrehen! Sie würde alles anders machen, der Welt allein entgegentreten, als freie Frau. Sie würde eine Arbeit haben, ein Haus, Hobbys, würde geistreiche und intelligente Freundschaften pflegen. Könnte sie doch ... Zum Glück kannst du das nicht, flüstert ihr eine innere Stimme zu. Schluß, halt den Mund! schreit sie in stiller Rage und wendet sich statt dessen der Zukunft zu, einer Aussicht, die sie noch viel heftiger frösteln läßt.

Vielleicht liegt es an ihrem Lächeln, daß kein Mensch sie

ernst nimmt. Niemand weiß, in welcher Hölle sie lebt, dabei erzählt sie es unablässig. Aber seltsam, wenn sie zu sprechen beginnt, machen ihre Wörter sich selbständig. Kröten und Salamander will sie spucken, doch kaum kommen die mit der Luft in Kontakt, verwandeln sie sich flugs in Seifenblasen und Schneeflöckchen. Sie tanzen und lösen sich auf, ohne in den Ohren von Delias Zuhörern, die nur zerstreut lächeln und anderswo hinschauen, irgendeinen Eindruck zu hinterlassen. Ist es so normal, daß eine Hausfrau mittleren Alters unglücklich und verzweifelt ist? Ist das ein gesellschaftlich akzeptierter Umstand, Gewohnheitssache, wie der Krieg in Bosnien? Offensichtlich, denn niemand ist überrascht, niemand spürt die Verpflichtung, etwas zu tun. Letztlich nicht einmal sie selbst.

Sie möchte erzählen, daß ihr Gefühlsleben so kalt ist wie eine Packung tiefgefrorene Brokkoli, ihr Herz vakuumverpackt wie ein Päckchen ranziger Nüsse, die man tief hinten in der Speisekammer vergessen hat, will erzählen, daß ihre Träume ihr wie eine Seifenoper ohne Hand noch Fuß vorkommen und ihr geistiges Leben wie eine Unterhaltungssendung auf einem der bunten Kommerzkanäle.

Zugleich aber möchte sie das Gesicht wahren, möchte ernstgenommen werden, nicht bemitleidet, man soll ihr respektvoll-aufmerksam zuhören, ohne daß es aussieht, als würde sie darum bitten. Um nicht lächerlich zu wirken, zieht sie die Dramen ihres Lebens selber ins Lächerliche, so, wie sie schon in der Schule ihre Klassenkameradinnen mit der Schilderung unterhielt, wie ihr Vater betrunken nach Hause kommt, die Tür mit einem Fußtritt zuwirft, die Mutter beiseite wischt, die sich in der Küche verbarrikadiert, und seine Kinder mit klatschendem Gürtel zum Tanzen bringt, während Delia, die Kleinste und Schnellste, sich schon tief im Kleiderschrank verkrochen hat. Vielleicht liegt es an dieser Vertrautheit mit Verstecken von Kindheit an, daß Delia noch heute so einen Horror vor offenen Plätzen hat. Ihre Lebensstrategie besteht darin, sich in einen engen, geborgenen Winkel zu kauern und dort wehklagend zu verharren. Einzig die Suche nach einem Publikum für ihre Klagen kann sie aus der Höhle locken.

Delia leidet an Agoraphobie. So nennt es ihr Therapeut, Doktor Bellini, der Mann, an den sie das Erbe ihrer Großmutter verschwendet, das einzige Geld, das jemals richtig ihr gehört hat.

Doktor Bellini ist ein sehr ernst und versonnen dreinblickender Fünfziger, der sich in seinen freudianischen Parallelwelten verlaufen hat. Manchmal möchte Delia ihn beim Kragen nehmen und durchschütteln, so, wie sie Zorro schüttelt, ihren Hund, wenn der etwas angestellt hat. Sollte sie nicht nur an den falschen Ehemann geraten sein, sondern auch an den falschen Psychoanalytiker?

Bellini ist einer, der sich auf der Mieterversammlung erst dreimal räuspert, bevor er spricht, und dann analysiert und vermittelt er mit freundlicher Unerbittlichkeit, bis am Ende alle verblüfft, schuldbewußt und wütend sind, als hätten sie gegen ihren Willen am Heiligen Abendmahl teilnehmen müssen. Er trägt den Forderungen aller Rechnung und läßt diskret durchblicken, daß er die Motive des Mieters aus dem zweiten Stock durchschaut, der den Aufzug nicht reparieren lassen will, nämlich um dem aus dem sechsten eins auszuwischen, der seinerseits den Inhaber des Geflügelladens im Erdgeschoß zutiefst beneidet, denn der ist steinreich. Wenn Bellini ausgeredet hat, schauen alle zu Boden und warten, bis einer sich ein Herz faßt und den Faden da wieder aufnimmt, wo er die anderen unterbrochen hatte, so als hätte sein Vermittlungsversuch nie stattgefunden.

Signora Ugazzis Agoraphobie hat Doktor Bellini viel zu denken gegeben. Ihre eigentümlichen Symptome sind sehr individuell und variieren von Mal zu Mal, als gelänge es Delia, die in allem nur herumstümpert, nicht einmal in Krankheitsdingen, präzise und vorhersehbar zu sein.

Sie ihrerseits hat zwei Gründe, brav jeden Donnerstag zum Termin zu gehen: Erstens liegt Bellinis Praxis im zweiten Stock ihres Hauses, so daß sie es allein dahin schafft, und zweitens ist er ein schöner Mann mit hoher Stirn, kahlen Schläfen, üppigen Lippen und blauen Augen. Manchmal bringt seine gelassene, warme Stimme Delia zum Phantasieren; dann erzählt sie einfach alles, was ihr durch den Kopf geht: formloses Geplapper, durchsetzt mit wahren oder erfundenen Kindheitsgeschichten, soll er doch zusehen, was er damit anfängt, während sie im Duft seiner Zigarre vergeht, hüstelnd und träumend.

Dabei nimmt nicht einmal Bellini sie ernst. Jedesmal, wenn sie den Finger auf ein Problem legt, das ihr real und unwiderlegbar scheint, schiebt er ihn geduldig und gebieterisch beiseite und bedeutet ihr, sie irre sich schon wieder, das sei es nicht. Mittlerweile ist Delia schneller und pariert seine Einwände, immer ist sie ihm einen Zug voraus und amüsiert sich damit, ihn aus der Bahn zu werfen. Und so schmilzt das Erbe der Großmutter dahin, das diese Delia sowieso nur deswegen hinterlassen hat, weil sie die anderen Enkel nicht riechen konnte.

Delia hat eine Freundin, eine gleichaltrige, mit einem Bankbuchhalter verheiratete Frau. Kein größerer Gegensatz wäre denkbar als diese beiden Freundinnen: so schlampig und kopflos Delia, so ordentlich und praktisch die andere. Delia schreit, die andere säuselt. Wenn Delia lacht, wirft sie den Kopf in den Nacken, die Freundin – sie heißt Egle – kichert und legt sich dabei die Hand vor den Mund, wie ein schuldbewußtes Mädchen, das von seiner Lehrerin ertappt worden ist.

Delia braucht Egle als Begleitung, wenn sie in die Stadt geht, da ihre Phobie sie daran hindert, solche Expeditionen allein zu unternehmen. Außerdem hört Egle ihr natürlich zu, auch wenn man nie weiß, wieviel sie begreift, auf wessen Seite sie steht.

Egle wirkt unverrückbar, sicher und verschlossen wie eine jener Karyatiden, die die Balkons abstützen. Ihr Leben besteht daraus, Möbel zu polieren und im Supermarkt einzukaufen. Ob sie glücklich ist? Wer weiß. Undenkbar, sie zu fragen, unmöglich, es an ihrem unveränderlichen, stets zugleich geschäftigen und trägen Gesichtsausdruck abzulesen. Wenn sie über ihre Gatten reden, ist Egles stehender Kommentar: »Der Ärmste!«

Der Ärmste vergißt die Geburtstage, er bringt seine schlechte Laune aus dem Büro mit nach Hause, macht nie eine Schublade wieder zu.

»Von wegen der Ärmste!« tönt Delia.

Egle lächelt. Sie ist eine selige Märtyrerin, ganz die Madonna mit den sieben Schwertern im Herzen.

Liebt sie ihren Mann wirklich? Ihr Leben? Sich selbst? Worin liegt das Geheimnis ihrer Gelassenheit? Oder ist sie nur ein Aas, das nicht verraten will, daß es auch ihr schlecht geht?

Delia weiß es nicht, und meist denkt sie gar nicht darüber nach. Egle ist ihr tägliches Publikum, und das Publikum muß man nehmen, wie es ist, ohne sich allzu viele Fragen zu stellen, besser, man genießt das wenige, was man hat, und setzt es nicht für mehr aufs Spiel.

Die einzige, die ihr wirklich zuhört, ist Ada in ihrem Laden, einer Drogerie und Kolonialwarenhandlung in der Via della Misericordia.

Nur Ada gelingt es, Delias etwas peinlichen Plapperzwang zu adeln. Mit ihren großen, braunen Augen hört Ada zu, ohne mit der Wimper zu zucken, während sich die wartenden Kunden drängen. Ein einziges Mal hat sie sich gehen lassen und einen Ruf ausgestoßen, der sich tief in Delias Herz eingegraben hat: »Aber warum lassen Sie sich dann nicht scheiden?«

»Sie sind gut«, hatte Delia unter dem Schlag nach Luft geschnappt, »und wohin soll ich dann bitte? Was soll ich tun? Wovon soll ich leben?«

»Eine Frau mit Ihren Talenten!« hatte Ada mit eigenartig schillernden Augen erwidert. Grausamkeit? Sarkasmus? Oder einfach das Licht der Wahrheit?

Die Episode hat sich nicht wiederholt. Delia hat seitdem gut achtgegeben, den Tonfall ihrer Jammertiraden zu mildern. Ada wiederum hatte begriffen, daß ihre Bemerkung wie eine Granate eingeschlagen war, und war zu ihrer üblichen Diskretion zurückgekehrt.

Doch seitdem hat Delia ein dichtes Netz um jene Vorstellung gesponnen: Scheidung. Eine Frau mit ihren Talenten …

Was kann Delia? Alles mögliche ein bißchen, nichts richtig. Früher hat sie in der Kirche gesungen, später in einem Chor. Gleich nach der Hochzeit hat sie die Wohnung selbst gestrichen, um Geld zu sparen, die Wände weiß, die Stuckgirlanden an der Decke grün und pastellrosa. Als sie sich eines Tages langweilte, nach sieben oder acht Jahren Ehe, hat sie Adam und Eva in den Eingang gemalt, mit einer Feige anstelle des Apfels. Als ihr Sohn vom Religionsunterricht zurückkam, hat er das Gemälde nur mit stummer Mißbilligung gemustert. Vielleicht ist er auch deswegen so früh ausgezogen, er ertrug es einfach nicht mehr, jedesmal, wenn er aus seinem Zimmer kam, diese beiden verblüfften Nackten zu sehen. Im Schlafzimmer hängen noch Aquarelle, Delias Jugendwerke, und Collagen, reifere Kreationen. Die Küche ist ein Deckchen- und Kannenwärmer-Museum, obgleich sie nie Tee trinkt und nur eine einzige Teekanne besitzt – und die hat einen Sprung. Die Speisekammer birst vor Marmeladen, Eingemachtem und in Essig Eingelegtem, alles säuberlich mit Namen und Datum beschriftet. Das alles stellt sie im Lauf des Jahres her, um es Freunden und Bekannten zu Weihnachten zu schenken. Schade, daß sie weder Freunde noch Bekannte hat. Alljährlich plant sie, zu Weihnachten jede Menge Leute zu besuchen und alte Freundschaften aus der Schulzeit wieder aufzufrischen, aber nie tut sie es. Manche Gläser tragen historische Jahreszahlen.

Sie könnte als Köchin arbeiten, als Konditorin, könnte ein Restaurant aufmachen, ein Geschäft mit Kunsthandwerk, eine Kunstgalerie.

Aber von welchem Geld?

Wenn Delias Gedanken an diese Stelle gelangen, schlagen sie einen Haken und schweifen von dem unwegsamen Pfad der Realität auf die breite, bequeme Straße der Phantasie ab.

Ihr kommt es vor, als wären alle Frauen, denen sie begegnet, geschieden, als würde es von ihnen nur so wimmeln, ein Heer leidgeprüfter, aber tapferer Kriegerinnen. Auf einmal bemerkt sie, daß Groschenromane, Fernsehsendungen und Frauenzeitschriften voll von ihnen sind.

Die Wahrheit schlägt ein wie der Blitz: Die geschiedene Frau ist die Heldin unserer Zeit. Viel mehr noch als die Single-Frau, auf der immer noch der üble Verdacht lastet, sie hätte keinen abgekriegt, keinen Mann, von dem sie sich scheiden lassen könnte, oder sie sei zu ehrgeizig, um sich ein Gefühlsleben zu leisten. Die Geschiedene hingegen ist von einer Aura aus Weisheit und Erfahrung umgeben. Sie ist eine Initiierte, eine, die überlebt hat und den Keim zur Umwälzung in sich trägt, sie ist des Lebens im Nuklearzeitalter würdig. Sie weiß, was die Ehe ist, oft ist sie Mutter, also hat sie die Prüfungen durchlebt, durch die eine Frau zu einer echten Frau wird, ohne zu einer toten Frau zu werden. Hocherhobenen Kopfes schreitet sie ihrer Selbstverwirklichung entgegen. Sie ist bereit, wieder zu lieben, nachdem sie Ehefrau gewesen ist. Stimmen sprechen ihr zu, leiten sie auf ihren Wegen und behüten sie in der Schlacht, als wäre sie eine heutige Jeanne d'Arc. Tief in ihrem Herzen ist Delia überzeugt, daß ihr auch Jeanne d'Arcs Ende blüht, doch das kann sie nicht von ihren Phantasien abhalten. Solange sie sich auf Phantasien beschränkt, kann ihr ja nichts passieren.

So spinnt sie ohne Ende innerlich die Fäden eines wutschnaubenden Monologs.

Nachdem Delia Ugazzi heute morgen die Frühstückstassen gespült und ihren Zorro gefüttert hat, kreist sie in der Küche wie ein wildes Tier im Käfig.

Sie müßte die neuen Badezimmergardinen säumen, aber es widerstrebt ihr. Neben der Nähmaschine liegt zusammengefaltet der weiße, geblümte Stoff, den sie auf dem Markt gekauft hat, wie fast alles im Hause.

Auf einmal widert Delia alles an. Schluß mit solchem Zeug, das im Dutzend billiger ist, Schluß mit Synthetik-Stoffen, mit den zerlatschten Pantoffeln, unter denen sich Haarbüschel und Staub festtreten, Schluß mit dem tropfenden Wasserhahn, aus und vorbei!

Delia zieht sich ungeduldig an, legt Zorro, der ihr das Gesicht leckt und an den Mantelknöpfen knabbert, das Halsband um, und während sie ihn hinter sich aus der Wohnung zerrt, beschließt sie, etwas mit diesem Tag anzufangen und ihn nicht wie so viele andere als Totgeburt zu behandeln.

Kaum tritt sie unter die Arkaden hinaus, schlägt sie automatisch die Richtung zur Via della Misericordia ein.

Es ist nicht weit, so daß Delia, als sie es wirklich nicht mehr aushält, mit gesenktem Kopf auf die Straße springt und losrennt, über ihre Tasche gekrümmt, die sie sich an die Brust preßt, bis sie fast gegen die schmutziggelbe Fassade der Chiesa della Misericordia rennt, unter deren Altarstein sich schon manch andere gepeinigte Seele von ihren Qualen ausruht. Tatsächlich hat hier die Confraternità della Misercordia die zum Tode Verurteilten bestattet, die dort, wo heute die Via della Forca verläuft, gehängt wurden.

Jetzt richtet Delia sich auf, fährt sich huschhusch mit der Hand durchs Haar und stößt entschlossen die Glastür auf, ihr übliches Lächeln auf den Lippen.

❧

Heute nacht ist Barbara um drei Uhr nach Hause gekommen, eingeschlafen ist sie gegen vier, wütend auf sich selber, daß sie zuviel getrunken und den ganzen Abend mit irgendwelchen Nichtigkeiten verplaudert hat.

Kurz nach acht wird sie durch Stimmengewirr von der Straße geweckt. Nichts zu machen, sie kann nicht mehr einschlafen.

Das Geschäftsviertel, in dem sie lebt, verfluchend, lehnt Barbara sich aus dem Fenster und wirft einen Blick auf die gestikulierenden und laut rufenden Gestalten, fünf Etagen unter ihr auf dem Kopfsteinpflaster der engen Gasse. Der blaue Kittel des Wursthändlers gestikuliert herum, in eine Konversation mit der Tweedjacke des Schuhverkäufers und der weißen Jacke des Inhabers der Bar vertieft. Hastig puffen Atemwölkchen unter der grauen, keck schiefsitzenden Baskenmütze des Wursthändlers hervor. Seine dröhnende, morgendlich dreiste Stimme schallt an den Fassaden der Häuser hoch und läßt die Regenrinnen scheppern.

Sauhund, denkt Barbara. Dieses lange, schmale Gesicht, diese scharfgeschnittene Nase, diese dünnen Lippen, die mit der Gleichgültigkeit eines sich häutenden Reptils von Verschlagenheit über Sarkasmus zu einem schmierigen Ausdruck wechseln, diese kalten, neugierigen Augen, die einem nachäugen wie Klatschbasen hinter einer Jalousie.

So was von unbekümmerter Schlampigkeit, wie der seinen

speckigen Kittel und die fleckige Schürze trägt. Was sie aber an ihm und seiner vielköpfigen Familie am meisten verabscheut, ist die Aufdringlichkeit, die Selbstverständlichkeit, mit der diese Leute Platz und Luft für sich beanspruchen, dazu ihr dünkelhaftes Selbstbild: rastlose Arbeiter. Ach, würden sie doch bloß mal ihr Loch von Laden zumachen und ins Kino gehen oder sich die Beine vertreten, in Urlaub fahren oder vögeln!

Aber nichts! Immer da, immer auf dem Posten, nie eine Stunde fort, gesetzliche Feiertage kümmern sie nicht: Sogar am Weihnachtstag, von den Ostertagen ganz zu schweigen, ist das Rollgitter nur halb heruntergelassen, und wer in letzter Minute noch etwas braucht, schlüpft verstohlen drunter durch, um wie einen Hauptgewinn noch schnell ein Päckchen Bresaola, Meeräschenrogen oder Tortellini nach Hause zu tragen.

Was für eine lustfeindliche Stadt! Arbeit und Verdienst sind die einzigen Maßstäbe, alles andere gilt als Kinderei, Weiberkram, fertig. Geistige Arbeit schließlich, die kein Geld bringt, sondern nur Ideen, zählt weniger als gar nichts.

Sie sieht dieses falsche Lächeln schon vor sich, mit dem man sie grüßt: »Guten Morgen, Signorina! Guten Abend, Signorina!«

Kann eine dreißigjährige Frau nicht verlangen, daß man sie mit »Signora« anspricht, auch wenn sie keinen Ehering am Finger trägt? Warum diese ewige Verkleinerungsform, denkt Barbara, als sie unter der Dusche wütend das heiße Wasser zudreht, an dem sie sich verbrüht hat. Statt dessen steht sie nun unter einem eiskalten Strahl.

Zum Glück ziehe ich hier weg, denkt sie, als sie aus der Dusche steigt, das Haar noch voller Schaum, der ihr in die Augen rinnt. Am Corso Galileo ist's vorbei mit Gekreische und Küchendünsten. Der Portier dort spricht mit gedämpfter Stimme, der Fahrstuhl gleitet lautlos, wie eine Raumkapsel.

Eine eigenartige Ablehnung ihrer Wohnung hat von ihr Besitz ergriffen, so sehr, daß Barbara sich hier gar nicht mehr zu Hause fühlt.

Beim Anziehen besieht sie sich mit resigniertem Ekel die

dünne Staubschicht auf der Kommode. Der Teppichboden müßte auch mal gründlich gesaugt werden. Und hinten, in ihrem großen Wohn- und Arbeitszimmer, ist wieder Wasser durch die Oberlichter eingedrungen: Ein trostloser gelblicher Streifen läuft die Wand herab.

Die Flammen des Gasherdes gehen nie beim ersten Versuch an, dabei hat er eine Automatikzündung. Als sie ihn kaufte, war sie stolz und glücklich. Alles kam ihr schön und wichtig vor, weil es ihr gehörte. Jetzt preßt sie die Hände um die warme Kaffeetasse und schaut sich um: diese kleine Küche mit ihrem Balkon, der dreiflammige Herd, das Venushaar vor dem Fenster und das hölzerne Abtropfgestell. Sie vergleicht es im Geiste mit der Einbauküche in Nußholz und Stahl am Corso Galileo, die so professionell ist, so imposant, im Grunde kalt. Daneben wirkt ihre Küche noch kleiner, sie kauert sich zusammen, duckt sich wie irgendein armer Verwandter angesichts wahren Reichtums.

Arme Wohnung, denkt Barbara in einem plötzlichen Anfall schuldbewußten Mitleids gegenüber Stühlen, Sofas, Schränken und Sesseln, ganz zu schweigen von Schreibtisch und Computer. Und weil ich dich vernachlässigt habe, lehne ich dich jetzt ab.

Nun, ich habe dich vernachlässigt, um mich von dir lösen zu können, ohne daß es allzu weh tut, fügt sie hinzu und streichelt die gepolsterte Armlehne des Sofas.

Und was soll ich mit drei Spülen anfangen, einem Restaurant-Kühlschrank und zwei Herden, einem normalen und einem mit Dampfkochautomatik? Gut, die Köchin kümmert sich um alles, aber wenn ich nun auf einmal abends Lust habe, mir einen Kamillentee zu machen, bevor ich ins Bett gehe, traue ich mich dann überhaupt allein in die Küche? Oder muß ich Angst haben, daß ich im Kühlschrank die blutbefleckten Leichen der anderen Frauen finde?

Barbara geht ins Bad zurück und schluckt ein Aspirin.

Wer hat die blöde Idee gehabt, zum Abschied von ihrem Single-Dasein auszugehen? Nani vielleicht, oder Ernesto, oder einer von ihren Freunden, ich weiß nicht mehr. Blöd von mir, daß ich mich darauf eingelassen habe! Hat man so was schon mal gesehen, eine Frau, die ihren Abschied vom Single-Dasein begeht, indem sie sich zusammen mit sechs Männern in einer Schwulendisco vollaufen läßt?

Vielleicht ist ja die Ehe ohne eine gute Portion schlechten Geschmack sowieso nicht vorstellbar, denkt Barbara, während sie sich betrübt im Badezimmerspiegel betrachtet. So ein bleiches, aufgequollenes Gesicht! Da, im Augenwinkel, das sind doch Krähenfüße. Und gräßlich: ein Pickel auf der Nase. Das Leben ist wirklich ungerecht. Mit dreiunddreißig ist der Kampf gegen die Pickel noch nicht ausgestanden, und schon geht der gegen die Krähenfüße los.

Die Hochzeit, seufzt sie. So eine Hochzeit sollte eine geheimgehaltene Privatveranstaltung sein, ein feierlicher Pakt, den zwei Menschen mit leiser Stimme, vielleicht sogar gänzlich wortlos schließen, ein Blickwechsel, nicht mehr, mit Gott als einzigem Zeugen.

Barbara bekommt feuchte Augen. Fest preßt sie sich einen feuchten Wattebausch auf die Nase.

Die Familie hat schuld, denkt sie. Gönne der Familie eine Hochzeit, und die Verwandten fallen über dich her wie eine Horde verhungerter Geier, um dich bis zum letzten Knöchelchen abzunagen. Am Ende ist nichts mehr von dir übrig als eine Handvoll Reis und ein Strauß weißer Rosen. Und wenn der Zufall es will, daß du doch überlebst, gibt die Schwiegermutter dir den Rest.

Bin das wirklich ich? unterbricht sie ihre Gedanken brüsk, das Gesicht halbe-halbe voll Feuchtigkeitscreme. Bin das wirklich ich?

Soll ich genauso enden wie meine Schwester? Nachdem ich so viele Jahre an ihr herumgekrittelt habe, weil sie einen reichen Mann geheiratet und es sich als großbürgerliche Hausfrau gemütlich gemacht hat? Und mein Emanuele ist noch viel reicher als Giacomo!

Schluß jetzt! Es ist nicht dasselbe. Ich bin anders als Laura, ich weiß, was ich tue. Ich gehe diesen Schritt bewußt. Ich liebe Emanuele, er liebt mich, wir sind keine Kinder mehr, wir wissen genau, daß wir eine erwachsene Beziehung leben wollen. Und er würde mich nicht heiraten, wenn ich nur so ein

Hühnchen wäre, das in seine gesellschaftliche Stellung verliebt ist und ihm immer nach dem Mund redet. Er respektiert mich, auch wenn er manchmal ziemlich vernagelt ist in seinem Männerdünkel. Unsere Abmachungen sind von Anfang an klar. Ich arbeite, mein Lieber. Ich heirate dich auf keinen Fall, um die Madame zu spielen und deine Gäste zu unterhalten.

Das gibt noch eine Schlacht, aber ich werde siegen, denkt Barbara und verteilt mit nervösen Bewegungen ihr Make-up.

Zuallererst einmal: ein eigenes Arbeitszimmer. Wie kannst du denken, ich ziehe bei dir ein ohne ein eigenes Zimmer, in dem ich für mich sein, arbeiten, denken kann? Erzähl mir bloß nicht, in deiner 14-Zimmer-Wohnung läßt sich kein eigenes Zimmer für mich finden. Und hör auf zu behaupten, deine Wohnung gehöre mir ohnedies, ich könne mich einrichten, wie ich will, du wärst sowieso nur abends da. Ich will ein Zimmer zum Arbeiten, eines, das ich abschließen kann, wenn ich Lust habe, ein Allerheiligstes, begreifst du das? Nein, du begreifst es nicht. Wir haben uns krachen müssen, bis du es begriffen hast. Jetzt nennst du es mein »Boudoir«, aber was soll's, nenn es, wie du willst, Hauptsache, ich habe mein Arbeitszimmer.

Auf dem beschlagenen Spiegel erscheint das Gesicht ihrer Mutter, zwischen Begeisterung und Sorge schwankend. »Vergiß nicht, du kannst nicht immer recht behalten. Du mußt Kompromisse machen, die Ehe besteht aus Kompromissen.«

»Du hast schon immer ein Talent für Schwierigkeiten gehabt«, springt Barbaras Schwester Laura ihrer Mutter bei, abgestumpft und gleichgültig wie immer.

»Ich möchte nur, daß du glücklich bist«, lächelt Emanuele.

»Wirklich, ich möchte nur, daß du glücklich bist«, wiederholt er, ernst, betrübt, ein Ideechen verärgert.

»Daß – du«, schreit Emanuele, Zorn in den Augen, »glücklich«, er ballt die Fäuste, »bist!« Er starrt sie an, als wollte er sie auf der Stelle verbrennen, um sie noch glücklicher zu machen. Dann fährt er sich mit der Hand durchs Haar, seufzt, fällt zusammen, wirkt auf einmal kleiner und älter, zugleich alt und wie ein Kind. Barbara spürt, wie sie gegen ihren Willen einen Schritt auf ihn zu macht und die Arme ausbreitet, um ihn an sich zu drücken.

Ach, die Ehe.

Barbara öffnet den Schrank und streichelt mit verträumtem Blick den Ärmel ihres Hochzeitskleides, eines cremefarbenen Romeo-Gigli-Kostüms. Sie ist wütend auf sich selbst, denn heute morgen ist ihr Kopf der reinste Sumpf: unmöglich, daß aus diesem Stinkwasser eine vernünftige Idee aufsteigt. Sie verplempert einen der wenigen Vormittage, die sie ihrer Arbeit widmen könnte.

Wie lange schon hat sie ihr Buch über Mutter Ricarda nicht angerührt? Der Band neben dem Computer sieht aus, als wäre er seit Ewigkeiten an dieser Stelle aufgeschlagen, das Papier ist leicht angegilbt, der Rand der Seite beginnt sich zu wellen.

»Nach gründlicher Überlegung und nachdem ich den weisen Rat meiner geliebten Elfriede eingeholt hatte, beschloß ich, den Schleier zu nehmen. Was mich mit dem kargen mönchischen Leben versöhnte, war die Gewißheit, daß dieses die sicherste und ehrenwerteste Zuflucht vor demjenigen war, das mir den größten Schrecken einflößte, der Ehe…«

Die mehrfachen, heftigen roten Unterstreichungen haben das Papier hier und da durchlöchert, und der Satz strahlt heute morgen so eine Einsamkeit aus, Worte, die vor siebenhundert Jahren in der toten Luft einer engen Klosterzelle gesprochen wurden.

In diesem Augenblick weiß Barbara, daß sie ihr Buch nie zu Ende schreiben wird. Gestern, Ada gegenüber, hat sie sich nicht festlegen wollen, hat »vielleicht« gesagt, und »sehen wir mal«, hat sich ein »warum nicht« abringen lassen, und am Ende hat sie es fast versprochen. Aber sie hat gelogen. Das Buch ist schon Lichtjahre von ihr entfernt.

Die arme Mutter Ricarda! Abermals verraten. Von Barbara Moretti, Turin, dreiunddreißig. Die nie weiß, was sie will, das aber ganz genau, die nie etwas zu Ende bringt.

»Eine Nonne?« echot Emanuele übertrieben verblüfft und blinzelt amüsiert. »Eine wunderbare Frau!« entgegnet Barbara und reißt ihm das Buch aus der Hand. »Das ist ein seltenes Exemplar, behandle es bitte vorsichtig.«

Mit einem trockenen Knall schlägt sie das Buch zu. Staub tanzt in der Luft.

Und der Computer funktioniert nicht. Letzte Woche ist er abgestürzt, aber sie hat noch keinen Techniker bestellt.

Mit schwerer Hand sucht sie die Telefonnummer des Pannendienstes aus dem Adreßbuch. Und wenn nun ihre ganze Arbeit flöten ist? Vielleicht ruft sie besser nicht heute früh an, damit sie es nicht erfährt. Noch nicht. Die Arbeit dreier Monate verloren, weil sie keine Sicherungsdiskette angelegt hat.

Das Schuldgefühl lastet schwer auf Barbaras schönen, kräftigen Schultern. Sie darf nie ein Kind haben, sonst vergißt sie es im Kindergarten, verliert es im Flughafen, läßt es nach Bombay fliegen statt nach Boston, wie letztes Jahr ihre Koffer.

Zum Glück gibt es Emanuele.

Man kann keine Gedichte schreiben, wenn man vom Metrum nichts versteht, denkt Barbara. Bis jetzt ist mein Leben verlaufen wie lyrische Etüden in allzu freien Versen. Die Ehe wird ihm eine Form geben. Aus der Beschränkung entsteht wahre Freiheit, sagt sie sich, während sie mit dem Bleistift auf den Notizblock klopft. Das hat schon Mutter Ricarda gesagt.

Endlich findet sie die gesuchte Nummer. Gerade will sie wählen, da klingelt das Telefon. Es ist Laura: Sie wartet beim Konditor, wo sie um zehn verabredet waren, um Hochzeitskonfekt zu bestellen.

»Ich hätte wetten können, daß du es vergißt. Auf dich kann man sich eben nicht verlassen«, sagt sie mit ihrer Feine-Damen-Stimme, zu gelangweilt, um wütend zu sein. Eine Dame, die alle Zeit der Welt hat, denn sie hat auf dieser Welt nichts anderes mehr zu tun, als Zeit totzuschlagen.

❧

Ein Haus in der Via delle Orfane, an einem rechteckigen Platz, ein Haus mit einer majestätischen, heruntergekommenen Eingangshalle, einem Tritonen, der als Brunnenfigur im Innenhof Wache hält, und mit einem Gewimmel von Stukkaturen an der würdig tristen Fassade. Über den breiten Steintreppen wabert Salmiakgeruch, er dringt aus Lagern im Innenhof, in die täglich nach dem Mittagessen rumpelnd die Karren der Olivenhändler von der Piazza fahren.

Hier steht im dritten Stock Signora Marzo hinter einem Fenster und frühstückt.

Während sie in eine Schnitte mit hausgemachter Fleischpastete beißt, blättert sie in einer Küchenzeitschrift. Ihr Finger hinterläßt fettige Abdrücke auf den Seiten.

Ombretta Marzo runzelt die Stirn, sie ist konzentriert, versunken. Sie plant das heutige Abendessen. Das Mittagessen ist ein weniger festliches Ereignis und besteht meist aus kalten oder aufgewärmten Resten vom Vorabend, das Abendessen aber ist eine wichtige Veranstaltung, die Vorbereitungen beginnen häufig schon am frühen Nachmittag und ziehen sich wie eine feierliche Prozession bis Schlag acht hin, wenn alle sich an den Tisch setzen, zu einer Mahlzeit, die jedesmal einzigartig und unwiederholbar ist.

Die Komposition des Abendessens ist eine geradezu alchemistische Prozedur. Ombretta läßt sich von ihrem Instinkt leiten, sie sammelt all ihre Klugheit, geht in die Irre, stolpert durchs Dunkle, sieht, wie sich ihr ganzes Leben in Rauch auflöst, buchstäblich in dem Rauch, der aus dem Topf quillt, und dann vor ihren Augen neu ersteht, schöner und triumphierend, wie ein Phönix, der der Asche einer niedergebrannten Stadt entsteigt.

Signora Marzo besitzt ganze Jahrgänge der besten Küchenzeitschriften, und sie wird nicht müde, darin herumzusuchen. Sie sind für sie Bibel, Märchenbuch und Kitschroman in einem.

Bis vor kurzem noch mußte sie ihre Kochleidenschaft wie eine schuldbewußte, fast geheime Liebe ausleben. Wie oft hat sie nicht unter seinen vorwurfsvollen Blicken hastig eine Scheibe Paniertes in die schäumende Butter geworfen, Fleisch, das sie in komplizenhaftem Tonfall beim Metzger gekauft hat.

»Wie das stinkt!« sagt er und tritt ein paar Schritte zurück.

»Woher denn, das stinkt doch nicht!« entgegnet sie und öffnet das Fenster einen Spalt weit.

Er mit seinen ewigen gekochten Eiern, Wassergemüse und seinen Mozzarella-Scheibchen. Seinen gedünsteten Äpfeln.

Germano ist schon immer so empfindlich gewesen. In allem: reizbare Haut, sensible Nase, dünnhäutige Füße, irritierbarer Darm, übellauniger Magen. Alles, was nicht völlig geschmacklos ist, macht ihn krank.

»Du ißt wie ein Tattergreis«, meint sie.

»Ich achte auf meine Gesundheit«, erwidert er. »Nicht wie du, du ißt, was dir in die Finger kommt, und hinterher geht's dir schlecht. Du lernst nie dazu.«

»Ich esse, weil ich Hunger habe.«

Doch dann geht es ihr wirklich schlecht, fast als wollte sie ihm recht geben. Sodbrennen, Kopfweh, Nesselsucht und von Kopf bis Fuß diese furchtbar lästigen Ekzeme.

Natürlich nimmt sie nicht ein Gramm zu. Ombretta ist leicht wie ein Schatten, sie ist einen Meter fünfzig groß und wird auf der Straße manchmal für ein Kind gehalten. Sie hat das glatte, fröhliche Gesicht einer Zwölfjährigen, und auch ihre Kleidung hat etwas Kindliches: Oft muß sie in der Kinderabteilung der Kaufhäuser suchen, wenn sie etwas möchte, das ihr paßt.

Seit Jahren ist es Ombretta nicht gelungen, ihren Hunger zu stillen. Einen maßlosen Hunger, er wächst ihr über den Kopf.

Für sie allein lauern unwiderstehliche Versuchungen in den Schaufenstern: Hier lächelt ihr mit niedlichen Speckzähnen ein Stück Salami zu, da versprechen durchscheinende Zwiebelchen, ihr weich und süß auf der Zunge zu zergehen, dort drüben locken ölglänzende Artischockenherzen, zart wie Frühlingsblüten, und Knochenkoteletts mit ihrer Fettäderung, die singend in der Pfanne zerschmilzt.

Und dann frische Butter, strohgelb, immer noch von hauchfeinem Tau beperlt, wie die Butterkugeln, die Tante Margherita einst mit eigenen Händen formte, bevor sie sie in Eiswasser legte. Kaviardosen: die köstliche Empfindung, mit der die winzigen grauen Eier auf der Zunge zerplatzen und schwarze Meeresaromen verspritzen. Kaltes Fleisch mit Zwiebeln und Bohnen, das sie an die Fahrradtouren erinnert, die sie mit ihrem Vater unternahm, an Gasthöfe auf dem Land. Schinkenmousse mit bebenden Gelatinewürfeln, wie Wellen in einem vom Winde aufgewühlten See. Exotische Saucen, deren Duft in der Nase zwickt wie Schnupftabak.

Wenn sie diese Köstlichkeiten nicht ißt, muß sie sterben, da ist sie sicher. Es gibt eine Form von Entbehrung, die man nicht übersteht.

Doch jetzt, seit einigen Wochen, kann Ombretta Marzo essen, was sie will, ohne unangenehme Folgen. Ihr Verdauungsapparat funktioniert blendend. Ihr Körper ist wie ein neues Auto, oder eher wie ein Auto, das schon ein paar Jahre alt ist, aber nie gefahren wurde, das unter einer Plastikplane in der Garage stand und jetzt, nach ein wenig Spotzen und Stottern, die Straße nur so verschlingt.

Wie oft hat sie nicht mit ihm darüber diskutiert, daß er partout kein Fleisch essen wollte. Ombretta behauptet, Vegetarier seien keine besseren Menschen als Fleischesser, wer seine Zähne nicht in das Fleisch eines Tieres schlagen möchte, sei nicht unbedingt besser zu diesem Tier oder seinesgleichen.

»Außerdem, sieh dir die Katzen an«, zieht sie ihr As aus dem Ärmel, »das sind Fleischfresser, aber hinreißende Geschöpfe. So etwas wie ihre Ausgeglichenheit, ihre Zufriedenheit fehlt uns einfach.«

»Katzen sind von derselben Rasse wie Tiger«, gibt er gereizt zurück, »sie reißen uns nur deshalb nicht in Stücke, weil wir größer sind als sie und ihnen jeden Tag zu fressen geben.«

Und dann wechselt er zu seinem schlagendsten Argument: Viren, Bakterien, Cholesterin, die Hormonspritzen, die den Kälbern verpaßt werden. Die tausend Substanzen, die ein Tier freisetzt, wenn es zur Schlachtbank geführt wird: Gifte von Panik und Todesangst.

»Mir bleibt das Essen noch im Hals stecken«, wirft sie ihm vor. »Du verdirbst mir wirklich alles, weißt du.«

»Ich bin nur konsequent«, entgegnet er und rückt sich die Brille mit dem Finger auf der Nasenwurzel zurecht, »ich handle folgerichtig.«

Er erträgt den Anblick eines ganzen Stücks Fleisch nicht, allenfalls den einer Scheibe. Vor einem abgezogenen Kaninchen würde er schreiend davonrennen, von schweren Herzrhythmusstörungen befallen. Regelrecht ohnmächtig könnte er werden.

Der arme liebe Germano. Wie intensiv er den Schmerz aller anderen nachfühlt.

Also muß sie Kraft für zwei haben. Sie betritt heldenhaft Geschäfte, wo tote Tiere an Haken baumeln, überquert Straßen, auf denen sie manchmal überfahrene Katzen entdeckt, die wie Lumpen da liegen. Eines Abends, nachdem sie wie üblich ein Stündchen Luft geschnappt hatte und mit der gefüllten Einkaufstasche nach Hause ging, sah sie, wie eine Frau von einem Wagen überfahren wurde. Mit ausgebreiteten Armen, ein Knie in der Luft, lag sie am Boden und starrte verblüfft in den Himmel, während unter ihrem Kopf ein Rinnsal Blut auf dem Pflaster erschien und sich über den Asphalt eine Bahn zum Straßenrand suchte, wie ein kleiner, sich dahinschlängelnder Fluß. Er saß indessen zu Hause und wartete auf sie, ungeduldig wie stets.

Sie hat eine dicke Haut. Und dazu einen Sinn für Komik, den sie zwar nicht immer beherrscht, der ihr aber auf seine Weise nützt. Er blinzelt aus den Verwerfungen ihres Lebens hervor wie ein komischer Schauspieler, den es in eine Truppe Tragiker verschlagen hat, ein Stiefsohn, der für immer in den Kulissen bleiben muß, ein Zwerg vielleicht, der aufsässig geworden ist, weil man ihn so lange eingesperrt hat. Manchmal bringt er sie in eine peinliche Lage, wenn sie in zutiefst ernsten oder verzweifelten Augenblicken in Lachen ausbricht. Dann sagt Germano kopfschüttelnd: »Du bist verrückt. Wirklich verrückt«, und schaut sie an wie eine sprechende Heuschrecke, findet Ombretta.

Und gar nicht selten bricht Ombretta mitten beim Lachen in Tränen aus, werden ihre Gluckser unmerklich zu heftigen Schluchzern.

Was hilft es denn, daß er versucht, jedwedem Gift aus dem Weg zu gehen, wenn alles Negative ihn trotzdem durchdringt? Es schlängelt sich in ihn hinein wie der gelblich-feuchte Herbstnebel, mit jenem unbestimmten Geruch faulenden Laubes durchsetzt, der bis zum vorigen Jahr von der baumbestandenen Piazza heraufstieg und ins Schlafzimmer drang, durch jede Spalte in Türen und Fenstern, auf deren Rahmen er kondensierte wie kalter Schweiß.

Wirklich, er ist wie manche Straße hier im Stadtinneren, lichtlos und halbverfallen, dunkle Straßen, in denen es nur unliebsame Begegnungen gibt. Glücklicherweise wird das jetzt langsam besser: Die Stadt läßt bauen, renovieren, schöne neue Laternen aufstellen. Die Bäume der Piazza Emanuele Filiberto gibt es nicht mehr, Opfer der Ausschachtungsarbeiten für eine unterirdische Großgarage. Das hat Ombretta nicht gefallen; aber hin und wieder sind eben Opfer nötig, manchmal muß sich etwas bewegen, damit das Leben weitergehen kann.

Anders als ihr Mann ist Ombretta von Natur aus optimistisch. Und wäre sie es nicht, sie müßte es werden, um zu überleben. Seit Jahren und Jahrzehnten bemüht sie sich, in dem Dunkel, wohin Germano sich verkriecht, Lichtbögen zu entzünden wie die schönen Laternen dort draußen.

Wie oft war sie kurz davor, die Hoffnung aufzugeben! Mittlerweile hat sie den Verdacht, daß Germano in dieser Schlacht nicht wirklich ihr Verbündeter ist, daß ihm seine schlechte Laune lieb ist, die Verbitterung, der Groll, den er gegen die Welt hegt; daß er in ihrer Fröhlichkeit, ihren Bemühungen, ihrer Hingabe nicht eine Medizin sieht, an der er gesunden könnte, sondern vielmehr einen Feind, der ihn zu zerstören trachtet.

Natürlich irrt sie sich.

Germano hat sie gebraucht und braucht sie noch. Er will rundum versorgt und nie allein sein, er sehnt sich nach einer Nähe, die sie beide zu einer Einheit verschmelzen läßt.

Und sie kann ihn nicht verlassen. Niemals, selbst wenn sie es wollte. Germano ist in ihr.

»Jetzt sieht alles anders aus, mein Lieber, ob's dir paßt oder nicht«, sagt Ombretta und kreuzt mit einem blauen Kugelschreiber das Rezept an, das sie nach langen Erwägungen ausgesucht hat: Rippenbraten in Würzwein. Als Beilage Kartoffelpüree, Karotten und Schalottengemüse. Mit ritueller Sorgfalt – es ist ein tägliches Ritual – notiert sie Zutaten und Vorgehensweise in einem gebundenen Heft. Alles aufschreiben, dann wird es ein Erinnerungsstück.

Dann hebt sie den Blick zu dem rechteckigen Fenster, hinter dem kurz etwas diffuses Sonnenlicht aufscheint. Sie lächelt. Ombretta ist eine aktive, energische Frau. Die Aussicht auf einen tätigen Nachmittag am Herd erfüllt sie mit fieberhafter Freude.

Sie ist froh, daß sie gleich aus der überheizten Wohnung hinauskommt, schnell durch die Kälte der Straßen gehen und mit den Händlern des Viertels ein paar Sätze wechseln kann, immer dieselben. In der Via della Misericordia will sie Nelken und Muskatnuß kaufen. Jedesmal, wenn sie diese schöne Drogerie betritt, ist sie so glücklich wie als Kind zu Weihnachten, fühlt sich in eine Märchenwelt versetzt.

Und Ada ist ja so nett. Manchmal lädt Ombretta sie nach Hause zum Tee ein. Wie schön ist es, Freundinnen zu haben. Ach, wenn Germano es ihr nur erlauben würde! Aber mit ihm ist das nicht möglich. Er macht das nicht absichtlich, der Ärmste, er selber leidet am meisten unter seiner Krankheit.

Germano geht seit Jahren nicht mehr aus dem Haus. An ihren letzten Urlaub erinnert Ombretta sich nicht einmal mehr, so lange liegt er zurück. Manchmal kommt sie über einer Reisezeitschrift ins Phantasieren und träumt sich auf eine griechische Insel, nach Indonesien, in die Wüste Arizonas. Bis vor zehn Jahren hat sie sich sogar manchmal bis in die Via Po getraut, zum Eiscafé. Aber dann hat er Kakosmie bekommen, eine absolut ausgefallene Krankheit, so ausgefallen wie er. Wer sie hat, riecht nichts als üble Gerüche. Gewiß, die Turiner Luft ist nicht der reine Balsam, aber er kann sie nicht mehr atmen, nicht einmal mit einem Mundschutz. Zur gleichen Zeit sind überall im Viertel Farbige aufgetaucht, was ihn zutiefst verwirrt. Er erkennt seine Stadt nicht wieder. Die Straßen findet er immer dreckiger, und wenn er die Abfalleimer sieht, die auf den Bürgersteigen überquellen, schütteln ihn Wutanfälle bis zur Erschöpfung. In den Geschäften hat er schon früher immer mit den Angestellten herumgekeift, die ihn augenrollend für verrückt erklärten. Wenn sich jetzt abends wie üblich die Jugendlichen bei lauter Radiomusik mit ihren Motorrollern auf der Piazza versammeln, bewirft er sie mit Eiern, von denen er immer eine Schachtel zur Hand hat. Er hat sich ins

Haus verkrochen und läßt seinen Lebensrhythmus von der Uhr bestimmen, atmet gefilterte Luft und geht auf und ab, auf und ab; die Fliesen zwischen Wohnzimmer und Küche sind schon ganz abgelaufen. Solange sie noch arbeiten ging, zuckte sie bei jedem Klingeln des Telefons zusammen: immer möglich, daß er sie nach Hause beorderte, gebieterisch und verzweifelt, von irgendeiner Panik gebeutelt.

Der arme Germano, lacht sie unter Tränen, was würde er ohne mich bloß machen? Die Kolleginnen meinen, sie solle ihn verlassen, ihr Leben sei ja wie ein Zuchthaus. Sie nickt. Aber verlassen kann sie ihn nicht. Nie wird sie ihn verlassen, auch wenn sie manchmal spürt, daß ihre Grenze erreicht ist. Aber ihn verlassen, niemals, er würde daran sterben. Eher…

Schluß! sagt sie sich. Keine häßlichen Gedanken mehr heute. Sie klappt das Heft zu, macht eine Schleife in das Band darum, dann verstaut sie es feierlich in der Schublade der Anrichte und zieht sich zum Einkaufen um.

Da klingt von der Straße Dudelsackmusik herauf, und sie muß ein paar Tränen wegzwinkern. »Was bin ich dumm«, sagt sie, »er hat recht, ich muß wegen jedem Blödsinn heulen, wirklich hirnlos.«

❧

Flankiert von Wohnhäusern aus dem 18. Jahrhundert, zieht sich die Fußgängerzone durch das Stadtzentrum. Die Reihe der fünfgeschossigen Häuser mit hohen Fenstern und Kassettendecken wird nur hier und da von einer Kirchenfassade unterbrochen. In einem dieser Häuser befindet sich, leicht zurückgesetzt und von der Straße aus nicht einsehbar, eine Dachwohnung mit Terrasse und großen Fensterfronten. Wunderbar, ideal für ein Arbeitszimmer, einen Salon oder ein Solarium, so denkt, wer gegenüber wohnt, und kneift die Augen zusammen, um die dunklen Gestalten besser zu erkennen, die bisweilen dort drüben zu sehen sind.

Das Dachgeschoß gehört zur Wohnung von Clelia, verwitwete Alberici.

Die Zweiundachtzigjährige weist eine zweifache Symptomatik auf: eine leichte Form der Alzheimerschen Krankheit und eine schwere, angeborene, hartnäckige der Egozentrik. An ihren Gatten Anselmo hat sie nur noch eine schwache Erinnerung. Gern spricht sie über ihn als jungen Notar, dessen Leidenschaft die Jagd war. In einer Ecke des Wohnzimmers hängt ein Foto von Anselmo in einer Cordjacke, die Hand voller Stolz auf einer geöffneten Jagdtasche, aus der traurige Hasen- und Fasanenleichname hängen.

In Wirklichkeit war er, als sie ihm begegnete, schon einige Zeit nicht mehr jung. Sie war neunzehn, er zweiundvierzig. Sie war Tochter eines Klempners aus dem Städtchen Moncalvo und besaß nichts als das Hemd auf dem Leibe, doch wußte sie durchaus, daß dieses Hemd etwas äußerst Wertvolles enthielt; er war ein Lebemann und sprichwörtlicher Kenner von Frauen und gutem Wein. Er hatte jenes Alter erreicht, in dem ein vages Gefühl der Unzufriedenheit ihn dazu veranlaßte, sich dann und wann etwas Extravagantes zu leisten, zum Beweis, daß er ein gemachter Mann war.

Clelia hatte er sich als 1931er Jahresgabe selber zum Geschenk gemacht. Wer das Hochzeitsfoto betrachtet, das gerahmt über dem Riesensofa hängt, erkennt auf den ersten Blick, daß die Braut durchaus verliebt sein mag, jedoch auf keinen Fall in den Bräutigam, der da in seinem grauen Anzug strammsteht, einen Arm über den Leib gelegt, als wollte er einen Bauchansatz verbergen. Er wirkt bereits besorgt, wie einer, der einem exorbitanten Lottogewinn nicht so recht traut. Sie hält ihn auf Distanz, reicht ihm den Arm in einer Weise, die ihn daran hindert, sie zu berühren und ihr Kleid zu zerknittern. Sie lächelt: Der Mund bewahrt Haltung, die Augen sind gierig. Man sieht sofort, wer von den beiden da ein gutes Geschäft gemacht hat.

Wenn die Braut in jemanden verliebt ist, dann in sich selbst: Clelia im Hochzeitskleid, Clelia, die in der Stadtwohnung die Dame spielt, Clelia als Schirmherrin der Erntefeste auf dem Land, Clelia auf Kreuzfahrt. Anselmo hingegen muß sich deutlich mit einem Platz in der zweiten Reihe begnügen.

Zeugnisse der Existenz ihrer einzigen Tochter, Alina, befinden sich in der Wohnung der Witwe Alberici nicht, ausgenommen ein paar alte Alben tief in einer Kommode, die auf eher widerwillige Weise erste Schritte und erste Volantkleidchen dokumentieren. Nach der Firmung bricht Alinas Fotobiographie unvermittelt ab: Als Frau mit ausgeprägtem Realitätssinn hat sich ihre Mutter ein für allemal in die Tatsache gefügt, daß die Kleine nicht fotogen ist.

Als Alina auf die Welt kam, nach acht Jahren Ehe und einer Schwangerschaft, die die Hölle war, vor allem für Ehemann und Dienerschaft, sah ihre Mutter in ihr nichts als eine mühselige Zeitverschwendung. Sie nahm ihr übel, daß sie kein Junge war, zweitens, daß sie ein Mädchen war, und schließlich wurde beim Heranwachsen immer deutlicher, was sie von Clelias Schönheit geerbt hatte, reichte nicht einmal für den Nagel des kleinen Fingers.

Ihre Geburt fällt mit dem Kriegsausbruch zusammen; Alina hat eine kriegerische Kindheit, auch wenn die schwersten Feindseligkeiten, mit denen sie es zu tun bekommt, nicht von den Alliierten oder Deutschen ausgehen, sondern von ihrer Mutter. Aber sie ist ein zähes Kind, wie ein Hund, der seinen Knochen nicht loslassen will, so mager der auch sein mag.

Schon äußerst früh begreift Alina die Notwendigkeit, Strategien zu entwickeln, um ein Scherflein mütterlicher Zuwendung zu ergattern. Kinderkrankheiten führen nicht zum Ziel – Clelia hält sich von ihr fern, um keine Ansteckung zu riskieren –, aber dann gelingt ihr ein meisterhafter, dramatischer Schlag: Kinderlähmung.

Diese Situation hat nun etwas an sich, das augenblicks die Mutter in Clelia weckt. Die schöne und reiche Signora Alberici mobilisiert alles, was die italienische, ja die europäische Medizin zu bieten hat. Clelia erlebt eine Zeit großer Intensität und entdeckt unvermutete Talente in sich: Die Mutterliebe läßt sie verführerischer, geheimnisvoller wirken, die Dramatik umhüllt sie wie ein schwerer, würziger Duft.

Von der Kinderlähmung behält Alina ein Bein zurück, das eine Spur kürzer ist als das andere, und Clelia eine Liaison mit einem berühmten Professor, die etliche Jahre andauert.

So beginnt eine Ménage à quatre, eine Art Poker, in dem Alina als Joker dient: Professor Fassone wird durch seine zahllosen Krankenbesuche zu einem Familienmitglied, er kommt ohne Vorankündigung zum Abendessen, das Dienstmädchen gewöhnt sich an, für diesen Fall von vornherein für ihn mit zu decken. Alina ißt auf ihrem Zimmer, mit dem Kindermädchen. Clelia macht ihrem Gatten ohne weitere Mühe begreiflich, daß die Gesundheit des Kindes nach regelmäßiger Bewegung verlangt, genauer nach Luftveränderung: So beginnt eine Reihe von Kuraufenthalten, bei denen Alina, vom Professor aufopferungsvoll betreut, hartnäckig übersieht, daß seine intensivsten Anstrengungen Clelia vorbehalten sind. Wenn die Mutter besonders lange fort ist und sich bei Alina ein Zweifel zu regen beginnt, wird sie einfach krank; dann eilt die Engelsgleiche sofort an ihr Bett, mißt Fieber und füttert sie. Alina erlangt wieder Gesundheit und Stabilität, ganz allmählich, bis zu dem Moment, in dem ihr der ziemlich roh zwischen die Zähne gestoßene Löffel klarmacht, daß es Zeit ist zu gesunden.

Hier, ein Foto von der Genesenden: Wir befinden uns im Garten von des Professors Villa in Mentone; eine Palme wedelt in der frühlingshaften Brise, die Begonien blühen, Fassone neigt sich zärtlich über die in einem Korbsessel sitzende Clelia und flüstert ihr ein Kompliment über ihre neue Frisur zu: Sie läßt sich die Dauerwelle von einem berühmten Coiffeur in Nizza machen. Die Genesende, Alina, ist nicht zu sehen, denn sie liegt hinter den angelehnten Fensterläden im ersten Stock, fiebernd und von einer Krankenschwester betreut, der sie auf die Nerven fällt.

Und der Gatte? Anselmo verfolgt seinen eigenen Pfad der Weisheit.

Als er Clelia kennenlernte, war Notar Alberici ja bereits im mittleren Alter. Er hatte seine Gewohnheiten; Vergnügungen wie Melancholien folgten einem festen Stundenplan. Er dachte, nichts könnte ihn mehr aus der Ruhe bringen. Mit einem Wort, er wähnte sich in Sicherheit. Recht überrascht bemerkte er also, daß er seine Frau liebte, dabei war er nie einer dieser verzweifelt sensiblen Männer gewesen, welche die Frau, die sie begehren, auch lieben müssen. Ungläubig spürte er, wie dieses Gefühl ihn in die Defensive drängte, in der er peinigende und insgeheim köstliche Demütigungen erlitt. Senil, wie ein in seine Enkelin vernarrter Greis, öffnete er Clelia sämtliche Türen zu sich und zu seinem Leben, aus einem einfachen Grund, er konnte gar nicht anders.

Und sie hielt triumphalen Einzug. Sie bemächtigte sich seiner, der Häuser, der Wälder und Weinberge, der Hauswirtschaft und schließlich sogar seiner Notarkanzlei. Ihm blieb als einzige Aufgabe, die Akten zu unterschreiben. Warum ist er dann so ausgepumpt?

Nach sechzehn Jahren Ehe ist Anselmo bereit zu verhandeln. Der Mythos der Gattenehre, an den er früher geglaubt hatte, erscheint ihm kindisch und dumm. Mit fünfunddreißig ist Clelia ein Vulkan an Energie; er geht auf die Sechzig zu, er schwankt, zermürbt von ihrer Vitalität wie von einer Feile, mit der sie ihn bearbeitet, um einen Tunnel zu graben, durch den sie dann aus dem Ehegefängnis entweichen kann.

Außerdem garantiert Alinas Präsenz an der Seite der Mutter, daß der Schein gewahrt bleibt. Alina ist der Preis, den Clelia für ihre Freiheit zu zahlen hat. So wächst Alina mit dem starken Gefühl sowohl der Legitimität als auch der trügerischen Sicherheit auf, denn sie spürt, daß sie gebraucht wird, zugleich aber unerwünscht wie ein Regierungskommissar in einer Provinz mit starken Autonomiebestrebungen.

Von wem hat sie bloß dieses nichtssagende, langgezogene Gesicht, fragt sich Clelia, diese schmalen Lippen und diese Augen, die nie das Gegenüber ansehen, sondern hin- und herflitzen wie wachsame Eidechsen? Woher die Heftigkeit, die den Bewegungen ihres eckigen Körpers jede Anmut nimmt? Sie besteht aus nichts als Ellbogen und Gelenken, wirkt wie eine außer Rand und Band geratene Marionette, die über den eigenen Schatten stolpert.

Alina ist ständig krank, nein: kränklich. Unter diesen Bedingungen entwickelt Clelia Geschmack an medizinischen Liebschaften. Auf Fassone folgt, nach einem Zwischenspiel mit einem jungen Assistenzarzt, Professor Poletti, ein Kardiologe. Seine Bemühungen retten indes nicht Anselmo, den ein Infarkt hinstreckt, als er gerade den mit Kastanien gefüllten Kapaun anschneiden will, den die Köchin als Weihnachtsessen zubereitet hat. So wird Alina mit neunzehn zur Halbwaise.

Sie ist die wahre Witwe, nicht ihre Mutter, die schon seit Jahren daran gewöhnt ist, die Zügel des Familienlebens in der Hand zu halten. Der einzige Garant von Alinas Existenz ist ihr genommen, und sie wird zu einem ziellos trudelnden Asteroiden: Bislang war ihre Bahn durch die widerstrebenden Anziehungskräfte zweier Sonnen stabilisiert, doch jetzt, da die kleinere der beiden explodiert ist, rotiert sie immer rasender um den verbleibenden Stern, im blinden Wunsch, mit ihm zu verschmelzen und dabei zu verglühen.

Sie bemüht sich in jeder Weise, die Aufmerksamkeit ihrer Mutter auf sich zu ziehen. Sie lernt kochen und beaufsichtigt die Köchin, sie besucht einen Nähkurs, organisiert die gemeinsamen Reisen, malt Etiketten für eine besondere Partie Barolo-Wein, die Poletti zugedacht ist. Nach einer Auseinandersetzung darüber, wie man Silber zu putzen hat, entläßt sie das Mädchen. Als Clelia das erfährt, blitzt sie ihre Tochter voll unermeßlicher Verachtung an. Die Verschmähte wird wieder eingestellt, mit erhöhtem Gehalt.

Einige Tage nach diesem Vorfall erleidet Alina ihren ersten Asthmaanfall. Poletti rät zu reiner Luft, und so wird das Mädchen auf das Landgut der Albericis im Monferrato geschickt, wo sie die Kinder der Gemeinde mit sonntäglichem Religionsunterricht quält und Konserven herstellt, die dann im Keller vor sich hingären, sie veredelt Birnbäume, die regelmäßig eingehen, und plant, einen Flügel des Herrenhauses niederreißen zu lassen, um ihn dann wieder aufzubauen. Bei all diesem wartet sie auf Clelia, die tausend Dinge von allergrößter Wichtigkeit in der Stadt zurückhalten. Als sie endlich kommt, verkündet sie ihrer Tochter, jetzt stehe eine Ägyptenreise mit Poletti auf dem Programm, sie beide allein. Mit fünfzig ist Clelia immer noch eine strahlend schöne Frau, und Poletti ist Junggeselle.

Alina zuckt mit keiner Wimper. Am gleichen Nachmittag geht sie in den Weinberg, um den Kirschbaum zu beschneiden, fällt vom höchsten Ast und bricht sich die Schulter. Eine Woche darauf reist Clelia mit Poletti nach Kairo ab und läßt

Alina in der Fürsorge des Gutsverwalters und seiner Frau zurück. Der Sohn des Ehepaars, ein respektloser Knabe namens Fabio, vergiftet Alina beinahe mit schwarzgebrannter Grappa, abgesehen davon verläuft alles ohne Zwischenfall.

Einige Monate später, wieder in der Stadt, verlobt sich Alina mit einem jungen Ingenieur von bescheidener Herkunft, Enrico Bianchi, und Clelia stößt einen Erleichterungsseufzer aus.

Nun ist Alina seit fast dreißig Jahren verheiratet, ihr Sohn ist sechsundzwanzig, sie hat ihn als Verbeugung vor dem Geschlecht der Alberici Alberico genannt und so schon bei der Taufe gezeichnet.

Auch Clelia hat mittlerweile einen Sohn: Sei es aus Neid auf Alina, sei es aus Sehnsucht nach etwas Neuem, hat sie sich mit sechzig ein Mutter-Sohn-Idyll mit Fabio geschaffen, dem Sohn des Gutsverwalters, inzwischen Student der Tiermedizin. Sie hat ihn ordentlich adoptiert, mit höchstem, vielschichtigem Vergnügen. Diese zweite Mutterschaft beschert ihr nur das allerbeste: einen Sohn von zwanzig Jahren, schön und galant.

Scheinbar hat das Alina nichts ausgemacht. Nur treten ihre Asthmaanfälle jetzt häufiger auf, vor allem nachts, und sie kann nicht mehr im Liegen schlafen. Umgeben von einem Kissengebirge, muß sie im Bett halb sitzen. Versteht sich von selbst, daß sie und ihr Mann getrennte Zimmer haben.

Sie lebt draußen in den Hügeln, in einer geräumigen kleinen Villa, umgeben von einem stets halbverdorrten englischen Rasen und rachitischen Büschen; am liebsten sind ihr Dornensträucher, und seit Jahren versucht sie, eine Araukarienhecke am Zaun zum Nachbargrundstück hochzuziehen, um Kinder, Hunde und Katzen fernzuhalten.

Ihr Mann Enrico ist einer von denen, die beim Altern eher gelb werden als grau: die einst blonden Haare vergilbt, Fingernägel und Zähne voller Nikotinflecken, die Hornhaut gallig getrübt. In der letzten Zeit steckt er bis zum Hals in dramatischen Problemen mit seiner Arbeit, was ihn den familiären Schwierigkeiten doch eher philosophisch gegenüberstehen läßt. In den Mundwinkeln hat er seit einiger Zeit verbittertsarkastische Falten; dann und wann kräuseln seine Lippen sich in einem verzweifelten, doch zutiefst fröhlichem Grinsen, wenn er daran denkt, daß bei einem möglichen Bankrott seine Frau und sein Sohn mit dran glauben müssen.

Alberico ist hunderttausend Meilen davon entfernt, sich um die väterlichen Geschäfte zu kümmern. Er hat sein geregeltes Leben: seine Mutter und die geplante Richterkarriere. Alles andere zählt nicht.

Alina und er sind unzertrennlich. Sie gehen gemeinsam in die Kirche, zum Arzt, zum Einkaufen. Wenn die Händler sie kommen sehen, bekreuzigen sie sich hastig. Sogar die Heiligen in ihren vergoldeten Rahmen und die Engel, die von den Decken der Kapellen herablugen, scheinen sich vorsichtig zurückzuziehen, wenn Alina und Alberico resolut in der Mitte des Kirchenschiffs aufmarschieren. Man könnte Alberico für einen schwachen Charakter halten, denn aus Gewohnheit geht er einen Schritt hinter seiner Mutter und wiederholt die letzten Wörter jedes Satzes, den sie von sich gibt, als wäre er ihr natürliches Echo. Er ist schon immer von schmächtiger Statur gewesen, und die sitzende Lebensweise hat ihn krumm werden lassen. Vom Militärdienst ist er befreit, ausgemustert wegen schwacher Lungen. Doch wer es wagt, ihm direkt in die Augen zu schauen, hinter die Kontaktlinsen, senkt gewöhnlich schnell wieder den Blick und denkt an etwas anderes.

Gerade schrillt bei Clelia in der Via Garibaldi schroff die Klingel und kündigt die Ankunft von Tochter und Enkel an, unmittelbar gefolgt vom Geräusch des Schlüssels im Schloß. Alina tritt ein, rauscht grußlos an der Pflegerin vorbei, die in den Flur getreten ist, und schlüpft in das Zimmer ihrer Mutter, wo sie bekümmert und kriegslüstern am Fuß des Bettes stehenbleibt.

Clelia sitzt aufrecht, an eine Kissenpyramide gelehnt, über dem Wollhemd eine rosa Atlasstola um die Schultern. Offensichtlich war Fernanda, die Pflegerin, gerade dabei, sie zu kämmen. Das Zimmer riecht nach Bett, abgestandener Luft und Kölnisch Wasser. Feindselig mustert Clelia ihre Tochter.

»Wer sind Sie?« fragt sie. »Was wollen Sie?«

»Mama!« schreit Alina mit ihrer rauhen, unmelodischen Stimme. Von wem sie nur diese gräßliche Stimme hat, wegen der die Leute auf der Straße sich umdrehen und Alina ungläubig und entsetzt nachschauen. »Erkennst du mich nicht?«

»Erkennst du uns nicht?« echot Alberico, der hinter ihr steht.

Clelia hebt die Augen zum Himmel. Sie weiß bestens, wer die zwei da sind. Sie will sie nur einfach ein bißchen ärgern. Aber sie sind so doof, daß es keinen Spaß macht.

»Mama!« wiederholt Alina und geht auf sie zu.

Clelia preßt sich in die Kissen und sucht mit dem Blick nach der Pflegerin. Fernanda steht auf der Schwelle, den Ausdruck tiefster Mißbilligung im blühenden Gesicht. Sie haßt Alina von ganzem Herzen, und das nicht ohne Grund: Die Tochter ihrer Chefin grüßt sie nie, hat ihr nie ein Trinkgeld gegeben, ignoriert ihre Anwesenheit systematisch und bringt die Signora bei jedem Besuch aus dem Häuschen. Aber auch ohne dies würde sie sie hassen: Sie hat Alina vom ersten Blick an verabscheut, aus einer reinen und spontanen Regung des Herzens, abseits jedes eigennützigen Gedankens, das muß ihr zugestanden werden.

»Was willst du?« fragt Clelia ihre Tochter im Jammerton und neigt sich vor. Alina starrt sie einen Augenblick lang an. Ob nun Liebe in ihren Augen zu lesen ist oder etwas anderes, es ist Clelia lästig, und darum wendet sie den Kopf ab.

Und nun läuft das übliche Ritual dieser Besuche ab:

»Geht es dir besser?«, »Hast du noch Fieber?« (Clelia hat Grippe gehabt), »Hast du deine Arznei auch genommen?« und »Ich hab dir dies mitgebracht, ich hab dir jenes mitgebracht.« Alina zieht aus ihrer großen Tasche eine Packung tagesfrische Eier, die »Stampa«, grüne Zitronen, Vitamin C, das Pfarrblatt. Alles Dinge, mit denen Clelia nichts anfangen kann.

»Ißt du denn wieder?« fragt Alina.

»Nein«, antwortet Clelia. Sie hat eben gefrühstückt, Zwieback und Marmelade. Mit einer beiläufigen Bewegung wischt sie sich einen eventuellen Krümel aus dem Mundwinkel. »Warum nicht?« löchert Alina sie.

»Weil ich keinen Hunger habe«, haucht Clelia. Sie rutscht auf dem Kissen hin und her und bedeutet Fernanda, sie solle mit der unterbrochenen Prozedur fortfahren.

»Du mußt aber essen!« sagt Alina.

»Du mußt«, sagt Alberico.

»Ich habe keinen Appetit«, schnaubt Clelia. »Ich bin erst halb fertig frisiert...«

»Auf irgendwas wirst du doch Appetit haben!«

»Ich weiß nicht ... Vielleicht Amaretti, aber nur die aus Moncalvo ... Ja, Amaretti aus Moncalvo.« Clelia weiß nicht genau, ob es so was gibt, vielleicht ja, vielleicht auch nicht. Sie erinnert sich nicht. Und wenn nicht, was soll's.

»Ich gehe welche kaufen!« Alina zieht entschlossen den Gürtel ihres Lodenmantels fest.

»Welche kaufen«, brummelt Alberico, während seine Mutter ihn so heftig beiseite stößt, daß er fast Fernanda über den Haufen rennt. Aus dem Treppenhaus hört man noch ihre Stimmen: »Vielleicht gibt's ja welche in der Via della Misericordia«, schlägt Alberico vor. »Da muß es welche geben!« erwidert Alina kategorisch. Sie ist zu ungeduldig, um auf den Fahrstuhl zu warten; ihre Absätze klackern über die Stufen wie eine Maschinengewehrsalve, bis das Geräusch sich verliert.

Wieder allein, sucht Clelia Fernandas Blick; diese starrt mit gerunzelter Stirn ins Leere. Dann läßt Witwe Alberici sich in die Kissen zurückfallen und seufzt geziert: »Herrgott, was gehen die zwei mir auf die Nerven!«

Fernanda rührt sich nicht.

»Komm her«, sagt Clelia und klopft ein paarmal freundlich auf die Bettdecke, dieselbe Bewegung, mit der sie einst Polettis großem Jagdhund den Kopf tätschelte. Sie lächelt ihr zu. Ein Lächeln, nicht viel anders als dasjenige, das einst Kreuz und Entzücken des armen Anselmo und seiner Nachfolger gewesen ist. Fernanda hat den Platz sämtlicher verblichener Liebhaber eingenommen: Jetzt läßt sie sich von der launenhaften Clelia tyrannisieren, zermürben und in Beschlag nehmen. Einzig Fabios Besuche verhelfen ihr zweimal pro Monat zu einer kleinen Verschnaufpause.

Fernanda jedoch ist aus ganz anderem Holz geschnitzt, als der Anblick ihres gutherzigen, frischen und runden Gesichts vermuten läßt. Sie ist präzise und aufmerksam, und sie versteht immer dafür zu sorgen, daß es sich unter dem Strich für sie lohnt. Anfangs haben Clelias ununterbrochene Ansprüche sie zur Verzweiflung getrieben: Schließlich wird sie bezahlt, um ihr zu helfen, nicht um sie zu hätscheln und zu umsorgen wie ein verzogenes kleines Kind. Bald aber wurde ihr klar, daß sie in diesem Spiel eine durchaus ebenbürtige Gegnerin sein kann, und so hat sich bald alles zu gegenseitiger Zufriedenheit geordnet.

Das Haus in der Via Garibaldi ist voll schöner Dinge. Wenn Fernanda gerade etwas Zeit hat, weil die Signora schläft und nichts anderes zu tun ist, durchstreift sie gemächlich die Wohnung und erkundet mit touristischem Interesse Sessel, Vorhänge, Wäschebestände, Möbel und tausenderlei Kleinigkeiten. Man kann sogar sagen, daß sie diese Tätigkeit angenommen hat, um Tag für Tag in dieser Wohnung sein zu können, um allmorgendlich den großen Webteppich des Wohnzimmers auszuklopfen, um von oben auf die Straße hinunterzusehen, die Arme auf das Fensterbrett gestützt, und mit warmem Besitzerstolz die ganze Strecke von der Piazza Castello zur Piazza Statuto mit all ihren Fassaden und Schaufenstern zu überschauen.

Wie schade, daß die ganze Pracht – die Riesenwohnung im fünften Stock, das Dachgeschoß im sechsten, in das man über eine Wendeltreppe gelangt, die Terrasse, die Einrichtung, die mit Monogrammen bestickte, abgezählte Aussteuer in den großen Schränken – einer Alten gehören soll, die sich so gut wie gar nichts mehr daraus macht, denkt Fernanda. Und da sie von ihrem sizilianischen Vater einen beharrlichen, finsteren Charakter geerbt hat, der zu verbissenem Groll fähig ist und diesen durch hartnäckiges Schweigen ausdrückt, das so lange dauern kann wie die kalte Jahreszeit in Sibirien, weiß sie bald, wie sie die Signora für deren kleine Launen und die Grobheiten ihrer Tochter Alina zur Kasse bitten kann. Clelia selber zögert ja auch nicht, wenn es darum geht, zu bekommen, was sie will, und ein sicherer Instinkt läßt sie erraten, was sie zu tun hat, damit die Heiterkeit auf Fernandas Gesicht zurückkehrt: ein Geschenk dann und wann. Angefangen bei ein paar Laken aus flämischem Leinen über Tischtücher und

Servietten bis hin zu alten Nippsachen, Brieföffnern, Rähmchen, einem Druck oder zweien, einem Kaffeeservice undsoweiter. Immer Dinge von einiger Schönheit, denn dafür hat Fernanda Sinn, und von einigem Wert. Sie hält die Augen offen, wenn sie durch die Stadt geht, und übersieht in den Schaufenstern nicht das geringste Detail, eher rempelt sie die anderen Passanten an, und so weiß sie den Marktwert der Präsente mit erstaunlicher Genauigkeit einzuschätzen.

Diese Tauschzeremonien haben als ein Menuett aus beiderseitigem Zögern und Anbieten begonnen, doch mittlerweile haben sie sich der Einfachheit halber auf ihre essentielle Form reduziert: Im Verlauf eines Monats – man könnte fast sagen, im Laufe eines von Fernandas absolut regelmäßigen Menstruationszyklen – beschreiben der gute Wille, die Zuneigung und Duldsamkeit der Pflegerin eine fallende Kurve, die dann, noch im Augenblick der Schenkung, blitzartig wieder ansteigt.

Manchmal jedoch scheint Fernanda eine plötzliche Sorge zu befallen, ja fast dumpfe Wut: Sie fürchtet, am Ende doch nicht auf ihre Kosten zu kommen. Wie einem jungen Gigolo am Arme einer welken, wackligen, aber immer noch tyrannischen Ex-Schönheit tut es Fernanda um die frischen Energien leid, die da vergeudet werden, zwar nicht beim Beischlaf, aber so verschieden ist das gar nicht, wenn sie Clelias zerbrechlichen Körper anhebt, wenn sie ihn wäscht, ankleidet, frisiert, wenn sie seinen kaum von Puder und Kölnisch Wasser überdeckten lauen Geruch ganz aus der Nähe atmet. Fernanda opfert die besten Jahre ihres Lebens für Clelia, ihre starken, gesunden, vielleicht ein wenig rauhen Hände berühren die Haut einer Greisin und nicht eines Geliebten – allerdings kann sie sich auch für keinen entscheiden, ebensowenig wie dafür, welche Wohnung sie nun kaufen soll –, sie arbeitet für Clelia und nicht für einen Mann und die gemeinsamen Kinder. Irgendwie kommt es Fernanda vor, als nähme man ihr etwas Einzigartiges, Unwiederbringliches, ihre körperliche Jugend, die einzige Art Jugendlichkeit, die sie sich vorstellen kann, und tief im Herzen meint sie, daß weder Laken noch ganze Porzellanservice sie für das entschädigen können, was sie verliert. Wahrscheinlich würde sie es sonst auch verlieren, doch die Idee, daß Clelia sie tagaus, tagein schamlos ausbeutet, nährt in ihr eine bohrende Verbitterung.

Anders wäre es da schon, wenn Clelia sie in ihrem Testament bedächte. Als präzise und methodische Denkerin, aber auch obsessive Träumerin hat Fernanda den Preis für ihre verlorene Jugend schon festgesetzt: Hin und wieder berechnet sie ihn neu, korrigiert ihn, paßt ihn dem Lebenshaltungskostenindex entsprechend an.

Clelia aber hält sich für unsterblich, wie auch anders, und hat noch gar kein Testament aufgesetzt. Jeder Tag, der vergeht, ohne daß das ersehnte Ereignis eintritt, gießt Öl in Fernandas inneres Feuer. Die Signora ist eine Egoistin, sagt sie sich immer wieder, weißglühend vor Wut, während sie das Laken tadellos glattzieht, gegen das Licht Tropfen in ein Glas zählt und am Herd in Süppchen rührt. Um schwerere Arbeiten kümmert sich die Zugehfrau, die dreimal pro Woche kommt, doch an den Rest muß sie als Mädchen für alles selber denken.

»Komm her«, ruft Clelia sie mit ihrer jammernden Kleinmädchenstimme.

Langsam tritt Fernanda näher und frisiert sie weiter. Clelia beginnt, von allem und nichts zu plappern, auf einmal glücklich wie ein Vögelchen, weil sie sich ihre Tochter vom Hals geschafft hat, während der Kamm durch ihre silbern schimmernden Haare streicht. Fernanda hört nicht zu: Sie fragt sich, wo in diesem Augenblick der junge Arzt sein mag, dem sie begegnen wird, wenn sie einmal Krankenschwester in einer schönen Privatklinik draußen in den Hügeln ist. Ihr Traummann ist dunkel, groß, hat grüne Augen, wie in einem der Amore-Romane vom Kiosk; sie erinnert sich noch an den ersten, den sie gelesen hat, mit vierzehn: »Linda in Schwesterntracht«. Deswegen hatte sie beschlossen, diesen Beruf zu ergreifen. Seitdem sind elf Jahre vergangen, ihr kommt es aber so vor, als wären es viel mehr. Sie fragt sich, ob er auf sie wartet, ob er ihr treu ist, ob es ihn gibt. Und da sie von ihrem Vater auch eine zutiefst schwermütige Ader geerbt hat, beginnt sie, um jene grünen Augen eine traurige Geschichte zu spinnen, in der sie schlecht wegkommt: Er liebt sie nicht, kann sie nicht lieben, sie ist weder schön noch jung genug, sie hat keine Ausstrahlung – das hat schon ihre Italienischlehrerin in der Realschule immer gesagt –, und es bleibt ihr nichts, als ihn ohne Hoffnung zu lieben, aus der Ferne, in einer leeren Wohnung sitzend.

❧

Rosi, Adas Angestellte, hat heute früh Verspätung. Eine halbe Stunde später als üblich kommt sie ins Geschäft, mit dem gelbgrünen Gesicht einer Sterbenskranken.

»Mir ist so übel«, sagt sie angewidert, als sie ihren Mantel aufhängt.

»Auf einmal? Gestern warst du noch sicher, daß du auf keinen Fall schwanger bist«, entgegnet Ada geschäftig. Dann hält sie inne und schaut Rosi an: »Wenn es so mit dir steht, dann gehst du nach Hause.«

»Nein, ich will hierbleiben.« Rosi ist dickköpfig. Und abergläubisch, sie denkt, wenn sie der Übelkeit nachgibt, dann ist es passiert, und sie ist tatsächlich schwanger.

»Ich weiß nicht, ob ich's bin oder nicht«, fährt sie fort, »aber heute morgen war mir übel.« Dann überlegt sie ein bißchen, die Arme schon voller Pralinenschachteln: »Vielleicht vor Angst?«

»Warum eigentlich immer diese Unsicherheit?« Ada schiebt sich die Brille auf der Nase hoch. Sie bereitet die Weihnachtsdekoration vor. »Nach vier Jahren Ehe dürftest du Bescheid wissen.«

»Ich nehme die Pille!« erwidert Rosi entrüstet. »Sonst wäre es doch längst passiert, ich bitte dich!«

»Na, wenn du die Pille nimmst...«

»Und wenn sie mal nicht wirkt? Das kommt vor, hab ich in so einer Mutter-und-Kind-Zeitschrift gelesen. Hundertprozentig sicher ist nichts.«

Während sie die Schachteln einräumt oder wenn gerade kein Kunde im Laden ist, grübelt Rosi weiter. Mutter zu werden, ist der Mittelpunkt ihres Sinnens und Trachtens, es graust ihr davor, und zugleich fasziniert es sie, wie ein obskures Initiationsritual, aus dem sie blutend, verstümmelt hervorgehen wird, endlich eine wahre Frau. Rosi hat panische Angst vor Schmerzen. Kinder kann sie nicht leiden, doch das liegt einzig daran, daß es die Kinder anderer Leute sind: Wenn sie mal eins hat, dann wird es wunderschön, vorausgesetzt, es ist nicht geistig behindert wie ihre kleine Schwester Samantha. Allein der Gedanke an die Geburt verursacht ihr Magenkrämpfe. Wer weiß, ob sie noch arbeiten kann, wenn sie ein Kind hat. Sie mag es gern zu arbeiten, in Gesellschaft zu sein, in Bars zu gehen, Geld in der Tasche zu haben. Was soll ich mit diesem Kind? fragt sie sich betrübt. Und sie träumt von ihrer Mutter und ihrer Schwiegermutter, die die Arme ausstrecken, mit krallenhaft gekrümmten Händen, um es zu packen. »Nein!« schreit sie im Schlaf und weckt Lino, ihren Mann. »Was ist los?« fragt Lino mit belegter Stimme, und sie drängelt sich an ihn, manchmal sowas von wütend, daß sie ihn beißt oder ihm mit den Fäusten auf der Brust herumtrommelt. »Was ist denn, habe ich dir was getan?« ächzt er und reibt sich die Augen, und dann dreht sie sich um und denkt mit finsterem Rachsinn, daß sie sich nie, nie wieder von ihm anfassen läßt. Von jetzt ab wird sie immer etwas haben, Kopfweh oder sonstwas, in jeder Nacht, die Gott auf Erden werden läßt.

Als sie nach sechsjähriger Verlobungszeit heiratete, mit zwanzig, wähnte sie sich am Ziel. Die Ehe schien ihr das krönende Kapitel ihres Kitschromans, und jetzt würde sie tun, was sie immer hatte tun wollen, in der Badewanne mit Champagner anstoßen oder ihm sein Geburtstagsessen im Hochzeitskleid servieren.

Jetzt, mit der abgeklärten Weisheit ihrer vierundzwanzig Jahre, muß sie einräumen, daß die Realität eher enttäuschend ausfällt. Ein paarmal Gläserklingeln in der Wanne, und schon hatte die Sache ihr Interesse verloren, es war sowieso ziemlich unbequem; und nach einem Jahr Eheleben und drei Kreditraten war es soweit, daß sie allein beim Anblick ihres Hochzeitskleides den ganzen Abend lang wie ein Springbrunnen flennte, zu Linos großer Verzweiflung.

Und dann ist da noch was. Sie hat mit niemandem darüber gesprochen, denn sie hat keine Freundinnen. Rosi haßt alle Frauen, unterschiedslos, denn alle wollen nur eins, ihr Lino ausspannen. Nur Ada weiß es. Das Geheimnis ist, daß sie »das« nicht gern macht. Sie dachte, wenn sie verheiratet ist und eine eigene Wohnung hat, ein gemeinsames Bett, dann würde sich das ändern. Sie hat rosa Laken mit roten Herzchen gekauft und rote Bettbezüge mit rosa Herzchen. Aber das hat nichts gebracht. Sie hat eine Platte von Zucchero aufgelegt, aber dann war sie von der Musik abgelenkt. Sie hat ein Glas Whisky getrunken, mit dem einzigen Erfolg, daß sie ins Bad rennen und sich übergeben mußte. Sie hat voller Mißtrauen die schwarze Spitzenunterwäsche angezogen, die er ihr geschenkt hat, und dann mußte sie weinen, weil sie sich fühlte wie »so eine«.

Lino hat Geduld, soviel Geduld, daß es sie nervös macht und ihre Füße zu kribbeln beginnen, dann der ganze Körper, und dann kann man sie nicht mehr anfassen, denn bei der kleinsten Berührung bäumt sie sich auf, als hätte sie den Finger in die Steckdose gehalten. Ich bin kitzlig, sagt sie. Was kann ich dafür?

Ada antwortet nicht.

Manchmal schüttelt sie lächelnd den Kopf. Manchmal verpaßt sie ihr einen Knuff: »Hör endlich auf mit dem Selbstmitleid, Rosi!« Bei ihr fühlt Rosi sich in Sicherheit, so geborgen, daß sie ganz vergißt, daß auch Ada eine Frau ist und also *Der Feind*.

»Es wäre so schön, ein Kind zu haben«, seufzt sie, während die Tür sich hinter einer eiligen Kundin schließt. »Einen Jungen, dann bin ich nicht so allein«, phantasiert sie und staubt ein Senfglas ab. »Wie der Sohn von Signora Bianchi, Alberico. Die beiden gehören einfach zusammen, man sieht, wie sehr sie sich mögen.«

Rosi hat einen ausgeprägten Familiensinn. Als sie klein war, hat ihr Vater die Mutter aus dem Fenster des dritten Stocks geworfen: Sie landete auf der Wäscheleine im zweiten Stock, und der Nachbar kam hoch, um sich zu beschweren, woraus sich ein Kampf auf dem Balkon entspann, der etliche

Wunden und blaue Augen forderte. Ein neidischer Nachbar rief die Polizei, und ihr Vater verschwand für Jahre. Rosi hat ihrer Mutter nie verziehen, daß sie ihn nicht hat halten können. Sie weiß auch, warum: zu schlampig, zu wenig fraulich. Wie kann sie sich nur so vernachlässigen? fragt sie sich und denkt vorwurfsvoll an das stumpfe, geschwollene Gesicht ihrer Mutter, die schon mit dreißig lauter Zahnlücken hatte. Sie, Rosi, ist in diesen Dingen sehr aufmerksam: Sie schminkt sich jeden Tag, benutzt ein Deodorant, geht nie mit einer Laufmasche. Sogar den Zahnarzt besucht sie, obwohl der Gedanke an diesen Stuhl sie genauso terrorisiert wie der an den Kreißsaal. Jedesmal, wenn Lino nach Hause kommt, lächelt sie ihm zu und nennt ihn »Schätzchen«. Die Männer sind für derlei kleine Aufmerksamkeiten so empfänglich.

Aber ist ein kinderloses Paar eine echte Familie?

»Glaubst du, wenn der Sohn von Signora Bianchi heiratet, dann bleibt er bei seiner Mutter wohnen?« fragt Rosi, plötzlich entsetzt bei der Vorstellung, ihr Sohn, der wahrscheinlich noch nicht einmal gezeugt ist, könnte sie eines Tages für eine andere Frau verlassen.

»Hmmm«, sagt Ada, den Mund voller Stecknadeln. Sie bastelt eine Girlande aus Stechpalmenblättern mit roten Beeren.

»Ich glaube, er wird das tun«, meint Rosi. »Er scheint wirklich in Ordnung, nicht mal häßlich ist er, ein bißchen krumm vielleicht, aber bei Männern zählt Schönheit nicht so …«

Ada bedeutet ihr barsch, sie solle still sein.

Wenn man den Teufel nennt … Mutter und Sohn reißen die Tür auf.

»Guten Tag!« tönt Alina und stürmt herein, als ginge es um Leben oder Tod. »Tag!« sagt Alberico, ihr dicht auf den Fersen. Sie sind beide gleich groß, beide tragen den gleichen Lodenmantel, dessen Gürtel ihre dürren Gestalten in der Mitte einschnürt.

»Wie Geschwister«, denkt Rosi in einer Aufwallung furchtsamen Respekts. Signora Bianchi ist für sie eine beispielhafte Frau: selbstsicher, bestimmt, schnörkellos. Rosi ist bereit, ihr aufs kleinste Wort zu gehorchen. Vage spürt sie die erschrockene Welle von Antipathie, ja Entsetzen, die Alina Bianchis Ankunft auslöst, wenn im Laden zufällig schon Kunden sind. Aber dadurch wächst ihre Sympathie nur noch: Die Leute verstehen sie nicht, das beweist ihre Überlegenheit. Daraus schließt sie, daß Frauen einander ganz allgemein nicht begreifen, und es kommt ihr vor, als hätte sie da an eine tiefe, ewige Weisheit gerührt.

»Was soll das heißen, Sie haben keine Amaretti aus Moncalvo?« Alina ist erregt, ja empört. »Und was soll ich jetzt machen? Wo soll ich hin? Ich dachte, Sie haben alles! Zeigen Sie mir, was Sie haben!«

Sie schaut sich gierig um. Einkaufen ist für sie ein Bedürfnis, eher noch als ein Vergnügen. Sie kann einfach nicht an Regalen vorbeigehen, die von allem Möglichen überquellen, oder an knisterndem Seidenpapier und rotem, blauem oder violettem Zellophan, an den Düften von mandelgefüllten Feigen, Kaffee oder Zimt, ohne sich Arme, Taschen und Kofferraum vollzuladen. Würde sie darauf verzichten, sie könnte das Gefühl der Entbehrung nicht ertragen. Tief in ihr steckt ein kleines, verhungertes Mädchen mit den Zündhölzern, das die schönen, funkelnden Schaufenster betrachtet, die Füße im Schnee, die Hände halb erfroren. Dies verfluchte Mädchen treibt sie zum Wahnsinn, Alina weiß nicht, was sie alles tun soll, sie schüttet ihm zentnerweise mandelgefüllte Feigen in den Schoß, aber sie schafft es einfach nicht, die verhungerte Grimasse zu vertreiben. Eines Tages frißt dieses Mädchen mit seinem abgezehrten Gesicht Alina noch bei lebendigem Leibe auf. Jetzt treibt es sie erstmal dazu, sich mitleidlos den Einkaufskorb vollzuladen.

Und in dieser krisengeladenen Atmosphäre, mitten in dem Wirbel, den Alina Bianchis unerfüllte Sehnsüchte zwischen den Regalen entfalten, während Rosi durch den Laden wetzt wie ein Hamster im Laufrad, inmitten all diesen Aufruhrs bemerkt Ada unter ihrer Last von Schachteln und Schächtelchen auf einmal, wie ein nur zu bekannter Schatten auf sie fällt.

Ein eisiger Hauch dringt durch die Tür und trifft sie im Rükken. Langsam dreht Ada sich um, und es stimmt: Sie ist es.

Ada Bracco ist eine Frau voller Geheimnisse. Man weiß kaum etwas über sie, eigentlich gar nichts, dabei schwatzt sie die meiste Zeit des Tages über mit ihren Kunden.

Sie ist um die vierzig, hat kastanienbraunes Haar und nußbraune Augen, ein gewinnendes Lächeln und eine angenehme, warme Stimme. Ada scheint persönliche Berichte, Vertraulichkeiten regelrecht anzuziehen. Wenn sie nicht von den alten, gewachsten Holzregalen umgeben wäre, dem Marmortresen und den Reihen glitzernder Gläser, dann würde sie vielleicht einen guten Teil dieser Wirkung einbüßen, wie eine schlichte Madonnenfigur, wenn man sie aus ihrem prunkvollen Goldrahmen entfernt. Doch hier, mitten in ihrem Reich, kann man sich ihr einfach nicht entziehen. Manch Unbekannter hat sich schon dabei ertappt, wie er ihr sein Leben schilderte, obwohl er eigentlich nur eine Packung Datteln für seine Tante kaufen wollte. Manchmal erzählt er innerlich weiter, nachdem er den Laden schon verlassen hat, vielleicht sogar bis abends zum Einschlafen.

Es gibt Menschen mit der Begabung, daß man sich bei ihnen einfach aufgehoben fühlt, und zu denen gehört Ada. Wenn du die Glastür aufdrückst und das Glöckchen hörst, fühlst du dich, als kämst du nach Hause. Und was ist ein Zuhause anderes als ein Ort, an dem dich eine Frau lächelnd erwartet, als wartete sie wirklich auf dich und nur dich allein? In uns allen, selbst in denen, die türeschlagend das Weite gesucht haben und ganze Nächte davon träumen, Eltern oder Geschwister umzubringen, lebt dieser Ort weiter, das Zuhause, mit all seinem widersprüchlichen Reiz.

Ada besitzt überdies eine weitere, noch seltenere und wertvollere Gabe, die der Absolution. Was auch immer man ihr anvertraut, und seien es die schlimmsten Phantasien, Inzest- oder Mordgelüste, sie führt einen in den Stand der Unschuld zurück, ganz ohne einem irgendwelche Ave Marias oder Paternosters aufzubrummen. Wer geht, nimmt jenes Lächeln mit, halb beruhigt, halb besorgt, und fühlt sich endlich wieder, wie wir uns immer fühlen sollten: leichter.

»Du erzählst nie von dir«, bemerkt manchmal jemand, bevor er das nächste Kapitel seiner Konfessionen aufschlägt.

»Wer weiß, was sie jetzt von mir denkt«, fragt sich verwirrt die Dame, die eben die bitteren Details ihrer ehelichen Unzufriedenheit vor ihr ausgebreitet hat, und ihr wird bewußt, daß sie von ihrem Gegenüber rein gar nichts weiß: Ist sie verheiratet? Ledig? Hat sie Kinder? Ist sie glücklich? Was fehlt ihr?

Aber wer will schon genau wissen, wer Ada ist? Und so den Zauber brechen? Im Traum nicht. Wer möchte schon nach Hause kommen und dort eine Frau antreffen, die auf ihn wartet, um ihn mit ihren Alltagssorgen zu behelligen und den Kübel ihrer Nöte über ihm auszuleeren? Nein danke, davon haben wir schon selbst genug.

Sogar Barbara und Nani, ihre beiden besten Freunde, könnten nicht behaupten, sie zu kennen. Sie sind von ihrer unentwegten Bereitschaft zum Zuhören verwöhnt. Sie spiegeln sich in ihr, richten ihre Frisur – sie sind beide äußerst eitel – und sagen: »Spieglein, Spieglein an der Wand…«

Ada war ein aufsässiges Kind, eine schwierige Jugendliche und eine rastlose junge Frau. In der Schule glänzte sie in zwei Fächern, die zu nichts nutze sind, Zeichnen und Sport, und daher beschloß ihr Vater, sie zu einer Ausbildung als Handelssekretärin anzumelden, in der sie dann jahrelang unglücklich war und immer wieder durchfiel. Von klein auf hatte man ihr eingetrichtert, eine Frau brauche nur gerade so viel zu lernen, daß sie neben ihrem Mann nicht allzu dumm aussieht; auf diese Weise war ihr schon sehr früh klar, daß sie nie heiraten würde. Ihre Eltern liefern sich seit jeher einen Krieg bis aufs Messer und haben die Kinder immer gezwungen, Partei zu ergreifen. So hat Adas älterer Bruder in der Kindheit auf der Seite der Mutter gekämpft, Ada auf derjenigen des Vaters, während der kleine Bruder schlauer war und gleich ein doppeltes Spiel trieb. Alle drei waren sie mit zwanzig fertig, ausgebrannt und sind schließlich desertiert, um nicht restlos dabei draufzugehen.

So kündigte Ada also mit der Kraft der Verzweiflung bei der Maklerfirma, wo sie als Sekretärin ihres Vaters arbeitete, und nahm eine Stelle bei einer kleinen Privatbank an, wie eine Vertriebene, die um politisches Asyl ersuchte. Mit dem ersten Gehalt mietete sie eine winzige Wohnung, in die sie fast heimlich umzog; sie stahl sich abends mit ihrem Koffer von zu Hause fort.

In der Woche darauf fuhr ihr Vater auf dem Corso Regina Margherita mit dem Auto an einen Baum, was ihm eine Gehirnerschütterung eintrug, alles, so erläuterte er dem Erste-Hilfe-Personal im Krankenhaus, die Schuld seiner Tochter, welche ihn verlassen habe.

Ada hat ihn seit langem verlassen, auch wenn sie es nicht zugeben will. Vor ein paar Jahren hat sie die Beweggründe ihrer Mutter begriffen, und seitdem paktiert sie mehr oder weniger offen mit ihr; ein Seitenwechsel, bei dem sie draufzahlt, denn so hat sie die Unterstützung ihres Vaters aufgegeben, ohne diejenige ihrer Mutter zu gewinnen.

Bei der Bank betäubt sich Ada mit Arbeit. Sie denkt nichts und wünscht sich nichts. Sie hat gelernt, daß das, was ihr auf der Welt am liebsten ist – malen, laufen, Volleyball – unproduktiv ist und ein bißchen peinlich. Das einzig Gute in dieser Zeit ist die Begegnung mit Isabelle, einer jungen Französin, während einiger Ferientage in Cannes. Diese Freundschaft füllt ein ganzes Kapitel ihrer Lebensgeschichte, das wichtigste und glücklichste. Einige Jahre lang sehen sie sich häufig und schreiben einander regelmäßig. Dann heiratet Isabelle, zieht nach Paris und bekommt eine Tochter. Langsam verliert sich ihr Kontakt.

Mit dreißig arbeitet Ada seit über zehn Jahren bei der Bank. Die Tage verbringt sie im Bankgebäude, die Nächte über träumt sie davon.

Dann entdeckt sie zwei graue Haare auf ihrem Kopf. In der Schublade hat sie eine Schachtel Pillen gegen das Sodbrennen, das Kollegin Signorina Borla verursacht, eine aggressive, grausame alte Jungfer. Abends liest Ada oder geht ins Kino. Samstags besucht sie ihre Eltern, die inzwischen aufs Land gezogen sind, und sonntags putzt sie ihre Wohnung, wütend, wie besessen, bis spät in die Nacht. Montags hat sie dunkle Augenringe und ist soweit, daß sie hofft, Signorina Borla möge sie provozieren, damit sie mit Zähnen und Klauen über sie herfallen kann.

Eines Tages hört sie ein Gespräch über Reinkarnation und

hofft von ganzem Herzen, daß es das nicht gibt. Ein Leben ist mehr als genug, und die Vorstellung, sie müßte möglicherweise mehr als eins hinter sich bringen, erfüllt sie mit Entsetzen.

Bis eines trüben, verregneten Herbstmorgens Piero ihr Büro betritt und Signorina Borla vor Aufregung Schluckauf kriegt. Piero ist ein junger Abteilungsleiter, der schönste, der je diese Räume betreten hat. Er ist freundlich und zerstreut, umgänglich und unausgeglichen, eitel und galant. Er lächelt strahlend und verwechselt dauernd die Namen der Leute, mit denen er spricht. Ein brillanter, aber unsteter Kollege, der vorbeirauscht wie ein Sonnenstrahl, auf den bald Wolken folgen. Es spricht sich herum, daß der Gründer des Bankhauses sein Großvater ist, daß Piero verheiratet ist, mit einer älteren Frau, daß er früher Schauspieler werden wollte.

Alle Frauen in der Bank leuchten in seiner Anwesenheit auf, außer Ada, die mißtrauisch ist, widerspenstig, und Distanz wahrt. Trotz oder wegen ihrer Unnahbarkeit beginnt er, ihr den Hof zu machen. Erst spielerisch, mit einer Prise Ironie, dann immer ernsthafter. Schließlich verliebt er sich in sie, mag sein, weil sie die erste Frau ist, die ihm widersteht.

Nach sechsmonatiger Werbung gibt Ada nach, vielleicht ist sie es leid. Er ist unterdessen unsicher und nervös geworden.

Pieros Frau wohnt auf dem Land, in der Familienvilla, während er in der Stadt eine Junggesellenwohnung hat. Als Ada sie zum ersten Mal betritt, ist sie voller Blumen: Tulpen, Narzissen, Mimosen, sogar Orchideen. Sie ist ein wenig erschrocken.

Ihr Verhältnis wird sofort publik. Er sieht sie mit Strahleaugen an, während sie sich verändert, fast gegen ihren Willen. Sie ändert ihre Frisur und ihren Kleidungsstil. Sie wird jünger. Fast schön.

Dann beginnt sie, ihn zu lieben. Sie überrascht sich dabei, wie sie ihn lange ansieht. Sie verspürt eine intensive, komplexe und nicht mitteilbare Zuneigung. Es kommt ihr vor, als hätte sie einen Sohn, einen unruhigen, gierigen, egozentrischen Sohn voller Licht- und Schattenseiten. Sie liebt ihn, bleibt aber auf Distanz, besteht darauf, daß er seine Lebensgewohnheiten nicht ändert, damit seine Frau keinen Verdacht schöpft. Stundenlang hört sie ihm zu, es gefällt ihr, ihm zu gefallen, doch sieht sie deutlich, daß ihre Geschichte früher oder später zu Ende sein wird. Zum Glück ist er verheiratet, denn sie weiß, daß sie nie mit ihm leben, ihm nicht tagtäglich als Ehefrau das geben könnte, was sie ihm ein paarmal pro Woche als Geliebte gibt.

So gern würde sie mit jemandem darüber reden, vor allem mit Isabelle, aber sie hat die neue Adresse nicht. Sie denkt oft an ihre Freundin und versucht, sie über gemeinsame Bekannte aufzutreiben, doch erfolglos. So schreibt sie ihr lange Briefe, die sie in der Schublade aufbewahrt.

Im Büro verwendet sie eine ungeheure Energie darauf, gegen die Blicke der Kolleginnen immun zu bleiben. Signorina Borla erstickt vor Empörung und Herablassung, und Ada erweist ihr kleine Gefälligkeiten, was die Situation nur noch verschlimmert. Sie schlägt eine Beförderung aus, die Piero mit viel Mühe in die Wege geleitet hat.

Piero ist unglücklich, er spürt, daß sie ihm entgleitet. Er wird eifersüchtig, ist überzeugt, daß sie einen anderen hat, läßt sie beschatten. Er betrügt sie, bereut es, gesteht, weint. Ada ist zutiefst beleidigt – wegen der Beschattung –, doch so kommt sie auf die Idee, möglicherweise dieselbe Detektei mit der Suche nach Isabelle zu beauftragen.

Dann spielt er seinen Trumpf aus und macht ihr einen Heiratsantrag. Er will sich von seiner Frau trennen und die Scheidung in kürzester Zeit durchziehen.

Ada spürt, wie eine Riesenangst von ihr Besitz ergreift, ein Fluchtimpuls, ähnlich dem, der sie heimlich aus ihrer Familie hatte ausbrechen lassen. Sie versucht, es ihm auszureden, macht Versprechungen, spielt auf Zeit. Er setzt sie unter Druck, meint, sie wolle bluffen; wie könnte sie auch eine so vorteilhafte Ehe ausschlagen?

Ada kündigt überraschend. Und verschwindet.

Er sucht sie, findet sie (in einer kleinen Pension in Ligurien), reist ihr nach. Eines stürmischen Wintertages gehen sie am Meer entlang. Sie macht eine unendliche Anstrengung und sagt ihm einen Teil dessen, was sie ihm nie hat sagen wollen. Er ist verletzt, aus der Fassung, wird aggressiv. Sie scheiden als Feinde. Ada hat furchtbare Schuldgefühle, eine Empfindung, die sie von Kind auf gewöhnt ist, aber wenigstens weiß sie nun, daß er sie nicht mehr verfolgen wird. In der Rolle der Femme fatale fühlt sie sich wirklich äußerst unwohl.

Monatelang brennt in ihr die Sehnsucht, nicht so sehr nach ihm, sondern nach der Zuneigung, die sie für ihn empfunden hat. Vor allem denkt sie an seine Schläfen, an jene Stelle zwischen den Ohren und dem Ansatz seiner tiefschwarzen Haare, wo sie ihn so gern geküßt hat. Sie erinnert sich an das Gewicht seines Kopfes an ihrer Brust, wie dasjenige eines Kindes, das selig schläft, nachdem es bei der Mutter getrunken hat. Sie schreibt alle Verantwortung, alle Schuld sich selber zu und hofft, daß sie ihm nicht allzu wehgetan hat.

Allerdings ist sie jetzt arbeitslos.

Die Familie nimmt die Nachricht von ihrer Kündigung mit konsternierter und bedrohlicher Ruhe auf, der Ruhe vor dem Sturm. Ada verdrückt sich, bevor es donnert und blitzt.

Eines Tages bleibt Ada bei einem Bummel vor dem zugestaubten Schaufenster eines Ladens in der Via della Misericordia stehen. Ein Schild mit goldenen Lettern weist ihn als Drogerie und Kolonialwarenhandlung aus. Drinnen mustert ein weit über siebzigjähriges, verhutzeltes Paar sie feindselig, während sie den Blick über die renovierungsbedürftigen Holzregale schweifen läßt, über die Stapel ausgeblichener Dosen mit englischen Biskuits und traurig verschrumpelten Trockenfrüchten. Nach wochenlangem diplomatischen Tauziehen ergattert Ada die Unterschrift der beiden unter einen Kaufvertrag, zu einem Preis, der nicht allzuweit über dem tatsächlichen – unbedeutenden – Wert der Konzession liegt.

Als ihre Familie davon erfährt, wirft man sich reihum vorwurfsvolle Blicke zu, wie um zu sagen: »Hab ich's gewußt, deine Tochter war ja noch nie ganz richtig im Kopf.«

Entgegen der Erwartungen aller läuft der Laden gut. Ada baut ihn völlig um, sie arbeitet bis zur Erschöpfung, so tüchtig, daß sie am Ende sogar Isabelle vergißt. Und da bekommt sie einen Brief aus Paris, in dem ihre Freundin ihr schreibt, daß sie unendlich oft an sie gedacht hat und sie wiedersehen will.

Sie treffen sich im folgenden Sommer in der Provence. Isabelles Tochter Claire ist schon halb erwachsen, und die Ehe ist ziemlich hinüber. Sie reden bis spät in die Nacht, Isabelle macht ihr Fischsuppe und Pizza mit Zwiebeln, Ada nimmt ein paar Kilo zu, schläft göttlich, fühlt sich wie neugeboren.

Danach telefonieren sie oft miteinander. Und ihr erzählt Ada auch die Geschichten, die sie von ihrer Kundschaft hört.

»Die fressen dich bei lebendigem Leibe auf«, meint Isabelle. »Als hättest du gar kein eigenes Leben mehr, nur noch eins aus zweiter Hand.«

»Stimmt vielleicht«, antwortet Ada, »vielleicht sind meine Sehnsüchte nicht so stark, daß ich wirklich ein eigenes Leben haben wollte.«

»Du Heuchlerin«, sagt Isabelle. »ich kenne dich gut genug. Du wirkst so zugänglich, aber in Wirklichkeit läßt du niemanden an dich heran.«

Das stimmt, mit Isabelle als einziger Ausnahme.

Ada verteidigt sich. Gewiß, sie ist von einer Art magischem Zirkel umgeben, den niemand durchdringen kann: Man kommt ihr nah, aber nie nah genug, um sie zu berühren und zu erfahren, was ihr wirklich durch den Kopf geht. Das ist Isabelles absolutes Privileg. Ada ist eine treue Freundin und außerdem eine Pessimistin: Sie hat Isabelle gefunden, und damit, so ist sie fest überzeugt, hat sie ihr Kontingent an Glück ausgeschöpft.

In den sechs oder sieben Jahren, seit denen sie die Drogerie betreibt, haben manche versucht, den magischen Kreis zu durchbrechen, aber niemandem ist es gelungen. Voll pubertärer Begeisterung haben alte Jungfern sie zu Bergwanderungen oder zu geführten Kunstreisen in die Städte der Po-Ebene überreden wollen. Vierzigjährige Singles mit lebenserfahrener Lache haben sie als eine der Ihren angesehen und sie ins Restaurant eingeladen, um dort ein paar Anekdoten über die Einsamkeit und die verschiedenen Sorten von Männern auszutauschen, die so in der Welt herumlaufen. Mittelalte, kürzlich verwaiste Junggesellen haben in ihr den möglichen Muttterersatz erkannt und sie detailliert über ihre Verdauungsprobleme unterrichtet. Aber nein, nichts zu machen: Höflich, ausweichend, ein wenig befangen verweigert Ada sich, sie schiebt auf, gewinnt Zeit, entzieht sich.

Ein fünfzigjähriger Rechtsanwalt, der Frauen sonst meidet wie die Pest, hat sich dabei überrascht, wie er ihr unwillkürlich zulächelte, und ihn überfiel der verrückte Gedanke, daß der Gruß, den sie erwiderte, etwas Besonderes an sich hatte, so daß er sie drei geschlagene Monate lang unter seinen buschigen Augenbrauen her mißtrauisch beobachtete, bis die grausame Wahrheit ihm aufging: Wie alle Frauen ist auch Ada treulos. So ist der Anwalt mit gesenktem Kopf geflohen und geht seither ausgetüftelte Umwege, um nicht vor ihrem Schaufenster entlang zu müssen.

»Bist du denn glücklich?« fragt Isabelle sie. »Mit deinem Leben zufrieden?«

»Warum fragst du das?«

»Liebes bißchen, wann willst du wohl einmal antworten, statt mit einer Gegenfrage zu kontern!«

Ja, ist Ada glücklich?

Ada selber stellt sich die Frage nicht. In ihrer Familie pflegte man sich mit derlei Dummheiten nicht aufzuhalten. »Hast du nie Lust gehabt, dein Leben zu ändern, in eine andere Stadt zu ziehen, alles über den Haufen zu schmeißen? Was hieltest du davon, nach Paris zu kommen?« Endlich läßt Isabelle die Katze aus dem Sack.

Vor einigen Monaten hat Isabelle sich von ihrem Mann getrennt, und wie es in diesen Fällen so geht, hat sie beschlossen, noch einmal bei Null zu beginnen, als wäre sie mit vierzig neu zur Welt gekommen, mit der einen oder anderen Falte, ein paar grauen Haaren im blonden Haar, einer mächtigen Gewißheit, was sie alles nicht tun und nicht sein will, und keinerlei Illusionen darüber, wie weit es mit ihrer Weisheit her ist. In der Rue des Beaux-Arts, einen Steinwurf von Isabelles Büro entfernt, liegt ein reizendes kleines Restaurant, dessen Inhaberin verkaufen will; Isabelle ist eine phantastische Köchin und hat außerdem ein Kellermeister-Diplom. Überdies hat sie ihre Arbeit für eine Versicherung und den endlosen Krach mit ihrem Chef gründlich satt. Allein würde sie sich nicht an ein solches Wagnis trauen, aber es gibt einen Menschen, einen einzigen, mit dem sie es tun würde. Einen, mit dem sie gern und glücklich gemeinsam planen, Finanzen aufstellen, Risiken und Erfolge teilen würde: Überleg dir's, sagt sie zu ihr, nimm's als ein Spiel, ein Abenteuer …

Ada überlegt es sich.

Zuerst mit dem Kopf ihrer Mutter, die auf ewig in ihr sitzt: »Nach Paris! Du bist wahnsinnig! Du hast schon einmal den Beruf gewechselt, reicht das noch nicht? Hin und her, dein Leben ist ein einziges Hin und Her, wann willst du endlich mal zur Ruhe kommen?«

Dann träufelt ihr innerer Vater schleichendes Gift hinterher: »Wie willst du das schaffen? Konzentrier dich auf das bißchen, was du hast, überheb dich nicht, dazu hast du nicht das Zeug.«

Trotz der allzu vertrauten Stimmen bekommt Ada Lust, Isabelles Vorschlag anzunehmen. Sie spürt ein gewisses Sprudeln, ein innerliches Kribbeln: Ihre Wünsche kochen hoch, und dort, wo sie an die Wirklichkeit stoßen, explodieren tausende kleiner Bläschen und wecken sie nachts mit ihrem beharrlichen Knistern.

Beim Einschlafen träumt sie, sie geht nach Paris, und ihre Mutter stirbt, in einer Verkettung von Ursache und Wirkung. Sie liegt eine Zeitlang reglos, kann kaum atmen. Wie ein Granitblock versperrt ihre Mutter den Ausgang aus dem Tunnel ihrer Ängste.

Wie soll ich es schaffen, meine Mutter zu verlassen? denkt Ada, die ihr ganzes Leben lang nichts anderes getan hat, als sie zu fliehen, ohne es je ganz zu bewältigen, wie in einem jener Träume, in denen man rennt und rennt und doch nie vom Fleck kommt.

Wenn sie dann gegen Morgen endlich wieder einschläft, träumt sie davon, auf den Seine-Quais zu flanieren. Sie schaut sich um: keine Spur von ihrer Mutter. Sie atmet auf. Sie sendet einen kleinen, sorglosen, fast bösartigen Gedanken an alle, die sie hinter sich gelassen hat: Rosi, Nani und Barbara, Signora Ugazzi … Sie fühlt sich befreit, frei auch von jeder Reue. Die anderen kommen in die Drogerie, rufen nach ihr, suchen sie überall. Die Armen, als würden Kinder nach Hause kommen und jene Frau, die doch auf sie warten soll, nicht mehr finden. Verlassen werden, denkt Ada im Traum, welch ein großes Erlebnis. Aber selber zu verlassen, das ist noch besser.

Erst dann findet ihr Atem wieder einen regelmäßigen Rhythmus.

❧

Da steht sie, auf der Schwelle. Als würde sie die gesamte Türöffnung füllen und alles Licht aussperren.

Ein Arm, erhoben, ist an den Türpfosten gelehnt, am anderen hängt ein Koffer, Ada erkennt das alte Ding aus schwarzem Leder mit dem zerfaserten Griff auf einen Blick. In der erhobenen Hand hält sie einen Strauß aus roten Rosen, Rosmarin und Salbei, in Zeitungspapier gehüllt. Die letzten Rosen des Herbstes, kleine taubeperlte Knospen, Grünspan und Purpurstengel. Sie beben im Rhythmus ihres schweren Atems.

Um ihre Schulter hängt eine zum Bersten volle kunstlederne Tasche; der Riemen gräbt sich tief in den Stoff des grauen Steppmantels und zieht den V-Ausschnitt auseinander, so daß zwischen Kragen und Schal ein Streifen weißer Haut sichtbar wird. Ihre Füße gären unter geschwollenen Knöcheln in den formlosen schwarzen Schuhen.

»Mama!« ruft Ada aus, als sähe sie eine Fata Morgana. »Was machst du hier?«

»Ich bin weggelaufen«, ächzt sie. »Das soll also dein Laden sein. So viel Zeug. Ist es nicht ein bißchen voll?« Und sie streicht sich mit dem Handrücken das Haar aus der Stirn.

Ada hält die Luft an. Alle sind erstarrt. Sie selber, Rosi, Mutter und Sohn Bianchi stehen wie Salzsäulen da und starren zur Tür.

»Also, da bin ich«, sagt die Mutter. Ihr Koffer plumpst dumpf zu Boden.

Ada macht einen Schritt auf sie zu. Der Einfall ihrer Mutter in ihr Leben: ein Tiefschlag des Schicksals. In Vorahnung der Gefahr hebt sie den Koffer hoch, als enthielte er eine Bombe. Als sie ihre Mutter vor ein paar Tagen zuletzt gesehen hat, schien alles normal. Nichts hat auf so einen Knall hingedeutet.

»Ich hab nicht mehr gekonnt.« Sie mustert Signora Bianchi von Kopf bis Fuß, die zerrt ihren Lodenmantel fester und erwidert den Blick stahlhart. »Du kennst ja deinen Vater. Dieser Mann will mich tot sehen, aber den Gefallen tue ich ihm nicht! Wir werden ja sehen, wer als erster dran ist! Mag sein, ich hab Diabetes, aber er hat Bluthochdruck. Einen Mann in seinem Alter erwischt es viel leichter als eine Frau. Die Welt ist voller Witwen, nicht Witwer!«

»Mama, das paßt jetzt nicht. Wir reden später darüber«, bittet Ada und versucht, sie zurückzudrängen. Aber achtzig Kilo Starrköpfigkeit lassen sich nicht so leicht vom Fleck bewegen.

»Nimm den Koffer!« befiehlt Ada Rosi, die sie mit offenem Mund anstarrt.

»Wir haben es eilig!« bemerkt Signora Bianchi und durchbohrt den Eindringling mit Blicken wie Pfeilen. »Nicht wahr, Alberico?«

»Ja, wir haben es eilig.« Alberico ist gehorsam.

Das hier könnte eigentlich einer jener kleinen Vorfälle sein, aus denen das Leben eben so besteht, doch Ada hat eher den Eindruck, es handle sich um eine Katastrophe größeren Ausmaßes.

Mariuccia Coppo, achtzig, drei Kinder, verheiratet mit Luigi Bracco, genannt Gino, ist eine raumgreifende Person, nicht nur durch ihre Fülle. Eine starke, kriegerische Frau mit klaren Vorstellungen; mehr als mit Gino ist sie mit der Pflicht verheiratet, und nur diese hat ihr eine gewisse Befriedigung verschaffen können. Daß sie beschlossen hat, die eheliche Wohnung zu verlassen, liegt an wichtigen, nicht von der Hand zu weisenden Gründen, und sie findet, die muß ihre Tochter sich sofort und unbedingt anhören. Blutsbande kommen vor allem anderen, findet Mariuccia, bereits beleidigt, während sie sich widerstrebend in das Hinterzimmer ziehen läßt. Sie begreift nicht, wieso diese beiden Fremden zuerst von ihrer Tochter beachtet werden und sie, die Mutter, warten soll. Falls Ada sich dessen, was sie sagen könnte, schämt, ist sie im

Unrecht: Mariuccia ist ein offenes Buch, wenn sie eine Kröte ausspucken will, dann spuckt sie, und sei's vor dem Papst.

Signora Bianchi ihrerseits verlangt, was ihr zusteht: Adas völlige und ungeteilte Aufmerksamkeit. Alina erträgt es nicht, daß irgend jemand vor ihr an die Reihe kommt, wenn sie in einem Geschäft oder vor einem Schalter Schlange steht, und um diesem unerträglichen Unrecht zuvorzukommen, drängelt sie sich gelegentlich selber vor, wenn hier einer Zeit zu verlieren hat, dann sind es schließlich die anderen.

Ada ist nervös. Sie rempelt Rosi an, die in kritischen Situationen immer im Weg steht, der rutscht ein Glas aus der Hand und zerschellt am Boden. Die Stimme ihrer Mutter läßt Ada unversehens wieder zum Kind werden. Ihre Kindheit bestand aus chronischem Schuldgefühl, dann stürmischem Aufbegehren, Fluchtversuchen und ausweichendem Schweigen, während in ihr die Gewißheit reifte, überall und stets im Unrecht zu sein. Die dreißig Jahre alten Gefühle überfallen sie und schnüren ihr die Kehle zu: Sie möchte ihre Mutter zertrümmern und sie zugleich glücklich machen, aus demselben Impuls, und das läßt sie verzweifeln. Allein daß Mariuccia dort hinter dem gelben Vorhang ist, lähmt ihr Nervensystem.

»Bring ihr ein Glas Wasser!« gebietet sie Rosi, als sie von hinten rasselndes Atmen hört.

»Sie hören mir nicht zu!« gellt Signora Bianchi.

Rosi schneidet sich an einer Scherbe. Alberico wird beim Anblick von Blut übel. Rosi bringt auch Alberico, der bleich wie Ricotta geworden ist, ein Glas Wasser.

Mit methodischer Erbitterung kämmt Signora Bianchi das Geschäft durch und kauft große Mengen ein. Rosi, die Hand mit einem Kleenex verbunden, ist noch konfuser als sonst und nimmt keine der Bewegungen wahr, mit denen Alina Bianchi sich eine Schachtel Lakritz in die Manteltasche steckt, dazu ein Stück Jasminseife und drei Barren Nougat mit Vanilleglasur, obwohl es fast direkt vor ihren Augen geschieht. Alina strahlt, sie ist wütend und glücklich. Ihr Sohn Alberico bemerkt überhaupt nichts.

Kommen Barbara und Nani gemeinsam ins Sportstudio, ist es ein momentlanger, berauschender Triumph, wie wenn Hauptdarsteller und Hauptdarstellerin, sehnlichst erwartet, endlich auftreten und gelassen-hoheitsvoll mit leichtem Nicken den Applaus zur Kenntnis nehmen, der auf offener Bühne über sie hereinbricht.

Noch heute halten die naiveren Mitglieder des Fitneßcenters »Jaguar« sie für ein Paar. Ein wenig haben sie recht: Nani ist aus Barbaras Leben nicht wegzudenken, die anderen Männer kommen und gehen, er aber bleibt.

Heute sind sie beide noch ein wenig von dem gestrigen Diskotheksbesuch benommen. Barbara ist außerdem deprimiert und verunsichert, wie jedesmal, wenn sie ihre Schwester gesehen hat. Wenn Laura keine Psychopharmaka nimmt, jammert sie herum und ist träge, ist sie jedoch »in Behandlung«, dann wird sie freundlich und gedämpft heiter; ihre großen, hellen, unendlich starren Augen erinnern an eine ausgestopfte Hirschkuh im Schaufenster eines Waffengeschäftes. Nach jeder Begegnung mit ihr wird Barbara unweigerlich von der Angst gepackt, es könne keine Rettung vor dem typischen Frauenschicksal geben, das ihre Schwester für sie verkörpert. Vielleicht liegt es daran, daß sie keine anderen Frauen kennt, keine Freundinnen hat; dutzendweise Freunde, aber keine wahre Freundin, die ihr helfen könnte, dem schrecklichen, lächerlichen Popanz der Ehe zu begegnen und ihn zu bezwingen. So wunderbar, verständnisvoll und aufmerksam Ada auch ist, als Freundin kann Barbara sie nicht bezeichnen; nein, obgleich sie sich von allen Vorurteilen frei fühlt, meint sie, Ada komme als Freundin für eine Frau wie sie nicht in Frage, eine schöne, junge, gebildete Frau aus der gehobenen Mittelklasse – all das ist Ada nicht.

»Du hast ja keine Ahnung«, säuselt sie Nani beim Aufwärmen zu, »wie das ist, inmitten von tausenden Bonbonnieren. Aus Porzellan, Seide, Papier, Glas, Silber, Onyx, in jeder denkbaren Form, eine Masse nutzloser, monströser Dinger, ein Alptraum.«

»Laß es eben bleiben«, brummelt Nani hüpfend.

»Aber Emanuele liegt soviel daran, seit Monaten plant er

jedes Detail der Hochzeit, wie ein Kind freut er sich, der Ärmste. Seine erste kirchliche Hochzeit, er ist total aus dem Häuschen.«

»Ein Freund von mir ist Bildhauer, der hat gerade eine Ausstellung laufen mit kleinen Phalli aus gebranntem Ton. Die mit Konfetti und Tüllschleier – das wär doch was. Denk mal drüber nach«, schlägt Nani vor.

»Hör bloß auf. Mit dir kann man nicht ernsthaft reden«, meint Barbara. Nani zuckt mit den Schultern.

Vor Beginn der Aerobic-Stunde mustern sich beide kritisch in dem Spiegel, der eine ganze Wand des Raumes bedeckt. Nani deutet einen Ballettschritt an, er kreuzt seine langen, schlanken Beine und neigt den Oberkörper zur Seite, die Arme über den Kopf erhoben.

Nani arbeitet als Schauspieler, nein, das ist eine Untertreibung: Nani *ist* ein Schauspieler, schon von klein auf, weil er sich vor einer aufdringlichen, autoritären Mutter in Sicherheit bringen und den braven Jungen spielen mußte, und auch nach bald dreißig Jahren Übung kann er diesen Impuls nicht ablegen. Vielleicht ist er deswegen dazu verurteilt, seinen Lebensunterhalt zu verdienen, indem er in Schulen auftritt und beim Kindertheater Regie führt. Wohl hat er im Teatro Stabile Pirandello zitiert, hat einige kleinere Rollen unter Ronconi gespielt, aber sein täglich Brot bleiben doch Peter Pan, der Zauberer von Oz und der kleine Däumling. Bald vierzig, ist Nani unzufrieden und voller Sehnsüchte, die ebenso verschwommen wie hartnäckig und unerfüllbar sind. Seit fünf Jahren ist er mit Ernesto, einem Krankenhausarzt, der ihn anbetet, so gut wie verheiratet, und allmählich spürt er den Zahn der ehelichen Langeweile.

Er trägt ein Sweatshirt, die Ärmel an den muskulösen Unterarmen aufgerollt, es hängt lässig über den Bund seiner schwarzen, hoch an der Hüfte sitzenden Hose aus geschmeidigem Stoff. Als sie im »Jaguar« anfingen, haben Barbara und er sich geschworen, niemals die unverzeihliche Schlampigkeit eines Jogginganzugs zu begehen. Barbara trägt einen abenteuerlich ausgeschnittenen schwarzen Body, rote Leggings und schwarzwollene Wadenwärmer.

Beide sind sie groß und schlank, und die Masse ihres Blondhaars bildet einen reizvollen Kontrast zu seiner schwarzen Mähne. Sie gehen zum selben Friseur und benutzen dieselbe Marke Haargel, freilich in verschiedenen Tönen. Mit dem Friseur hatten sie beide kurz mal was laufen. Nein, in all ihrer Verschiedenheit könnten sie einander ähnlicher nicht sein.

Auf der Straße schauen die Leute ihnen nach. Hier, im Sportclub, huschen bei der einen oder anderen Verrenkung begehrliche Blicke der keuchenden Mitturner über die perfekten Waschbrettmuskeln ihrer flachen Bäuche.

Wenige Männer trauen sich an Aerobic heran, und Nani hüpft als einziger in der ersten Reihe mit. Die anderen versuchen, in den hinteren Rängen ihre Tolpatschigkeit zu verbergen, von dort können sie sich leichter verkrümeln, wenn sie schlappmachen.

Barbara liebt Aerobic. Hier und nur hier auf der Welt kann sie alles vergessen: ihre Schwester, die Hochzeit, die Bonbonnieren, sogar Mutter Ricarda. Das rechte Bein schwingen, die Arme über den Kopf heben, ein kleiner Sprung, eine Neigung des Oberkörpers, in die Hände klatschen. Um all das zu machen, perfekt koordiniert und immer schneller, muß sie Körper sein und nichts als Körper, ohne einen Gedanken, ganz im Hier und Jetzt. Für Nani ist es umgekehrt: In ihm wurzelt die Gewohnheit, komplexe Bewegungsabläufe auszuführen, so tief, daß er es sich erlauben kann, an anderes zu denken und sogar anderes zu beobachten als nur sein eigenes Bild in der Spiegelwand.

Eben jetzt beobachtet er einen Mann, der in einer Ecke auf der Bank sitzt, den Kopf in die Hände gestützt, die Ellbogen auf den Knien. Sein Gesicht – er mag vierzig sein, vielleicht etwas darüber – wird von einem tiefschwarzen Bart gerahmt, er hat dunkle, durchdringende, finstere Augen und eine gerunzelte Stirn, als dächte er angestrengt nach.

Sein Blick trifft Nanis im Spiegel. In Wirklichkeit verfolgt der Denker jede seiner Bewegungen genau, mit intensiver, verträumter Aufmerksamkeit.

Nani versucht ihn zu ignorieren. Diesen Blick kennt er zur

Genüge, hunderte Male hat er ihn auf der Haut gespürt, gerade hier beim Sport, wo man Begierden und Eitelkeiten in der Sauna auf eine Weise ausschwitzt, die den braven Bürgern der Stadt erlaubt, mit der frohen Gewißheit wieder an die frische Luft hinauszutreten, daß sie sich jeder Art Schlacke entledigt haben.

In den Augen des Denkers funkelt aber mehr als nur ein vorübergehendes Verlangen, stellt Nani interessiert fest. Eigenartiger Typ, denkt er, schön ist er ja nicht, so schmal und sehnig, mit diesem Bartgewucher, aber doch interessant, irgendwie geheimnisvoll. Wo der wohl herkommt – dieser olivgrüne Teint und diese Nase, wie der Ewige Jude?

Wie lange hat sich niemand mehr in mich verliebt? fragt sich Nani zum Rhythmus der Musik. Eins, zwei, drei, vier, wie lang schon Ernesto, fünf, sechs, sieben, acht, ein Schatz, aber manchmal treibt er mich zum Wahnsinn, eins, zwei, drei, vier, wie lang schon nicht mehr dieser Kitzel, fünf, sechs, sieben, acht, wenn der da etwas hübscher wäre, ja, wenn …

Barbara weiß von all dem nichts. Zwischen Männern geschehen Dinge, die Frauen einfach entgehen.

Als Nani die Sauna betritt, weiß er schon, daß *er* da sein wird, was ihn aber nicht daran hindert, unmerklich zusammenzuzucken, als er ihn sieht. Er setzt sich in die gegenüberliegende Ecke, legt sich das Handtuch auf den Schoß, wirft den Kopf in den Nacken und schließt die Augen, um sich den Blicken darzubieten, seine bloße Kehle, die nackte Brust. Er lächelt leicht, ein blindes, ein zur Decke, an niemanden gewandtes Lächeln.

Als er die Augen wieder aufschlägt, ist der Blick des anderen da, schamlos, gebieterisch, glühend. Keine Bitte: eine Forderung. Eine heiße, bedrohliche Welle schwillt, um Nani mit sich fortzureißen.

Nani schaut ihn an, gespielt heiter und kühl, doch unwillkürlich zittern seine Lippen vor Lust loszulachen, aus Vergnügen und Zufriedenheit. Ich stelle mich an wie ein Teenie, denkt er, während er gierig den Blick seines Gegenübers aufsaugt.

Nani ist hoffnungslos romantisch. Hat da jemand behauptet, Schwärmerei sei nur etwas für Frauen? Männer sind viel romantischer, das weiß Nani nur zu gut, und sie verbergen in der Liebe unter einer prosaischen, manchmal brutalen Attitüde eine herzzerreißende Sehnsucht nach etwas anderem, etwas, das sie stillt, erfüllt und sich in Sicherheit fühlen läßt, das sie selig träumen läßt – etwas wie Muttermilch. Es ist unendlich schwer zu finden, wenn man mal entwöhnt ist, aber insgeheim suchen sie es immer, mit einer Hartnäckigkeit und einem Sehnen, das sie auch sich selber nie eingestehen würden. Zu Muttermilch hätte Nani so das eine oder andere zu sagen: Manchmal hat er das Gefühl, als könnte er die unvergleichliche Empfindung noch spüren, die er in der Wiege hatte, wenn sie sich über ihn beugte, ihm – schon damals – Entsetzen einflößte und er zugleich hoffte und fürchtete, sie könnte, statt ihn zu füttern, ihn mit einem Haps auffressen.

Aber es ist Zeit zu gehen. Aufwachen, zurück ins harte Leben. Bald muß Nani im Theater sein, zu den Proben seines neuesten Stückes, »Captain Hook greift an«. Er steht auf, und das kesse Handtuch rutscht zu Boden. Hinreißend nachlässig bückt er sich danach. Niemand scheint es zu bemerken, außer dem Denker, der den Kopf zur Wand dreht, als würde er geblendet, und auf seiner Bank hockenbleibt.

In der Umkleide spürt er ihn auf einmal hinter sich. Etwas Warmes, Hitziges, das ihn bei den Schultern packt, ohne ihn zu berühren. So fest entschlossen, daß es ihn selber mit himmlischer Erleichterung erfüllt, dreht Nani sich um. Ein Blick genügt, sie haben sich verstanden.

Bis auf sie beide ist der Umkleideraum leer. Jetzt, mitten am Nachmittag, sind nur wenige Männer im Club. Kurz die Lage sondierend, schauen sie sich um. Die Kabinen sind recht geräumig, Vorhänge gewähren ein wenig Privatheit nach der exhibitionistischen Orgie von Gymnastikräumen, Sauna und Schwimmbad. Sie schlüpfen in die hinterste, wo man sie am wenigsten sehen kann. Den Bruchteil einer Sekunde lang überlegt Nani, ob man ihm wohl, wenn sie entdeckt und für immer aus dem »Jaguar« verjagt werden sollten, den Rest seines Jahresbeitrags auszahlen wird. Dann verstummen die Gedanken, die Körper ergreifen das Wort, ohne Worte zu machen.

Achtzehn Minuten später stehen sie an entgegengesetzten Enden der Umkleide und ziehen sich an. Wer weiß, vielleicht dankt auch er dem Himmel, daß keiner uns erwischt hat, fragt sich Nani, leicht benommen; seine Hände zittern noch ein wenig vor Anstrengung, als er sich das Hemd überstreift.

Im Gehen wirft der andere ihm einen zärtlichen, unergründlichen Blick zu (nein, er ist nicht schön, das muß man zugeben, aber was für ein interessantes Profil), dann reicht er ihm hastig etwas: einen Zettel, wahrscheinlich hat er ihn bekritzelt, als Nani sich zu seinen Schuhen bückte. Nani nimmt sich vor, ihn wegzuwerfen, ohne ihn zu lesen. Was geschehen ist, war sinnvoll und schön, auch wenn es ein einmaliger Vorfall war, losgelöst von ihren Leben, soviel ist ihm klar, und er hofft, daß es für den anderen auch so ist.

»Wie lange du wieder gebraucht hast!« kommentiert Barbara. »Von wegen, Frauen stehen stundenlang vorm Spiegel. Aber die Gymnastik hat dir gut getan, das kann man sehen.«

»Was willst du damit sagen?« erkundigt er sich mißtrauisch.

»Du schaust ganz anders aus der Wäsche!« Sie hängt sich die Sporttasche um. »Wie ausgewechselt. Wirklich, zehn Jahre jünger!«

Nani weicht ihrem Blick aus. Ja, er fühlt sich um Jahre verjüngt. Zerstreut steckt er den Zettel in die Tasche und vergißt ihn. Jedenfalls für den Augenblick.

❧

Abend. Kurz nach elf. Ada berichtet Isabelle von Barbaras bevorstehender Hochzeit, einem Ereignis, das in ihr eine ganze Reihe von Gefühlen auslöst: Schmerz, Wut, Ohnmacht, Verunsicherung, Schuldgefühle und Sehnsucht. Schmerz, weil sie Barbara verliert, weil Ada das freudige Ereignis nicht anders als mit Trauer betrachten kann. Barbara als Ehefrau: Das bedeutet den Tod der Barbara, die sie bis jetzt gekannt hat. Wut auf Barbara, aber die bemerkt Ada nicht, und auf sich selber, die sie sich nicht deutlich einzugestehen wagt. Aber was tun? Ada ist machtlos, sie hat die ganze Welt gegen sich, sie weiß, niemand würde ihre Gründe begreifen. Die Verunsicherung nagt an ihr: Und wenn sie selber sich irrt? Sie fühlt sich schuldig, vielleicht mag sie Barbara nicht genug, eigentlich mag sie sie doch gern, vielleicht begreift sie nur nicht, daß all das für Barbara gut ist? Doch darüber hinaus spürt sie große Sehnsucht nach der Barbara, die sie gekannt hat, frei, großzügig, offenbar unverwundet trotz der Serie von Männern, die sie geliebt und dabei vergebens versucht haben, sie sich selber fremd zu machen. Diese Barbara ist schon verloren, sie hat einer anderen Platz gemacht, einer Art Mutantin, einem Schmetterling, der unruhig und ängstlich zwischen seinem früheren und dem zukünftigen Leben hin- und herflattert und nicht weiß, wohin mit sich.

»Manche Frauen sind einfach nicht für die Ehe gemacht«, sagt Ada.

»Keine Frau ist für die Ehe gemacht«, entgegnet Isabelle. Kurze Stille, dann das Klicken eines Feuerzeugs. »Weil die Ehe nicht für die Frauen gemacht ist.« Isabelle atmet polemisch den Zigarettenrauch aus.

»Und warum fühlen sie sich dann unvollständig, wenn sie nicht heiraten?« will Ada wissen.

»Propaganda«, antwortet Isabelle, »ich bin ihr selber aufgesessen, ich weiß, wovon ich rede. Als würden sie dir ein Lexikon andrehen, das du überhaupt nicht brauchst, indem sie dir einreden, daß dein Leben nichts wert ist, wenn du es nicht hast. Und dann heißt es fünfzehn Jahre lang Raten abstottern, wie bei mir.«

Isabelles Verbitterung hat Gründe: Ihr Mann, der erst in die Scheidung einzuwilligen schien, wirft ihr neuerdings Knüppel zwischen die Beine. Er ruft sie ständig an, wechselt zwischen nostalgischer Zärtlichkeit und verhohlenen Drohungen. Worauf will er hinaus? fragt Isabelle sich besorgt. Jetzt hat er auch noch angefangen, Claire, ihrer fünfzehnjährigen Tochter, Geschenke zu machen: ein Paar brandneue Ski, einen Kaschmirpullover, eine Lederjacke. Und Isabelle jammert er vor, sein Geld reiche vorne und hinten nicht, keine sehr raffinierte Art, sich vor den Unterhaltszahlungen zu drücken. »Dabei will ich keinen Pfennig von ihm!« prustet Isabelle erbost. Dann überlegt sie sich's: »Der denkt wohl, er kann mich nochmal reinlegen, wenn ich nichts verlange? Mein Gott, ist das alles kompliziert!«

Ada hält sich den Hörer dicht vor den Mund und redet leise, um ihre Mutter nicht zu wecken. Sie hat sie in ihrem Schlafzimmer einquartiert, damit sie von dem Sofa im Wohnzimmer keine Rückenschmerzen bekommt. Dort campiert sie nun selber, um beim Aufstehen nicht zu stören; sie hat frische Wäsche und die Kleider, die sie morgen anziehen will, auf einem Stuhl deponiert, den Wecker auf dem Tisch, ein Glas Wasser am Boden.

Seit Mariuccia hier ist, bewegt Ada sich in ihrer Wohnung so behutsam und rücksichtsvoll, wie sie es an sich selbst gar nicht kennt. Als wäre sie der Gast und ihre Mutter die Hausherrin. Ihre Schultern hängen herab, sie schläft in Kauerstellung. Tut ihr darum alles weh?

Mit Isabelle spricht sie nur noch heimlich. Mariuccia, die als Kind und im Krieg gehungert hat, ist gegen alle teuren Vergnügen, und sie würde nie begreifen, warum ihre Tochter dermaßen viel nach Paris telefonieren muß, auch wenn es zum Nachttarif ist. Ada wählt erst, wenn sie hinter der Tür sachtes Schnarchen hört.

Aus einem Schamgefühl heraus, mit dem sie sich nicht näher beschäftigen möchte, vermeidet sie es, Isabelle von der Anwesenheit ihrer Mutter zu erzählen. Sie schämt sich, will sich aber nicht weiter damit beschäftigen.

❧

Ein kalter, klarer Tag. Auf dem Bettrand sitzend, durch das Schlafzimmerfenster ihrer Tochter – es geht nach Nordwesten hinaus – betrachtet Mariuccia lange die gezackten weißen Alpen am blauen Horizont. Auf dem kleinen Platz unten hüpfen zu Füßen des rötlichbraunen Glockenturms der Chiesa della Consolata die Tauben vorsichtig über das feuchte Pflaster; der nächtliche Reif schmilzt in der Morgensonne zu einem glitschigen Film.

Langsam hebt Mariuccia ihr weißhäutiges, mit Altersflecken besprenkeltes und von bläulich-lila Adern überzogenes Bein, sie neigt sich vor, greift zu den Füßen und streift sich mühevoll, mit angehaltenem Atem eine dicke braune Strumpfhose über. Ein schwieriges Manöver, nicht nur, weil sie Kreuzweh hat und es ihr die Luft abschnürt, wenn sie den Bauch auf die Schenkel drückt, sondern auch, weil sie sehr darauf achten muß, mit ihren rauhen Fingern keine Laufmasche zu reißen. Beim Aufstehen, als sie die Strumpfhose mit der flachen Hand über den Knien glattstreicht, empfindet sie eine kurze Leere, einen Schwindel. Hastig krallt sie sich an das Bettgestell, um den Anfall zu bezwingen. Den Blick fest auf das Fenster gerichtet, atmet sie tief ein und aus, das Madonnenbild hüpft an seinem Goldkettchen zwischen der Brust, die ihr noch geblieben ist, der rechten, und der flachen Stelle auf der anderen Seite. Vor fünfzehn Jahren ist die linke entfernt worden, wegen einer Geschwulst, die Mariuccia ein halbes Jahr vor Arzt und Familie verheimlichte. Das Haus auf dem Lande wurde gerade gebaut, Gino war in das ausgeschachtete Fundament gestürzt und hatte sich das Schlüsselbein gebrochen, also fand Mariuccia es undenkbar, selber ins Krankenhaus zu gehen, und sie wartete mit der Krebssache, bis das Haus stand und Gino wieder gerade gehen konnte. Eins nach dem anderen, so hatte ihre einzige Erklärung gegenüber den Kindern gelautet, die vor Schuldgefühlen nicht ein noch aus wußten und ihr endlose Vorhaltungen machten. Nur Ada akzeptierte ihre Entscheidung mit verblüfftem Schweigen. Zum Glück gab es keine Metastasen, trotz der späten Operation und obwohl die Geschwulst bösartig war. Seither trägt sie eine Schaumstoffprothese unter dem Kleid.

Dieser für die Stadt ungewöhnlich klare Himmel erinnert sie an die Winter ihrer Kindheit. Während sie wieder normal zu atmen beginnt, spürt Mariuccia, wie ein Tränchen sich selbständig macht und ihr die Wange hinabrollt.

Ausschließlich und strengstens nur wenn sie allein ist, gönnt Mariuccia es sich dann und wann, ein wenig zu weinen. Als Kind schon hat sie geschworen, sich nie von wem auch immer beim Flennen ertappen zu lassen, und das Versprechen hat sie gehalten. In der letzten Zeit jedoch läßt sie sich hin und wieder von einer bittersüßen Schwäche übermannen, die vielleicht die Mühe des Widerstehens gar nicht mehr lohnt. Sie weiß sehr wohl, daß viele Frauen ihres Alters ob ihres Ungemachs weinen, aus Trauer um die Lieben, die sie verloren haben, um ihren Mann zu ärgern, die Kinder zu erpressen oder einfach so zum Zeitvertreib. Aber solche Touren verachtet sie. An dieser Träne jetzt ist der strahlende Himmel da draußen schuld, der sie siebzig Jahre und mehr zurückträgt.

Ein Wintermorgen, auf den Feldern liegt Schnee, gelblichbraun spieken die Maisstoppeln aus diesem weißen Mantel, wie geborstene Spieße und Lanzen, wie Skelette von Rittern, die der Frost mitten in der Schlacht überrascht hat. Die Schatten in den Ackerfurchen sind strahlend blau. Mariuccia hat Löcher in den Strümpfen, der Schnee dringt in ihre Pantinen und beißt ihr in die Zehen, während sie quer über die Felder abkürzt, statt dem Pfad zu folgen: Sie ist zu spät an diesem Morgen, sie hat ihrer Mutter bei der Wäsche helfen müssen, bevor sie zur Schule geht.

Mariuccia beeilt sich, sie zieht das weinrote Schultertuch enger, das ihr als Mantel dient, und die Pantinen schlappen ihr rhythmisch pock! pock! an die Fersen, die hart und verhornt in schwarzen Strümpfen stecken. Vor ein paar Stunden hat sie drei, vier Scheiben Brot in verdünnter heißer Milch aus einer Schale gelöffelt, und bevor sie das Haus verließ, hat Maria, ihre Stiefmutter, ihr ein halbes Glas gezuckerten Wein zu trinken gegeben. Jetzt hat sie wieder Hunger, doch trotz der Kälte und des leeren Magens ist sie von überströmender körperlicher Freude erfüllt. Sie wirft die Beine, springt mit beiden Füßen in die Gräben, bleibt stehen und stopft sich eine Handvoll Schnee in den Mund; der Schnee, körnig wie grobes Salz, glänzt kurz auf ihren roten, gesprungenen Lippen, bevor er schmilzt. Fast fünf Kilometer sind es von dem Weiler, wo die Familie Coppo wohnt, bis ins Dorf Corio, und das Mädchen braucht nicht länger als eine gute halbe Stunde. Mariuccia kann nichts für dieses Glücksgefühl, sie ist so geboren, mit heißem Blut.

Aber als sie in der Schule anlangt, in dem Klassenzimmer mit der verbrauchten, verqualmten, nach Stall riechenden

Luft, schimpft die Lehrerin sie aus, weil sie jetzt erst kommt. Eine neue Lehrerin, die alte, die alle kannte, ist in Pension gegangen. Die Neue weiß nicht, wie sehr Mariuccia sich beeilt hat, weiß nicht, daß sie zuvor Eimer um Eimer Wasser geschleppt und mit dem Stab in der Wäsche gerührt hat, in dem Kessel voll glitschiger Asche, sie weiß nicht, daß Mariuccia alles dafür tun würde, um in die Schule zu gehen, um nicht unwissend zu bleiben wie ihre Mutter, die weder lesen noch schreiben kann. Nein, sie stellt sie vor allen bloß, vor den stechenden Blicken der anderen Kinder. Mariuccia zuckt nicht mit der Wimper, es scheint ihr überhaupt nichts auszumachen, über diese Winzigkeit siegt ihre Lebensfreude im Handumdrehen.

Mariuccia sagt sich, daß sie wegen der Ungerechtigkeit der Lehrerin weint, aber das stimmt bei weitem nicht. Nie hat sie zu Selbstmitleid geneigt, auch jetzt nicht. Die Lehrerin ist ein Vorwand, sonst nichts. Mariuccia weint darüber, daß diese Erinnerung so lebhaft ist: der Schnee, der Himmel, ihr Schultertuch, das sich in den Büschen verfängt, der winterliche Duft, das dumpfe Geräusch der kalten, schweren Erde unter ihren Füßen, der weiße Dampf, der von den Dächern drunten im Dorf aufsteigt.

Diese Welt hat immer in ihr fortgelebt, während das Kind Mariuccia wuchs und älter wurde, sie hat sie das ganze Leben lang in sich getragen, diese Welt ihrer Kindheit, die Leute, die Gesichter, den Dialekt von früher, Orte und Gerüche, Sehnsüchte, ob gestillt oder ungestillt, und Ängste. Siebzig Jahre lang ist sie bei ihr geblieben, unerreichbar und doch in Armeslänge, nur ihr selber sichtbar, Quelle eines fortwährenden Staunens und eines stillen, machtvollen Trostes.

An diesem Morgen sitzt Mariuccia auf dem Bett ihrer Tochter, den Koffer, den sie aus dem Dorf mitgebracht hat, geöffnet auf einem Stuhl vor sich, und weint über das Verschwinden dieser Welt. Daß es sie in der Realität schon seit Jahrzehnten nicht mehr gibt, ist ihr egal; sie trauert darüber, daß mit ihr auch diese Erinnerungen sterben werden. Während sie sich mit dem Saum des Unterrocks Luft zufächelt und ihr Herzschlag sich beruhigt, entschlüpft ihr noch eine Träne und kullert dick und schwer bis an die Nasenspitze. Was sie dem Tod vorenthalten möchte, ist nicht dieser alte, müde Körper einer ausgelaugten Achtzigjährigen, die nie auf sich geachtet hat, sondern die unerschöpfliche, kompakte, strahlende Energie jener Mariuccia, die in ihren Holzpantinen zur Schule rennt. Lachend rennt sie, als könnte der Tod sie nie einholen.

❧

Wer weiß, was Gino in diesem Augenblick tut, fragt sie sich später, als sie ihren Kaffee mit Süßstoff trinkt. In einem akuten Anfall von Heimweh denkt sie an ihren Garten, daran, wie der Khakibaum seine nackten Zweige gen Himmel reckt und seine prall leuchtenden Früchte darbietet, als wären es Opfergaben. Was Gino tut? In diesem Augenblick hat er den Baum vielleicht schon gefällt, um ihn zu verfeuern.

Die ersten Scharmützel zwischen ihnen fanden bereits in den dreißiger Jahren statt, aber die offizielle Kriegserklärung war erst 1945 fällig, nach dem Ende der anderen Schlachten; ihr Privatkrieg ist langsamer und begrenzter, aber nicht weniger erbittert.

Geheiratet haben sie sehr jung, nach einer langen und lästigen Werbungszeit. Lästig für Mariuccia, die damals bei einer Schneiderin in Corio als Näherin arbeitete. Mariuccia war geschickt, äußerst geschickt sogar, und noch ein paar Jahre so, dann hätte sie mit ihren Ersparnissen eine eigene Werkstatt aufmachen können. Doch dann erkrankte ihre Stiefmutter an Leberzirrhose, und Mariuccias Geld ging für den Arzt, für Arzneimittel und die dann folgende Beerdigung drauf. Der doppelte Verlust brach außerdem ihren Optimismus und schuf die Voraussetzung dafür, daß sie Gino ins Netz ging.

Er ist eine Bohnenstange, der die Jacke lose um die Schultern hängt; seine Jugend hat er im Priesterseminar verbracht, doch dann geht ihm auf, daß seine Berufung nicht im Priesteramt, sondern darin besteht, Mariuccia zu heiraten, die er von Kindesbeinen auf kennt. Er sprüht vor brillanten Ideen, er ist schnell beleidigt und finster. Schon damals muß man ihn mit

Glacéhandschuhen anfassen, und wehe, da macht einer Witze. Er sagt, er würde es zu Reichtum bringen. Dann bringt er es aber nicht weiter als bis vor die Tür der Schneiderwerkstatt, wo er morgens und abends wartet, daß Mariuccia kommt und geht. Schließlich wird er von dem Landwirtschaftsbetrieb, wo er arbeitet, gefeuert, denn er kommt immer zu spät, und an manchen Tagen meldet er sich krank, um stundenlang unter dem Fenster zu stehen, hinter dem Mariuccia sitzt, über Musselin und Organza gebeugt.

Mariuccia hält lange durch, bis sie sich endlich ihren Überdruß eingesteht und den Platz wechselt, ganz nach hinten ins Dunkle. Kaum hat sie das getan, wird ihr klar, daß dies der Anfang des Aufgebens ist. Selbst ohne das verstohlene Lächeln der anderen Näherinnen und ohne die durchaus nicht diskreten Bemerkungen dieser jungen Landfrauen: Sie braucht nur in sich selber zu lauschen, um festzustellen, daß sie ihn wahrgenommen hat, trotz aller Bemühungen und Entschlossenheit. Zu jener Zeit braucht es nicht viel, um ein Mädchen zu kompromittieren: Gino macht sie vor den Augen des ganzen Dorfes unmöglich.

Er gewöhnt sich an, sie nach Hause zu begleiten, immer mit drei Schritt Abstand. Dann und wann dreht sie sich um und feuert blitzende Blicke auf ihn ab. Er macht sie wahnsinnig mit seinem verschlagenen Pfaffengrinsen. Angst hat Mariuccia nicht; diese Wanderungen über dunkle Feldwege elektrisieren sie, sie lassen ihr Reißzähne wachsen. Soll er ihr doch zu nahe kommen, wenn er sie anfaßt, reißt sie ihn in Stücke. Er kommt ihr nie zu nah. Eines Abends nach dem Essen steht er bei ihr zu Hause vor der Tür, und ihr Stiefvater, schon ein wenig beschwipst, bietet ihm zu trinken an. Mariuccia flüchtet zu einer Freundin, Nilde.

Nilde ist fünf Jahre älter und häßlich wie die Nacht, die Ärmste; sie erklärt Mariuccia für verrückt: Wie denn, dein Galan kommt zu dir nach Hause, und du haust ab?

Mariuccia ist ein Findelkind. Auch die Schwestern des Klosters, dem man sie anvertraut hat, wissen nicht, wer ihre Eltern sind, und haben sie Maria Assunta getauft. Schon als sie noch ganz klein ist, wird ihr klar, daß sie nicht weiß, woher sie kommt und was sie hier auf Erden soll, und um die Angst zu bezwingen, muß sie immer stärker werden, entschlossener, wachsamer. Im Waisenhaus bleibt sie nicht lange. Trotz des täglichen Hungers ist sie robust, versprüht aus jeder Pore Lebenslust, so daß sie fast schön wirkt mit ihrem runden Gesichtchen und der Knollennase, dazu das glatte, um einen Pott herum geschnittene Haar; zusammen mit der Unterstützung, die der Staat zahlt, wenn man ein Findelkind aufnimmt, ist sie also ganz appetitlich. Die Coppos, ihre Adoptiveltern, haben nur zwei Söhne (drei sind ihnen gestorben, der letzte wird noch kommen) und wohnen in einem Weiler inmitten der Felder: ein Haus mit vier Zimmern, dazu Heuschober, Stall, Remise für die Karren und ein Plumpsklo auf der Wiese. Sie ist noch nicht einmal vier, als sie dorthin kommt. Mit fünf schält sie Kartoffeln, fegt den Boden und wiegt Oreste, den Neuankömmling.

In Wirklichkeit hat Mariuccia die Familie Coppo adoptiert, nicht umgekehrt. Wenn sie durchs Dorf zur Kirche geht, hört sie, wie die anderen Kinder, genauso barfuß und verdreckt wie sie, aber ehelich geboren, ihr »Bastard« nachrufen. So reift in ihr früh ein mächtiger Wunsch nach Normalität.

Da sie nun beschlossen hat, daß die Coppos ihre wahre und einzige Familie sein sollen, stellt sie sich die nicht einfache Aufgabe, sie zu lieben. Egidio, der Vater, riecht nach Stall, entweder ist er nüchtern und schroff oder betrunken und handgreiflich; Maria, die Mutter, ist eine Hexe: Das ganze Haus ist voller Kräuter, die sie kocht, um den Kühen damit Umschläge auf Euter oder Abszesse zu machen, sie lacht scheppernd und zeigt dabei ihre schwarzen Zähne, sommers wie winters trägt sie so gut wie alle Kleider am Leib, die sie ihr eigen nennt, sie flucht schlimmer als ein Mann und säuft für drei. Die beiden älteren Brüder sind häßliche Ausgaben des Vaters; Oreste jedoch, der Kleinste, ist ein liebliches Wesen, ganz Lächeln und Verehrung für Mariuccia, die ihn anzieht, füttert und am Händchen führt. Als ihr der Verdacht dämmert, das Kind könnte ein bißchen zurückgeblieben sein, behält sie das für sich und tut alles, um es vor den anderen zu verbergen. Solche wie er werden zu dieser Zeit in Heime gesteckt oder auf einen Strohsack gebunden wie der Hund an die Kette.

Die Coppos leben in chronischer Armut, sie handeln mit der Milch ihrer Kühe und dem Gemüse aus dem Garten. Für sie selber bleibt nichts als ein bißchen Magermilch, Kastanien aus dem Wald und die allerkleinsten Kartoffeln, unverkäufliche Knöllchen, die sie Mariuccias kleinen Fingern anvertrauen, die mit Engelsgeduld und äußerst geschickt das kleine, rostige Messer führt. Jeden Montag geht Maria ins Dorf, die Wäsche zurückbringen, die sie die Woche über gewaschen hat; im Morgengrauen kippt sie ein paar Gläser und bricht auf, abends kommt sie zurück, den Karren voll schmutziger Wäsche aus den Gasthäusern. Sie ist als Wäscherin heißbegehrt, und Mariuccia fragt sich selber erstaunt und voll Bewunderung, wie sie es anstellt, dermaßen dreckig zu bleiben und ihren Kunden allwöchentlich so blütenreine Wäsche zu bringen.

Noch heute bewahrt Mariuccia einige Reliquien auf: alte Fotos, ein paar Enden Stoffbänder, eine Kette, die Maria gehört hat, Egidios Taschenuhr, ein Schulzeugnis des ältesten Bruders und eine Locke von Oreste, die sie ihm vor seiner Beerdigung abgeschnitten hatten. Er war mit elf an Tetanus gestorben. In der Erinnerung sind Ängste, Hunger und Schläge verblaßt, Liebe und Respekt sind an ihre Stelle getreten. Das sind keine Lügen, sondern es gehört zu der Metamorphose, die Mariuccia immer bezweckt hat. Als Tote gestatten sie ihr das endlich, als reglose, unberührbare Götter in ihrem privaten Pantheon, genährt von den Messen, die Mariuccia alljährlich zu den Todestagen lesen läßt.

Zu der Zeit jedoch, da Gino plant, sie zu heiraten, wird ihre Lage als einziges Mädchen in einer Männerfamilie allmählich brisant. Um jedem Mißverständnis vorzubeugen, erklärt sie, das Hackmesser liege jede Nacht griffbereit neben ihrem Bett, und sollte es je eine Hand – ob Geisterhand, ob Männerhand – wagen, sie im Dunkeln auch nur zu streifen, dann würde sie die am nächsten Morgen dem Hund zu fressen geben. Sie weiß aber auch, daß man im Dorf derselben Meinung ist wie sie selber: Lange wird sie nicht mehr hier bleiben können, der Boden brennt ihr allmählich unter den Füßen.

Alles spricht dafür, Gino zu erhören. Und nun ja, wenn's nicht er wäre, wäre es eben ein anderer.

Gino hat eine gute Ausbildung, er ist sauber, er trinkt nicht, ist auch nicht häßlich. Gut, er hat keinen blanken Heller in der Tasche, aber das gilt für die allermeisten jungen Männer des Dorfs. Mehr als alles andere wünscht sich Mariuccia, eine normale und angesehene Frau zu sein; sie beginnt, sich an ihn zu gewöhnen. An dem Tag, da sie in der Kirche heiraten, mag sie ihn gern und ist stolz auf ihn und seine neue Jacke.

Ihre Zuneigung ist stark und unerschütterlich wie Fels und ebenso unbeugsam. Die Mariuccia, die sich bei den Coppos Respekt zu verschaffen wußte, ist großgeworden und bereit, sich von Gino ebenfalls respektieren zu lassen. Bei ihm kann sie das Hackmesser nicht einsetzen, da er als Gatte ein Recht darauf hat, in ihr Bett zu kommen, aber ihr bleibt immer noch die Zunge, und die ist kein bißchen weniger scharf.

❧

Fernanda ist das einzige Kind ihrer Eltern: Ihr Vater steht als Fiat-Arbeiter kurz vor der Pensionierung, ihre Mutter war früher Textilarbeiterin, jetzt Hausfrau, und sagt zwanzig Worte am Tag, wenn's hoch kommt, und auch die fast nur zu sich selbst und bestenfalls geflüstert.

Anders als ihre Mutter weiß Fernanda genau, was sie vom Leben will, auch wenn diese Sicherheit dann und wann von Melancholie getrübt wird.

Voriges Jahr hat sie den Kaufvertrag für eine Wohnung unterschrieben: zwei Zimmer, Küche, Bad, in einem Haus vom Ende des 19. Jahrhunderts in der Via della Forca; das Treppenhaus ist teilweise renoviert, und es gibt einen Fahrstuhl.

Drei Jahre lang hat die Wohnungssuche gedauert: Fernanda ist anspruchsvoll, sie begnügt sich nicht mit dem ersten besten. Sie will so viel wie möglich für ihr Geld bekommen. Darin ist sie wie ihr Vater, der beim Suchen geholfen hat. Gemeinsam haben sie Tausende von Anzeigen mit dem Bleistift angestrichen, haben Abende lang darüber diskutiert, ob es sich lohnt, telefonisch eine Besichtigung zu vereinbaren (Telefonate sind nicht umsonst, und das Sparen fängt bei kleinen Dingen an), und haben endlos viele Wohnungen besichtigt. Bei ihren akkuraten, ausgedehnten und schweigsamen Ortsterminen haben sie sich immer wieder an renovierungsbedürftigem Parkett gestoßen, an zu kleinen Kammern, kaputten Fenstern und Türen, sie haben Rauminhalte und Heizkosten berechnet, überhaupt Nebenkosten und wie lange pro Tag die Wohnung Sonne hat, sie haben an die Wände geschlagen, um die Mauerstärke zu erkunden, haben auf der Suche nach Feuchtigkeit mit der Taschenlampe die hintersten Winkel der Kellerräume ausgeleuchtet.

Nein, die Entscheidung war nicht leicht; weder Fernanda noch ihr Vater sind schnell zu begeistern. Die Wohnung in der Via della Forca aber hatte alle – nun ja, fast alle – erwünschten Eigenschaften, und der Preis stimmte fast genau mit Fernandas Erspartem überein, zuzüglich dessen, was ihr Vater für sie in Wertbriefen und Festgeld angelegt hatte, auf seinen Namen allerdings, Giuseppe Ragusa. Er hat dann aber noch drei Monate gezaudert, angeblich, um den Preis herunterzuhandeln, aber in Wirklichkeit hegte Fernanda nicht ohne Groll den Verdacht, er wolle es vielmehr noch etwas länger genießen, daß das Schicksal seiner Tochter von ihm abhing, bis er endlich seine Börse aufmachte und ihr erlaubte, einen beträchtlichen Schritt zur Selbständigkeit und zum sozialen Aufstieg zu tun.

In der Tat stellt die Wohnung in der Via della Forca sehr deutlich »was Besseres« dar – mit Giuseppes Worten gesprochen –, vor allem verglichen mit der dämmrigen, niedrigen Behausung, die die Familie Ragusa im Hochparterre unter den Arkaden am Rathausplatz bewohnt.

Als seine Tochter immer ungeduldiger wird, meint Giuseppe manchmal mit wohlberechneter Hinterfotzigkeit, mit seinem sizilianischen Akzent: »Sag mal, auf wessen Seite stehst du eigentlich?«

»Auf meiner eigenen«, antwortet sie unweigerlich, immer ärgerlicher und beleidigter. Sie ist zerrissen zwischen dem Wunsch, noch weiter zu verhandeln, und der Angst, die Sache könnte platzen: Je länger ihr Vater es herauszögert, desto intensiver hängt Fernanda ihr Herz an diese Wohnung, aber verstohlen, als wäre diese Liebe etwas Zerbrechliches, Kostbares und Geheimes, von dem niemand etwas ahnen darf.

Fernandas Herz ist wie der stachelige Kaktus auf dem Fensterbrett ihres Schlafzimmers: Er wirkt, als könnte er ohne Wasser existieren und als gingen die Jahreszeiten an ihm vorüber, ohne ihn zu berühren, aber in Wahrheit klammert er sich hartnäckig an das Leben, und manchmal, nach langen unterirdischen Vorbereitungen, bringt er eine rote Blüte hervor, die kurz im Sonnenlicht lodert; dann hüllt er sich wieder in Schweigen: Für dieses Jahr hat er genug gesagt.

Jetzt gehört die Wohnung in der Via della Forca offiziell Fernanda. Am Tage der notariellen Beglaubigung unterzeichnet sie eine private Vereinbarung mit ihrem Vater, die sie lang und breit mit ihm ausgehandelt hat. Fünfundzwanzig Jahre lang wird sie in monatlichen Raten hundertdreiundzwanzig Millionen Lire zurückzahlen, verzinst in Anlehnung an den mittleren Satz für Schatzbriefe (plus ein Prozent, mit jährlicher Anpassung). Giuseppe hat sich das genau ausgerechnet. Die Rückzahlung wird seine Zusatzrente, bequemer als irgendeine Lebensversicherung, darüber hinaus aber bietet sie ihm eine wunderbare Möglichkeit, Fernandas Leben zu kontrollieren, die so, zu großer Sparsamkeit gezwungen, keine Dummheiten machen kann, bis sie das mittlere Alter erreicht hat. Nicht daß sie je leichtlebig gewesen wäre, aber mit den Frauen weiß man ja nie, zumal wenn sie frei sind zu tun, was ihnen in den Kopf kommt.

In Wahrheit gehören die hundertdreiundzwanzig Millionen auch der Mutter, Erminia Ragusa, denn sie hat nicht nur ihr Erspartes dazugelegt, sondern die Summe auch durch ihre umsichtige Haushaltsführung zusammenzubringen geholfen. Erminia ist jedoch in sämtlichen Finanzdingen entmündigt, seit Gatte und Tochter sie einmal sturztrunken aufgefunden haben; sie schlief am Küchentisch, die Hand noch um einen leeren 1-Liter-Karton Rotwein gekrallt. Seitdem geht Giuseppe persönlich jeden Samstag in den Supermarkt zum wöchentlichen Einkauf, und Erminia darf nur noch kurz zum

Obstladen und zum Nudelhändler im Erdgeschoß. Glücklicherweise liegt gleich nebenan eine eher obskure Kneipe, und Erminia hat sich angewöhnt, schnell reinzuschlüpfen und zwei, drei Gläser Roten zu kippen, der für ihre Leber immer noch weniger schädlich sein dürfte als der elende Fusel, den sie zuvor zu kaufen pflegte.

Die methodische Langsamkeit, mit der Fernanda ihre Wohnung einrichtet, verhüllt eine obsessive, frenetische Sehnsucht, die sie nicht eine Sekunde ruhen läßt: Sie will aus diesen beiden Zimmern plus Küche und Bad einen perfekten, paradiesischen Ort machen, an dem ihre Ängste gestillt sind und sie auf ihre Fragen eine Antwort findet.

Ihre erste und gewichtigste Neuerwerbung war ein nußbaumfurnierter Riesenschrank, ein Schrank für alle Jahreszeiten, der die gesamte Rückwand ihres zukünftigen Schlafzimmers einnimmt. Gekauft hat sie ihn in einem teuren Geschäft im Stadtzentrum, nach heftigem Ringen mit ihrem Vater, der nicht einsehen wollte, daß man dermaßen viel für einen Schrank ausgibt, statt einen bei IKEA zu kaufen. Zwei Wochen lang haben Vater und Tochter kein Wort miteinander gewechselt; da diese Krise zeitlich mit der Ächtung der Mutter wegen ihrer alkoholischen Ausschweifungen zusammenfiel, stammten die einzigen menschlichen Stimmen, die in jenen Wochen im Hause Ragusa zu hören waren, aus dem Fernseher. Doch dann, erfüllt von dem Stolz, eine Tochter ganz nach seiner Art hervorgebracht zu haben, beendete Giuseppe zum ersten Mal von sich aus die Feindseligkeiten.

Neben dem Vierjahreszeitenschrank befinden sich in der Wohnung bislang ein Polstersessel – noch in der Nylonumhüllung –, ein Küchentisch mit zwei Stühlen, ein bunter Metallkessel und andere Kochutensilien, die bislang vollkommen nutzlos sind, da es noch keinen Herd gibt; und sonst ist da nur noch Giuseppes Werkzeug: Bock, Leiter, Eimer, Pinsel und Maurerkelle.

Daß ihr Vater einen eigenen Schlüssel zu der Wohnung hat, erfüllt Fernanda mit gemischten Gefühlen: Freilich ist es bequem, daß er die Wände streicht und das Bad renoviert, aber die Vorstellung, daß er jederzeit und ohne vorherige Ankündigung hereinkann, was er auch tut, gefällt ihr nicht. Unaufhörlich denkt sie daran, wie sie diesen Schlüssel an sich bringen könnte, gleich wenn die Arbeiten beendet sind – diese sind ausnahmsweise umsonst, ein vorgezogenes Weihnachtsgeschenk Giuseppes an seine Tochter, die nur das Material selber zu bezahlen braucht.

Fast jeden Abend gönnt sich Fernanda nach ihrem langen Arbeitstag bei Clelia einen Besuch in der Via della Forca. Sie betritt ihre neue Wohnung, läßt den Schlüssel von drinnen im Schloß stecken, um Überraschungen zu vermeiden, und geht durch den dunklen Flur, bis sie in der Tür zum Schlafzimmer steht. Erst hier macht sie Licht an, zieht den Mantel aus, legt ihn sorgfältig über die Rückenlehne des Sessels, dann öffnet sie mit zeremonieller Bedächtigkeit die Abteile ihres großen Schrankes.

Mit gerunzelter Stirn untersucht sie den Inhalt, hält ein Stück nach dem anderen unter die Fünfundsiebzig-Watt-Birne: spitzenbesetzte Laken, kleine Jugendstil-Silberrähmchen, ein Porzellan-Kaffeeservice mit Goldrand, weiß bestickte Bettbezüge, ein Damast-Tischtuch mit Fransen, eine mattsilberne Sauciere auf Füßchen, winzigen Löwenpfoten…

Sie denkt an Clelia, an die wunderschöne Clelia von den Fotos im Wohnzimmer, und seltsame Empfindungen erfüllen sie: zehrende Sehnsucht nach etwas Unbekanntem, bohrende Gier nach Schönheit, dazu aber auch eine machtvolle Zentrifugalkraft, die sie von ihren Wünschen fortschleudert, fern an den Rand des Universums. Genau das, was sie auch manchmal im Kino spürt, wenn sie eine besonders attraktive Schauspielerin sieht.

Sie weiß, daß sie vollkommen unbedeutend ist, unattraktiv, keine Persönlichkeit eben. »Denk ja nicht, du wärst hübsch«, hat ihr Vater immer gesagt, schon seit sie klein war, um gleich für gesunde Bescheidenheit im Verhältnis zum anderen Geschlecht zu sorgen. Ihre Lehrerin auf der Realschule, Professoressa Boria, haute in dieselbe Kerbe, indem sie ihr jeden zweiten Tag klarmachte, daß sie in allem höchstens Mittelmaß erreichen würde. Im übrigen braucht Fernanda nur ihre Mutter anzuschauen, um sich daran zu erinnern, daß Schönheit oder gar Attraktivität durchaus nicht zu ihrer genetischen Ausstattung gehören.

Draußen ist es schon seit einiger Zeit dunkel. Durch das gardinenlose Fenster sieht man in der Wohnung gegenüber zwei Männer an einem gedeckten Tisch sitzen, unter einer modernen Lampe, wie eine in der Luft schwebende Glasscheibe. Sie beobachtet die beiden nicht zum erstenmal, und ihr war von Anfang an klar, daß sie ein Paar sind. Der Dunkle wohnt dort, der andere kommt oft zu ihm und bleibt über Nacht. Ihr Anblick verursacht Fernanda schneidende Neidgefühle. Sie würde alles dafür geben, in dieser Küche zu sein und sich in einen der beiden zu verwandeln, oder gleich in beide, um ein Leben zu leben, das sicher voller Reiz ist, voller Intensität, von einem überwältigenden, reichen Duft, den ihr eigenes Leben ihr nie wird bieten können.

Als Reaktion fängt sie wütend zu arbeiten an: Faltet die Laken zusammen, wickelt den Nippes wieder in Seidenpapier ein, schließt den Vierjahreszeitenschrank und kniet sich auf den Boden, um ein paar winzige weiße Farbspritzer abzukratzen, die Giuseppe trotz aller Vorsicht beim Anstreichen hinterlassen hat.

In diese Tätigkeit versunken, richtet sie ihre Wohnung im Geiste mit Gegenständen aus Clelias Besitz ein: in jene Ecke der rotdamastene Schlaflehnstuhl, hierhin der große geblümte Sessel mit dem Fußbänkchen, dorthin die kleine Eckvitrine aus Ebenholz …

Vor lauter Schrubben vergißt Fernanda Giuseppe, der zu dieser Stunde wahrscheinlich gedankenlos auf seinem Zahnstocher kauend fernsieht, während Erminia in der Küche zum zweiten oder dritten Mal das Abendessen aufwärmt.

Sie weiß, früher oder später wird sie sich Bett und Kücheneinrichtung kaufen und hier einziehen. Sie wünscht sich ein großes Doppelbett mit einer weichen, schneeweißen Decke. Glücklicherweise kann sie noch überlegen, was und wann sie kauft und so den Erwerb weiter hinausschieben. Sie hat Angst vor dem Moment, in dem sie allein in jenem Doppelbett liegen wird. Sie fürchtet und ersehnt den Tag, an dem sie beschließen wird, denjenigen zu suchen, der mit ihr unter das Daunenbett schlüpfen soll.

Abends, wenn sie in ihrem Elternhaus allein im Bett liegt, sucht lähmendes Verlangen sie heim, manchmal quälend bis zum Zähneknirschen. Sie windet sich unter der Decke, als müßte sie gegen ein von Begierde besessenes Gespenst ankämpfen. Dann erstarrt sie und blickt stocksteif ins Dunkle. Die Zeit verrinnt, und ER kommt nicht. Der Mann ihrer Träume, der Arzt aus dem Krankenhaus in den Hügeln, ist jetzt vielleicht schon mit einer anderen verheiratet.

Fernanda schläft traurig ein, überzeugt, daß nicht einmal in ihren Träumen verliebte Engel sie besuchen werden. Tag um Tag wächst die Angst, niemand würde sie je bemerken und schon gar nicht begehren. Da irrt sie sich, aber woher soll sie das wissen.

❧

Auf dem Zettel steht nur ein Name, Salvador, und eine Telefonnummer.

Skeptisch wendet Nani ihn hin und her. Nein, nie im Leben wird er diese Nummer wählen, denkt er. Dieses Abenteuer ist schön, weil es weder Vergangenheit noch Zukunft hat.

Seine Gedanken kehren zu flüchtigen Erlebnissen an Stränden in Griechenland oder an der Adria zurück, zwischen dem Säuseln von Röhricht und flatternden Plastiktüten. An etliche Gesichter erinnert er sich überhaupt nicht mehr. Salvadors Augen hingegen lassen ihn nicht los; gestern abend bei der Probe hat er sich unwillkürlich vorgestellt, er säße im Saal, ganz hinten im leeren Theater, während Nani als Captain Hook mit seinem blitzenden Armhaken fuchtelte, in dem blauen Atlaskostüm und dem dämlichen Hütchen mit der Feder. Die Probe war eine Katastrophe.

Statt den Zettel zu zerreißen, hängt er ihn mit einem hamburgerförmigen kleinen Magneten an die Kühlschranktür. Er könnte wetten, daß Ernesto, der gleich zum Abendessen kommt, ihn nicht bemerken wird, oder wenn, dann wird er zu diskret sein, um Fragen zu stellen.

Natürlich gewinnt er die Wette. Ernesto kommt und bringt eine warme Tarte Tatin und Eis, er küßt ihn auf die Wange und streichelt ihm übers Haar. Kein Blick auf den Kühlschrank. Zum Essen schenken sie sich Mineralwasser und Coca-Cola ein, beide trinken nie Alkohol, dann stellt Ernesto, das Leckermaul, die Tarte Tatin ein paar Minuten in den Ofen und serviert sie mit großen Mengen Eis. Nani, dem allzu Süßes eigentlich widersteht, ißt sein Stück bis auf den letzten Krümel auf und nimmt sich sogar noch Eis nach. Er ißt nicht aus Hunger, sondern weil er keine Ruhe findet. Dann und wann wirft er einen Blick auf den Kühlschrank. Ernesto flößt ihm eine Art genervten Widerwillen ein.

Der scheint nichts zu bemerken. Wie immer strahlt er Liebe und Güte aus. Seine Bewegungen sind gelassen; er hat alle Zeit der Welt, er ist die Ruhe selbst. Ganz der wohlerzogene Sohn aus reichem, altem Hause, aus einer jener Familien, die ihr Dasein auf der Welt nicht zu legitimieren brauchen.

Es ist Ernestos dreißigster Geburtstag. Er ist mittelgroß, trägt eine runde Brille, hat grüne Augen, kastanienbraune Locken, das bescheidene, sanfte Gesicht eines Mädchens von früher, dazu einen blonden Bartschatten. Im Bett ist er lustvoll, einfallsreich, hemmungslos. Eifersüchtig ist er nicht. Weder Neid noch Frustrationen noch unerfüllte Begierden quälen ihn. Er liebt seine Arbeit fast so sehr, wie er Nani liebt, und er geht ihr beinahe zu gewissenhaft nach. Abgesehen davon, daß er kein großer Redner ist, könnte Nani ihm nur die übergroße Bereitschaft vorwerfen, mit der er seine Hilfe – als Arzt oder sonstwie – allen zukommen läßt, die darum bitten, Freunden, Verwandten, Bekannten.

Manchmal fragt Nani sich, was zum Teufel er eigentlich von Ernesto will. Was verbindet sie außer der Tatsache, daß sie sich lieben? Aber tun sie das eigentlich? Ernesto liebt ihn, da gibt es keinen Zweifel. Aber wen würde Ernesto nicht lieben? Er liebt seine Schwestern, seine kleinen Neffen und Nichten, seine Patienten, er liebt die ganze Welt.

Nach dem Essen überreicht Nani Ernesto sein Geburtstagsgeschenk, einen Pyjama aus schwerem, weichem, hellbraunem Stoff. Ernesto probiert ihn sofort begeistert an; er sieht darin aus wie ein blondes Bärchen. Falls er über das prosaische Geschenk enttäuscht sein sollte, läßt er sich nichts anmerken. Nani hatte es satt, daß Ernesto immer seine Pyjamas anzieht, weil er selber keine hübschen hat.

Um zehn geht Ernesto ins Krankenhaus. Typisch, daß er nicht einmal an seinem Geburtstag den Dienst tauscht.

Nani geht mit einem Buch ins Bett.

Um halb elf läutet das Telefon. Dreimal, dann schaltet sich der Anrufbeantworter ein. Nani war eingeschlafen, doch dann hört er eine klagende, deprimierte Stimme: »Nani, ich bin's, Bruna. Ich muß mit dir reden. Du hast dich so lange nicht gemeldet, du hast immer so viel vor. Bitte ruf mich gleich zurück, es ist dringend.«

Nani streckt sich über das kalte Bett zum Telefon aus, das auf Ernestos Seite steht, der als Arzt häufig nachts angerufen wird.

»Ciao, ich bin's. Wie geht es dir?«

»Wie soll es mir gehen? Schlecht.«

Nani bereut sofort, daß er drangegangen ist. Wie immer ruft Brunas Stimme ein tief in ihm sitzendes schlechtes Gewissen wach, dem er sich nicht entziehen kann. Sie kennen einander seit fünfunddreißig Jahren, von Kindesbeinen an, sind auf demselben Hinterhof in der Vorstadt aufgewachsen, zwischen den Korbflaschen eines Weinhändlers und den Wollballen eines Matratzenmachers. Sie haben ihre Mickymaus-Heftchen getauscht, Doktor gespielt, sind in dieselbe Schule gegangen, haben dieselben Filme gesehen, dieselben Menschen geliebt oder gehaßt. Dann haben sie verschiedene Wege eingeschlagen: Vor zwanzig Jahren ist Nani entgegen allem gesunden Menschenverstand an die Schauspielschule gegangen, während Bruna den Kopf eingezogen und sich in Betriebswirtschaft immatrikuliert hat. Keiner der beiden weiß, ob sein Entschluß der bessere war, aber das hindert sie nicht daran, einander in den schweren Krisen, von denen sie immer wieder heimgesucht werden, bittere Vorwürfe zu machen. Sie wissen alles voneinander, soviel, daß sie sich mittlerweile vollkommen unerträglich finden.

»Ich habe Scott gesehen«, teilt Bruna in tragischem Tonfall mit.

»Was du nicht sagst. Daß der sich überhaupt traut...«

»Nein, so nicht. Im Fernsehen.«

»Wann?«

»Jetzt. Vor fünf Minuten. In einem Gangsterfilm, er war aber nur in der ersten Szene zu sehen, dann haben sie ihn erschossen, und er ist auf dem Bürgersteig zusammengebrochen, vor einer Straßenlaterne. Es war schrecklich.«

»Mir hätte es Spaß gemacht, ihn abkratzen zu sehen. Schade, daß es nur ein Film war. Ein viertklassiger, nehme ich an, wenn sie ihn mitmachen lassen.« Scott war vor rund fünfzehn Jahren erst Nanis, dann Brunas Geliebter gewesen. Mit Nani war es relativ schnell vorbei, mit Bruna hat es sich jahrelang hingeschleppt, und sie ist in der ganzen Zeit vor Liebe, Eifersucht und Verlassenheit fast umgekommen. Im Unglücklichsein hat sie sich so eingerichtet, daß sie jetzt daran gewöhnt ist wie an die schlimmste aller Drogen. Sie lebt allein, in einer Wohnung in der Nähe ihrer alten, schwachen Eltern, denen sie einen Großteil ihrer freien Zeit widmet. Freunde hat sie immer weniger: Bruna geht kaum aus, Einladungen sagt sie oft im letzten Augenblick ab, und wenn sie selten einmal in die Pizzeria oder ins Theater mitgeht, wirft ihre Stimmung einen Schatten über die ganze Gesellschaft. Auch Nani hat sich mehr als einmal gewünscht, sie zum Teufel zu jagen, aber irgend etwas hält ihn zurück. Aber was? Kindheitserinnerungen? Jener Kuß eines Nachts vor achtzehn Jahren, in einem schneebedeckten, am Po geparkten 2CV? Die Vorstellung, daß sie sich – vielleicht – hätten lieben oder wenigstens hätten heiraten, Kinder haben können?

Sie redet, er hört nicht zu, versonnen zwischen Phantasien und Vorwürfen schwebend. Der Bruchteil eines Satzes ruft ihn unvermittelt in die Wirklichkeit zurück.

»...ein Kind haben, ich habe so lange darüber nachgedacht, wirklich. Ich bin absolut sicher. Das einzige, was ich mir wirklich wünsche.«

»Wie bitte?«

»Ich habe gesagt, ich möchte ein Kind bekommen. Seit Monaten denke ich darüber nach, jetzt bin ich sicher.«

»Entschuldige, aber ich verstehe nicht. Was hat das mit ...«

»Das hat überhaupt nichts mit Scott zu tun, da hast du

recht. Als ich ihn heute abend gesehen habe, habe ich gemerkt, daß er mir nichts mehr bedeutet.«

»Halleluja. Erst acht Jahre, nachdem er endgültig mit dir Schluß gemacht hat, oder sind es neun?«

»Nein, aber hör mal, ich habe absolut keine Lust, über ihn zu reden. Es hat mich ein bißchen mitgenommen, okay, vielleicht hat mir das auch den Schubs gegeben, dich ausgerechnet jetzt anzurufen und dich zu fragen.«

»Was zu fragen?«

»Nani, nächstes Jahr werde ich achtunddreißig. Jetzt oder nie.«

»Was erzählst du da, verflucht nochmal? Du willst nicht im Ernst ein Kind haben, oder?«

»Hör her, versuch nicht, mir das auszureden. Ich habe lange genug überlegt. Das einzige, was ich auf der Welt habe, sind meine Eltern; wenn die tot sind, bin ich allein. Mein Vater ist fast neunzig, meine Mutter fünfundsiebzig. Beide sind krank, er ist so gut wie blind, sein Star kann nicht mehr operiert werden. Und sie erlebt den Frühling vielleicht nicht mehr, aus dieser Bronchitis kann jeden Tag eine Lungenentzündung werden. Meine Arbeit hasse ich, nichts auf der Welt interessiert mich. Mein Leben hat überhaupt keinen Sinn.«

»Und unter diesen Umständen willst du ein Kind in die Welt setzen?« Nani krallt sich an die Steppdecke mit Phantasiemuster von Missoni, die Ernesto ihm letztes Weihnachten geschenkt hat.

»Eben wegen dieser Umstände habe ich keine andere Wahl«, sagt Bruna. Ihre schrille Stimme kippt langsam ins Hysterische über.

»Schon gut, schon gut, dreh bloß nicht durch, ich habe absolut nichts gegen die Fortpflanzung an sich, du weißt ja, ich hatte da auch schon mal so krankhafte Phantasien, aber ich meine, denk mal an die praktischen Probleme. Nicht jeder von uns ist dazu geeignet, Kinder großzuziehen, sieh dir meine Mutter an oder deinen Vater, das sind doch wahre Katastrophen ...«

»Ich weiß, daß du es im Grunde auch willst. Denkst du, das habe ich nicht bemerkt? Deshalb hab ich auch an dich gedacht.«

»An mich? Wie meinst du das, entschuldige bitte?«

»Als Vater. Dir vertraue ich.«

Nanis Finger erstarren, um den Hörer gekrallt. »Jetzt bist du völlig durchgeknallt«, sagt er mit erstickter Stimme. »Du bist nicht mehr ganz bei Trost. Du spinnst.«

»Nein, ich spinne ganz und gar nicht«, entgegnet Bruna mit einer Beharrlichkeit, die ihrem Freund die Haare zu Berge stehen läßt. »Ich kenne dich sehr gut, weißt du.«

»Mein Gott!« Nani kommt es vor, als drehte sich das Zimmer um ihn, als sackte das Bett unter ihm weg.

»Ich werde nichts von dir verlangen. Keine Verantwortung, keine Mitwirkung. Wenn das Kind da ist, gehört es nur mir.«

»Wirklich, jetzt reicht's!« Nani ist aufgebracht; unbewußt verfällt er in Captain Hooks bösartigen Tonfall. »Du hast keine Ahnung von mir. Ich könnte krank sein, infiziert, gefährlich. Wer sagt dir, daß ich nicht mit Kindern schwarze Messen feiere?«

»Nani, bitte sei nicht kindisch!« sagt Bruna entnervt. Ihr kommen gleich die Tränen, aber sie gibt nicht klein bei. »Du bist der einzige Mensch, der in Frage kommt, sonst kenne ich keinen!«

»Ich? Ich komme in Frage? Ich bin heruntergekommen, ein Ungeheuer, ich habe nicht die geringste Absicht, mich in so ein scheußliches Inseminations-Tralala verwickeln zu lassen…«

»Ich verbiete dir, so zu reden!« schreit Bruna. »Du willst mir die einzige Freude kaputtmachen, die ich noch habe.«

Angesichts ihrer Wut macht er reflexhaft einen Rückzieher: Schuldgefühle. So geht es, seit sie klein waren.

»Hör her, Bruna, entschuldige bitte, aber…«

»Nein, ich bitte dich um Entschuldigung. Das war ein Fehler, sowas bespricht man nicht am Telefon. Ich möchte dich treffen, bitte.«

»Aber ich…«

»Übermorgen abend, wenn das für dich paßt. Ich hole dich nach der Probe ab.«

»Nein! Bruna, ich will ni…« Nani unterbricht sich mitten im Wort. Er wollte sagen: Will nicht. Aber stimmt das denn?

Die Vorstellung, ein Kind zu haben, entsetzt ihn eigentlich, aber will er wirklich keines?

»Um elf, wie immer?«

»Halb zwölf. Wenn du früher da bist, komm rein, bleib nicht draußen in der Kälte stehen.«

Sie legen auf. Nani fühlt sich geschwächt, ihm zittern die Beine, als hätte er es die ganze Nacht lang getrieben oder litte an Schüttelfrost. Wie lange hat er sowas nicht mehr gefühlt?

Er bleibt aufrecht im Bett sitzen, starrt auf das Keith-Haring-Poster an der Wand, die kindliche, stark vereinfachte Schwarz-weiß-Zeichnung einer Figur mit einem riesenhaften Kugelbauch, an dem sich lauter kleine fröhliche Männlein festklammern, als wäre er ein kreiselndes Karussell. Nani schaut, als sähe er das Bild zum ersten Mal ... und ihm wird klar, daß die Figur in der Bildmitte eine Schwangere ist.

Um viertel nach elf steht er auf, macht sich in der Küche einen Kräutertee, steckt eine Zigarette an, und mit bloßen Füßen auf dem Linoleum stehend, wählt er Salvadors Nummer.

Er ist da, als hätte er all diese Tage nichts getan, als neben dem Telefon zu sitzen und zu warten.

»Ich bin der aus dem ›Jaguar‹«, sagt Nani nach kurzem Zögern.

»Du! Endlich! Ich habe dich erwartet«, sagt eine bebende, tiefe Stimme mit starkem spanischen Akzent.

Noch rechtzeitig, denkt Nani, plötzlich voller Panik.

Er müßte das Gespräch jetzt abbrechen, aber statt dessen sagt er im mondänsten Tonfall: »Du hast dich gar nicht mehr im Sportclub blicken lassen ...«

❧

Mariuccia plant, ein paar Tage bei ihrer Tochter zu bleiben, bevor sie sich zu ihrem eigentlichen Ziel aufmacht. Ada stellt keine Fragen, will lieber nicht zuviel wissen. Ihre Brüder – Franco in Alessandria und Michele in Mailand – sind informiert, damit sie sich wegen der plötzlichen Flucht der Mutter keine Sorgen machen, außerdem hat sie mit ihrem Vater telefoniert.

»Papa, Mama ist hier bei mir. Es geht ihr gut.«

Stille. Dann: »Ach, *ihr* geht es also gut.«

»Ich rufe dich an, damit du dir keine Sorgen machst.«

»Macht sich wer Sorgen? Bei all dem, was in Italien heutzutage passiert, mache ich mir um deine Mutter keine Sorgen. Die Lira stürzt in den Keller, bald sind wir fertig.«

»Wie geht es dir so allein? Kommt Celeste zum Putzen? Macht sie dir was zu essen?«

»Mach ich mir selber. Ich brauche keine Frauen im Haus, ich nicht. Celeste will ich nicht mehr sehen, die Diebin.«

»Diebin? Was sagst du da, Papa? Was ist passiert?«

»Wie, was ist passiert? Weißt du das nicht? Liest du keine Zeitung? Vorne herum machen die auf Saubermänner, aber hintenrum halten sie die Hand auf wie alle anderen. Früher oder später kommt die Wahrheit an den Tag. Du liest keine Zeitung, deswegen weißt du nicht Bescheid. Ich hab's immer gesagt, Frauen sollten sich aus der Politik raushalten, die haben keine Ahnung.«

Endlich begreift Ada: Celeste stammt aus einer der wenigen kommunistischen Familien des Dorfes, und als eingefleischter, militanter Sozialist haßt Gino die Kommunisten bis aufs Messer. Nach dem Zusammenbruch seiner Partei war auch er am Boden zerstört, fast tödlich getroffen: Buchstäblich krank hat es ihn gemacht. Seit die Nachforschungen wegen Korruption sich auch auf die Kommunisten erstrecken, hat er wieder ein bißchen Farbe und Lebensmut angenommen.

❧

Mariuccia hat beschlossen, ihren Zwischenaufenthalt in der Stadt als ein paar Ferientage anzusehen. In der Fußgängerzone tauchen die ersten Weihnachtsbäume auf, behängt mit roten und blauen Glaskugeln und kleinen Päckchen in Glitzerpapier; obwohl es bis zu den Festtagen noch Wochen sind, haben einige Geschäfte schon makellose rote Läufer entrollt. Diese Festlichkeit hebt Mariuccias Mut. Sie vergißt ihre Probleme, vergißt Gino, sie fühlt sich wie ein junges Mädchen. Nach ein paar Nachmittagen im Laden gewöhnt sie sich langsam an die neue Umgebung. Die entsetzten Blicke ihrer Tochter ignorierend, schwatzt sie ausgiebig mit Delia Ugazzi oder Armando Savelli.

Dieser, ein Vierziger, ist von ähnlich zerzauster Schönheit wie sein alter, pelzgefütterter Burberry; er hat helle Augen, den Blick eines verletzlichen Zynikers, Bartstoppeln und einen Zigarettenstummel im Mundwinkel. Früher hat er, so scheint es ihm heute, in einem naiven Paradies gelebt, bis vor einigen Jahren, bis zu seiner Begegnung mit Barbara. In der Ära v.B. (vor Barbara) lebte Armando Savelli in Frieden mit sich selbst und der Welt, als Liebender, als rauschhaft Kreativer. Jetzt aber, im Jahre drei n.B. (nach Barbara) ist sein Leben nur noch Asche, symbolisiert von der ewigen Camel, die an seiner Lippe baumelt und auf seinen fadenscheinigen Anzügen graue Spuren hinterläßt.

Wie sich an dem verbitterten Zug um seinen Mund leicht erkennen läßt, ist Armando Angestellter im öffentlichen Dienst, ein Status, den er in der Ära v.B. mit beträchtlichem Erfolg verdrängen konnte, der jetzt aber seine Schultern auf pathetische Weise beugt. Sein Beruf als Buchhalter dient rein der finanziellen Notdurft: Seine eigentliche Berufung ist die Bildhauerei. Für sie hat er sich mit fünf Jahren entschieden, als er aus Brotkrumen Krippenfigürchen knetete. Dann und wann hat er an einer Gruppenausstellung teilgenommen, und gerade als er mit einer Galerie in den Flutmauern am Po wegen einer Einzelausstellung verhandelte, da verließ ihn Barbara. Mit der Galerie wurde es dann auch nichts.

In dem Augenblick, als Barbara ihm definitiv den Abschied gegeben hat, ist Armandos innere Uhr stehengeblieben. Eine Zeitlang hat er sich weder rasiert noch gewaschen, auch nichts mehr zu essen gemacht; so gelangte er bald in einen entmenschten Zustand, der zu seiner großen Verwunderung nicht dazu geeignet war, sie zurückzuerobern. So begann er wieder ein scheinbar normales Leben, aber in Wahrheit verkriecht er sich in dumpfer Verbitterung. Seine eigenen Angelegenheiten hat er völlig schleifen lassen, er hat sich nicht um eine neue Wohnung bemüht, obwohl er wußte, daß ihm die alte gekündigt würde. Nach der Exekution packte er als symbolische Geste und zugleich künstlerische Performance seinen meisten Hausrat in schwarze Plastiksäcke, die er zu den nächsten Mülltonnen schleppte, im Corso Valdocco; auf diese setzte er sich und verbrachte dort die Nacht. Gegen Morgen hat er versucht, eine Kommode anzuzünden, um sich zu wärmen, aber da hat ihn eine Streife der Carabinieri festgenommen und aufs Revier gebracht, um seine Personalien festzustellen.

Seitdem wohnt er in einer Pension an der Piazza Statuto. Vor einiger Zeit hat er sich einer apokalyptischen Gruppe angeschlossen, die das Weltenende in einer schrecklichen, blutigen Katastrophe unvorstellbaren Ausmaßes vor dem Jahre 2000 weissagt: Die einzige Hoffnung der Menschen bestehe darin, mit den Engeln Kontakt aufzunehmen, die sich immer häufiger manifestierten und die Auserwählten, wenn es soweit sei, mit an Bord ihrer Raumschiffe nehmen würden. Um sich für die Zwiesprache mit den Engeln zu reinigen, praktizieren die Mitglieder von *Anghelos 2000* sanfte Gymnastik, Atemmeditation und diverse andere Techniken, mit deren Hilfe sie überdies hellseherische Fähigkeiten erlangen wollen.

Armando hegt ein Restchen Zweifel, was die geistige Gesundheit der Gruppenmitglieder betrifft, doch die Vorstellung von jener Katastrophe erfüllt ihn mit finsterer Genugtuung, abgesehen davon, daß sie ihm ein Alibi liefert, die Bildhauerei zu vernachlässigen. Seit einer ganzen Zeit schon hat er den Schuppen nicht mehr betreten, den er in einem Hinterhof der Via della Forca angemietet hatte, in demselben Gebäude, wo auch Fernandas Wohnung liegt. Seine Skulpturen in Mischtechnik (Polystyrol, Metall und Abfälle, die er auf den nahen Müllkippen sammelt) verstauben allmählich.

Seine Begegnung mit Mariuccia wühlt ihn zutiefst auf. Erstmal heißt sie wie seine Großmutter, die einzige Frau seines Lebens, die ihn wirklich geliebt und nie verraten hat – vielleicht weil sie keine Zeit dazu hatte, sie starb, als er sieben war. Dazu ihr Alter, das sanfte Gesicht, die positive Energie, die sie ausstrahlt und diese absolute Selbstsicherheit, mit der sie ihre Weltsicht kundtut, all das läßt sie ihm als die personifizierte Weisheit erscheinen, jenes seltene, so begehrte Gut.

Wer soll die Antworten auf seine quälenden Fragen finden und ihm Frieden bringen, wenn nicht sie, die soviel erlebt, die geliebt, gelitten und Leben gegeben hat? fragt sich Armando.

Mariuccia hat Leben gegeben, das stimmt – technisch gesehen: Sie hat drei Kinder in die Welt gesetzt, Franco (1937), Michele (1940) und Ada (1954). Allerdings hat sie auch den Tod gegeben, hat in ihrem langen Dasein Dutzenden von Hühnern und Kaninchen den Hals umgedreht, hat etliche Würfe Kätzchen oder Welpen ertränkt, zahllose Ratten, Ameisen, Kakerlaken und Fliegen getötet, und im Krieg hat sie mit dem Hackmesser einen Soldaten getötet, der sie vergewaltigen wollte, wonach sie die Leiche mit Hilfe ihrer Schwiegermutter ganz hinten im Garten vergrub, dort, wo jetzt der Khakibaum steht. Aber beide Frauen haben mit keiner Menschenseele je darüber geredet, nicht einmal miteinander. Wer weiß, wie dieser Vorfall, der doch schon fünfzig Jahre zurückliegt, auf Armando wirken würde.

Armandos Lieblingsthema ist Barbara, ein Stoff, in dem er sich für den bestunterrichteten Experten der Welt hält. Er weiß wohl, daß manch anderer in der Stadt, in Italien, Europa und vielleicht auf der Welt ihm diesen Rang streitig machen könnte, aber das fürchtet er nicht: Viele wiegen sich in der Illusion, sie zu kennen, nur er allein aber kann es mit Fug und Recht behaupten. Der Hauptgrund dafür, daß er ein so treuer Kunde von Adas Drogerie ist: Hier kann er so gut wie endlos mit jemandem, der sie kennt, über Barbara reden, kann unverfänglich erkunden, was es in ihrem Leben Neues gibt, und kann sich zugleich der Hoffnung hingeben, daß seine Bemerkungen der Betreffenden hintertragen werden (Ada läßt ihn freundlicherweise in dem Glauben, tut es aber nie). Dazu kommt die vage Möglichkeit, ihr zu begegnen, was bislang zweimal geschehen ist, zur größten beiderseitigen Befangenheit und unter Armandos verbittertem Schweigen, er hat hinterher eine doppelte Dosis Maaloxan nehmen müssen.

Armando stellt überrascht fest, wie vorbehaltlos er sich Mariuccia anvertraut, aus einer spontanen Seelenregung heraus. Sie lauscht ihm mit verschränkten Armen, bei der Kasse sitzend (die sie nicht bedienen kann, so daß sie ihrer Tochter im

Wege ist, wenn die kassieren möchte) und ihn von Kopf bis Fuß musternd. Während er sich über Barbaras Verrat und Launen verbreitet, beobachtet sie den schmalen Schal, den er sich um den Hals gewunden hat, die Manschetten von zweifelhafter Sauberkeit, die unter dem ausgeleierten Pullover hervorschauen, den lackverschmierten Zipfel eines Schnupftuchs, der aus seiner Tasche lugt. Ein Mann, um den sich keine Frau kümmert, ruft in ihr sogleich tatendurstige Mißbilligung hervor. Gern würde sie seine Garderobe durchsehen, gründlich unter seinen Hemden und Ideen aufräumen, ihm die Bügelfalte und das Rückgrat wieder geraderücken.

Wenn Armando den Laden verläßt, hallen die Worte der Weisheit in seinem Kopfe wider: »Ein Mann muß sich Respekt verschaffen«, »So eine wie die finden Sie doch allemal wieder« und »Heutzutage wissen die Frauen nicht mehr, was sie wollen«.

Auf dem Markt am Corso Palestro macht er Station und kauft vier Unterhemden, einen Pullover und ein Fläschchen Aftershave. Nach Jahren der Finsternis sieht er endlich einen Silberstreif am Horizont. Er beschließt, sich die Haare schneiden zu lassen. Dann hat er eine brillante Idee, wie er sein Monumentalwerk in Polystyrol, Blech und Autoteilen beenden kann, *Adams letzte Reise*, das er seit dem letzten Frühling nicht mehr angerührt hat.

❧

Auch auf Delia Ugazzi hat Mariuccia eine elektrisierende Wirkung. Von Egle verlassen, die mit Grippe darniederliegt, hat Delia in Mariuccia ein unverhofftes Geschenk des Himmels gefunden.

Endlich einmal eine ältere Frau, die immer noch so voll Lebensfreude steckt, eine, die auf eigenen Füßen steht, trotz entzündeter Krampfadern, denkt Delia. Mariuccias Alter hebt sie aus der Menge heraus, jenseits aller Konkurrenz mit anderen Frauen. Sie ist im Hafen angelangt, hat nichts mehr zu fürchten, eine starke, aber einfache Frau. Stark genug, daß Delia sich ihr ohne Furcht anvertraut, sie könnte doch schwächer als sie selber sein, wie sie es immer mit ihrer Mutter erlebt hat, und dabei einfach genug, daß Delia sich ihrer schlichten Existenz als dumme, unproduktive und unglückliche Hausfrau nicht zu schämen braucht.

Sie unterhalten sich übers Kochen, über Kinder und Ehemänner. Als Mariuccia erzählt, wie sie beschlossen hat, sich von Gino zu trennen, nachdem sie die x-te diabolische Gemeinheit auf ihre Kosten entdeckt hatte (Gino hatte aus allen Familienfotos Mariuccias Gesicht und das ihrer Verwandten herausgeschnitten; jetzt sieht man auf den Hochzeitsbildern einen steifen Bräutigam neben einer Braut ohne Gesicht, in einer Gruppe Kopfloser im Sonntagsstaat), spürt Delia, wie die Rührung ihr in den Augen brennt: Also kann man sich auch noch mit achtzig trennen, es ist nie zu spät dafür, sie hat noch Zeit, es eilt nicht einmal damit.

In ihrer Begeisterung läßt sie sich von Mariuccia zu einem Einkaufsbummel überreden. Untergehakt gehen sie los, verfolgt von Adas Blicken; die befürchtet das Schlimmste.

❧

Ada sendet ihrer Mutter schnell einen Gedanken hinterher, ein Stoßgebet zwischen Flehen und Vorwurf: Überanstreng dich nicht, lauf nicht zuviel herum, mach keine Dummheiten.

Und zwischen den Zeilen denkt sie: Stirb mir nicht.

Seit wievielen Jahren sendet sie ihrer Mutter diese Nachricht, verschlüsselt, mit unsichtbarer Tinte geschrieben, so daß sie auch dem aufmerksamsten Zensor entgeht? So etwas sagt man ja nicht laut, auch wenn Mariuccia gern und offen darüber redet, als handelte es sich um ihre Dahlien oder das letzte Gewitter: Wenn ich tot bin, kannst du alle meine Kleider ins Pfarramt geben, wann holst du endlich deine Aussteuer ab, willst du damit warten, bis ich tot bin? Als praktische, vorausschauende Frau plant Mariuccia die Zeit unmittelbar nach ihrem Tod genau, wie eine Matriarchin, die, bevor sie sich ein paar freie Tage gönnt, zunächst einmal die Tiefkühltruhe mit vorgekochten Portionen füllt und das ganze Haus mit Merkzetteln pflastert: abends Geranien gießen, Gino, denk an deine Medizin, meine Telefonnummer im Hotel lautet…

Aber dies wird eine Reise ohne Ziel. Das Leben nach Mariuccia ist für Ada völlig unvorstellbar, dabei denkt sie untergründig ständig daran. In ihren Alpträumen sieht sie vor allem vor sich, wie sich die Familienmitglieder miteinander anstellen werden, ein kompletter Zusammenbruch, wenn die Herrscherin über die Abläufe fort ist: der Vater unmöglich, die Brüder zerstritten, gierige Cousins und Cousinen, Notare, Unterschriften, Steuern, haufenweise Gegenstände, die auf einmal wie durch Zauberhand in schmerzhafte, unnütze Erinnerungen verwandelt sind.

Schon jetzt würde sie am liebsten vor diesem unausweichlichen Sterben und seinen Folgen davonlaufen, und gleichzeitig fürchtet sie, nicht da zu sein, wenn der Tod anklopft. Paris ist zu nah; wenn sie dem Ereignis wirklich entgehen wollte, müßte sie auf einen anderen Planeten auswandern, einen ohne Telefon noch Post, ohne Erinnerungen an die Erde. Zugleich hegt sie die irrationale Vorstellung, ihre Nähe könnte den Tod zu irgendwelchen zeitlichen Zugeständnissen bewegen.

Und dann, tiefer, taucht ein weiteres Entsetzen auf, unvergleichlich größer, nicht sagbar noch vorstellbar, das Entsetzen vor einer Welt, in der ihre Mutter womöglich nicht mehr da sein könnte; als würde der Deckel von der Nacht gehoben, als würde jenseits der dunklen oder besternten Kuppel die saugende, metallische Leere sichtbar, worin der Tod sitzt und ruft. Wer beschützt uns vor unserem Tod, wenn die Mutter nicht mehr da ist? Und mehr noch: Werden wir die Dinge dieser Welt umtaufen müssen, wenn uns der Schlüssel zu allem Sinn, zu allen Bedeutungen genommen ist? Welchen inneren Strömungen werden wir unterworfen sein, wenn unser Atlantis in dem Meer versunken ist, aus dem es eines Tages aufgetaucht war, und jetzt alle Kontinente als Waisen zurückläßt?

Natürlich weiß Ada gut genug, daß ihr Leben aus der Sicht eines Außenstehenden – und auch aus ihrer eigenen, das sieht sie, wenn sie den Mut und die Kälte dazu aufbringt – genauso weitergehen wird wie zuvor: Wenn die anfängliche Tour de force, Beerdigung und Erbschaftsangelegenheiten, erst einmal geschafft ist, wird alles wieder seinen normalen Lauf nehmen, eine Normalität, die ein egoistischer und unkalkulierbarer Vater, dessen Beziehung zu seinen Kindern seit Jahren schon fadenscheinig ist, etwas komplizierter und lästiger machen würde. In Wirklichkeit aber wird alles verändert sein, tiefgreifend und ein für allemal.

Dann werden wahrscheinlich unendliche, ebenso liebe- wie vorwurfsvolle Erinnerungen losgehen: Du hast mich nie verstanden, du hast mir das Leben wirklich nicht leicht gemacht, warum bist du immer so halsstarrig gewesen, lastend wie ein Felsblock, überhaupt steinhart, die Tafeln des Gesetzes in die Stirn gemeißelt, und ich? Die ganze Kindheit über bin ich vor dir weggelaufen und habe dich angegriffen, die ganze Jugend über habe ich versucht, anders zu werden als du, erst als Erwachsene habe ich deine Nähe gesucht, aber all das hat nichts gebracht als Verletzungen, Zusammenstöße, Wunden, deine Wunden haben mich gestört, statt daß ich sie hätte heilen wollen.

Aber da liegt Ada falsch, das ist offensichtlich: Dieses Erinnern pflegt sie schon seit Jahren, und zwar genau, seitdem sie mit dreißig ganz unerwartet eines Tages gespürt hat, wie der hauchleichte, graue Flügel der Sterblichkeit sie streifte. Eine ganz und gar übliche Erfahrung.

Ada begeht den recht verbreiteten Fehler, daß sie den Tod als äußeres Ereignis überschätzt, das pünktlich eines bestimmten Tages, zu einer bestimmten Stunde eintritt. In Wirklichkeit arbeitet der Tod pausenlos, ohne Stechuhr. Er durchtränkt das Leben wie Tinte Löschpapier und zeichnet vielfältige Formen darauf, mehr oder weniger schwarz oder blutigrot. Selten, und ganz gewiß nicht in diesem Fall, ist er eine klare Linie, die das Jetzt scharf vom Nachher trennt.

Wie die Dinge jetzt liegen, ist er eher ein Schauspiel, das in einer kommenden Saison ganz sicher auf dem Spielplan stehen wird, ein besonders anspruchsvolles Stück voll unerhörter Glanzrollen, an dem das Ensemble des örtlichen Stadttheaters seit Jahren probt, vor leerem Zuschauerraum, bebend und angstvoll, und dabei auf den Tag der Premiere wartet, der unweigerlich kommen wird, trotz allen Verschiebens, auch wenn die Illusion, er könnte ihnen vielleicht erspart bleiben, giftig in die Seelen der Wartenden einsickert und den Tag des Erwachens umso schwerer macht.

Und mit fortschreitender Zeit wird die Truppe immer unsicherer statt sicherer, täglich sieht jeder einzelne und die ganze Kompanie klarer, wie unüberwindlich die eigenen Grenzen sind, erkennen alle ihre Versäumnisse, das kommende Fiasko, den Zusammenbruch aller Hoffnungen. Vor allem aber werden Schauspieler, Sänger, Tänzer und Musiker – denn es handelt sich um ein ambitioniertes, anspruchsvolles Stück, das zwangsläufig alle Bereiche des menschlichen Lebens berührt – von der bohrenden Angst erfüllt, daß diese komplizierte Tragödie, die sie alle seit Anfang der Probenarbeit nicht losläßt, am Premierenabend die Grenzen der Fiktion überwinden und über die Realität hereinbrechen wird, daß der Schlußakt nicht nur ohne Auflösung und Katharsis eintreten wird, sondern daß sie in der Wirklichkeit blutüberströmt und dezimiert sein werden, wirklich und ein für allemal Opfer und Täter.

So ungefähr sieht Adas seelische Verfassung aus, als sie ihrer Mutter diese verschlüsselte Nachricht hinterherschickt, ihr Gebet. Bei all dem nimmt sie sich selber bitter übel, daß sie Tochter ist und bleibt, daß sie nicht die Großzügigkeit und das Format aufbringt, selber mütterlich zu werden, ihre eigene Mutter zärtlich und mitleidsvoll gehen zu lassen, denn diese ist doch in erster Linie – auch wenn es nicht leicht ist, das im Blick zu behalten – eine Frau mit ihrem eigenen Schicksal, welches den Tod mit einschließt, vor dem man sie nicht bewahren kann; selbst der Versuch wäre so vergeblich wie grausam.

Ohne es zu wissen, durchläuft sie so alle Phasen der Trauer, fühlt sich dabei immer weniger imstande, ihr zu begegnen, wie ein kleines Mädchen, das stundenlang über seinen Hausaufgaben sitzt und sich doch nichts merken kann.

All das dauert jedoch nur einen kurzen Augenblick, so lange, wie man braucht, um sich die Haare zurechtzustreichen, um eine Sache zu beenden und eine andere zu beginnen.

❧

Mariuccia ist eine entschlußfreudige Person. Hat sie einmal eine Entscheidung getroffen, und mag diese noch so schwierig und umstritten sein (wie als es darum ging, Gino zu heiraten oder eben nicht), kann nichts und niemand sie daran hindern, sie auch in die Tat umzusetzen. Zeit hat sie keine zu verlieren. Eine geborene Anführerin, hat sie es jedoch derart eilig, daß sie ihre Gefolgschaft bald abhängt. Mit Erklärungen hält sie sich nicht lange auf, im Gegenteil, anders als ihr Gatte macht alles Gerede sie höchst ungeduldig; so haben ihre Kinder, Ada inklusive, Jahrzehnte gebraucht, bis sie begriffen hatten, daß sie es war, die die Familie in ihrem Nomadentum und ihren Unternehmungen leitete. Gino hat sich tatsächlich darauf beschränkt, die Karten zu studieren, wie ein verträumter, kleinkarierter, hypochondrischer Kapitän, während Mariuccia wachsam das Steuerruder hielt, die Kombüse mit allem Notwendigen ausstattete und für Disziplin unter der Mannschaft sorgte.

Einige der dreizehn Umzüge ihres Lebens hat sie zutiefst widerwillig absolviert, aber sie hat sich ihnen genauso effektiv oder zupackend gestellt wie allen anderen auch. Sie hat in Häusern gewohnt, die sie haßte, und in Häusern, die sie liebte, in kleinen, unbequemen Häusern mit Wänden wie aus Papier, die wackelten, wenn eine Straßenbahn vorüberfuhr, in großen, stillen Häusern mit Wänden wie Festungsmauern, in dunklen Häusern tief in den Gassen einer Stadt am Meer und in Häusern mit großen, zum Gebirge gerichteten Fenstern. Sie ist überzeugt, daß sie ihrem Mann gefolgt ist auf diesen dreizehn Etappen ihres persönlichen Kreuzweges. In Wirklichkeit ist sie ihm stets vorausgegangen.

Jetzt wackelt sie tapfer auf ihren geschwollenen Beinen einher, so schnell, daß Delia Mühe hat, Schritt zu halten. Mariuccias dunkle, massige Gestalt, in den grauen Mantel mit Pelzkragen gezwängt, ragt schützend neben ihr auf. Delia fühlt sich wie eine kleine Schaluppe, das Beiboot eines mächtigen Kriegsschiffes.

Sonst scheint die Straße sich unter ihren ängstlichen Blicken wie ein Eselsrücken zu krümmen, sich derart zu spreizen, daß es wirkt, als stünden die Häuser auf den entgegengesetzten Hangseiten eines schwindelerregenden Asphaltberges. Heute jedoch beugt die Straße sich behütend über Delia, streift sie mit rot und golden dekorierten Zweigen, bestrahlt sie mit dem Licht der funkelnden Schaufenster. Während Delia an Mariuccias Arm einhertrottet, bricht sie plötzlich in euphorisches Lachen aus: Sie hat keine Angst mehr!

In dieser vorfestlich leichten Stimmung erwachen lange verdrängte Wünsche: Delia will sich einen Rock kaufen. Einen aus grauer Wolle, passend zu dem leuchtend rosa Pullover, den sie letztes Jahr gekauft hat und der zu keinem anderen Teil ihrer Garderobe gut aussieht. Wer könnte ihr da besser raten als eine Schneiderin?

Die Suche von Schaufenster zu Schaufenster führt sie bis zum Warenhaus La Rinascente. Mariuccia wird allmählich müde, ihre Füße und die Entschlußlosigkeit ihrer Begleiterin schmerzen sie, allmählich wird sie ungeduldig, da Delia alles will und nichts kauft. Delia bemerkt davon nichts, von Freiheit berauscht: Sie bleibt an den Parfümständen stehen, läßt sich von Verkäuferinnen aus Sprühflakons mit allerlei Düften einnebeln, die zu herabgesetzten Preisen angeboten werden.

Als Delia endlich in eine Umkleidekabine schlüpft, mit einem grauen Rock, der ihr so gut wie sicher zu eng ist, läßt ein Rest von Vorsicht sie sagen: »Sie warten aber auf mich, ja?«

»Wo soll ich denn hin?« entgegnet Mariuccia, vollkommen ahnungslos, daß sie sich nicht weiter als drei Schritte von der agoraphobischen Delia entfernen darf. Agoraphobie kennt Mariuccia nicht einmal dem Namen nach, und der wäre für sie ein Zungenbrecher. Würde ihr jemand erklären, worin diese Krankheit besteht, sie würde gleichgültig mit den Schultern zucken: Das sind doch alles Geschichten, sie kennt die wahren Leiden des Lebens, Krieg, Krankheit, Tod naher Angehöriger, Schulden, die Bösartigkeit der Leute.

Während Delia hinter der Tür der Kabine mit einem widerborstigen Reißverschluß kämpft, stromert Mariuccia müde zwischen den Auslagen hin und her; kopfschüttelnd prüft sie die Stoffe mit Daumen und Zeigefinger.

Unvermittelt nimmt sie aus dem Augenwinkel eine Gestalt wahr, ein rotes Aufleuchten, das ihren Blick anzieht: eine weißhaarige Frau, die am Arm einer jungen Dunkelhaarigen auf ihren Absätzen wie ein Vogel mit allzu langen und dünnen Beinen kerzengerade vorüberstöckelt.

Sollte das ...

Sollte diese mumienhafte, eher altertümliche als wirklich alt wirkende, wie ausgeblichenes Leinen weiße Frau, diese hoheitsvolle Schönheit im fließenden Nerz, deren Knie beim Gehen unter dem flammendroten Versace-Kostüm herausschauen und deren gestikulierendes Händchen unter einem riesigen Aquamarinring buchstäblich verschwindet, sollte sie dieselbe sein, an die Mariuccia bei ihrem Anblick denken muß?

Vor ihrem inneren Auge sieht sie jene drei Mieträume in der Via Santa Teresa, die unter der Lampe sitzenden Arbeiterinnen, die bunten Zuschnitte auf den Regalen, den Tisch voll papierner Schnittmuster, Nadeln, Scheren, Borten; sie riecht das heiße Bügeleisen, ein Geruch, der sich mit leichteren Düften mischt, dem aus den Unterröcken und -hemden, dem Haar der Kundinnen.

Vor über vierzig Jahren, zu Beginn der Fünfziger, Ada war noch nicht auf der Welt, wurde Gino wieder einmal krank, und sie hatten keinen müden Heller mehr im Haus; mit ihrem dank kleiner Lottogewinne heimlich Gesparten hatte Mariuccia in der Stadt eine Nähstube aufgemacht. Diesem Abenteuer war drei Jahre lang Glück beschieden, dann hatte sie die Angestellten entlassen und ihren Laden schließen müssen, denn Gino hatte beschlossen, sich bei Novara niederzulassen und einen Betrieb zur Milchverarbeitung aufzubauen, mit aus der Schweiz importierten Techniken. Dann fand er nie eine Finanzierung für diesen Plan, hatte aber in der Zwischenzeit begonnen, sich mit Leib und Seele der Politik zu widmen; so warf er seinen eigentlichen Plan leichten Herzens über Bord.

Es hatte für Mariuccia ein gewaltiges Opfer bedeutet, ihre Nähstube zu schließen, fast hätte es ihr das Herz gebrochen. Gerade begann das Geschäft besser zu gehen, die elegantesten Damen der Stadt ließen bei ihr arbeiten.

Und eine dieser Damen geht da jetzt vor ihr her, aus der Vergangenheit aufgetaucht.

»Signora Alberici!« ruft Mariuccia und stürzt sich in die Duftwolke von Arpège. »Signora Alberici!«

Majestätisch langsam wendet Clelia sich um.

»Ich bin Mariuccia Coppo. Die Schneiderin. Erinnern Sie sich an mich?«

Clelias Gesicht sieht aus wie eine bröselige, vom Wind bearbeitete und mit einer hauchfeinen Staubschicht bedeckte Felsenlandschaft. Bei Mariuccias Anblick belebt sich diese reglose Oberfläche nach und nach und wird zu einem menschlichen Antlitz. Überrascht sehen sie einander lange an, jede denkt, mein Gott, wie alt die andere geworden ist.

»Schau an!« Graziös streckt Clelia ihre beringte Hand aus, die trocken und leicht ist wie ein toter Sperling.

Sie reden beide gleichzeitig los.

Auch Clelia fühlt sich durch diese Begegnung an eine ferne, glückliche Zeit erinnert, daran, wie sie als Vierzigjährige, auf dem Höhepunkt ihrer Schönheit, von Menschen umgeben war, die sie anhimmelten: Professor Fassone und dessen Freunde, ihr Hausmädchen Nilde, das sie verehrte wie eine Heilige, die jungen Männer vom Offiziersclub, der arme Anselmo, das gute Herz ... Der einzige Mißklang war wie immer Alina, stets schmollend und jammernd, an deren mageren Beinchen die Strümpfe in lächerlichen Falten hingen...

Mittlerweile hat Delia Ugazzi beschlossen, eine größere Nummer anzuprobieren. Vorsichtig öffnet sie die Kabinentür einen Spalt weit und ruft: »Signora Mariuccia!«

Stille.

Delia lehnt sich hinaus und schaut in die Unendlichkeit aus bunten Lichtern, einem unübersehbaren Menschengewimmel und bis zum Horizont hallenden Geräuschen. Mit einem Ruck zieht sie die Tür wieder zu.

Später, als sie sich ein wenig gefangen hat, macht sie einen zweiten Versuch, doch kaum wagt sie sich einen Schritt weit aus ihrer Höhle, findet sie sich Aug in Auge mit einer Frau, der die Haare zu Berge stehen, sie trägt einen ultrakurzen Minirock, ihre Klauen sind blutrot, sie mustert Delia mit kalter Grausamkeit und schwebt vor der Kabine, in die Delia sich hastig zurückzieht, auf und ab: eine Schaufensterpuppe, nonchalant geschultert von einer Verkäuferin, die in einen Schwatz mit ihrer Kollegin vertieft ist.

Schweißüberströmt, entsetzt, kann Delia sich mit rasendem Herzen nur noch zwischen Spiegel und Rückwand pressen und darauf warten, daß Mariuccia kommt, um sie von der furchterregenden Welt dort draußen zu erlösen.

»Haben Sie nicht Lust auf einen Aperitif, einen Tee?« fragt Clelia.

»Nein danke, ich muß nach Hause zurück, sonst macht sich meine Tochter Sorgen.«

»Dann nehmen wir ein Taxi, kommen Sie. Fernanda, Liebe, geh doch auf die Straße vor und rufe uns ein Taxi.«

Mariuccia hat schwere Beine. Nach Hause gebracht werden, welch verlockender Gedanke. Fast zufällig entsinnt sie sich Delias, während sie durch die Damenkonfektionsabteilung geht.

Sie sieht sich um. Keine Spur von Signora Ugazzi.

Sie ruft sie, aber ihre Stimme verliert sich im Rauschen der Menge; jetzt am Nachmittag ist der Laden proppenvoll.

Die wird nach Hause gegangen sein, denkt Mariuccia. Ist auch besser so, im Taxi wäre kein Platz für alle gewesen. Sehr höflich ist das ja nicht, daß sie einfach ganz ohne Gruß verschwindet. So sind die Leute eben heutzutage, keine Erziehung mehr.

Schwatzend gehen sie Richtung Ausgang. Sie hören einander so gut wie gar nicht zu, aber zu sagen haben sie sich eine Menge. In ihrem Alter kann man nicht mehr von ihnen erwarten, daß sie aufmerksam, präzise und zuverlässig sind. Außerdem sind sie im Urlaub: Mariuccia seit ein paar Tagen, Clelia seit unvordenklicher Zeit.

Delia hockt in der verschlossenen Umkleidekabine.

❧

So setzt Mariuccia, ohne es zu wollen noch zu wissen, die Dinge in Gang, greift in das Leben der anderen ein. Das liegt in ihrer Natur, auch sonst achtet sie nie allzu genau darauf, wie sie sich den anderen gegenüber verhält. Typisch Mariuccia.

Sie ist eine starke Frau und erwartet von der Welt, ihr gefälligst gewachsen zu sein. Trotz aller Beweise des Gegenteils – die nimmt Mariuccia nicht zur Kenntnis.

Sie hat keine Zeit an die Wirklichkeit zu verschwenden, schließlich ist sie im Besitz einer eigenen Wahrheit.

❧

In ein paar Tagen wird Barbara heiraten. Zum ersten Mal seit Wochen schaut sie kurz in der Via della Misericordia vorbei.

Ada läßt sich ihre Bestürzung über den Anblick nicht anmerken. Barbara hat Falten bekommen, ist stärker geschminkt als sonst, auf der Oberlippe hat sie einen auffälligen Herpes, der vorlaut durch das Make-up schaut.

Eigenartig genug, aber seitdem sie beschlossen hat zu heiraten, wird Barbara von einer Reihe kleiner, aber lästiger Leiden heimgesucht: neben dem Herpes eine Blasenentzündung und immer wieder Halsweh und eine belegte Stimme.

»Vielleicht bringe ich nicht einmal das ›Ja‹ heraus«, klagt sie rauh. »Vielleicht will ich es ja gar nicht. Wie auch immer, jetzt ist es sowieso zu spät. Irgendwann im Leben muß mal Schluß sein mit dem Hin und Her, irgendwann muß man über den Tag hinaus denken.«

Wie soll Ada ihr da antworten, daß eben das hat sie schön sein lassen, nicht zu wissen, was morgen sein würde? Wo sind diese glänzenden Augen und der strahlende Teint geblieben, nach dem sich die Leute auf der Straße umdrehten?

»Was werden Sie anziehen?« fragt Rosi mit verträumt-verhungertem Blick. Rosi liebt Hochzeitskleider. Manchmal, wenn Ada sie zu einer Besorgung in die Nachbarschaft schickt, bleibt sie bezaubert vor den Schaufenstern der Brautmoden-Geschäfte stehen, von denen etliche in der Via Garibaldi und ringsum liegen. Ada ist über ihre Expeditionen auf das Gebiet der wilden Wünsche genau im Bilde: Abgesehen davon, daß sie später kommt als nötig, schaut Rosi hernach, als käme sie von einer Pilgerfahrt in die Heilige Stadt.

Rosi würde gern jeden Tag erneut heiraten. Was danach passiert, interessiert sie nicht. Für sie zählt einzig jener eine

Augenblick, und sie fühlt sich fürs Leben betrogen, weil er vorbei ist, ein für allemal.

»Ein cremeweißes Romeo-Gigli-Kostüm, perlgraue Krawatte, passende Baskenmütze«, berichtet Barbara.

»Ein Kostüm?« Rosi ist entsetzt. »Sie heiraten im Kostüm? Und mit Krawatte?«

Barbara bricht in Gelächter aus, was Rosi noch mehr entrüstet.

Ada ist froh, daß sie nicht zur Hochzeit geladen ist; Barbara schämt sich ein wenig deswegen. Wäre es nach ihr gegangen, dann hätte sie sie eingeladen, genau wie einige andere, die nun auch ausgeschlossen bleiben, weil Barbara fürchtet, sie könnten nicht zu den großbürgerlichen Freunden von Emanuele und seiner Familie passen. Barbara wird so gut wie allein sein, abgesehen von ihren Eltern und nächsten Verwandten, und natürlich Nani, dem Unersetzlichen. Zu ihrer großen Überraschung hat Emanuele ihn nicht nur zugelassen, sondern scheint ihn auch faszinierend zu finden. Manchmal kommt es ihr sogar vor, als machte er ihm ein wenig den Hof. Sie rührt das wie ein Liebesbeweis.

Erst als Barbara gegangen ist, bemerkt Ada die Anwesenheit einer weiteren Person, einer rund sechzigjährigen, unauffälligen blonden Frau mit ungewöhnlich hellen grauen Augen. Sie ist die ganze Zeit von einem Regal verborgen gewesen, wer weiß, ob zufällig oder um eine Situation nicht zu stören, die sie nichts angeht.

»Guten Tag, Signora Angela! Wie geht es Ihnen? Sie haben mich erschreckt, ich hatte gar nicht gesehen, daß Sie da sind.«

»Guten Tag. Mir geht es gut, Gott sei Dank. Dem armen Kind da eben geht es schlecht.« In Angela Trevisans starkem Turiner Akzent ist immer noch eine Spur ihrer Herkunft aus dem Friaul hörbar. Seit über dreißig Jahren lebt sie in der Stadt, und seit ihr Mann sich beim Bau eines nicht genehmigten Hangars in einem nahen Dorf vom Baugerüst zu Tode gestürzt hat, führt sie eine Pension an der Piazza Statuto, zu deren Bewohnern seit einem guten Jahr auch Armando Savelli gehört.

Ada zögert mit der Antwort. Ihre Diskretion verbietet ihr eigentlich jeden Kommentar. Diesmal aber siegen ihre Gefühle: »Barbara hat beschlossen zu heiraten, aber wenn Sie mich fragen, ist das ein schwerer Fehler.«

»Barbara wie?« fragt Angela.

»Wie bitte?«

»Wie heißt sie mit Nachnamen? Wissen Sie, ich kann ihr helfen. Dazu muß ich aber ihren Nachnamen wissen. Na ja, obligatorisch ist das nicht, aber besser. Zum Wahrsagen, wissen Sie.«

Ada starrt einen Moment lang verwirrt in diese seltsam hellen Augen.

»Sie glauben nicht daran«, lächelt Angela. »Weil ich mit meinen Fähigkeiten nicht angebe. Ich erzähle Ihnen nur davon, weil ich dem armen Mädchen helfen will. Der Teufel treibt sein Spiel mit ihr: Irrtümer, Fehler, falsche Entscheidungen.«

Ada traut ihren Ohren nicht. Dieses Weiblein in seinem alten, fleckigen Mantel mit dem mottenzerfressenen Pelzkragen nennt die strahlende Barbara, die eine fabelhafte Partie gemacht hat, ein *armes Mädchen*!

Rosi starrt Angela mit aufgerissenen Augen an. Wer von ihnen beiden, denkt Ada später, hat jetzt Barbaras Namen und Adresse verraten? Sie kann sich nicht erinnern. Angela notiert sich alles auf einem Stück Packpapier, langsam und umständlich, als könnte sie kaum lesen und schreiben.

»Keine Sorge«, sagt sie, »ich arbeite nur für die Gerechtigkeit. Bei mir riskieren Sie nichts. Ausschließlich weiße Magie. Ich bete für das arme Mädchen, damit ihm die Augen aufgehen. Sie wissen sehr gut, was ich meine, Signora Ada.«

»Ist das eine Hexe?« platzt Rosi nach einigem Schweigen heraus, als sie wieder mit Ada allein ist.

»Woher soll ich das wissen. Steh nicht rum, du hast genug zu tun«, fährt Ada, die plötzlich aufgewacht scheint, sie an.

»O Mist!« ruft Rosi aus. »Die hat nicht bezahlt.«

Erschrocken schlägt sie die Hand vor den Mund. »Das war Hyprose!« meint sie. »Sie hat uns hyprotisiert, damit wir nichts merken!«

»Hypnotisiert, nicht hyprotisiert!« korrigiert Ada und macht sich selber Vorwürfe, daß sie dumm genug war, zuzuschauen und es nicht zu bemerken. Angela kauft nicht besonders häufig bei ihr, aber irgendwann kommt sie sicher wieder einmal, und dann …

Sie hat Angela noch vor Augen, wie die in der Tür stehenbleibt und sich umdreht, am Arm die Tasche mit Keksen, Zucker und Kaffee: alles deutlich zu sehen, wirklich unverschämt, und dazu dieses Einverständnis heischende Zwinkern!

Erst viele Stunden später, während sie sich immer wieder die zu kurze Bettdecke ans Kinn zieht, begreift Ada, was da geschehen ist. Angela hat nicht bezahlt, weil Ada ihr den Einkauf im Tausch für ihre Dienste geschenkt hat.

Sie hat Angela bezahlt, damit die Barbaras Hochzeit verhindert.

Aber wie? fragt sie sich und dreht sich fröstelnd auf dem Sofa hin und her, das heute noch unbequemer ist als sonst.

❧

Als sie endlich einschläft, träumt sie von wilden Verstrickungen, in die alle verwickelt sind: sie selber, Rosi, Mariuccia, Nani, Isabelle, Barbara, Delia Ugazzi, die beiden Bianchis und andere mehr. Ada fürchtet, sie könnte mit ihrer Mutter alleine bleiben, und so kommt es auch, trotz all ihrer Versuche, sie zum Gehen zu bewegen. Dann teilt Mariuccia ihr mit, sie beabsichtige, fortan im Cottolengo zu leben.

Im Traum wiederholt sich nur, was abends zuvor tatsächlich geschehen ist: Mariuccia hat ihrer völlig verblüfften Tochter ihren Beschluß verkündet, in jener Herberge der Nächstenliebe Zuflucht zu erbitten, deren Mauern sich zwischen der Kirche Maria Ausiliatrice und dem alten Balôn-Markt, dem Flohmarkt, erstrecken. Dieser Mitteilung ist eine heftige Diskussion gefolgt, in der Ada den kürzeren gezogen hat.

Jetzt, im Traum, kann Ada sehr viel deutlicher ihre Meinung sagen, und das tut sie unverhohlen aggressiv. Ihr Hauptargument: Du willst dich doch nicht geschlagen geben, das wird ihn nur freuen, die Stellung aufgeben, die weiße Fahne schwenken?

Als sie noch wach war, hat sie vor allem betont, wie absurd

und unrealisierbar diese Absicht ist (ins Cottolengo gehen nur unheilbar kranke Leute, solche, um die sich kein Mensch mehr kümmern will), und mit dem Gefühl, als verkünde sie ihr eigenes Todesurteil, hat sie ihrer Mutter angeboten, sie für unbestimmte Zeit bei sich aufzunehmen, für sie da zu sein, während ihre Brüder für den Vater sorgen.

Mariuccia war entrüstet. Was Ada denke, sie halte sie wohl für abgewrackt, nein, als freiwillige Helferin wolle sie ins Cottolengo gehen, doch nicht als Insassin. Schwere Arbeit könne sie zwar mit ihrem Kreuz und den Beinen nicht mehr verrichten, aber ihren Beruf beherrsche sie sehr wohl noch: Sie werde Hemden und Weißwäsche nähen, Bettdecken, Laken und Tischtücher säumen, wenn nötig Meßgewänder und Altartücher besticken.

»Wir beiden sollen zusammenleben?« fragt Mariuccia. »Wie kommst du bloß auf so etwas! Das wäre unerträglich, das siehst du doch, schon jetzt halten wir es nicht aus. Du bist einfach deinem Vater zu ähnlich.«

Das ist zu starker Tobak. Ada weiß nicht weiter.

Jetzt jedoch, im Traum, verleiht sie ihren tiefsten Gefühlen Wort und Stimme: Was sie auf der Welt am allermeisten fürchtet, ist, ihre Mutter für immer unterliegen zu sehen, aus ihrem Haus, von ihrer Heimaterde verbannt, schwach und verzichtbereit, sie fürchtet, ihr Bild von der starken, kämpferischen Mariuccia einzubüßen, so sehr es schon wanken mag und sie beschwert.

Ihre Mutter, in schlichtes Schwarz gekleidet, entgegnet abwesend, sie wolle dahin zurückkehren, wo sie ihre ersten Lebensjahre verbracht hat, an einen unpersönlichen Ort, in lange, von Nonnengewändern durchschwebte Flure, fern der Familie Bracco, die ihr Leben zerstört hat.

Enttäuscht, betrübt und voller Schuldgefühle flieht Ada schluchzend. Blind irrt sie zwischen den Mauern einer labyrinthartigen Stadt umher. Isabelle, die ihr als einzige ein helfendes Wort sagen könnte, ist verschwunden. Ada ist allein.

Niemand ist gekommen und hat Delia aus ihrer Gefangenschaft in der Umkleidekabine befreit. Erpicht darauf, bald nach Hause zu kommen, haben die Verkäuferinnen geschäftig die Kleidungsstücke wieder zusammengelegt, die die Kundinnen auseinandergefaltet hatten, um dann plappernd zu den Personalumkleiden zu entschwinden. Dann ist das Licht ausgegangen. Es blieb eine tiefe, hallende Stille, vom Geräusch der Autobusse in der Via Lagrange kaum durchbrochen. Dann wurden auch die Busse immer seltener, bis keiner mehr fuhr. Ein paar Rufe, die ferne Sirene einer Auto-Alarmanlage, der Monolog eines Betrunkenen.

Keine Stadt für Nachteulen. Um Mitternacht sind die meisten Bars schon seit einiger Zeit geschlossen, hier und da steht noch ein Grüppchen vor einem Kino, der eine oder andere Motorradfahrer berauscht sich daran, mit Mordsradau durch die Fußgängerzone zu donnern und Tausende, die vor kurzem ins Bett gegangen sind, aus dem Schlaf zu reißen.

Im Hausflur eines Gebäudes in der Via Barbaroux sitzt die alte, platinblonde Prostituierte wie immer auf ihrem Stuhl in der halbgeöffneten Tür. Aus großen Augen mustert sie einen Mann, der auf sie einredet.

»Du kannst es mir glauben oder nicht, aber 1997«, sagt er und tut einen tiefen Zug aus seiner Zigarette, »ist die Apokalypse fällig.«

Die Frau weiß nicht, was »Apokalypse« sein soll, und es ist ihr herzlich egal, aber so, wie er es sagt, klingt es nach einer bösen Sache. Sie weiß nicht recht, was sie von dem Ganzen halten soll – nicht von der Apokalypse, sondern von ihm: Will er mit aufs Zimmer kommen oder ihr nur Zeit rauben? Vielleicht einer von den Irren mit einem Messer unterm Regenmantel?

Ihre Kollegin, die vor kurzem mit einem Kunden hinaufgegangen war, kommt mit zwei Hündchen die Treppe herab. Zeit zum Gassi gehen. Die beiden winzigen, rattenfarbenen, geschorenen Viecher haben insgesamt sieben Beine. Das dreibeinige ist Frauchens Liebling und das gemeinere der beiden. Die Wauwaus stürzen sich sofort auf den Mann und verbeißen sich in seine Knöchel, sie zerreißen ihm die Strümpfe, zwicken ihn ins Fleisch.

Armando Savelli strampelt kreischend, um sie abzuschütteln. Die beiden Frauen lachen.

»Komm her, Liebling«, sagt das Frauchen nachsichtig. »Komm, Schätzchen.« In aller Ruhe beugt sie sich nieder, um die Übeltäter an die Leine zu nehmen. Armando massiert sich die Knöchel.

»Zwei wahre Bestien«, meint die Besitzerin voller Stolz. »Ich hab mich sogar versichern müssen. Neulich der Radfahrer hat richtig Erste Hilfe gebraucht.«

Mit obszönen Gesten humpelt Armando von dannen. Er hofft, daß die beiden Frauen 1997 noch am Leben sind, wenn die Apokalypse hereinbricht.

»He, du verjagst mir die Kundschaft«, meint die Blonde, nachdem sie sich von dem Heiterkeitsausbruch erholt hat.

»Wenn er zu meinen Hunden nicht nett ist, ist er's zu uns auch nicht«, entgegnet ihre Kollegin und streicht sich über die mahagonifarbene 60er-Jahre-Perücke.

»Verpiß dich«, beschließt die andere das Gespräch in aller Freundlichkeit.

Armando hat noch keine Lust, in die Pension Paradiso heimzukehren. Er ist nicht müde, sondern spürt, daß er die Energien, die in ihm toben, ausleben muß. Was soll er anderes tun als zu laufen.

Auf der Piazza Quattro Marzo setzt er sich auf eine Bank neben einen Stadtstreicher, der dahockt und ins Leere starrt. Er trägt einen langen, verlotterten Mantel, der einen undefinierbaren Geruch nach Essen, Rauch, menschlichem und städtischem Dreck verströmt. In seinem Stirnband stecken ein paar Taubenfedern. Zu beiden Seiten der Bank und zu seinen Füßen steht ein halbes Dutzend prallvoller Plastiktüten.

Er ist etwa fünfzig, großgewachsen, spindeldürr, sein Blick ist einen Hauch asketisch und durchgeistigt. Wenn dieser Mann sich jemandem vorstellt, nennt er »Campanella« als Namen. Heute ist er nicht in die Unterkunft gegangen, die er sonst nach zehn Uhr abends aufzusuchen pflegt: ein stummer Protest gegen seinen Bettnachbarn, ein unflätiges, vulgäres und prinzipienloses Subjekt, das er verdächtigt, ihm seinen einzigen Regenschirm gestohlen zu haben.

Armando räuspert sich. »Nicht besonders kalt für die Jahreszeit«, sagt er.

Campanella, tief in einen inneren Monolog versunken, gibt nicht zu erkennen, ob er verstanden hat.

Armando steht wieder auf, geht mit hängenden Schultern weiter. Wie tief er gesunken ist – sogar die Penner sind sich zu schade.

Er schwört sich, nicht an Barbara zu denken und den aufrechten Gang zu pflegen. »Haltung bewahren!« sagt er sich, Mariuccias stolzes, feierliches Gesicht vor Augen.

Unter den Arkaden des kleinen Platzes beim Rathaus schaut eine Frau aus einem der schmalen Fenster im Hochparterre. Die Ellbogen auf das Fensterbrett gestützt, hält sie gemessen und würdig eine Ansprache an ein imaginäres Publikum, als stünde dieses unter den Arkaden, im Dunkeln verborgen. Thema des Vortrages ist ihre familiäre Situation: Gerade zieht sie über das egoistische, unsensible Verhalten von Mann und Tochter her.

»Die zwei denken nur an sich selbst«, sagt sie. »Wie der Vater, so das Kind.«

Diesen Satz wiederholt sie mehrfach, um ihn ihrem Publikum gut einzuprägen, dann schreit sie unvermittelt mit brüchiger Stimme los:

»Sogar das Krankengeld hat er mir versaubeutelt!«

Seit kurzem findet Erminia Ragusa in diesen öffentlichen Ansprachen Linderung ihrer Pein. Nach Jahren fast völliger Stummheit wird sie langsam der Sprache wieder mächtig, aber einzig und allein, wenn sie hastig, ohne sich umzuschauen, die Straße entlanggeht, oder wenn sie sich im Dunkel der Arkaden aus dem Fester lehnt. Mann und Tochter ahnen davon natürlich nichts: Fernanda wäre entsetzt, und Giuseppe bekäme eine Gallenkolik. Heute abend ist sie allein zu Hause, eine äußerst seltene Gelegenheit, die darf sie sich keinesfalls entgehen lassen. Ihre Tochter hat angerufen und Bescheid gesagt, daß sie bei Signora Alberici übernachtet. Clelia geht es nicht gut, ihr haben die beiden Stück Sachertorte, die sie sich nach dem Abendessen gegönnt hat, auf den Magen geschlagen. Giuseppe ist in Mirafiori, beim jährlichen Abendessen des Boccia-

Clubs ehemaliger Fiat-Arbeiter, und kommt erst spät zurück. Erminia hat eine Flasche Dolcetto ins Haus schmuggeln können, von dem Geld gekauft, das sie abzweigen konnte, weil ihr immer noch kleine Besorgungen gestattet werden.

Zwei Jahre bezahlte Freistellung wegen der Krise, danach Entlassung, so hat ihr Niedergang begonnen. Mit fünfzig war ihr als ungelernter, arbeitsloser Arbeiterin nichts anderes übriggeblieben, als wieder Hausfrau zu werden, wie während der Schwangerschaft und Fernandas ersten Lebensjahren. Jetzt wartet sie auf die Rente – ihr Mann, vorausschauend wie immer, hat sich bereits jetzt eine Vollmacht als Nutznießer ausstellen lassen.

Solange sie noch in der Weberei in Venaria arbeitete, war sie relativ glücklich. Sie stand jeden Morgen um halb fünf auf, um mit dem Autobus – zweimal umsteigen – bis halb sieben zu ihrem Webstuhl zu kommen. Sie mochte es, mit ihren Kolleginnen zu schwatzen, vor allem mit Pinuccia Casale, ihrer gleichaltrigen Jugendfreundin, dem Menschen, der ihr auf Erden am nächsten steht. Seit fünf Jahren hat sie sie nicht mehr gesehen.

Armando bleibt ein paar Minuten stehen, um Erminias Ergüssen zu lauschen. Sie interessieren ihn unter menschlichen wie soziologischen Gesichtspunkten, allerdings findet er sie ein wenig bedrückend.

Mit langen Schritten wandert er mitten über die verlassenen Straßen, ziellos offenbar, in Wahrheit will er sich sein Ziel natürlich nicht eingestehen.

In der Via della Consolata schließt gerade eine junge Frau die Tür des Hauses auf, in dem Barbara wohnt. Er eilt hin, bevor die Tür wieder zufällt; beim Klang seiner Schritte dreht sie sich erschrocken um.

»Entschuldigung, ich kann meinen Schlüssel nicht finden…« Wenig überzeugend durchwühlt er seine Tasche. Sie schaut ihm direkt in die Augen und läßt ihn ein. Armando folgt ihr, enttäuscht, daß er auf einen Blick als harmlos erkannt wird.

Er geht die Haupttreppe hinauf, sie nimmt die im Hinterhaus, jenseits des Hofes.

Im Aufgang B gibt es keinen Fahrstuhl. Die junge Frau geht bis zur Mansarde im sechsten Stock hinauf und betritt die Wohnung lautlos, um ihre Mitbewohnerin nicht aufzuwecken, die, so meint sie, schon schläft. Doch die Wohnküche, die ihr nachts als Schlafzimmer dient, ist leer.

Gut, denkt sie. Cosetta ist ausgegangen, statt wie sonst traurig rumzuhängen und zu Hause zu vergammeln. Die wird wirklich langweilig, schwer zu ertragen.

Und ohne Rücksicht auf die Nachbarn macht die junge Frau das Radio an, streift sich die Schuhe von den Füßen, wirft sie geräuschvoll durch die Tür in ihr Zimmer und geht trällernd ins Bad.

Wenn sie wüßte, was Cosetta in diesem Moment erlebt, wäre sie wahrscheinlich nicht so unbeschwert.

Vor einer halben Stunde ist Cosetta aus dem Massimo-Kino gekommen, wo sie einen dramatischen Film aus China gesehen hat. Bei den sentimentalsten Stellen hat sie geweint, und wenn die Handlung kompliziert wurde, hat sie den Gedanken nachgehangen, die sie seit Tagen verfolgen. Ihre Mutter hat schon recht, sie taugt wirklich zu nichts. Bei der Prüfung in Musikgeschichte ist sie durchgerasselt, und dann hat sie überdies ihre Teilzeitstelle in einer Anwaltskanzlei verloren. Das war zwar Schwarzarbeit und schlecht bezahlt, hat ihr aber doch erlaubt zu überleben, ohne ihrer Familie allzusehr auf der Tasche zu liegen. Andererseits hat die Arbeit ihr nicht genug Zeit und Energie zum Studieren und für die Gesangsübungen gelassen (Cosetta ist am Konservatorium und will Opernsopranistin werden), wie ihr Freund es immer gesagt hat, der nicht wirklich ihr Freund ist, auch wenn sie das gern so gehabt hätte, und der zur Zeit auf sie sauer ist, weil sie sich, wie er sagt, »so passiv verhält«.

Statt die Via Verdi hinauf und nach Hause zu gehen, schlägt Cosetta spontan die entgegengesetzte Richtung ein. Sie möchte mit ihren Gedanken allein sein. Beim Gehen treten ihr die Bilder vom Tod der Hauptfigur vor Augen, einer fragilen Schönheit mit jettschwarzen Augen, die von ihrem eifersüchtigen Mann erwürgt wird.

Von der Straße am Po geht sie die Treppe hinab, die zu den

Flutmauern führt. Zutiefst im Unfrieden mit sich, starrt sie beim Wandern in das schwarze Wasser, das wenige Meter neben ihr fließt, und hört immer wieder sämtliche Anklagen, die das Leben ihr bislang beschert hat. »Du bist völlig mißraten, genau wie ich«, sagt ihre Mutter. »Wer sich selbst hilft, dem helfen die Götter«, brummelt der Vater mißmutig. »Wie lebst du bloß? Wach auf!« kreischt ihr Virginia, ihre Mitbewohnerin, aufdringlich ins Ohr. »Weißt du, Cosetta, du mußt einfach erwachsener werden«, erklärt Marco vorwurfsvoll und bedeutungsschwanger, »du bist wie ein Kind, manchmal erschreckt mich das richtig, du wirkst absolut wehrlos, bereit, dich vom Wolf verschlingen zu lassen wie Rotkäppchen. Ich will aber kein Rotkäppchen, ich will eine Frau.«

Als der Mann von hinten herankommt und sie bei den Haaren packt, ist es für Gegenwehr schon zu spät. Ihre Naturlocken sind lang und üppig, kastanienbraun; als weiche Masse umgeben sie ihr Gesicht, verbergen, wärmen es. Sie selber findet sie das einzig Schöne an ihr, und so pflegt sie ihre Mähne hingebungsvoll und fachmännisch, sie verzichtet auf das Mittagessen, um sich Spülungen, die ihr Haar noch fülliger wirken lassen, und Nährlotionen leisten zu können. Abends kämmt sie sich mit sinnlicher Zärtlichkeit, als streichelte sie den Pelz ihres Lieblingstieres. Häufig hat sie schon die Phantasie gehabt, ganz nackt, nur mit ihren Haaren bekleidet über die Straße zu gehen, unsichtbar wie unter einem seidenen Zelt.

Jetzt aber werden ihr ihre Locken zum Verhängnis, verurteilen sie zur Unterwerfung. Wenn sie denken könnte – was sie aber schon nicht mehr kann –, würde sie vielleicht die Gründe begreifen, aus denen die Frauen sich als eine der ersten Emanzipationstaten die Haare abgeschnitten haben.

Cosetta reagiert nicht. Sie hat zuviel Angst. Angst ist ihre zweite Natur, sie fließt ihr seit der Kindheit durch die Adern, die Angst hat ihre Stimme geschliffen, die jetzt so weiblich und frei von allen Härten ist, daß es sich anhört, als sänge sie, wenn sie spricht. Angst läßt sie stolpern, wenn sie sich auf der Straße beobachtet fühlt.

»Keinen Ton«, zischt er. »Ich hab ein Messer.«

Und sie hält den Mund, während er sie zu der Treppe stößt, die zurück zur Straße führt. Das Blut ist ihr bleischwer in den Adern geworden. Ihr Herz hat sich tief in die Brust verkrochen, hat sich zusammengerollt wie ein Igel, der hört, wie schwindelerregend schnell die Räder herankommen, die ihn gleich zerquetschen werden.

Cosetta gibt auf, ohne sich je gewehrt zu haben.

Jetzt geht sie vor ihm her über die Zebrastreifen auf der Piazza Vittorio. Er hat sie immer noch fast wie zufällig bei den Haaren gepackt, als wären sie eine Leine, die er locker läßt, aber jederzeit stramm anziehen könnte.

Sie werden die letzte Straßenbahn nehmen, in drei Minuten. Er will sie in eines der verfallenen Häuser hinter der Porta Palazzo mitnehmen, wo er seit einiger Zeit heimlich haust. Während allem, was ihr in dieser Nacht widerfahren wird, denkt Cosetta kein einziges Mal an Flucht, daran, zu schreien, um Hilfe zu rufen, zu beißen oder zu kratzen. Sie wird kein Wort sagen, den Mund nicht aufmachen, nicht einmal stöhnen wird sie.

Die Angst hat sie untergehakt, sie ergreift Besitz von ihr, die Angst geht an ihrer Statt, führt sie in eine Welt, die nach Angst aussieht, riecht und schmeckt. Mach die Augen zu, sagt sie zu ihr. Wem solltest du dich widersetzen? Nichts und niemandem. Das weiß Cosetta von Geburt an, oder spätestens, seit sie einmal als ganz kleines Mädchen allein auf der Wiese hinter dem Haus spielte und plötzlich drohend die riesenhafte Gestalt eines Reiters zu Pferde neben ihr aufragte. Eine wirre, beängstigende Erinnerung, so wirr, daß sie nicht einmal weiß, ob es Traum oder Wirklichkeit gewesen ist.

Die Angst verspricht ihr – und sie weiß, auf die kann sie sich verlassen –, daß dasjenige, was sie fürchtet, ohnedies eintreten wird, immer und immer wieder, im Geist und danach auch in der Realität. Was sie fürchtet, geschieht fortwährend, es ist wie das Echo eines Schreis, das von Mauer zu Mauer springt, ohne je an Intensität zu verlieren, im Gegenteil, es wird immer noch lauter.

Alle, mit denen sie morgen reden wird – aber gibt es ein Morgen für sie? so flüstert ihr die Angst sanft ins Ohr –, werden sie seltsam ansehen, mitleidsvoll und angewidert, mißtrauisch, wie man eine Lügnerin ansieht, eine Schuldige oder, schlimmer noch, ein willentliches Opfer, die schäbigste Kreatur der Welt.

»Wie ist es möglich, daß du gar nicht reagiert hast?« wird die Sozialarbeiterin sie fragen. »Bist du sicher, daß du ihn nicht kennst? Was hat er gesagt?«

»Ich würde Ihnen«, wird der Anwalt mit kühler Stimme erklären, »nicht zu einer Anzeige raten, ersparen Sie mir die Mühe. Sie haben alles zu verlieren und nichts zu gewinnen.«

»Woran hast du dabei gedacht?« wird die Psychologin sie beharrlich fragen. »Sag mir, was dir durch den Kopf gegangen ist.«

Cosetta geht weiter, sie spürt den Atem des Mannes hinter sich, endlich, als er neben ihr geht, sieht sie sein Gesicht; er hält sie am Arm, hat dunkle Haut, einen Schnurrbart, sein Blick versengt sie mit entschlossenem, gierigem Haß, ungläubig, daß ihm diese weiße Beute in die Fänge gegangen ist, und er verachtet sie um so mehr, als sie sich so leicht bezwingen läßt.

Cosetta geht weiter. Würde einer der wenigen Passanten, denen sie begegnen, sich die Mühe machen, dem Mädchen genau ins Gesicht zu sehen, vielleicht wäre er kurz verstört. Trotz ihres entsetzten Blickes nämlich deuten ihre Lippen ein Lächeln an. In der Öffentlichkeit lächelt Cosetta immer, nie würde sie der Welt ohne dieses fügsame, versöhnliche Lächeln entgegentreten, denn sonst könnte ihr womöglich noch viel Schlimmeres widerfahren.

Mittlerweile hat Armando an Barbaras Tür geklingelt, aber nichts hat sich gerührt.

Wie auch, schließlich ist Barbara am Corso Galileo Ferraris, im sechsten Stock eines Neubaus, in einem großen Wohnzimmer mit Panoramafenster über der Stadt.

Der Innenarchitekt, der es zu Anfang der siebziger Jahre eingerichtet hat, glaubte noch an die Modernität, hier und da garniert mit einem antiken oder exotischen Möbelstück, um die Wirkung zu steigern. So ragen in den Zimmern oder im Flur neben einem schwedischen Bücherregal und einem Sottsass-Tischlein unvermittelt geflügelte Dämonen empor, Tänzerinnen mit langen Schleiern, Drachen, aus Tempeln hierhergelockt, aus chinesischen, indonesischen und indischen Palästen, um in dieser Stadt zu landen und vor Heimweh und Kälte einzugehen. Vielleicht, damit sie sich nicht zu einsam fühlen, hat man auf der Terrasse einen kleinen japanischen Garten angelegt; über den Wipfeln der Bonsai kann man bei schönem Wetter den Monviso sehen.

Hinter vorgehaltener Hand gähnt Barbara gerade und verbirgt einen kurzen Augenaufschlag gen Himmel, während Emanuele und seine drei recht hochnäsigen Gäste aufstehen und hinausgehen, mit der Eisenbahn spielen.

Die steht in seinem ehemaligen Kinderzimmer, oder um genau zu sein: Es ist immer noch sein Kinderzimmer. Überall wo Platz ist, stehen kleine Modelleisenbahnen, und mitten im Zimmer thront eine große grünblaue Plastiklandschaft, die aussieht wie der Bahnhof von Interlaken, mit Kühen auf den Weiden rings um den Bahnübergang und Chalets, die sich im See spiegeln. Mit welchem Blick er sich über die Eisenbahn beugt! Dieses kindliche Leuchten in seinen blauen Augen, dieses harmlose Glück, das ihm feine Fältchen in die Augenwinkel zeichnet, als würde er von der Schweizer Bergsonne geblendet. In der ersten Zeit hatte Barbara das rührend gefunden; mittlerweile verspürt sie doch ein gewisses Unbehagen.

Armando klingelt ein zweites, ein drittes Mal, immer erbitterter, je klarer ihm wird, daß sie nicht da ist.

Als er in die Pension Paradiso zurückkehrt, ist es nach ein Uhr.

Auf Zehenspitzen geht er an Angelas kleinem Wohnzimmer vorbei, aus dem trüber Lichtschein dringt.

Ein kleiner, fensterloser Raum, von dem eine Trennwand aus Holz und Milchglas eine winzige Küche abtrennt. Im Flur riecht Armando Malzkaffee, und er hört Angela mit dumpfer Stimme murmeln.

Im Zimmer stehen ein viereckiger Tisch – darauf ein geblümtes Wachstuch und Spitzendeckchen –, vier Stühle, dazu ein Tischchen mit einem alten Radio, eine Kommode, ein kurzes Sofa und ein Aufsatz, auf dem, seit Jahrhunderten unverändert und stets gleich, eine jener Pflanzen ihr Dasein fristet, die Trauerblümchen genannt werden.

Der übrige Platz reicht kaum, um sich hindurchzuschlängeln. Angela sitzt am Tisch, auf dem neben einer Bibel ein Meßbuch liegt und ein altes, abgegriffenes Gebetbuch, das schon ihrer Großmutter gehört hat. Aufgeschlagen ist es auf der Seite mit dem »Gebet an die Tröstende Heilige Jungfrau Maria, Mutter der Betrübten«. Angela streicht sorgfältig ein zerknülltes Blatt Papier glatt, eben jenes, auf das sie vor ein paar Stunden Barbaras Vor- und Nachnamen geschrieben hat.

Was würde Armando sagen, wüßte er, daß Angelas Gedanken sich auf dieselbe Frau richten, die seine eigenen so völlig beherrscht?

Armando aber, trotz der Wahrsagelektionen, an denen er bei *Anghelos 2000* teilgenommen hat, nicht besonders sensibel, geht durch den Flur, ohne irgend etwas zu bemerken, und betritt sein Zimmer, froh, daß sie ihn nicht erwischt hat. Eine der Grundregeln der Pension lautet nämlich: Vor Mitternacht zu Hause sein, wie Aschenputtel!

Langsam, mit monotoner Stimme, wiederholt Angela das Gebet. Sie braucht es nicht abzulesen, sie kann es auswendig.

Entdeckt hat sie ihr paranormales Talent vor rund fünfzehn Jahren, zugleich mit den Anzeichen vorzeitiger Wechseljahre. Daß sie die Fähigkeit besitzt, die Leiden anderer zu heilen oder zu erleichtern, zeigte sich, als sie einer alten Dame in ihrem Häuserblock die Hand auflegte. Jedesmal, wenn Angela sie auch nur streift, verspürt diese eine deutliche Linderung ihrer Gelenkschmerzen; mittlerweile ist sie fünfundneunzig, und Angela besucht sie tagtäglich.

Angela weiß, daß ihr diese Gabe nicht dazu verliehen wurde, sich zu bereichern, daher praktiziert sie das Handauflegen ausschließlich an Freunden und Bekannten und auch nur, wenn sie sich wirklich berufen fühlt, »ihre Macht« auszuüben, wie sie es nennt. Mit der Hellseherei ist sie noch zurückhaltender und reserviert sie für Gelegenheiten, die sie nach ihrem eigenen unbestechlichen Urteil als äußerst schwerwiegend erachtet. Einen festen Tarif für ihre Dienste gibt es nicht, aber sie nimmt gern eine Spende an, auch eine bescheidene.

Sie ist rasend fromm und in sämtlichen Gemeinden ringsum für ihren Eifer bekannt und gefürchtet, für die eines Savonarola würdige Empörung, mit der sie gegen die Verkommenheit der modernen Welt angeht, und für ihre Privattheologie, mit der sie schon mehr als einen Pfarrer zur Verzweiflung getrieben hat; Don Gaetano von der Chiesa dei Santi Martiri nennt sie liebevoll »diese ketzerische Halbverrückte«.

Für alle anderen ist sie eine absolut normale, unwissende, schlampige Frauenperson, keine sonderlich gute Köchin, und als Wirtin ihres »Paradieses« umsichtig, knauserig und mißtrauisch. Ihre Pension hat sie so getauft, um sich über den Teufel lustig zu machen: In der Tat liegt sie an einem der Eingänge zur Hölle, an der Piazza Statuto.

Als das Gebet beendet ist, schweigt Angela in tiefer Trance. Im Zimmer hört man nur das leicht asthmatische Atmen des Katers, der auf dem Sofa schläft. Mancher im Hause würde schwören, daß das Tier mindestens dreißig Jahre alt ist.

Und dann die tiefe, irreale Stille der Nacht. Es läutet zwei, drei, vier Uhr.

In ihrer Umkleidekabine verfolgt Delia das Verstreichen der Zeit auf dem Leuchtzifferblatt ihrer Armbanduhr. Nie war ihr so wie jetzt der Unterschied zwischen äußerer Zeit und innerer spürbar. Sie weiß sehr wohl, daß jede dieser Stunden sechzig Minuten dauert, dreitausendsechshundert Sekunden, aber sie kann es einfach nicht glauben. Mehrmals läßt sie ihr Leben Revue passieren, sie kommt der Wahrheit näher, bekommt sie zu fassen, läßt sie aus ihrer Hand gleiten, verfolgt sie erneut. Kurz vor Tagesanbruch hat sie einen Zustand der Erleuchtung erlangt, der sie beim Gedanken an den armen Doktor Bellini nur noch lächeln läßt. Ihr ist kalt, sie hat Hunger und einen unbezähmbaren Drang zu pinkeln, aber sie spürt, daß sie kurz davor ist, ihre Ängste zu besiegen.

Der erste Frühautobus kommt zugleich mit der Selbsterkenntnis. »Erkenne dich selbst«, wie Nestore immer sagt, wenn sie ihn wegen seines mangelnden Ehrgeizes in Arbeit und Leben tadelt. Mitleidslos erkennt Delia sich selbst. Sie führt sich sämtliche Fehler vor Augen, die sie ihrer Mutter, ihrem Mann, ihrem Sohn gegenüber begangen hat, ihrer

Freundin Egle und so vielen anderen. Ein neues Leben harrt ihrer. Mit rasender Geduld beruhigt sie ihr klopfendes Herz und die revoltierende Blase und bereitet sich darauf vor, dieses Leben in die Hand zu nehmen.

❧

Während sie nach Hause geht, durch Straßen, die ihr wunderschön vorkommen, voller Verheißungen, feilt Delia an dem Vortrag, den sie ihrem Mann halten wird.

»Nestore«, wird sie zu ihm sagen, »es ist nie zu spät, von vorn anzufangen. Wir sind noch jung, wir können glücklich sein, unser Leben neu aufbauen. Ich habe dich vernachlässigt, habe dich wegen der Löcher in deinen Strümpfen getadelt, wegen der abgesprungenen Knöpfe, wegen deiner Nachlässigkeit. Seit zwei Jahren bohnere ich den Boden nicht mehr, seit einem halben Jahr müßten die Blumen gegossen werden. Aber damit ist jetzt Schluß. Ich werde mich nicht mehr im Haus verkriechen und mich bemitleiden, ich werde nicht mehr vor meinem eigenen Schatten erschrecken! Du sollst sehen, mit was für einer dynamischen und talentierten Frau du verheiratet bist. Unser Sohn soll sich meinetwegen vor seiner Frau nicht mehr schämen müssen. Vielleicht habe ich über meine Schwiegertochter zu hart geurteilt, jeder hat seine Grenzen, und in jedem, auch im schwächsten, steckt etwas Gutes, wir müssen einander so akzeptieren, wie wir sind, und so akzeptiere ich dich, Nestore.«

Und gerührt rekapituliert sie die scheinbar so zufällige – aber in Wirklichkeit zu ihrem Heil vorherbestimmte – Reihe von Ereignissen, die das Schicksal in Bewegung gesetzt hat, auf daß alles endlich so komme, wie es soll: Egles Einfluß, die Begegnung mit Mariuccia, der unvorhergesehene Entschluß, jenen Rock zu kaufen, den sie sich so lange gewünscht hat…

Mit feierlicher Leichtigkeit in Herz und Schritten biegt sie in die Via delle Orfane ein, wie eine, die soeben zur Generaldirektorin ihrer eigenen Geschicke berufen worden ist.

Während sie die Treppe hinaufgeht, immer zwei Stufen zugleich (der Aufzug ist defekt), listet sie ihre Pläne auf: Sie wird jeden Morgen um sieben aufstehen, einen Kochkurs besuchen und einen Yogakurs, wird eine Teilzeitarbeit annehmen, wird Sohn und Schwiegertochter zum Mittagessen einladen, den Führerschein machen, ihre Eheprobleme vernünftig mit Nestore durchsprechen, statt ihm tagelang eine Schnute zu ziehen, sie werden einmal pro Woche ins Restaurant gehen, ins Kino, zum Tanzen, zum Langlaufen ins Val Ferret – mit ihrer Arbeit und dem, was sie von der Psychoanalyse sparen kann, werden sie fast reich sein, sich Ferien in Portugal leisten können, Bird-watching in den Dolomiten …

Nie wird man erfahren, wie Nestores Reaktion auf all diese Vorschläge ausgesehen hätte, ob freudige Überraschung oder Panik, denn in der Wirklichkeit laufen die Dinge vollkommen anders.

Vollkommen unvorhergesehen.

Er öffnet die Wohnungstür nach dem dritten Läuten und starrt sie verstört an, sich die Haare raufend.

»Was machst du hier?« fragt er sie endlich.

Er trägt seine Pyjamahose, einen alten Pullover und Pantoffeln, sieht aus wie einer, der erst vor kurzem aufgewacht ist und seinen Kaffee noch nicht getrunken hat. Auf seinem Gesicht keinerlei Anzeichen von Sorge oder Verzweiflung, er sieht verschlafen aus, wie sie es von ihm am frühen Morgen gewohnt ist. Aber es ist nicht früh, es ist fast zehn.

»Wer ist das?« fragt eine Frauenstimme aus der Küche.

»Wer ist das?« pfeilschnell Delia.

Bebend geht sie hinein. In der Küche sitzt eine Unbekannte; sie trägt Delias Strickjacke und hat eine Kaffeetasse in der Hand, sie scheint sich hervorragend eingelebt zu haben, sich wie zu Hause zu fühlen.

Delia beginnt zu lachen, bis der gläserne Lampenschirm klirrt.

»Nein, wirklich«, sagt er, als das Geräusch verhallt ist, »es ist nicht so, wie du denkst.«

»Ach nein? Wie ist es denn?« rast Delia.

»Darf ich dir meine Kollegin Cecilia Marchiori vorstellen. Cecilia, das ist Delia, meine Frau«, sagt Nestore zur einen, dann zur anderen, als erwarte er, daß sie sich nunmehr freundlich die Hand reichen. »Cecilia ist mir gestern abend zu Hilfe gekommen. Um zehn, als du drei Stunden überfällig warst, ist mir schlecht geworden. Mein Blutdruck ist auf sechzig runtergegangen, fast ohnmächtig bin ich geworden, es wäre nicht klug gewesen, die Nacht über alleine zu bleiben.«

Cecilia, rund fünfunddreißig, von matronenhaftem Körperbau, beäugt Delia mit tiefempfundener Feindseligkeit.

»Sie sind Krankenschwester?« fragt Delia.

»Nein. Telefonistin. Aber ich kann Spritzen geben«, entgegnet Cecilia trocken und zieht den Gürtel der Strickjacke enger. Darunter trägt sie ein Flanellnachthemd, das Delia mit einem Aufschrei erkennt.

»Wäsche hätten Sie sich wenigstens mitbringen können! Und was haben Sie jetzt damit vor, wollen Sie die Sachen hierlassen, damit ich sie wasche und bügele?«

»Hör mal, das ist ein Mißverständnis«, will Nestore vermitteln.

»Schuft, Taugenichts, Widerling!« kreischt Delia. »Mir deine miesen Weiber ins Haus zu bringen!«

Cecilia trinkt ihren Kaffee aus, um sodann beleidigt zu verkünden: »Na, wie ich sehe, werde ich hier nicht mehr gebraucht. Ich gehe dann mal.«

Delia läuft ins Bad. Ihr stülpt es den Magen um. Liegt es an den Machenschaften, die sie eben aufgedeckt hat, oder am Hunger, der ihr in den Eingeweiden wütet? Als sie durch die Tür schießen will, verschätzt sie sich und prellt sich die Schulter am Rahmen. Von drinnen schiebt sie wütend den Riegel vor.

Als sie sich etwas beruhigt hat, vernimmt sie Stimmen aus der Küche:

»Ich bin nicht hergekommen, um mich beschimpfen zu lassen!« protestiert Cecilia Marchiori und fügt hinzu: »Ich hätte nicht gedacht, daß deine Frau sowas von vulgär ist«, unterbrochen von Nestors »Pssst!«

Dann: »Aber ich muß ins Bad! Mich kämmen, waschen, mir die Zähne putzen ...«

Genuschel von Nestore, um Verzeihung heischend.

Nach ein paar Minuten hört man die Wohnungstür. Sie sind

allein. Delia sitzt auf dem Badewannenrand; die Stirn am Waschbecken, beweint sie den Verlust ihrer Unschuld.

Hin und wieder hält sie im Weinen inne und widmet sich einem anderen, noch stärkeren Gefühl, das sie erstarren läßt: Verwunderung.

Nie hätte sie gedacht, daß Nestore einer anderen Frau gefallen könnte. *Einer anderen Frau*? Wie lange schon gefällt er nicht einmal mehr ihr? Sie hält sich seine sämtlichen Fehler vor Augen, die sie wütend machen, die sie aber eifersüchtig als ihr Eigentum betrachtet: Er ist schlampig, lethargisch, langsam im Reden und schneckengleich im Tun, ein gelinde gesagt miserabler Liebhaber (geschlafen haben sie seit sechs Jahren nicht mehr miteinander), ein Hypochonder, ein elendes Gewohnheitstier, schön ist er auch nicht, ist Mittelmaß außer in jenem ungreifbaren Etwas, das aus ihm denjenigen macht, der er ist, Nestore, den Mann, den sie geheiratet hat...

Sie kommt zum Schluß, daß sie ihren Mann nicht kennt.

Von so viel Enthüllungen völlig erschossen, schläft sie auf dem Schaumstoffteppich vor der Badewanne ein, in den Bademantel gehüllt.

Später, als Nestore sie mit Tränen in den Augen fragt, wo sie die Nacht über gewesen ist, wird Delia sich weigern, es ihm zu sagen, in einer triumphierenden Aufwallung von Bosheit, die sie um so mehr berauscht, als sie sieht, daß langsam auf seinem Gesicht derselbe verblüffte Ausdruck erscheint wie auf ihrem, ein Ausdruck, der jederzeit in Angst und Leid umschlagen könnte.

❧

Beichtstühle mit ihrer gelochten Trennwand, dem gemütlichen Dämmer des dunklen Holzes, mit ihrem Wachsgeruch, den barocken Schnörkeln und den todeshaft düsteren violetten Damastvorhängen haben auf Cecilia Marchiori seit jeher unwiderstehlichen Reiz ausgeübt.

Seit ihrer Kindheit geht sie gern beichten, seit das Sakrament der Kommunion ihr den Zugang zu der wunderbaren Welt der Sünde eröffnet hat.

Als Katholikin bis in die verborgenste Faser ihres Herzens kennt und schätzt Cecilia den Stellenwert der Sünde im Leben von Mann und Frau. Als gemäßigte, anspruchsvolle Feministin meint sie, wenn der Mensch ein Sünder ist, warum sollte dann die Frau keine Sünderin sein? Es kommt nur darauf an, nicht zu übertreiben, sich auf die läßlichen Sünden zu beschränken, und vor allem darauf, zu bereuen. Cecilia beichtet oft und mit Vergnügen, um sodann mit frischer, geläuterter Seele weiterzusündigen.

Cecilia ist gierig, auch neugierig, aufdringlich, kokett und geizig. Da sie nun einmal durch Schicksal oder Vererbung diese Eigenschaften mitbekommen hat, die ihr die einzigen Freuden am Leben bescheren, warum sollte sie darauf verzichten? Außerdem ist sie intelligent, lebenslustig und vom Pech verfolgt.

Ihr erstes, ihr Erbpech besteht darin, das einzige Kind ihrer Mutter zu sein. Ihr Vater, ein zügelloser, verschwenderischer Schürzenjäger, hat zu Lebzeiten ihre Mutter gemein gequält und ihr mit seinem verfrühten Hinscheiden einen letzten, tödlichen Schlag verpaßt. Seine Gegenwart umschwebt beide Frauen immer noch wie ein zweideutiges Gespenst.

Seit sie acht war, hatte Cecilia neben der Rolle der Tochter auch die des Ersatzehemannes auszufüllen: als Beraterin bei Erwerbungen und bei Investitionen des mageren Kapitals, als Publikum für Tiraden des Selbstmitleids, als Begleiterin sonntags im Kino, auf dem Friedhof, in der Kirche, und sonst im Supermarkt, bei der Verwandtschaft.

Dessenungeachtet gibt die Mutter ihr durch häufiges bitterliches Seufzen zu verstehen, welch kläglicher Ersatz sie für den Verlust ist. Kaum wagt sie es aber, ihre Pflichten einen Augenblick lang zu vernachlässigen, wird sie sofort vorwurfsvoll zu ihnen zurückgerufen oder mit lang anhaltenden Maßnahmen bestraft, mit Schweigen, vielsagenden Blicken und stillen Schluchzern, die in den strategisch günstigsten Augenblicken aus ihr hervorbrechen, zum Beispiel beim Abendessen.

Ihr nächstgrößeres Pech umfaßt sämtliche Aspekte ihrer Beziehungen zum anderen Geschlecht, die in keiner Hinsicht glücken wollen.

Cecilia, die die Männer anbetet und ihr Bestes gibt, wenn einer zugegen ist – oder ihr Schlimmstes, wie man's nimmt –, lebt von Frauen umzingelt. Ihre Mutter, ihre Kolleginnen in der Telefonzentrale des städtischen Elektrizitätswerkes, das Grüppchen der Gemeindefrauen, an dessen Arbeit sie intensiv und oft mit spitzer Zunge teilnimmt.

Außerdem ist ihre Bewunderung für das männliche Geschlecht mit einem ebenso ausgeprägten, tief wurzelnden Mißtrauen gepaart. Ebenso stürmisch, wie sie sich in das Gefecht der Verliebtheit stürzt, zieht sie sich zurück, sobald die Dinge irgend ernsthaft zu werden drohen. »Männer sind Jäger«, predigt ihr die Mutter Tag für Tag, und Cecilia, die eine gewisse Leidenschaft für die Jagd hegt, bringt doch nie eine Beute zur Strecke, aus allzugroßer Vorsicht. Auf ihrem Grabstein müßte sie in dem Moment dargestellt werden, da sie sich aus einer kühn jagenden Diana in die scheue, gehetzte Hirschkuh verwandelt, die einen Huf hebt und so verrät, daß sie kehrtmachen will.

Am meisten aber hat das Pech ihr durch die Männer mitgespielt, die es ihr bescherte, einen nach dem anderen. Einen Theologiestudenten, der lange zwischen Cecilia und der Mission in Afrika schwankte, bevor er sich für Afrika entschied. Einen fanatischen Gesundheitsapostel, dem zuliebe sie bei der schließlich doch fruchtlosen Werbung in Form morgendlichen Joggings in den Giardini Reali sechs Kilo abnahm. Einen abgebrannten, knickerigen Dichter, der sie endgültig in die Flucht schlug, indem er sie eines Abends in die Pizzeria einlud und dann großzügig vorschlug, sie könnten sich die Rechnung teilen, obgleich, darauf wies er hin, sie ein Dessert hatte und er nicht. Und immer so weiter, bis zu Nestore Ugazzi.

Fünfunddreißig Jahre alt und immer noch allein, betrachtet Cecilia bestürzt und dabei auch ein wenig stolz den Umstand, daß sie noch Jungfrau ist. Ihre Mutter hingegen fällt ihr mit lästigen Bemerkungen auf den Wecker, wieviel Einsamkeit, ja Verlassenheit, welch seelische und materielle Zerrüttung einer alleinstehenden Frau blüht. Die Schuld dafür gibt sie Cecilias höherer Schulbildung: Sie hat das humanistische Gymnasium besucht, bevor sie sich in ihr Schicksal ergab und zu arbeiten anfing, daher ist sie jetzt so wählerisch und hat immer noch keinen abgekriegt. Folglich hat Cecilia irgendwann relativ gelassen beschlossen, ihre Ansprüche herunterzuschrauben und wenn möglich die Verlustängste zu zügeln, die jedesmal über sie herfallen, wenn eine Bekanntschaft etwas weiter geht. Deswegen hat sie sich darauf eingelassen, zu Nestore zu kommen, den das Verschwinden seiner Frau völlig durcheinanderbrachte, und ihm Zuspruch und Hilfe zu leisten. Deswegen – aber auch aus Neugier und Lust am Verbotenen – hat sie ihrer Mutter etwas von einer Freundin vorgeflunkert, der es nicht wohl sei, und ist mit glänzenden Augen zur Wohnung der Ugazzis gegangen, nur ein paar hundert Meter von zu Hause, mit ihrem Erste-Hilfe-Täschchen und der Zahnbürste, Zahnpasta würde sie wohl vor Ort finden, nahm sie an. Trotz ihrer guten Vorsätze hat sie aber auch ihr übliches Mißtrauen mitgenommen; daran liegt es mehr noch als an Nestores Verstörtheit, daß zwischen ihnen »nichts gewesen ist«, wie sie es bald darauf dem Priester gegenüber ausdrückt, der ihr die Beichte abnimmt.

»Padre, ich habe mit einem verheirateten Mann geflirtet«, beginnt sie.

»Schon wieder?« ruft Don Clemente, der sie an der Stimme erkannt hat.

»Und ich habe meine Mutter belogen.«

»Das ist keine Sünde«, seufzt Don Clemente, »das ist Notwehr. Weiter. Was hast du angestellt?«

»Ich habe bei ihm geschlafen.«

»Wie bitte? Ausgerechnet du kommst mir mit so etwas?«

»Aber er hat auch geschlafen. Ich hab ihm eine Schlaftablette gegeben, um ihn zu beruhigen. Der Ärmste war so aufgeregt. Seine Frau ist eine Bestie, eine wahre Furie. Aber wenn Sie ihren Haushalt sehen könnten, fingerdick Staub auf dem Fernseher.«

Don Clemente brummt ihr drei Rosenkränze auf und regt an, sie möge ihre Energien anderswo einsetzen und Geld und Altkleider sammeln, als Weihnachtsgeschenk für die Armen der Gemeinde.

Cecilia beschließt, sich auf dem Heimweg mal was zu gönnen. In einer Bar trinkt sie eine Tasse Schokolade, in einer Parfümerie läßt sie sich ein paar Pröbchen verehren, ohne etwas zu kaufen, und schließlich schlägt sie den Weg zur Via della Misericordia ein, um Ada alles zu erzählen.

Nur Frauen, das müssen wir doch zugeben, wissen die Details eines menschlichen Erlebnisses zu schätzen. Und es gibt Erlebnisse, bei denen sind die Details alles.

❧

Ada kennt die Geschichten vieler Leute. Manchmal bekommt sie ein- und dieselbe von verschiedenen Teilnehmern erzählt, in unterschiedlichen, nicht selten gegensätzlichen Varianten. Ehemänner und -frauen, Verlobte, Verliebte, Mütter und Töchter, Schwiegermütter und -töchter, Schüler und Lehrer, sie alle komponieren für sie allein ein Kaleidoskop aus den verschiedensten Wahrheiten, voller Illusionen, Ausgedachtem, Übersehenem und Ersehntem, voller Hoffnungen und Ängste. Die Zeit dreht das Kaleidoskop ohne Unterlaß, setzt die Bilder stets neu zusammen, bringt die verschiedensten Figuren zustande, lichte und dunkle, sie folgen einer Reihe von wiederkehrenden Modellen, sind einander aber nie vollkommen gleich.

Und da man nicht nur mit Worten erzählt, sondern auch mit Gesten und Blicken, indem man abschweift, um etwas herumredet oder es ganz verschweigt, gesellen sich den Geschichten, die Ada hört, andere Geschichten bei oder überlagern sie: von heimlichen Liebschaften, Krankheiten, die niemandem verraten werden, von Verrat und keimender Sympathie, tödlicher Rivalität, von unausweichlichen Schicksalen.

Wie sollte man zum Beispiel den Haß übersehen, der in den Augen jenes vierjährigen Kindes blitzt, dessen Mutter, von seinem Geschrei entnervt, es frei herumlaufen läßt und das sich jetzt auf das Sportwägelchen stürzt, in dem reglos seine kleine Schwester liegt, und es umwirft, auf eine Reihe von Flaschen? Wie nicht die magersüchtige Zukunft jener schmächtigen Zwölfjährigen vorhersehen, die hart und in ihr Schweigen verschanzt zuschaut, wie ihre Mutter Süßigkeiten und andere Vorräte für ein Geburtstagsfest zusammenrafft, an dem sie, die Tochter, nicht teilnehmen will, das hat sie mehrmals gesagt, obwohl sie die Gefeierte ist? Und was steht diesem Pummel bevor, dessen nervtötende, überkritische Mutter ihm jeden Tag den Schenkel- und Hüftumfang mißt?

Wäre Ada ein wissenschaftlicher Geist, so könnte sie sich helfen, indem sie die Spielarten all dieser Wesen und ihrer Beziehungen katalogisierte, nach verschiedenen Kategorien.

Da gäbe es zum Beispiel die »Kühlschrank-Skala«, die über den Stand der Abnabelung von den Eltern Aufschluß gibt.

Auf der obersten Stufe dieser Skala stehen jene Kinder, die ihren Kühlschrank mit resignierter Hoffnungslosigkeit öffnen: Inmitten einer Leere, die zu metaphysischen Reflexionen Anlaß geben könnte, finden sich dort ein Stück Mozzarella und etwas angewelkter Salat. Meist sind das Sprößlinge wohlhabender Familien, deren Mutter ihre eigenen Rechte kennt, sie sind gelehrsam und talentiert, die Realität hat sie abgehärtet und mit einer ordentlichen Portion Zynismus ausgestattet; kaum daß sie volljährig sind, emanzipieren sie sich mühelos. Dennoch wird ihnen immer eine gewisse Unrast bleiben, ein leichter, nagender Hunger, der sie zu Bemerkungen treibt wie »Ich will eine große Familie, eine *richtige* Familie, einen Kamin, ein Haus auf dem Land«, und manchmal setzen sie das sogar in die Praxis um.

Am entgegengesetzten Ende der Skala befinden sich diejenigen, die ihrem Kühlschrank – manchmal sind es zwei, ergänzt durch einen geräumigen Tiefkühler – nicht ohne Angst vor dessen allzu großer Fülle gegenübertreten können; Gläser voll Schinken in Aspik und pyramidenweise tagesfrische Eier drohen sie unter sich zu begraben. Ihre Mama hat gewöhnlich als Kind Hunger gelitten und leidet ihn noch immer, obwohl kein Mensch auf diese Idee käme: Kleidergröße fünfzig. Ihre Kinder sind romantisch, melancholisch, erfüllt von einem Lebensüberdruß, der dieselben Symptome aufweist, wie wenn man sich überfressen hat. Nie werden sie das Elternhaus verlassen, es sei denn, man stellt fest, daß ihr Asthma eigentlich eine Katzenallergie ist. In diesem Fall entscheidet sich die Mama mit Sicherheit für die Katze und schickt die Kinder weg.

Ada aber ist kein wissenschaftlicher Geist. Das flößt den Leuten auch so viel Vertrauen ein. Frauen hegen berechtigtes Mißtrauen gegenüber jeder Art von Schubladendenken, davor, zu einem Objekt, einer Nummer reduziert zu werden.

Ada beschränkt sich darauf, zu beobachten; was sie sieht, fasziniert sie stets. Freilich, auch sie selber stößt das Kaleidoskop bisweilen unmerklich an, beschleunigt oder verlangsamt seine Bewegung, wenn sie ein düsteres, bedrohliches Bild verschwinden lassen will, so daß die bunten Glassplitter eine angenehmere Figur ergeben, eine Blume, einen Schmetterling, eine lichte, lächelnde Sonne.

Sie ist voll guter Absichten. Wenn jemand eine Wohnung sucht, spielt sie Vermittlerin, ebenso, wenn Schäferhund-Welpen zu vergeben sind oder Kätzchen, die die Katze heimlich auf dem Teppich geworfen hat, sie bringt mittellose Studentinnen mit Müttern zusammen, die verzweifelt einen Babysitter suchen. Daß dieses Viertel eine Gemeinschaft ist und nicht nur eine Ansammlung von Häusern, ist auch ihr Verdienst.

Abends braucht sie manchmal ein langes Bad in der Wanne, um die Geschichten all der anderen von sich abzuwaschen. Wenn sie sich dann im Morgenrock, ein Buch in der Hand, ans Fenster setzt, das zum Kirchturm der Chiesa della Consolata hinausgeht, wundert sie sich immer wieder über diese unglaubliche Fähigkeit der Frauen zu wissen, was zu tun ist – und es nie zu tun.

❧

Alina Bianchi und ihr Sohn Alberico sind aus Prinzip gegen jegliche Form von Tierleben. Auch was Menschen angeht, haben sie so ihre Bedenken, aber bei Viechern sind sie gnadenlos, da kennen sie nichts.

Toleranz wird nur geübt, wenn von theoretisch vorhandenen Hunden, Katzen, Tauben nichts zu sehen noch zu hören ist. Zugegeben, Rinder und Kapaune haben einen gewissen Nutzen für die Gesellschaft, und ihr Lebenslauf ist pflichtschuldigst auf den Endzweck ausgerichtet, wenn sie dann zerteilt oder als Filets beim Metzger liegen.

Als fanatischer Leser von Medizin-Lexika kennt Alberico mindestens fünfzig Krankheiten, die von Tieren übertragen werden, von der Pest bis zum Maltafieber, von der Tollwut bis zum Bandwurm. Wenn ein Tier auch nur in der Nähe ist, lähmen ihn Unwohlsein und Ekel. Er ist ein mäkeliger und mißtrauischer Esser, Fleisch kommt ihm nur auf den Teller, wenn es durchgegart ist, aber mit möglichst wenig Fett und vor allem nicht krebserregend (also weder aus der Pfanne noch vom Grill); vor allem darf die Form, in der es erscheint, auch nicht von ferne an seine Herkunft erinnern. Hähnchen- und Kaninchenschenkel kommen nicht in Frage. Innereien sind undenkbar, ein Spanferkel wäre fast sicher tödlich.

Seine Mutter ist noch etwas schlimmer dran. Seit ihrer Kindheit hat sie eine rasende Angst vor Tieren, mittlerweile ist solider Haß daraus geworden. Die Lieblingskatze ihrer Mutter pflegte sie zu kratzen, der Hund des Gutsverwalters biß sie, die Gänse liefen ihr nach, sogar die Kühe beäugten sie voll Arg. Auch deswegen denkt sie ungern an die Sommer auf dem Lande in Moncalvo zurück. Ihre bloße Gegenwart scheint Tiere in Alarmbereitschaft zu versetzen und ihre Angriffslust zu reizen. Fast Dämonen sieht sie in ihnen: Sie sind faul, verdorben, schamlos, heimtückisch, unberechenbar, vielleicht können sie sogar Gedanken lesen. Sie haben etwas gegen sie persönlich, meint Alina – und damit liegt sie nicht daneben.

Heute früh um sieben geht sie nach unten, den Müll wegbringen, und da findet sie sich unvermittelt Aug in Auge mit dem Kater der Nachbarn, der mitten im Hauseingang sitzt.

Ein wunderschönes Tier von rund zwölf Pfund mit makellos weißem Fell und grünen Augen. Wenn er will, hört er auf den Namen Isolde, den sein Frauchen ihm gab, bevor er sich als Männchen entpuppte.

Alina schrickt zusammen und hält inne. Isolde blickt sie an, eisig, unergründlich. Alina fühlt sich durchschaut, bis ins Innerste, tief in die Eingeweide. Verrückterweise kippt das Größenverhältnis zwischen ihnen beiden um: Alina ist mäuschenklein, der Kater sitzt riesenhaft vor ihr.

»Weg da, weg!« krächzt sie mit brechender Stimme.

Isolde hebt eine Hinterpfote zum Ohr und beginnt, sich

seine intimsten Teile zu lecken, die er offenkundig nicht als solche ansieht.

Da wird die Wut größer als die Angst, und Alina stürmt mit wirbelndem Müllbeutel los. Der Kater witscht zur Hecke, baut sich dort auf und wartet auf Alina, als wollte er ihr noch eine letzte Grimasse schneiden, dann verschwindet er im Dornengesträuch hinter dem Zaun.

Alinas Schreie haben ein Mädchen im Pyjama ans Fenster der Nachbarvilla gelockt, es ruft: »Komm da weg, Isolde, laß doch die Verrückte in Ruhe.«

Alberico eilt im Morgenrock zum Ort des Mißgeschicks. Gemüseschalen, Teeblätter, Plastikflaschen, alles liegt am Boden verstreut oder hängt im Geäst der Hecke, so sehr hat Alina die Tüte herumgewirbelt. Sie selber zittert, Atemwölkchen kommen in hastigen Stößen aus ihrem halbgeöffneten Mund.

Der morgendliche Auftritt mit dem Kater wird Signora Bianchis Tag unwiderruflich überschatten. Hätte Isolde nicht dagesessen, dann wäre Alina jetzt nicht derart wütend, verletzt, dann wäre sie jetzt nicht so darauf erpicht, ihrerseits jemanden zu verletzen, egal wen.

Aber Isolde saß da. Und wenn es im Hause von Alinas Mutter demnächst rundgeht, dann liegt das einzig und allein an dem Kater.

»Meine Nachbarin«, säuselt Cecilia Ada ins Ohr, kaum daß sich die Tür hinter Ombretta Marzo geschlossen hat. »Die Ärmste. Eine so hingebungsvolle Ehefrau.«

»Ihr Mann hat's mit den Nerven«, fährt sie fort. »Seit Jahren hat der keinen Fuß vor die Tür gesetzt. Er ist allergisch gegen das Leben. Erst hat er sich mit allen im Haus verkracht, und jetzt traut er sich nicht mehr raus, nicht mal ans Fenster. Sie läßt ihn keinen Augenblick allein. Jetzt, wo sie pensioniert ist, geht sie nur noch zum Einkaufen aus dem Haus. Gruselig, wenn man solche Nachbarn hat, als würde man neben Gespenstern wohnen. Einmal habe ich sie auf der Treppe angesprochen, ich habe gesagt: ›Signora Marzo, warum kommen Sie nicht mal zum Gemeindeabend, Dienstag abend im Pfarrhaus? Ein bißchen Ablenkung, ein paar neue Gesichter. Wir organisieren auch manchmal eine Tombola oder eine Lotterie.‹ ›Vielen Dank, meine Liebe‹, hat sie gesagt, ›aber das geht leider wirklich nicht. Meinem Mann sind die Abende heilig.‹ Und dann ist sie weg, als wäre ihr der Leibhaftige auf den Fersen.«

»Ich frage mich«, fügt sie nachdenklich hinzu, »was sie tun wird, wenn er mal tot ist? Irgendwann muß der ja sterben, so wie er dran ist. Vielleicht bringt sie sich auf seinem Grab um, wie eine indische Witwe. Oder sie balsamiert ihn ein und stellt ihn auf die Kommode, wie Don Celestino, die gute Seele, mit seinem Spitz.«

Zu Cecilias kleinen Schwächen gehört auch ein gewisser respektloser, makabrer Humor, der ihren Arbeitskolleginnen angeekelte Grimassen abnötigt. Auch ihre Mutter findet das unmöglich. Wie will sie eine gute Katholikin sein, wenn sie ein Sakrament wie die Ehe und die Opfer einer treuen Ehefrau so verspottet, das hat sie Cecilia schon oft gefragt. Die hat dafür nur ein Schulterzucken übrig. Frohgemut erklärt sie, auch Christus und seine Jünger hätten ganz sicher manchmal hinterrücks ihre Witzchen über das Volk Israel gerissen.

❧

Die rote Katze krümmt sich in dem Sandbecken, sie macht einen Buckel, spreizt die Hinterbeine, ihr fragezeichenförmiger Schwanz zuckt sacht. Ihre schönen goldenen Augen scheinen leichthin, doch intensiv über abstrakte, ferne Gedanken zu meditieren. Ein feiner Strahl verläuft sich im Sand, das Tier springt aus dem Katzenklo und bekratzt säuberlich den Boden ringsum, vor Konzentration eine feine Falte auf der Stirn.

Ombretta hat innegehalten und sie beobachtet, das Messer in der Hand.

Was für Wunderwesen sind Katzen doch! denkt sie, während die unvermeidliche Träne in ihrem Augenwinkel auftaucht.

Manchmal findet Ombretta, sie selber ist auch eine Katze: Sie ist ebenfalls klein, wendig, aufgekratzt – verrückt, sagt

Germano –, sie verbringt die meiste Zeit mit sich allein, wie eine Prinzessin in einem Kerkerturm mit schmalen Fenstern. Doch bald sagt sie sich, daß ihr eine wesentliche Eigenschaft abgeht: Ruhe. Unausgesetzt wehen Ängste in ihr, wie Luftwirbel in einem Haus, in dem es zieht. Was sie auch tut, selbst wenn sie stillsitzt und den Blick ins Leere richtet, spürt sie dieses Wehen, das in ihr die leichtesten Gedanken aufhebt und weiterträgt, das mit Türen schlägt, die sie längst für zugemauert gehalten hatte.

»Woran denkst du?« fragt Germano manchmal Ombretta und die rote, seine Lieblingskatze. Und da keine von beiden schnell genug aus ihrer Träumerei auftaucht, fängt er an, sie zu necken. Abwesenheit erträgt er nicht, wenn er sich unbeachtet fühlt, auch nur eine Minute lang, muß er sich einfach bemerkbar machen.

Sie hingegen liebt den verträumten Gesichtsausdruck der Katzen. So vertraut, so entspannend.

Die Katzen sind da und zugleich fern.

Sie gehören uns nicht. Man kann nicht sagen, daß eine Katze einem »gehört«. Allenfalls beehrt sie die Wohnungsinhaber als nicht menschlicher Gast.

Die Fremdheit der Katzen führt manchmal zu Mißverständnissen mit Germano. Diese Verschiedenartigkeit bedeutet für Ombretta Erleichterung, ihm ist sie im Grunde unerträglich. Bisweilen erschrecken sie voreinander, die Katzen und er, bei einer plötzlichen Bewegung, einem unvermittelten Fuchteln.

Wenn sie miteinander spielen und Germano mal aus Versehen einen Kratzer abbekommt, gerät er gleich in Panik. »Warum hat sie das getan?« fragt er dann mit bleichen, schmalen Lippen, zwei bläulichen Strichen im fahlen Gesicht.

»Das war doch keine Absicht!« entgegnet Ombretta. »Das sind Katzen. Woher sollen sie ahnen, daß du so eine Mordsangst vor Bakterien hast?«

»Sie müssen das wissen. Sie leben hier. Sie haben es zu wissen«, spuckt er wütend.

Wie soll sie ihm klarmachen, daß das niemand je wird wissen können außer ihr, seiner Frau, seiner Mutter, seiner Schwester? Seiner Geisel.

Eines Abends hat sie das im Fernsehen gesehen, Menschen, die mit erhobenen Armen über eine Landebahn geschubst werden, einen Gewehrlauf im Rücken. Unter ihnen auch eine Frau.

Ombretta ißt gerade eine Mandarine, und sie erstickt fast an einem Kern, der ihr in die falsche Kehle gerät, so plötzlich kommt ihr der Gedanke, mit so unverhoffter Klarheit.

»Ich bin wie diese Frau«, sagt sie hustend, mit flammendrotem Gesicht. Ombretta errötet bei der geringsten Aufregung, sogar wenn die Straßenbahn vom Corso einbiegt und plötzlich vor der Haltestelle bimmelt.

»Was ist los? Was meinst du damit?« Germano beugt sich zu ihr herüber, sein Gesicht scheint ihr, durch die Nähe verzerrt, nur aus Nase und Brille zu bestehen und aus diesen Augen, die ihre eigene Angst auf sie richten wie eine Waffe. In ihnen steht: Was soll aus mir werden, wenn es dir mal schlecht geht? Wenn du stirbst? Du darfst nicht krank werden, du darfst nicht sterben, darfst dich keinen Schritt weit entfernen.

Von Husten und Lachen geschüttelt, deutet sie auf den Bildschirm.

»Da«, versucht sie zu sagen, »ich bin wie die da.«

»Nicht reden jetzt«, befiehlt er, seine Stimme klingt schon rauh. Er zwängt ihr ein Glas zwischen die Lippen. »Trink jetzt, trink!«

Ombretta Marzo krümmt sich vor Hustenreiz, auf tragische Weise erkennt sie, wie komisch und frappierend ähnlich sie jener Frau ist, die da vorgebeugt, die Hände im Nacken, über die Landebahn geht, und wie ähnlich Germano diesem Mann ist, der beharrlich, fast liebevoll auf diese Frau zielt, auf seinen kostbarsten Besitz, das vorübergehende Objekt seiner Wut.

Doch als sie wieder reden kann, ist auf dem Bildschirm schon ein junges Paar zu sehen, das mit strahlendem Lächeln eine neue Marke Vollkornzwieback zum Frühstück ißt.

»Darf man fragen, was zum Teufel du so zu lachen hast?« fragt er beleidigt.

»Nichts. Ich hab darüber gelacht, wie ungeschickt ich bin.

Stell dir vor, wie lächerlich, an einem Mandarinenkern zu ersticken!«

»Na viel Spaß«, kommentiert Germano und preßt sich die Hand aufs Herz. »Ich kann das wirklich nicht komisch finden.«

So verschwindet er im Bad; sie hört, wie er nach der Schachtel mit den Tranquilizern sucht.

Heute ist es Wochen her, daß sie welche genommen hat. Wunderbar, denkt sie und rafft sich aus ihren Träumereien auf. Ich schlafe wie ein satter Säugling. Das liegt daran, daß wir immer so gut zu Abend essen, was? fragt sie die rote Katze.

In der Tat, sie schläft wie ein Stein, sie unter ihrer Decke, die drei Katzen ringsum verteilt, jede an ihrem eigenen Platz, der dem Rang und der Würde entspricht, die sie in ihren komplizierten Zeremonien erfochten haben.

In der ersten Nacht allerdings hatten die Katzen sich versteckt, abgesehen davon, daß sie manchmal kurz und ängstlich auftauchten, um zu schnuppern, schnell kehrtzumachen und wieder zu verschwinden. Auch sie hat in jener Nacht kein Auge zugetan.

An den Tagen darauf, während sie durch die Wohnung stromerte, mit der blinden Entschlossenheit eines meuternden Sklaven, der sich des Schiffs bemächtigt hat und es leer findet – immer noch sucht sie den Feind, will ihn aus dem Versteck locken, sie verschiebt Möbel, wäscht Vorhänge, zieht Schubladen auf, bewaffnet mit Besen, Putzlappen und Eimern, unermüdlich in ihrer Schlacht gegen das kleinste Restchen Schmutz, den winzigsten Fleck – an jenen Tagen fraßen sie nicht, ließen sich kaum sehen.

Wenn sie sich doch einmal kurz zeigten und hastig ein freies Stück Fußboden erkundeten, hoben sie die Nase, mit geweiteten Nüstern, die Augen schwarz vor Entsetzen und Furcht. Katzen haben ein großes Gespür für Tragisches. Im Gegensatz zu den Menschen aber können sie vergessen.

Lange haben sie gerochen, was da in der Luft lag, viel länger als sie, die diese Ahnungen unendlich lange bekämpft hat, wie es ihr heute scheint.

Doch jetzt ist alles vorbei. Manchmal vollführt eine von ihnen noch einen Scheinangriff und zischt mit einem Buckel davon, oder sie hält inne und starrt etwas Unsichtbares in der Luft an, mit glasigen Augen, wie von einer brummenden Hornisse fasziniert. Doch das geschieht immer seltener. Sie haben ihre Ruhe wiedergefunden.

Allerdings bewegen sie sich anders als früher. Sie haben die Wohnung neu vermessen, haben ihre Aufenthaltsorte, ihre früher üblichen Wege verändert. Aber sie schlafen wieder lange und ausdauernd auf dem Sofa, Ginger und Vanilla ineinander verschlungen wie das Zeichen für Yin und Yang, Tabasco tief in die Kissen gesunken, eine Pfote auf der Nase.

Ombretta Marzo seufzt und ruft sich in die Gegenwart zurück. Es ist Winter, spät an einem düsteren Morgen, ohne Licht noch Schatten, die Zwiebel auf dem Schneidebrett ist erst zur Hälfte gehackt.

❧

Auf einem der Stühle in der Küche liegt, nachlässig hingeworfen, eine Tasche aus blauem Wachstuch, der Reißverschluß zu zwei Dritteln zugezogen. Sie gehört Fernanda.

Alina kommt und geht, sie preßt Zitronen aus, macht Wasser heiß, bringt ihrer Mutter die Limonade, kommt zurück, um Zucker zu holen. Sie findet keine Ruhe. Der spöttische Kater geht ihr nicht aus dem Sinn. Am liebsten würde sie ihn auf telepathischem Wege vernichten, zu einem Häufchen Asche und verkohltem Fell verbrennen. In solchen Fällen, von ohnmächtiger Wut verzehrt, hilft Alina nur eins: stehlen. Jedesmal, wenn sie am Küchentisch vorbeikommt, wirkt die Tasche einladender, offener, scheint der Verschluß von allein immer weiter aufzugleiten.

Alina kann nicht mehr widerstehen. Sie lauscht auf die Stimmen von Clelia, Fernanda und Alberico, die, sich überlagernd, aus dem Schlafzimmer am Ende des Flurs erklingen, und greift in die Tasche. Eine Plastiktüte mit Schmutzwäsche, ein Pullover, der Katalog einer Möbelfirma, zwei Schlüsselbunde, eine Brieftasche, ein Taschenbuch mit dem Titel »Ein Mann für Lucy«. Im Ärmel des Pullovers, sorgsam in etwas

Zeitungspapier gehüllt, eine kleine blaue Kristallvase von Lalique, die eine besondere Rolle in Alinas Kindheitserinnerungen spielt.

In jene Vase wurde ihr erstes Geschenk für ihre Mutter gesteckt, ein kleiner Veilchenstrauß; sie stand auf dem Couchtischchen im Wohnzimmer, wo sie hinter dem riesigen Orchideenkorb verschwand, den Fassone gesandt hatte, und wurde dann von Lampos fröhlichem Schwanzwedeln heruntergefegt – der Jagdhund des Professors war zusammen mit seinem Herrchen gekommen, um persönlich zu gratulieren. Die Lalique-Vase landete auf dem Teppich und zerbrach nicht, aber der Hund latschte die Veilchen platt. Alina bekam einen hysterischen Anfall und wurde ins Bett gesteckt, wo sie sich den brühheißen Kamillentee übergoß, den das Zimmermädchen ihr gebracht hatte.

Die Vase ist dieselbe, das erkennt Alina an einer winzigen abgesplitterten Stelle.

Sie blickt auf diesen gräßlichen, unvergeßlichen Gegenstand, der ihr rechtmäßig und durch Leid erworben zusteht, und sie hat den Impuls, ihn an die Wand zu schmeißen.

Eine Sekunde darauf gellt ihre Stimme durch den Flur: »Signorina Ragusa!«

Ehrensache, daß Fernanda sich nicht beeilt. Aber als sie die Vase sieht, wird sie bleich.

»Die hat die Signora mir geschenkt!« verteidigt sie sich.

»Lügen! Meine Mutter schenkt Fremden nichts!«

»Ich bin keine Fremde, erlauben Sie. Fragen Sie sie selbst.« Fernanda ist am Rande der Tränen. Vor ohnmächtiger Wut, nicht vor Angst.

»Was ist los?« fragt Alberico, von den erregten Stimmen angelockt.

»Mach die Tür zu, daß Mama nichts hört!« zischt Alina. »Und selbst wenn meine Mutter sie Ihnen schenken wollte«, fährt sie fort, bleich von der Anstrengung, die Schreie zu unterdrücken, die aus ihrer Kehle dringen wollen, »hätten Sie sie nicht annehmen dürfen. Meine Mutter ist nicht mehr zurechnungsfähig, das wissen Sie genau.«

»Das ist nicht wahr!«

»Aber Sie nutzen es aus. Was haben Sie noch alles von ihr bekommen? Los, raus mit der Sprache!«

»Die Sachen hier im Haus gehören der Signora, nicht Ihnen!« schreit Fernanda.

»Ihnen genausowenig!« keucht Alina. »Wie können Sie sich das erlauben, wie können Sie bloß! Diebin! Raus hier!«

»Ich gehe, aber das werden Sie bereuen!« sagt Fernanda mit rotem Gesicht. Wider Willen rinnen ihr Tränen über die Wangen.

Alberico ist für Aufregungen nicht geeignet, käsebleich lehnt er sich an die Tür. Als Fernanda auf dem Absatz kehrtmacht, für einen effektvollen Abgang, steht sie plötzlich Aug in Auge mit ihm.

Alberico, der sie seit Jahren begehrt, aber nie gewagt hätte, auf eine Gelegenheit zu hoffen, drückt sie kurz an sich, will es aber ungeschickt so aussehen lassen, als wolle er sie beiseiteschieben.

»Laß mich in Ruhe, du Psychopath!« schreit Fernanda, die auf der Krankenpflegeschule auch einen Kurs in Psychologie besucht hat.

Alberico erstarrt. Er macht Platz und wirft dabei einen Stuhl um.

Die Spannung ist an ihrem Höhepunkt. Alina und Fernanda starren einander haßerfüllt an, am liebsten würden sie auf allen Benimm pfeifen und sich die Augen auskratzen. Alberico ist am Boden zerstört, er kann es nicht glauben, schaut von einer zur anderen.

»Wenn Sie nicht sofort kündigen, schmeiße ich Sie raus«, zischt Alina schließlich.

»Mit Vergnügen. Schauen Sie doch selbst zu, wie Sie mit Ihrer Mutter fertigwerden, die Sie so liebhat!« verkündet Fernanda.

»Wenn Sie das hier meiner Mutter gegenüber auch nur mit einem Wort erwähnen«, sagt Alina, die langsam Angst vor der eigenen Courage bekommt, jetzt aber nicht mehr zurück kann, »zeige ich Sie an, sofort. Mein Sohn ist bald Anwalt, wir bringen Sie vor Gericht!«

Alberico sperrt noch immer den Mund auf wegen dieses

schmerzlichen Wortes, »Psychopath«, von dem er annehmen möchte, es sei Fernanda aus Versehen entschlüpft und habe mit ihm nichts zu tun, er fühlt sich hin- und hergerissen zwischen bedingungsloser Hingabe für seine Mutter und Fernanda, die doch sicher nur einem furchtbaren Mißverständnis zum Opfer gefallen ist.

»Ich mö... möchte erst die Tatsachen kl... klären, alles in Ru... Ruhe untersuchen...« Er stottert, wie immer, wenn er aufgeregt ist.

»Was willst du hier klären? Mach dich nicht lächerlich. Das ist doch sonnenklar: Entweder hat das Fräulein diese Vase gestohlen oder sie sich von einer Person schenken lassen, die nicht mehr im Vollbesitz ihrer geistigen Kräfte ist!« Alina fixiert ihren Sohn mit einem schrecklichen Blick: ganz klar, daß es jetzt kein Zaudern geben darf. Angesichts der Fremden, die ihre Vorrechte bedroht, müssen Mutter und Sohn einig sein, wie ein Mann.

»Ersch... Erschleichung von Vorteilen«, murmelt Alberico.

Fernanda wirft die Tür hinter sich zu.

Ein paar Minuten lang hört man in der Küche nichts als den keuchenden Atem von Alina und Alberico; er steht gefährlich nah am Rande eines Asthmaanfalls.

❧

»Sind sie endlich weg, die zwei?« jammert Clelia. »Warum kommt meine Tochter mich ausgerechnet dann besuchen, wenn es mir schlecht geht? Wo hast du gesteckt, ich rufe seit einer halben Stunde nach dir.«

Fernanda steht in der Tür, mit Mantel und Handschuhen, die Tasche über der Schulter.

»Was ist dir? Hast du ein Gespenst gesehen?«

»Ich kündige. Ich habe ausgerechnet, was ich noch zu kriegen habe, wenn Sie nicht gleich zahlen können, überweisen Sie es mir auf mein Konto, hier ist die Nummer.«

Clelia sackt der Unterkiefer auf den Spitzenkragen.

»Du gehst? Ich bin krank, und du läßt mich allein?« stammelt sie und sinkt in die Kissen zurück. »Du läßt mich allein?«

»Sie werden schon eine andere finden.«

»Das hätte ich nie von dir gedacht«, sagt Clelia. Ihre Stimme ist nur noch ein wehrloses Piepsen. »Nach all dem, was ich für dich getan habe. All die Geschenke, erst heute früh ...«

»Ihre Vase können Sie behalten!« schleudert Fernanda ihr entgegen – sie vergißt, daß sie sich das Stück inzwischen schon wieder geschnappt hat, Besitzdenken ist einer ihrer Primärtriebe.

»Was ist nur passiert, was ist passiert«, ächzt Clelia und verbirgt ihr Gesicht in den Händen. Noch nie ist sie so verärgert und machtlos zugleich gewesen. Ihre mageren Schultern zukken, als hätte dies arme Vögelchen in seinem seidenen Hemdchen nicht die Kraft weiterzufliegen. Niemand hat sie je auf diese Weise verlassen, so plötzlich und mitleidlos, ohne jede Rücksicht. Tatsächlich ist sie überhaupt noch nie verlassen worden, schon gar nicht von einer Hausangestellten. Nilde, ihre Perle, starb im Dienst, mit neunundsiebzig, und selbst da bemühte sie sich, so wenig Umstände zu machen wie möglich.

Clelia, von nervösem Zucken geschüttelt, scheint zu weinen. Sie schielt durch die Finger, um zu prüfen, wie es auf Fernanda wirkt. Doch Frauen haben bekanntlich ein hartes Herz, wenn es um andere Frauen geht: Fernanda regt keinen Finger.

Clelia setzt ihr allerletztes Mittel ein. Sie läßt ein herzzerreißendes Röcheln hören und greift sich an die Brust. »Ruf den Arzt, sofort!«

Langsam wählt Fernanda die Nummer und hinterläßt eine Nachricht auf dem Anrufbeantworter.

»Du willst doch nicht gehen, bevor er da ist! Laß mich nicht allein!« Clelia will vor Verzweiflung schier zusammenbrechen. »Ah! Mein Herz! Mein Herz!«

Fernanda beäugt sie mit klinischem Blick.

»Ich gebe Ihnen jetzt Ihre Tropfen.«

Clelia schluckt sie gehorsam, dann stellt sie mit dünnem Stimmchen fest, als wäre es das Ergebnis langen Grübelns: »Du hast kein Mitleid.«

Zwei wächserne Tränen erscheinen auf jenen Jochbeinen, die Fassone einst als »slawisch« bezeichnet hatte, sie zögern, als widerstrebte es ihnen, die Wüste dieser Wangen hinabzurinnen. Es sind echte Tränen, geboren aus wahrhaftigem Selbstmitleid, der einzigen Gefühlsregung, die Clelia zu Tränen rühren kann. Zu ihrem Glück hat sie das bislang nicht allzuoft erproben müssen. Fernanda macht einen Schritt auf das Bett zu. Clelias Weinen steckt sie an, auch sie würde sich so gern gehen lassen, und sie weiß, daß sie zu Hause keine Gelegenheit haben wird, sich leidzutun.

»Warum?« Clelia hebt das Antlitz zu ihr. In diesem Augenblick ist sie wunderschön, nobel, eine auf der Bühne sterbende Duse.

Fernanda heult heftig los.

»Ihre Tochter!« sagt sie zwischen den Schluchzern, »Ihre Tochter!«

»Meine Tochter!« echot Clelia, schwach, aber mit funkelnden Augen.

»Das ist zuviel, ich halt das ... nicht mehr ... nein...«

»Was hat sie zu dir gesagt? Sag es mir!«

»Ich kann nicht ... kann nicht ... es ist zuviel...«

Wenn Clelia jetzt eine zitternde Hand nach Fernanda ausstrecken oder diese sich ihr in die Arme werfen würde, dann wäre alles in Butter. Fernanda aber kann sich nicht daran erinnern, je Trost von ihrer Mutter empfangen oder sie umgekehrt getröstet zu haben, schließlich hat auch Erminia Ragusa mit ihrer eigenen Mutter derlei Zärtlichkeiten nie erlebt; Clelia ihrerseits ist es gewohnt, daß sie sogar wegen der Beschwerden getröstet wird, die sie *nicht* hat, und jemand anderen getröstet hat sie noch nie, schon gar nicht ihre Tochter.

»Was meine Tochter sagt oder tut«, verkündet Signora Alberici hart, »zählt nicht. Du arbeitest für mich, nicht für sie.«

»Ich lasse mich nicht demütigen«, entgegnet Fernanda. In Wirklichkeit stirbt sie fast vor Sehnsucht, alles zu erzählen und diese schreckliche Episode zu beenden; schon packt sie wegen des Verlustes ihrer Arbeit Angst vor der Zukunft. Aber ein wilder Stolz hindert sie daran, das Thema Geschenke anzuschneiden. Daß Alina sie eine Diebin genannt hat, hat sie ins Mark getroffen. »Demütigen! Von dieser dummen Kuh! Komm schon, das ist es nicht wert!« redet Clelia ihr gut zu.

»Ihre Tochter ist der … der gemeinste Mensch, dem ich je begegnet bin!« meint Fernanda, in der Hoffnung, diese Worte mögen sich auf ewig in Clelias Gedächtnis und die Wände des Hauses eingraben, in dem sie dienstbare, aber durchaus nicht unglückliche Jahre verbracht hat.

Und so schwingt sie sich die Tasche über die Schulter – leise klirren die Schlüssel an die Lalique-Kristallvase – und rauscht hastig hinaus, um nicht erneut loszuweinen.

❧

»Wie kommt es bloß, daß jeder Mann, egal wie alt, arm, häßlich und langweilig er ist, trotzdem immer noch eine Frau findet, die ihm zu Füßen liegt?« fragt Signora Ugazzi Ada.

Dieselbe Frage hat sie sich schon selber gestellt, ebenso ihrem Mann Nestore und ihrem Hund Zorro, ohne befriedigende Antworten zu erhalten. Zorro hat Mitgefühl für ihre Sorgen gezeigt, indem er ihr hingebungsvoll die bloßen Füße in den Pantoffeln geleckt hat, was sie ihm nicht gerade leicht machte, da sie fortwährend hierhin und dorthin gelaufen ist. Auch Nestore war nicht hilfreich, nicht zuletzt weil jeder seiner Versuche, mit Delia ein Gespräch zu beginnen, durch eine Flut von Vorwürfen im Keim erstickt wurde.

»Wie kommt das«, fährt sie fort und schickt sich als wahre Virtuosin zu einer ganzen Reihe von Variationen ihres Themas an, »wenn ein Mann in der Ehe versagt, gibt es immer eine, die bereitwillig seiner Frau die Schuld in die Schuhe schiebt? Wie soll eine Frau ihren Mann noch erziehen können, wenn da draußen Tausende nur darauf warten, ihn zu nehmen, wie er ist, inklusive der Löcher in den Socken? Wo liegt das Geheimnis der männlichen Schönheit, durch das ein Mann wie Nestore, der zu Hause öde ist wie die Tatarenwüste, draußen begehrenswert erscheint, als wäre er der Garten Eden? Was ist bloß los, daß eine Frau nach dreißig Jahren Eheleben als abgenagter Knochen gilt, der Mann aber als leckerer Happen, nach dem sich ein Haufen heißhungriger junger Dinger die Lippen lecken? Wer frißt wen?«

Überflüssig zu sagen, daß Ada keine Antwort weiß. Delia

erwartet natürlich auch keine, alles, was sie sucht, ist die vorübergehende, aber unersetzliche Erleichterung, die ihr Redefluß ihr bereitet. Ihr Vortrag dauert über eine Stunde, sie findet Zuhörerinnen und Sympathisantinnen, deren Stimmen sich mit der ihren vereinigen oder sie überlagern, zu einer Art polyphonem Gesang, bei dem jede ihrer Melodien immer wieder neu einsetzt.

Man müßte, schließt Delia, Bürgerinnenkomitees aus Ehefrauen bilden, die sich präzise über ihre Gatten austauschen und deren Umgang beobachten, mit dem Ziel, alle Spekulationen auf dem Heiratsmarkt zu unterbinden. Das müßte man, pflichten die anderen bei, und mit dieser Bemerkung entfernen sie sich rasch, jede in ihr kleines Eheglück.

Endlich geht auch Delia, leer und heiser. Ada ist erledigt und Rosi entsetzt.

»Wenn mein Lino mich betrügt, bring ich ihn um«, gibt sie bekannt, bleich und entschlossen.

»Denk lieber an deine Arbeit und nicht an so einen Unfug«, ermahnt Ada sie.

»Man muß die Männer zu halten wissen«, fügt Rosi sentenziös hinzu. »Wenn ein Mann seine Frau betrügt, dann weil er nicht zufrieden ist. Die Frau ist selbst schuld, sie muß ihm alles geben können, welches er braucht.«

»Was er braucht«, korrigiert Ada.

»Genau. Wenn er es von ihr nicht bekommt, holt er es sich woanders. Aber dann soll sie nicht jammern!«

»Wo du sowas nur herhast!«

»Aus der Zeitung. Auch im Fernsehen sagen sie das immer, da gibt es so eine Serie *Auf Treu und Glauben*, lauter Liebesgeschichten …«

Ada hört ihr nicht mehr zu. Sie ist abgefüllt, bis an den Rand, zumindest für ein paar Stunden.

Sie gibt die Frage an Isabelle weiter: Warum gehört es zu den unumstößlichen Wahrheiten, daß ein Mann jederzeit ein neues Leben mit einer jüngeren Frau anfangen und dazu die alte, gebrauchte verlassen kann, genauso umstandslos, wie er sich ein neues Auto anschaffen würde?

»Die Frauen sind selbst schuld. Ich habe da überhaupt kein Mitleid«, meint Isabelle. Heute hat sie sich mit einer Kollegin gestritten, die behauptet, es sei eine ehrenhafte Aufgabe für eine Frau, Geld für ein Geschenk zur Pensionierung zu sammeln, eine These, der Isabelle stolz entgegengetreten ist, denn sie ist genauso gegen ehrenhafte Aufgaben wie gegen Kollekten.

Ada grübelt über Isabelles harsche Antwort nach: Sind die Frauen wirklich immer selbst schuld?

»Bitte, laß uns über was anderes reden als wie schlimm die Frauen dran sind«, meint Isabelle liebevoll und nostalgisch. »Wann kommst du mich besuchen? Ich möchte dich so gern sehen.«

»Du weißt genau, daß ich nicht kann. Es geht auf Weihnachten, ich stecke bis zum Hals in Arbeit, es geht die ganze Zeit rund.«

»Ich weiß, daß du keine Zeit für dich selber hast. Immer dasselbe, du arbeitest so viel, damit dir keine Zeit für das bleibt, was du wirklich tun willst. Aber vielleicht stimmt das auch nicht, vielleicht willst du eigentlich gar nicht nach Paris kommen.«

»Sag bitte nicht sowas, Isabelle«, seufzt Ada.

»In der letzten Zeit bist du komisch«, fährt ihre Freundin fort, »du redest so vorsichtig, als würde irgendwer mithören.«

»Ich bitte dich, wie kommst du auf sowas«, wendet Ada hastig ein und äugt zu der Tür, hinter der ihre Mutter heute abend einfach nicht das Licht ausmachen will.

»Wie geht es eigentlich deiner Mutter? Du erzählst gar nichts mehr von ihr.«

Ein seltsames, allerdings recht häufiges Phänomen, daß die Gedanken zweier Menschen, die sich nahestehen, unwillkürlich im selben Moment auf denselben Gegenstand kommen.

»Sie hat sich mit meinem Vater gestritten.«

»Nichts Neues.«

»Stimmt, aber diesmal scheint es ernst zu sein.« Ada sucht nach einer Möglichkeit, indirekt anzudeuten, was sie ohnehin nicht mehr lange wird verheimlichen können. »Was meinst du, wäre es verrückt, wenn meine Mutter in ihrem Alter von zu Hause ausziehen würde?«

»Na ja, mit achtzig ist es vielleicht ein *bißchen* spät«, meint Isabelle. »Und wo sollte sie hin? Ja wohl nicht zu dir.«

»Wie kommst du darauf?« Ada wird blaß.

»Hör her, ich kenne dich und deine Brüder, ich weiß genau, worauf das hinauslaufen würde. Du bist zu gutmütig, zu allen, und wenn deine Mutter dich darum bittet, klar würdest du die Gelegenheit nutzen, dich zu opfern.«

»Du irrst dich, ich bin überhaupt nicht so gutmütig. Hör auf, mir das einzureden, ich finde es fast eine Beleidigung.«

»Es ist auch eine. Gutmütig zu sein ist eine Gefahr für dein Sozialleben, es appelliert an die schlimmsten Instinkte deiner Umgebung. Los, gib schon zu, deine Mutter ist längst da, vielleicht hört sie sogar mit?«

»Ich glaube«, ignoriert Ada die direkte Frage, »für sie wäre das eine Niederlage, wenn sie ihr Haus verließe. Aber dann finde ich es wieder egoistisch von mir, das zu denken. Sie soll weiterkämpfen, weil ich mich dann sicher fühle, oder weil ich dann keine Verantwortung zu übernehmen brauche …«

»… für Sachen, die dich eigentlich nichts angehen …«, präzisiert Isabelle.

»… vielleicht sehnt sie sich ja auch nur nach ein bißchen Ruhe, jetzt am Lebensabend.«

»Sie kann noch zwanzig Jahre leben, wer weiß, und außerdem wird die nie friedlich, bei ihrem Charakter, das weißt du genau.«

»Ich bin schon so lange so hart zu ihr gewesen …«, sagt Ada.

»Sie war nie anders als hart zu dir …«, stellt Isabelle fest.

»Sie hat immer gesagt, daß ich meinem Vater ähnlich bin, und möglicherweise stimmt das auch. Und dann, als ich mich von meinem Vater verraten fühlte, habe ich angefangen, ihre Perspektive zu verstehen, und vielleicht will ich jetzt, daß sie gewinnt, um ihm eins auszuwischen …«

»Mein Gott, warum kann man sich nicht von seiner Familie scheiden lassen?« stöhnt Isabelle. »Ach, was soll's, selbst wenn es ginge, ihr Italiener würdet es ja sowieso nicht tun«, schließt sie resigniert.

❧

Es ist ein langer Tag für Bruna Piazza gewesen, die als Büroleiterin in der Buchhaltungsabteilung der Stadtverwaltung arbeitet.

Heute früh kurz vor neun fing's an, als Bruna beim Warten auf eine Sitzung, die ebenso endlos wie langweilig zu werden versprach, in die Tür zu Raum dreizehn trat, die Zahlstelle, um einen Blick auf ihre Untergebenen zu werfen.

Ihr Kameraschwenk beginnt bei der endlosen Längswand voller trist graulackierter Metallregale; sie bilden Fächer, die Bruna unweigerlich an Grabnischen erinnern. In diesen Nischen lagern zu bearbeitende Vorgänge, runzlige, verstaubte Aktenbündel, altes Gebein, das darauf wartet, exhumiert zu werden und endlich seine verdiente Ruhe im Massengrab zu finden, anders gesagt, im Archiv der abgelegten, toten Aktenvorgänge, an die keiner mehr denkt außer den Würmern.

Sodann kommen vier Schreibtische ins Blickfeld, aus grauem Metall und braunem Resopal; an ihnen sitzen vier Gestalten wie Schmierenkomödianten in einer düsteren Hamlet-Inszenierung. In der Reihenfolge des Auftritts:

Canavera, gebeugt, mit Geheimratsecken, unermüdlich: Er trällert wie ein sorgloser Totengräber vor sich hin, die Arme bis zu den Ellbogen in alten Papieren vergraben; von ihm heißt es, er sei ein Heiliger, ein Massenmörder, ein Meßdiener, ein Spion, ein Irrer, ein Hanswurst.

Dosio, das Gespenst: in ewigen Schlaf gehüllt, aus dem er einzig und allein auftaucht, um gegen die Korruption im Staate Dänemark zu wettern, ein Meister in der Kunst des Schlafens mit offenen Augen.

Petrella: ein zeitlos altes Mädchen, wie Ophelia liegt sie ertrunken am Grunde des Sees ihrer Träumereien; in der Tat, sie ist nicht da, auf unbestimmte Zeit krankgeschrieben.

Und schließlich Savelli, Armando Savelli, der Prinz mit dem zaudernden Herzen, vertieft in die Lektüre der Boulevardzeitung; halblaut kommentiert er die vielgestalte Ungerechtigkeit in der Welt und die menschliche Eitelkeit in ihren zahllosen Gewändern.

Betrübten Herzens wendet Bruna Piazza sich ab.

Bei der Sitzung ist sie die einzige Frau, umgeben von sieben Männern mit dröhnenden Stimmen. Der Vormittag vergeht mit fruchtlosen Bemühungen, das Wort zu ergreifen, Bruna kommt sich vor, als hätte sie keine Stimme, ihre Worte verlieren sich im allgemeinen Getöse, bis sie endlich, der Anstrengungen müde, zur Überzeugung gelangt, daß sie nichts zu sagen hat, was der Mühe wirklich wert wäre; wegen ihres Geschlechtes noch eher als wegen ihrer Stellung wird von ihr erwartet, daß sie die Äußerungen anderer sorgfältig festhält, indem sie Blatt um Blatt mit ihrer nervösen, widerstrebenden Handschrift füllt. Dann die Mittagspause mit ihrer öden und kargen Routine aus schmierigem Brötchen, Papiertischtuch, Mineralwasser und Kassenbon. Danach, wieder bei der Sitzung, quälen Bruna Unzufriedenheit, Gereiztheit und Langeweile, während draußen vor den großen Fenstern das Licht verdämmert; eine ganze Skala Grautöne rutscht ins Dunkle, über neoklassische Giebel, barocke Friese, über das Meer aus Dächern, Kuppeln, Spitzen, Glockentürmen, das sich zum Fluß hin im Nebel verliert.

Der Tag neigt sich seinem Ende zu.

Bruna spürt, daß das Leben da draußen ist, irgendwo, immer ferner. Es verliert sich zusammen mit dem letzten Tageslicht, während die Straßenlaternen angehen. Es wird Abend.

Drinnen, in dem riesigen, bedrückenden Raum, flackern die Neonleuchten und werfen zitternde Schatten in die Ecken. Fahlgelbes Licht liegt auf den Gesichtern ihrer Kollegen.

Wie häßlich die sind! denkt Bruna zum x-ten Mal. Ringsum nichts als grünlich-hagere oder ungesund gerötete Gesichter, hängende Schultern, Blähbäuche, vorstehende Zähne, kahle Köpfe, schuppiges Haar, verkrümmte Rückgrate, übler Atem, Gelispel, aufgeblasenes Geschwätz, sinnlose, haltlose Reden, vulgäre, anmaßende Scherzchen, idiotisches, selbstzufriedenes Bürokratengelaber.

Wo ist die Schönheit geblieben, denkt Bruna und schaut über die Dächer dieser Stadt, von der sie nicht mehr weiß, ob sie sie lieben oder hassen soll, diese ungreifbare Stadt mit ihren vielen, verborgenen Lebensläufen, in der das eigene Leben ihr immer mehr entgleitet. Scotts Gesicht taucht spöttisch und abweisend über den Verzierungen der Fassade gegenüber auf, Teufeln und Drachen. Wie immer seit fünfzehn Jahren stockt Bruna der Atem: Scotts Gesicht ist vollkommen wie alles Vergangene, von der Erinnerung Einbalsamierte, eine Totenmaske aus lauterem Gold, die Augen zwei dunkle Löcher, in denen grüne Flämmchen tanzen.

Diesmal jedoch widersteht Bruna dem Dämon der Erinnerung, der sie in den Sturzflug von Reue und Verzweiflung mitreißen will. Seiner verlorenen Schönheit stellt sie ein anderes Bild entgegen, mit liebevoller Sorgfalt gemalt: das eines Kindes mit wundersam zarter Haut, roten Lippen, ausgestreckten Armen. Ihres Kindes.

Bruna rutscht auf dem Stuhl hin und her. Ihre Notizen geraten über den Rand des Blattes, ihre Schrift wird wacklig, unlesbar. Was hat sie bloß von der Arbeit in diesem Loch erwartet? Sie hat neben dem Job ein Universitätsexamen abgelegt, hat drei Fortbildungskurse hervorragend bestanden, wird für ihre Zuverlässigkeit geschätzt, alle halten sie für erfahren, exakt, vertrauenswürdig, wenn auch etwas verschlossen. Sie ist das brave Mädchen, das ihr Vater sich immer gewünscht hat. Scott war der einzige, wunderbare Schönheitsfehler in diesem wohlgeordneten Leben. All ihren Ehrgeiz hat sie in dieses alte, düstere Gebäude gesteckt, hat ihre »Karriere« bis zu der höchsten Stufe getrieben, die eine Frau hier erreichen kann, jedenfalls eine Frau ohne Vitamin B in Politik oder Gewerkschaft. Sie weiß nicht, was sie schlimmer finden soll, die Perspektive, für ewig auf diesem Posten festzusitzen, oder die, in den Rang eines der Ungeheuer erhoben zu werden, die sie hier umgeben. Sie faßt sich an die Wange, verrenkt sich den Hals, um sich im Fenster zu spiegeln: Sie altert, hat ein paar graue Haare und deutliche Tränensäcke bekommen. Ob sie so häßlich wird wie ihre Kollegen? Bucklig, versauert, ungenießbar? Sind das Schuppen, dieser leichte Schnee auf dem Kragen? Verwendet sie vielleicht auch in ihren Gedanken schon dieselbe Sprache wie in der Geschäftskorrespondenz, voll von veralteten oder ebenso sinnlosen modischen Wendungen wie hierorts, nötigenfalls, meines Erachtens, Synergie, andenken, ohne Verzug, ad hoc, post factum, vernetzen?

Sie ist eine Frau und möchte es spüren; das graue Kostümchen mit dem knielangen Rock, das leichte Make-up, die fleischfarbenen Nylonstrümpfe und die Dauerwelle genügen ihr nicht. Weiche, fließende Gewänder will sie tragen, die Brust dem Mund eines Kindes reichen, das Gewicht seines Köpfchens in ihrer Armbeuge spüren. Nur dann, meint sie, wird sie sich je wieder lebendig fühlen können, wie sie es schon seit Jahren nicht mehr erlebt hat.

Die Sitzung nimmt ihren Lauf, die stummen Aufschreie von Bruna Piazzas geschundener Weiblichkeit gehen im Geschnauze ihrer Kollegen unter.

❧

»Aber Kinder bleiben nicht ewig klein«, bemerkt Nani und schaut ernst in sein Bierglas, als wollte er die Zukunft darin lesen. »Du willst ein Baby, das du bemuttern, dem du die Windeln wechseln kannst, aber eh du dich's versiehst, hast du einen aufsässigen Rotzbengel am Hals, einen Jugendlichen voller Probleme …«

»Ich will ein Kind«, beharrt Bruna. »Ein Kind, das genauso aufwächst wie alle Kinder auf der Welt.«

»Neunzig Prozent der Kinder dieser Welt wachsen unter beschissenen Bedingungen auf. Versuch doch mal, dir das vorzustellen, in fünfzehn oder zwanzig Jahren wird dieser Mensch vollkommen anders sein als du, einen unverständlichen Dialekt reden, blöde vor Sendungen hocken, die du gräßlich findest, er wird Musik hören, die dir die Ohren zerreißt, und Substanzen einnehmen, von denen du nicht einmal den Namen kennst. Von seinen politischen Ansichten ganz zu schweigen. Du wirst für ihn eine machtlose, blöde Alte sein, und dann ist es zu spät, sich zu beschweren, den wirst du nicht so einfach los, wie du ihn jetzt machen könntest, er wird viel stärker sein als du und wahrscheinlich bewaffnet.«

»Nani, ich wollte mich eigentlich ernsthaft mit dir unterhalten.«

»Ich meine es vollkommen ernst. Wie kommst du nur auf die Idee, dein Kind könnte besser geraten als das anderer Leute?«

»Weil ich es mehr lieben werde, deswegen. Ich liebe es jetzt schon.«

»Liebe genügt aber nicht, um ein Kind großzuziehen. Das kostet Zeit, Aufmerksamkeit, Energie. Was wird mit deiner Arbeit? Gerade neulich habe ich von einer Untersuchung in den USA gelesen, von hundertvierzig mehrfachen Mördern waren achtzig bei alleinerziehenden Müttern aufgewachsen, denen hat als Kleinkind die Mutter gefehlt!«

»Das ist der reinste Terror gegen arbeitende Frauen! Aber wenn's dich interessiert, ich bin sogar bereit, mit der Arbeit aufzuhören. Mit der Abfindung komme ich ein paar Jahre durch, meine Eltern leben nicht ewig, und wenn Papa mal fort ist, gebe ich Mama ins Altenheim, wenn sie noch lebt, und dann verkaufe ich die Wohnung in der Via Giulio, dann ist da noch das Haus in Savigliano, das will ich behalten, ist doch schön, wenn ein Kind das Landleben kennenlernt, Bäume, Tiere …«

»Hoffentlich wird dein Kind nicht so gemein über dich reden wie du über deine Mutter. Wenn es so alt ist wie du, bist du ungefähr so alt wie deine Eltern jetzt.«

»Hör zu, was schert mich, was in zwanzig oder dreißig Jahren sein wird, ich rede über heute, ich hab's satt, für irgendeine Zukunft zu leben, ich will nicht mein Leben lang auf den Tod warten wie meine Eltern. Halt mich ruhig für grausam, aber ich will, daß mein Kind alles hat, was es braucht, angefangen bei seiner Mutter.«

»Willst du im Ernst sagen, du würdest auf deine Karriere verzichten, um ein Kind großzuziehen? Klar, du bist keine Konzerndirektorin, aber trotzdem, du gehst jeden Tag aus, kommst unter Leute, hast mit Erwachsenen zu tun, trägst Verantwortung in der Welt. Willst du auf all das verzichten und dich zu Hause mit einem Wesen einsperren, das zuerst nicht mal sprechen kann und mit dem du später höchstens über den letzten Zeichentrickfilm reden kannst, den ihr gesehen habt? Das ist doch Stumpfsinn, für eine Frau ist das das Ende jeglichen intellektuellen Lebens.«

»Es ist aber nun mal so, daß ich ein Kind in den Armen halten möchte, ihm das Badewasser machen und mit ihm Zeichentrickfilme sehen *will*. Ich habe meine Verantwortung in der Welt dermaßen satt, ich will mein Kind heranwachsen sehen, jeden Tag seine Größe am Türpfosten anzeichnen, ihm jeden Tag ein anderes Breichen kochen, mehr will ich nicht mehr vom Leben.«

»Du meinst, du willst es mit Überbehütung ersticken, ihm keinerlei Freiheiten gönnen, es zur Schule bringen, bis es achtzehn ist? Ich kenne dich, du bist ängstlich, manisch ängstlich, mit dir als Mutter muß man verklemmt und verdruckst werden, einer, der ohne sein Gutenachtküßchen nicht einschlafen kann.«

»Ich hab's immer gewußt, daß du ein Frauenfeind bist, du brauchst es mir nicht noch einmal zu beweisen!«

»Warum fragst du dann mich? Frag besser Ernesto, der sagt nicht nein, der schlägt nie irgendwem etwas ab, er verlangt nichts, erwartet nicht mal Dank, der ist so was von gutmütig, das ist schon bald idiotisch!«

»Und du weißt ihn nicht zu schätzen, weil du ihn nicht verdienst. Du wirst langsam wunderlich, richtig altjüngferlich. Warum kümmerst du dich so darum, was aus *meinem* Kind wird? Das geht nur mich was an.«

»Nein, meine Liebe, wenn du mich bittest, an der Zeugung mitzuwirken, aktiv, dann geht es mich auch was an. Ich werde *der Vater* von deinem Kind sein, wenn du nichts dagegen hast.«

Am Nebentisch dreht man sich um und schaut zu ihnen herüber, aber davon merken Nani und Bruna im Eifer ihres Gesprächs nichts.

»Vergiß nicht, daß du deinem Kind erklären mußt, woher es kommt«, fährt Nani fort. »Willst du ihm erzählen, was ich mit der Sache zu tun habe, oder nicht?«

»Natürlich werde ich ihm das sagen. Und sobald es das begreifen kann, werde ich ihm auch sagen, daß sein Vater ein Schwuler und stolz darauf ist, wenn es dir darum geht.«

»Nein, darum geht es mir nicht, obwohl, doch. Warum zum Teufel mußt *du* ihm das sagen? Ich sehe schon, wie du meinem Kind falsche Informationen über mich gibst, ich bin überhaupt nicht stolz darauf, schwul zu sein, genausowenig wie du, daß du hetero bist!«

»Na, dann sage ich ihm, daß du dein Los mit stoischem Gleichmut trägst, wie der Rest der Menschheit auch, wenn auch nicht schweigend«, entgegnet Bruna lauter werdend. »Oder erzähl's ihm selber, wann und wie es dir paßt. Aber denk dran, ich bitte dich um nichts, ich habe wirklich nicht die Absicht, dir eine Verantwortung aufzubürden, für mich oder für das Kind, die du eigentlich scheust.«

»Wer hat gesagt, daß ich Verantwortung scheue? Du wirst größenwahnsinnig, das ist das einzige Problem, du denkst, du kannst für dich und dein Kind eine eigene Welt im stillen Winkel basteln, kannst alles für das Kleine sein, all seine Bedürfnisse stillen. An diese Form von Mutterschaft glaube ich wirklich nicht, das ist doch völlig überholter Feministinnenblödsinn.«

»Hat dich hier jemand nach deiner Meinung zur Mutterschaft gefragt? Wenn es etwas gibt, wo ein Mann sich raushalten sollte, vor allem wenn Frauen ihm scheißegal sind, dann ist das die Mutterschaft. Was weißt du schon davon, was es bedeutet, die Bewegungen eines Kindes im eigenen Leib zu spüren?«

»Genauso wenig wie du!«

»Das kann sich ja ändern!«

Sie mustern sich feindselig. Bruna nimmt sich eine Zigarette.

»Wenn du schwanger bist, wirst du das Rauchen aufgeben müssen«, bemerkt Nani.

»Und du wirst aufgeben müssen, mir zu erzählen, was ich zu tun und zu lassen habe. Ich weiß es selber. Um Himmels willen, ist das denn so viel verlangt: ein Versuch, maximal zwei oder drei, und das war's, dann brauchst du nicht mehr daran zu denken.«

»Du bist völlig verrückt! Ich soll ein Kind in die Welt setzen und dann nicht mehr daran denken!«

»Millionen Männer haben das so gemacht, und es hat ihnen nicht geschadet. Frag nur mal eine jugendliche Mutter danach, frag sitzengelassene Frauen oder die Vergewaltigten in Bosnien!«

»Hör doch auf mit diesem Frauengejammer!« ruft Nani.

»Mach hier keinen Aufstand!« entgegnet sie in demselben Ton.

An den drei oder vier nächsten Tischen hat man längst das Gespräch eingestellt und verfolgt gebannt ihre Diskussion. Jemand hat eine Replik nicht ganz mitbekommen und bittet seinen Nachbarn leise um Auskunft.

»Wenn ich jemals beschließe, ein Kind zu bekommen«, sagt Nani, »dann werde ich mich ganz gewiß nicht aus seiner Erziehung raushalten, dann interessiert mich alles, seine Wertvorstellungen, auf welche Schule es geht, welchen Beruf es ergreift! Hast du dich jemals gefragt, warum die Leute heiraten, bevor sie Kinder kriegen?«

»Um sich auf legalem Wege ihren Teil vom Braten zu sichern?«

»Ich habe nicht vor, mich zum Komplizen deines Egoismus zu machen!«

»Ich und Egoistin? Und was bist du, wo du mir nicht einmal ein paar von deinen kostbaren Spermien gratis überlassen willst? Ich rede ja nicht einmal davon, wo die sonst enden!«

»Sag's doch, wenn du dich traust!«

»Früher warst du nicht so!« Bruna bricht in Tränen aus.

Nani macht den Mund auf, um etwas zu entgegnen, aber dann klappt er ihn wieder zu. Stimmt, früher war er nicht so. Heute abend hat er sich von seiner schlimmsten Seite gezeigt.

Als würde er das Kind, das Bruna mit seiner Hilfe machen möchte, ganz für sich allein haben wollen.

Die Einsicht birgt für ihn eine finstere, schreckensgleiche Faszination. Sich in einem Kind spiegeln, das ähnlich und doch verschieden ist, ein Teil von einem selbst und doch ein anderer Mensch. Jemandes Vater sein, diese seltsame, unvorstellbare Rolle ausfüllen, er, das ewige Kind auf der Bühne, könnte endlich mit glaubwürdigem Zungenschlag reden wie erwachsene Menschen, Worte voller Weisheit, vielleicht könnte er sogar ohne allzuviel Groll alt werden …

❧

Zwei Stunden später macht Nani sich mit geschäftigem, bescheidenem Gesichtsausdruck den Gürtel zu, in einer Mansardenwohnung an der Piazza Vittorio.

»Du bist schön«, sagt eine Stimme vom Bett. »Hermoso.«

»Ich kann meine Socken nicht finden. Bißchen dunkel hier.«

»Ich habe dich seit Jahren gesucht, weißt du das? Mein Leben lang.«

»Saukalt ist es auch. Wie hältst du das aus?«

»Ich spüre die Kälte nicht. Warum willst du so früh schon wieder gehen?«

»Erstens ist es nicht früh, und zweitens habe ich morgen abend Premiere, da muß ich ausgeschlafen sein.«

»Premiere? Du bist Künstler?«

»Ach, hör auf von wegen Kunst, das ist ein banaler Broterwerb, weiter nichts, mehr ist dazu nicht zu sagen.«

»Theater, was? Mit Film hast du noch nie was gemacht?«

»Nein, Film nie, auch wenn das kaum zu glauben ist, so wie ich aussehe. Ich glaub, einer von meinen Schuhen liegt unter dem Bett.«

»Ich bin Regisseur«, sagt Salvador. »Film ist mein Leben. Meinen ersten Kurzfilm habe ich mit acht gedreht. Ich bin nach Italien gekommen, um einen meiner Produzenten zu treffen.«

»Interessant.« Nani, der gebückt am Boden in den zerwühlten Decken herumsucht, fängt eine Handvoll Staub und wischt sich die Hände an der Hose ab.

»Genau dich habe ich gesucht. Nicht nur für mich, auch für meinen Film. Aber das ist sowieso dasselbe.«

Nani schaut auf. Salvador blickt ihn im Halbdunkel durchdringend an; in seinen Augen scheint ein schwarzes Licht zu glimmen, wie in Katzenaugen.

»Nein, hör mal, ich …«

Eine Hand kommt heran und umschließt seine Schulter. Salvador mag dünn sein, ein kräftiger Mann ist er dennoch.

»Verstehst du nicht? Ich habe auf dich gewartet. Ich habe dich gesucht, ohne es zu wissen. Deswegen habe ich in dieser Stadt haltgemacht, obwohl ich schlechte Nachrichten von meinem Produzenten hatte. Du bist Julio.«

»Wer?«

»Die Hauptfigur meines nächsten Films. Ein Stummfilm, schwarz-weiß, ein Film nur aus Körpern, Bewegung, Haut, Leidenschaft...«

»Danke, das ist nett, aber...«

»Jetzt habe ich dich gefunden, jetzt ist mir das Geld egal. Ich war so niedergeschlagen, bevor ich dir begegnet bin. Ich hatte Angst, ich würde meinen Film nie realisieren können. Hunger schreckt mich nicht, das halte ich aus, aber wenn ich nicht drehen kann, gehe ich ein. Ich habe nicht eine einzige Lira in der Tasche, weißt du. In den Sportclub bin ich mit dem Ausweis eines Freundes gegangen, der mir auch diese Mansarde überlassen hat. Seit drei Tagen habe ich nichts gegessen als Brot und Milchkaffee. Aber jetzt weiß ich, daß ich meinen Film nicht aufzugeben brauche, ich weiß es so sicher, als wäre die Heilige Jungfrau vom Himmel herabgestiegen, um es mir zu verkünden. Bist du gläubig?«

Nani kniet vor dem Bett, von zwei sehnigen, leidenschaftlichen Händen festgehalten, innerlich schreit er Hilfe! Hilfe!, aber aus seinem Mund kommt kein Laut. Gierige, ungeduldige Lippen pressen sich auf seinen Mund und ersticken jeden Protest im Keim.

❧

Der Morgen danach.

Bruna Piazza hat beim Aufstehen verquollene Augen, ihr Gesicht ist von Weinen und Schlaflosigkeit verwüstet.

In der Straßenbahn zur Arbeit überläßt sie ihren Sitzplatz einer Frau mit einem Kind auf dem Arm. Das blonde, helläugige Kind schlummert, den Kopf an die Brust der Mutter gelehnt, dann und wann räkelt es sich mit einem Lächeln und zerrt spielerisch mit seiner kleinen Hand ein bißchen am Haar der Frau.

Taumelnd steigt Bruna Piazza zwei Haltestellen früher aus, schlüpft zwischen die Arkaden und gibt sich, an die Mauer gelehnt, einem Heulanfall hin. Wie eine Landstreicherin, eine Bettlerin fühlt sie sich.

Sie kommt verspätet ins Büro, wo sie eine Nachricht des Direktors findet. In dessen Zimmer geeilt, bekommt sie zu hören, daß in ihrem Bereich immer noch ein viel zu großer Rückstand herrsche, es gebe schon Beschwerden von unbezahlten Lieferanten.

Um zwanzig nach neun steht sie wieder in der Tür zu Zimmer dreizehn. Ihren Augen bietet sich dasselbe Schauspiel dar wie an den Tagen zuvor: Canavera arbeitet, Dosio döst über einer Akte wie ein Pferd in der Box, Savelli liest die Stampa, die Petrella ist wahrscheinlich gestorben.

Bruna spürt, daß sie den Kelch bis zur bitteren Neige geleert hat, jetzt ist es Zeit zum Handeln. Sie haßt dramatische Auftritte, sie haßt es, ihre Macht als Bürovorsteherin auszuspielen, vielleicht weil sie selber nicht daran glaubt und Angst hat, daß das auch für die anderen gilt, aber heute morgen kann sie nicht mehr, das Maß ist voll.

In der nun folgenden unangenehmen Szene, der aber eine große kathartische Kraft innewohnt, reckt sich Bruna, so weit es ihr einer Meter fünfundsechzig zuläßt, vor dem langen Dosio (1,90 m) und dem mittellangen Savelli (1,76 m) empor und macht sie beide zur Schnecke. Da sie eine Frau ist, mag ja ihre Macht, so läßt man sie bei mancher Gelegenheit spüren, ihr ein bißchen zu groß sein, wie eine geliehene Jacke, aber diesmal wagt Bruna, was sie sich noch nie getraut hat: Sie verpaßt den Faulpelzen schriftliche Abmahnungen. Vor allem Savelli kriegt eine Abreibung, denn seine ostentative Lektüre der Tageszeitung ist leichter nachzuweisen als Dosios Lähmungszustand.

Savelli ist vom Donner gerührt: So etwas hätte er nie von der schüchternen, zurückhaltenden, eine Spur lächerlichen Dottoressa Piazza erwartet. Der Vorfall fügt sich nahtlos in die lange Liste der Kränkungen, die Armando Savelli dem weiblichen Geschlecht anlastet.

Bruna ihrerseits erlebt einen kurzen, aber köstlichen Genuß dabei, wie sie ihn demütigt: Da steht ihr ein Mann gegenüber, der von seiner Liebhaberin verlassen wurde (via Nani ist Bruna bestens über Barbaras und Armandos Geschichte im Bilde) und mit dem sie sich immer irgendwie solidarisch gefühlt hat. Damit ist jetzt Sense.

Sie geht gestärkt und aggressiv aus der Begegnung hervor. Falls Nani meint, er hätte sie entmutigt, dann irrt er sich gewaltig. Sie bekommt dieses Kind, ob nun mit ihm oder ohne.

Eine gute Mutter muß mit Klauen und Zähnen für ihr Kind kämpfen, denkt sie noch.

❧

Zwei Uhr nachmittags, es ist kalt und regnerisch. Heute ist Ernesto eine Stunde früher aus dem Krankenhaus gegangen. Pflichtbewußt, wie er ist, bittet er nie um Sonderurlaub oder darum, einen Dienst zu tauschen, wenn es um ihn selber geht, aber heute ist es etwas anderes.

Vor der Chiesa di San Rocco wartet ein Grüppchen und betritt bereits langsam die Kirche, während Ernesto von der Haltestelle des 50ers herbeieilt, ein paar Regentropfen im Gesicht.

Es ist die Gedenkmesse für Antonio Colombo, einen Maler, vor einem Jahr an Aids gestorben, über den in vielen Bereichen der Kulturszene geklatscht wurde, ohne Zweifel ein Erneuerer, voller Ideen und Kampfgeist. Glücklicherweise versteht Ernesto, der Antonio nur entfernt kannte, anders als eine ganze Reihe seiner Freunde, wenig von Kunst, so bleibt ihm erspart, sich über seine Werke auszulassen, die ihm auf den ersten Blick immer ziemlich unverständlich erschienen waren.

Ernesto legt größten Wert darauf, an der Messe teilzunehmen. Er stammt aus einer Familie, die zwar von Scheidungen und allerlei Zwistigkeiten zerrissen ist, aber pünktlichst alle Feste mit großen Zusammenkünften begeht, Weihnachten, Ostern, Geburts- und Jahrestage. Und was man für die Familie tut, sollte man erst recht für Freunde tun, mit denen einen Gefühle, Ideen und Lebensweise verbinden, findet Ernesto mit zwingender Logik.

Er ist zum ersten Mal in der Chiesa di San Rocco. Heute hat ihm ein Kollege, der einen Stadtgeschichte-Fimmel hat, erklärt, die Rochusbruderschaft habe sich seit ihrer Gründung Ende des 16. Jahrhunderts um die Bestattung herrenloser Leichen gekümmert, von denen in den Zeiten von Pest und Cholera jede Menge herumlagen. Die Tatsache wirkt auf Ernesto seltsam ironisch und zugleich bewegend, denn dank des Schutzheiligen wird Antonio, den seine Familie verstoßen und der Kunstbetrieb an den Rand gedrängt hatte (ob nun wegen seiner offen gelebten Homosexualität oder der Qualität seiner Werke, kann Ernesto nicht beurteilen), nun wieder im Schoße der Gesellschaft aufgenommen, wie jene alten Pestopfer.

Und er treibt die Analogie noch weiter: Wer sind die Anwesenden, jene dreißig oder vierzig, zumeist Männer, die sich in den Bänken verteilen, nachdem sie die Stufen zu dem Kirchlein erklommen und sich umgeschaut haben, ein wenig erstaunt, sich gemeinsam an diesem ungewöhnlichen Ort zu befinden? Sind sie die fromme Bruderschaft – schließlich haben sie die Bestattung und die heutige Feier organisiert – oder die zukünftigen Pestopfer, die sich zu einem präventiven Ortstermin zusammenfinden?

Ernesto lächelt und putzt seine Brille mit einem Tüchlein, wobei er blind in die Runde grüßt. Er kann sicher sein, daß er alle hier kennt, bis auf den Priester.

Die Kirche mag klein sein, aber auch jetzt, im spätnachmittäglich-winterlichen Zwielicht, bringt das Spiel der Schatten Perspektiven, Tiefenwirkungen und ein unbestimmtes Flakkern zustande, von denen Ernesto ganz übel wird. Während die Messe beginnt, schweift sein Blick über Säulen und Kerzen, die vor mehreren Heiligenstatuen und einer jungen, weißblauen Madonna leuchten, welche hinten im Kirchenschiff die Hände faltet.

In einer Kapelle zu seiner Rechten ist der Altar mit rotem Samt und lila Atlas verhangen, auf ihm steht eine Krippe, die Ernestos agnostische, aber poetische Seele fasziniert.

Die Balustrade am Eingang der Kapelle wird fast zur Gänze von zwei Tafeln verdeckt, auf die zwei ungewöhnliche Engelchen gemalt sind; in heftigem Galopp kommen sie heran, wie

Streitwagen, von Pferden gezogen. Im Hintergrund flattern musizierende Engel zwischen Fontänen und Kapitellen. Die Figuren von Maria und Joseph – Laubsägearbeiten aus Sperrholz –, mit demselben Atlas behängt wie der Altar, wachen über ein Jesuskind aus Gips, das in einer Schachtel voller Zellophankügelchen liegt. Zwei pummelige Putten aus weißem Porzellan hocken davor und recken die Arme nach der kleinen Versammlung.

Ernesto kann den Blick nicht davon lassen. Er steht auf und setzt sich wieder hin, wie es die Liturgie verlangt, schaut aber unverwandt auf diese Krippe. Sie erinnert ihn an die Atmosphäre der Lore-Romane, an denen er sich vor Jahren am Krankenlager seiner Großmutter überfressen hat. Während seiner Wachen am Bett der Sterbenden hatte Ernesto fast alle der zahllosen Heftchen verschlungen, die im Hause zu finden waren. Mit der ihm eigenen Direktheit gestand er Nani später, daß ihm ein paar davon tatsächlich gefallen hatten, wahre Meisterwerke ihres Genres. Nanis einzige Reaktion hatte in einem verzweifelten Augenaufschlag bestanden.

»Du liest doch auch Kitschromane!« verteidigte sich Ernesto. Er spielte auf die Bücher an, die Nani während seiner Amerika-Reisen mit Barbara gekauft hatte, sämtlich mit zwei wunderschönen, verliebt dreinblickenden Männern auf dem Umschlag, mit Golfplätzen oder tropischen Stränden als Hintergrund. Nani hält sie in der Top-Secret-Abteilung seines Bücherschrankes vor dem Zugriff der Putzfrau versteckt.

Nani würde diese Krippe wahrscheinlich grauenhaft kitschig finden, so, wie er nur verächtlich mit den Schultern gezuckt hat, als es um diese Gedenkmesse ging. Ernesto glaubt nicht an Gott, sehr wohl aber an den Respekt vor den Vorstellungen anderer. Antonio war gläubig, warum seiner also nicht mit einer Messe gedenken? Er selber beispielsweise fände es schön, wenn jemand ihm zu Gedenken eine romantische Liebesgeschichte mit ihm als Hauptfigur schreiben würde, eine mit Happy-End, in der die wahren Gefühle triumphieren, auf anmutige und geistreiche Weise, ohne daß dazu Dramen, Mißverständnisse und Blutvergießen nötig wären. Eine Geschichte, die glücklicher wäre als die von Claudine Bouvier, einer Pariser Schneiderin, die eben hier in der Chiesa di San Rocco begraben ist: Anfang des 19. Jahrhunderts hatte sie aus verletzter Eigenliebe beschlossen, in dieser Stadt zu sterben, und war in den Fluß gegangen. (Auch das hat Ernesto von seinem Kollegen mit dem Geschichtstick.)

Während des gemeinsamen Gebetes am Ende der Messe spürt Ernesto einen Kloß im Hals. Wegen Antonio, wegen seiner Großmutter oder wegen der armen Claudine? Oder rühren ihn nur einfach die beklommenen, traurigen Stimmen seiner Freunde, die auf die Worte des Priesters antworten?

Trotz allem tief wurzelnden Agnostizismus spricht Ernesto innerlich ein Gebet für Nani: Er möge lange, gesund und glücklich leben, und seine Unruhe möge ihm genommen werden.

❧

Barbara hat heute nacht so schön geträumt wie schon lange nicht mehr. Dann und wann ist sie wegen des beharrlichen Regens aufgewacht, aber nur, um mit einem friedlichen Seufzer gleich wieder einzuschlafen.

Sie hört nicht, wie Emanuele um halb neun aufsteht und hastig die Wohnung verläßt; er hat verschlafen.

Um zehn läutet das Telefon.

»Ja bitte«, meldet sie sich mit bettschwerer Stimme nach dem vierten oder fünften Klingeln.

»Hallo, ich bin's, Eleonora. Arbeitest du schon so früh am Morgen in der neuen Wohnung? Sehr gut, du hast ja sicher viel zu tun. Ich habe meinen Sohn im Büro angerufen, aber es heißt, er ist in einer Sitzung. Ich habe gesagt: ›Ich bin seine Mutter, und ich habe ihm dringend etwas Wichtiges mitzuteilen, wenn es nicht stört‹, aber sie wollten die Sitzung nicht unterbrechen, dafür war ich ihnen nicht wichtig genug. Also habe ich's zu Hause versucht, und siehst du, ich habe Glück. Es betrifft nämlich auch dich, meine Liebe.«

»Ja?« Barbara hätte nicht unsanfter geweckt werden können. Draußen prasselt der Regen.

»Es regnet, vielleicht hast du das schon bemerkt«, sagt

Eleonora mit der Zitterstimme einer alten Frau, der es erlaubt ist, senil zu sein, wenn sie es für gegeben hält.

»Ja, das habe ich gesehen.«

»Hattest du keine Probleme, heute früh zur Wohnung zu kommen? Wahrscheinlich stehen die Straßen unter Wasser?«

»Nein, ich glaube nicht. Ich habe kein Problem gehabt.«

»So ein Glück. Ich sitze ja hier draußen einsam in den Bergen, wo Fuchs und Hase sich gute Nacht sagen, da kann ich nicht wissen, wie es in der Stadt aussieht. Zum Glück muß ich nicht so viel hier weg und euch junge Leute da unten stören.«

»Aber was sagst du da, du störst doch nie.« Barbara krallt sich in das Kissen, daß der gestickte Saum des Bezuges kracht. »Was gibt es denn Wichtiges?«

»Ach ja. Es tut mir ja so leid, daß ich schlechte Nachrichten habe, aber eigentlich ist es gar nicht so schlimm, nur eine kleine Verzögerung. Ach, weißt du, je älter ich werde, desto deutlicher erkenne ich, wie wenig unser eigener Willen die Ereignisse beeinflussen kann. Wir planen, glauben, wir hätten alles unter Kontrolle, und dann huch! irgendein kleiner Vorfall, ein Gewitter zum Beispiel, und schon fällt unser Fest ins Wasser. Aber du sagst sicher: ›Was sie nur will, was erzählt sie da?‹ Kurz gesagt, vorhin hat mich Don Quaglia angerufen, völlig aufgelöst, der Ärmste.«

»Don Quaglia?«

»Erinnerst du dich nicht an ihn? Der Priester von San Pancrazio, der euch trauen wird. Ich dachte, ihr hättet euch kennengelernt. Früher, als man sich mit dem schicksalhaften Jawort noch ein bißchen Zeit gelassen hat, da ist man gemeinsam zu ein paar langweiligen Stunden Brautunterricht in die Kirche gegangen, zur Beichte undsoweiter, Formalitäten… Nun ja, wie auch immer, wenn du ihn siehst, erkennst du ihn sicher sofort, er ist dann der Mann, der hinten vor dem großen Altar steht und auf euch wartet.«

»Eleonora, ich bin gläubige, praktizierende Katholikin«, sagt Barbara. Sie greift nach ihren Zigaretten auf dem Nachttisch und stößt ein Glas Wasser um. »Sonst würde ich mich doch gar nicht darauf einlassen, in der Kirche zu heiraten, so eine Farce. Ich kann mich an Don Quaglia nicht erinnern, weil San Pancrazio nicht meine Gemeinde ist, aber jetzt, wo du ihn beschreibst, sehe ich ihn vor mir, wir haben uns schon kennengelernt.«

»Ich weiß, daß das nicht deine Gemeinde ist, und es tut mir leid, wenn du ein Problem damit hast, aber findest du nicht auch, daß San Pancrazio besser geeignet ist? Die Kirche ist größer, draußen sind mehr Parkplätze, und außerdem heiratet unsere Familie seit über hundert Jahren dort, von den Beerdigungen und Gedenkmessen will ich noch gar nicht reden.«

»Nein, das ist kein Problem für mich, Eleonora, glaube mir, mir ist eine Kirche so recht wie die andere, jede Kirche ist ein Haus Gottes, da gibt es keinen Unterschied für mich.«

»Ich weiß, ich weiß, ihr jungen Leute lebt einen anderen Katholizismus als wir, viel freier, auch viel unterhaltsamer, das läßt sich nicht leugnen, nicht so viele Formalitäten, nicht so viele Schuldgefühle…«

»Und was hat Don Quaglia gewollt?«

»Ach ja. Wie häßlich, das Alter, man wird so gedankenlos, man fängt ein Thema an und hüpft munter zu einem anderen weiter, dabei hat man das Wichtigste noch gar nicht gesagt. Das muß für die anderen doch schrecklich sein, oder? Ich weiß, du würdest das nie sagen, aber du denkst es. Nun, es ist etwas Seltsames passiert, oder vielleicht ist es auch ganz normal: Der Regen von heute nacht, dieser Schlingel, ist in das Gemäuer gesickert und hat die Fresken der Kuppel beschädigt. Das wäre ja noch nicht so schlimm, aber heute morgen bei der Frühmesse ist dem guten Don Quaglia plötzlich ein Stück Gips vom Himmel gefallen, gar nicht so klein, achthundert Gramm. Er ist ein sehr genauer Mann, ich wäre nie auf die Idee gekommen, das zu wiegen.«

»Und was heißt das?«

»Daß man jetzt eine Absperrung gelegt hat, damit die Gläubigen nicht vor der Zeit vor ihren Schöpfer treten müssen, und sei es von einem geweihten Ort aus, und dann soll in der Vierung ein Gerüst aufgebaut und die Kuppel restauriert werden. Das heißt, meine Liebe, daß ihr nächsten Sonntag nicht in San Pancrazio heiraten könnt, es sei denn, ihr wollt die

Trauung in einer Seitenkapelle stattfinden lassen, sie ist der Madonna dei Disperati geweiht, aber das scheint mir für euch nicht zu passen, schließlich seid ihr nicht verzweifelt, außerdem ist sie zu klein, da ist nicht mal genug Platz für alle Gäste.«

»Du lieber Himmel. Wir haben doch schon alles bestellt, die Getränke, die Blumen…«

»Genau, ich fürchte, du wirst ziemlich mit den Absagen zu tun haben, das ist ja immer mühsamer, als ein Fest wirklich zu feiern. Vielleicht lassen sie dich mit Emanuele sprechen, wenn du im Büro anrufst, als Verlobte zählst du ja mehr als eine alte Mutter. Eine seltsame Sache, findest du nicht auch? Seltsam und ein bißchen melodramatisch, so banal, wie es ist: Der Himmel selber verhindert – oder er verzögert jedenfalls – eure Hochzeit. Sollte das ein Zeichen sein? Ach, die Bedeutung müßt ihr natürlich selber herausfinden, wenn es überhaupt eine gibt. Wie auch immer, ich fürchte, bis Januar wird nichts aus eurer Hochzeit, und wer weiß, was bis Januar alles passiert, bei so jungen und dynamischen Leuten wie euch.«

»Warum hat Don Quaglia eigentlich nicht direkt Emanuele oder mich angerufen?«

»Oh, er war so verwirrt, der Arme, er ist wohl gar nicht auf die Idee gekommen. Vielleicht hat er sich auch nicht getraut. Er hat sich an mich gewandt, weil wir gute alte Bekannte sind, er wird sich gedacht haben, eine Mutter weiß immer, wie man eine bittere Pille etwas versüßen kann …«

Nach diesem Gespräch schaut Barbara lange verblüfft durch das Fenster in den Regen hinaus, den Hörer noch fest in der Hand.

Während sie sich anzieht, benommen und unfähig, etwas Ordnung in die tausend Dinge zu bringen, die sie jetzt tun muß, erinnert sie sich an ihre erste Begegnung mit Eleonora, vor fast eineinhalb Jahren, eines schönen Juniabends im Garten ihrer Villa in den Bergen.

Eleonora sitzt im Schatten der Pergola, umgeben von leichtem Jasminduft, sie handhabt ihren Fächer mit matten Bewegungen, die die süße Kraftlosigkeit einer schwachen Frau erkennen lassen, welche in ihr Alter und die wahren oder vorgeblichen Krankheiten gehüllt ist wie ein Stückchen Nippes in sein Futteral aus abgegriffener, kostbarer Seide.

Barbara hat den Fehler begangen, ihr als Geschenk ein Buch mitzubringen, das sie selber übersetzt hat. Eine Widmung hat sie auch reingeschrieben. Jetzt, später am Abend, dämmert ihr allmählich, daß diese Geste sie teuer zu stehen kommen wird, wie jede andere Geste Eleonora gegenüber ebenso.

Sie sind allein. Die Stimmen der anderen Gäste hallen aus einiger Entfernung herüber.

»Auch ich war brillant als junge Frau, mußt du wissen, das haben alle gesagt, mit einem gewissen Ernst, fast würde ich sagen einer gewissen Sorge, später ist mir klargeworden, daß es Mitleid war. Damals konnte eine Frau nicht von Arbeit reden, von Karriere, ohne daß es einiges Unbehagen hervorrief. Wenn überhaupt, dann war Arbeit etwas für die Häßlichen, für diejenigen, die keine Chance hatten, sich eine gute Partie zu schnappen. Und ich war hübsch, fast so hübsch wie du.«

Eleonora seufzt, führt das Sektglas an die Lippen, hin und wieder tut sie so, als tränke sie ein wenig daraus.

»Und siehst du, dann hat eines Tages ein reicher Mann um meine Hand angehalten, nicht Emanueles Vater, ein anderer, der fast genauso reich war, ihm gehörte einer der schönsten Palazzi der ganzen Stadt, riesig war der, mit einer breiten Treppe und einer Kolonnade im Garten. Und da – ich war noch sehr jung – habe ich mir gesagt: ›Was zählt all das, das ich tun könnte, welchen Sinn hat es, verglichen mit dem hier?‹ Wie sinnlos, armselig kam mir doch mein Ehrgeiz vor, selber für mein Leben zu sorgen oder gar Ruhm zu erlangen, verglichen mit der unbestreitbaren Tatsache, daß ein schlichtes kleines ›Ja‹ mir erlauben würde, unwissend und faul zu bleiben und dafür Herrin dieses Palastes zu werden!

Ich beneide dich, wirklich«, klagt sie nach einer kleinen Pause, »weil du so viele Jahre später geboren bist als ich, in einer Zeit, in der auch eine schöne Frau daran denken kann, von ihren Talenten zu leben, ohne daß sie deswegen gleich die Heldin oder Visionärin spielen müßte, wie anstrengend! Und ich beneide dich, weil dir noch niemand einen Palazzo mit Kolonnaden im Garten angeboten hat.«

Alte Hexe, denkt Barbara.

Und wenn sie recht hätte? Wenn die einzige einflußreiche Rolle, die Frauen auf dieser Welt zugestanden wird, in ihrer Macht innerhalb der Familie besteht, mehr als in Karriere, Arbeit, Erfolg, Emanzipation, Selbstverwirklichung? Welche Gemeinderätin, welche ehrwürdige Wissenschaftlerin, welche Autorin könnte sich rühmen, über ihre Untergebenen, ihre jungen Mitarbeiter, über ihre Leser dieselbe uneingeschränkte Macht auszuüben wie eine Mutter über ihre Kinder, die Macht, all ihre Regungen, Handlungen, Gedanken zu bestimmen, für die gesamte Dauer ihres Daseins auf Erden?

Eleonora ist das lebende Beispiel: Sie ist die einzige Frau, der gegenüber Emanuele seine gewohnheitsmäßige, verunsichernde Herablassung verliert, sie ist die einzige, die ihn wirklich zur Verzweiflung treiben kann.

Eleonora ist gegen diese Heirat. Es ist nicht ihr Stil, Szenen zu machen oder offen Einspruch zu erheben. Sie agiert lieber im verborgenen, mit ihren eigenen Waffen.

Barbara fühlt sich als Opfer eines Komplotts. Eleonora, Don Quaglia und die Natur haben sich gegen sie verschworen.

Sie blättert hastig in ihrem Adreßbuch nach den Nummern des Floristen, des Restaurants, des Fotografen. Getrieben vom ununterdrückbaren Bedürfnis, sich auszusprechen, ruft sie Ada Bracco in der Via della Misericordia Nummer drei an.

»Diese Hexe hat mir meine Hochzeit vermasselt!« schließt sie ihren Bericht unter Schluchzen.

»Unmöglich«, meint Ada erblassend, »du wirst schon sehen, das ist blanker Zufall, es kommt alles noch in Ordnung. Du darfst nicht ihr die Schuld geben, ich bin sicher, sie kann nichts dafür.«

»Nein, ich spüre genau, daß da was dahinter steckt«, entgegnet Barbara. »Ein Willen, der sich meinem Willen entgegenstemmt. Es gibt okkulte Mächte, da bin ich mir sicher. Vielleicht hat sie außerdem recht, vielleicht ist es wirklich ein Fingerzeig des Himmels.«

»Es tut mir so leid.« Ada versucht, mit fester Stimme zu sprechen. »Wirklich, unendlich ...«

»Aber Liebe, du hast doch nichts damit zu tun! Du bist immer so lieb, so hilfsbereit, wir sollten uns überhaupt öfter sehen, ich brauche eine Freundin wie dich so sehr.«

»Was ist los?« erkundigt sich Rosi, als Ada aufgelegt hat. »Ist dir nicht gut? Schlechte Nachrichten?«

❧

Heute früh hat Ada einen anonymen Brief bekommen. Die Anschrift ist mit der Maschine getippt, mit ihrer alten Olivetti Lettera 22, die ihr Vater ihr zum fünfzehnten Geburtstag schenkte, als sie noch die Handelsschule besuchte. Sie wäre ja lieber aufs musische Gymnasium gegangen, aber in ihrer Familie war »Kunst« ein Schimpfwort.

Ihre Lettera 22 ist unverkennbar: Die »o«s sind kugelrund und stehen etwas höher als die übrigen Typen, die »i«s durchlöchern das Papier. Ada erkennt das Schriftbild auf den ersten Blick, auch wenn sie die Maschine seit Jahren nicht mehr benutzt hat; nur ihr Vater als leidenschaftlicher Verfasser von Leserbriefen schreibt noch damit.

Der Text – die Buchstaben sind aus verschiedenen Tages- und Wochenzeitungen ausgeschnitten – lautet:

»Das ganze Dorf zerreißt sich das Maul über die Familie Bracco. Nicht nur, daß Michele (doppelt unterstrichen) mit einem Flittchen lebt, daß Ada (einfach unterstrichen) nicht weiß, was sie tun soll, jetzt ›läuft auch noch die Mutter weg‹! (in Anführungszeichen und dreifach unterstrichen) EINE FRAU (in riesigen Buchstaben auf Tiefdruckpapier) mit zuvielen Gesichtern, aber endlich erkennt man ihre wahre Natur. ›Die Wahrheit kommt an den Tag‹! (von Hand mit Anführungszeichen versehen) Die Leute reden! ist das die Revanche der Schwiegertochter, mirella, (in Kleinbuchstaben) genannt die Viper? Franco, ihr Mann, steht wie immer dabei und sieht bloß zu. Man wird nicht *als Mann geboren* (kursiv), und mancher wird nie einer. Aber der Vater ist noch nicht TOT, (Großbuchstaben) und noch trägt er den Kopf oben.«

Unterschrieben: »EIN FREUND.«

Ada bemerkt, daß sie die Luft anhält. Dann atmet sie tief durch. Nimmt ein Aspirin. Ihr zittern die Hände. Sie wirft den

Brief in den Abfalleimer, besinnt sich, verbrennt ihn über der Herdflamme. Dann zündet sie ein Räucherstäbchen an.

Ein Schauer voll Haß auf den alten Tyrannen überläuft sie, schüttelt sie wie ein Fieberanfall. Sie kann nicht mehr stillsitzen, alles hüpft ihr aus den Fingern, die Kaffeetasse, der Kamm, der Kajalstift. Unwillkürliche Muskelkontraktionen lassen sie zappeln wie eine Marionette.

Sie setzt sich auf den Badewannenrand und stützt den Kopf in die Hände. Sie bemerkt, daß sie weint, und diese verstohlenen Tränen wirken auf sie wie eine letzte, unverzeihliche Beleidigung.

Wie gern ihr Vater sie und ihre Brüder immer überrumpelt hat! Unvermittelt über ihre Leben hereinzubrechen, sie mit der plötzlichen Erkenntnis zum Frösteln zu bringen, daß sie beobachtet und beurteilt, auf Kindheitsproportionen reduziert worden sind.

Und jetzt klagt er sie an, zieht giftig über sie her, als wären sie seine Feinde, verantwortlich für sein Altern.

Wenn Isabelle hier wäre, sie würde ihr gut zureden, sich zu beruhigen. Er ist doch nur ein Alter, der sein Leben durch die Finger rinnen spürt und blindlings letzte Hiebe austeilt. Über Ada hat er geschrieben, sie wisse nicht, »was sie tun soll«, seine Art, die unüberwindliche Distanz zwischen sich und seiner Tochter klarzumachen.

Besonders kränkend findet sie auch den Begriff »Flittchen«. Enrica, Micheles Lebensgefährtin, als ein leichtes Mädchen zu bezeichnen, weil sie sich von ihrem Mann, einem Spieler und Lügner, getrennt hat, von dem sie sich nicht scheiden lassen kann, weil er sich verdrückt hat, wahrscheinlich nach Südamerika.

Gino hat keinen verschont. Natürlich konnte er seinen Erstgeborenen, Franco, nicht auslassen, der in jahrelangem Kampf mit dem Vater gelernt hat, Kröten zu schlucken, um dann die Tochter eines Kleinindustriellen und dessen Betrieb zu heiraten und, wie Mariuccia es nennt, »Prinzgemahl« von Beruf zu werden. Wie oft war Ada, als sie klein war, von schlagenden Türen und Wortgefechten geweckt worden. Franco, ein hübscher junger Mann mit brillantineglänzendem Haar und frühen Falten auf der Stirne, ließ immer den Kopf hängen und lächelte nie; Michele, Mamas Kleiner, blickte aufmerksam um sich und schien den besten Vorwand zu suchen, sich aus dem Staube zu machen, bevor man sich ihn vorknöpfte; Ada, von den häuslichen Spannungen elektrisiert, war nervös, nicht zu bändigen, sie konnte einfach nicht stillsitzen und schien diabolisch entschlossen, in diesem Krieg, in den sie hineingeboren wurde, nicht mit weiblichem Anstand unterzugehen.

Als Kind bewunderte Ada ihren Vater als einen Mann mit Weitblick, einen erleuchteten Fortschrittsanhänger, einen Herold der Moderne, der unweigerlich und ewig im Widerspruch zu der dogmatischen, antiquierten Mariuccia stehen mußte. Wie schön wäre die Vorstellung, daß Alter und Krankheit ihn verändert haben, aber für derlei kindischen Trost ist die Zeit vorbei. Ada weiß mittlerweile nur zu gut, daß sie in ihrer Jugend einer Blendung erlegen ist. Die väterliche Großzügigkeit war eher Herablassung, ihre Ideale sind nun, da sie nicht mehr von Ehrgeiz, Hoffnungen und Erfolgen genährt werden, verdurstet wie eine Blume ohne Wasser. Im Alter ist sein Lächeln zu einer höhnischen Fratze geworden, seine Haut spannt sich über den Knochen, während zugleich die ohnmächtige Wut eines Alten in ihm gekeimt ist, der sich überflüssig fühlt, dazu die Vorurteile eines Provinzlers, aus dem nie ein wahrer Städter geworden ist.

Nur nicht übertreiben, würde Isabelle sagen. Es nutzt nichts, alles kaputtzuschlagen. Nicht das Gute verleugnen, das du gehabt hast, das würde dir nicht helfen, die jetzigen Probleme anzugehen.

Wenn sie sich nur einmal richtig mit Isabelle aussprechen könnte! Sie fühlt sich elend. Als wäre sie die erste auf der Welt, die diesen tiefgreifenden, stummen Jammer der Familienbeziehungen spürt. Ihre Brüder sind fern, haben ihr nie nahegestanden, sie haben nie eine gemeinsame Sprache gesprochen, vielleicht weil sie Männer sind, vielleicht wegen des großen Altersunterschiedes. Ihre Mutter, die Hauptschuldige für das Gefühlswirrwarr, das in Ada herrscht, ist der letzte Mensch, mit dem sie darüber sprechen würde.

Da sie nicht mit ihr reden kann, bleiben nur Gesten und Blicke: die Sorgfalt, mit der sie die Frühstücksmilch wärmt, die Aufmerksamkeit, mit der sie ihr ins Gesicht späht, um einen Wunsch, ein Unwohlsein, eine Sehnsucht darin zu lesen. Manchmal scheint es ihr, als verstünde sie sie, nicht nur, weil sie ihre Beweggründe erkennt, obwohl die ihr zutiefst fremd und bisweilen gegen sie gerichtet sind, sondern weil sie sie tatsächlich in ihrem Inneren spürt, sie in sich aufgenommen hat, als wäre sie ihr Geschöpf. Mariuccia wird zu ihrer Tochter, einer wehrlosen, schwierigen Tochter, schmerzlich unkalkulierbar, den zahllosen Gefahren der Welt ausgesetzt.

Ada hat immer gewußt, daß ihre Mutter stark ist. Jetzt, da sie weiß, wie schwach sie ist, hat sie das Bedürfnis, ihrerseits zur Mutter zu werden, um sie zu behüten, zu verteidigen. Doch woher soll sie die Kraft dazu holen, wenn nicht in Mariuccias eigener ewiger Mütterlichkeit?

Was hast du bloß angestellt, Mariuccia? Einfach so abgehauen ist sie, wie ein junges Ding, und schiebt ihrer Tochter die durchaus nicht leichte Aufgabe zu, dem Abenteuer ihrer Mutter einen Sinn zu geben, eine plausible Lösung, ein ehrenwertes Ende.

❧

Sie wandert durch das Gewimmel des Marktes, es ist elf Uhr vormittags, kalt, die Straßen sind glitschig, ihre Hüften, Ellbogen, alle Gelenke tun ihr ständig weh. Würde sie stürzen, wäre es eine Katastrophe, sie käme nicht wieder hoch.

Es ist ein grauer, feuchter Dezembertag. An der Porta Palazzo explodieren Farbflecken im Grau, wie Orangenschalen, die im Feuer zischeln, bevor sie verkohlen: Mandarinen, Bananen, grüne argentinische Birnen, schwarze Oliven und rote Pepperoni in blauen Plastikeimern. Das Straßengrau schluckt nach und nach alles andere, die Frauen gehen gebeugt, die Männer runzeln die Augenbrauen in dieser Luft, die wie eine Salzlake wirkt. Alle sind gedrungen, korpulent, eingemummt, alle außer den Marokkanern, trocken und sehnig in ihren Jacken.

Noch nie hat sich Mariuccia so unsicher auf den Beinen gefühlt. Ihre kleinen, von Arthritis und Hammerzehen verformten Füße tragen ihr Gewicht nur schwankend, unsicher, sie fühlt sich wie ein dickes, auf einen kleinen Karren gehievtes Faß, das jederzeit umzukippen droht.

Auf dem Land jedoch, zu Hause, geht sie immer noch sicheren Schrittes. Die gerölligen Pfade des Dorfes, die Steintreppen sind ihr bequem, weil vertraut, sie scheinen sich ihr anzupassen, während sie allmählich altert. Zur Stadt hingegen kann sie kein Verhältnis finden, auf die Dauer würden sie wahrscheinlich zu Feindinnen.

Sie geht langsam, wägt die Waren mit den Blicken. Aber sie ist nicht zum Einkaufen hier. Sie läßt sich nur Zeit.

Nachdem sie den Platz umrundet hat, kommt sie zu der Ecke, wo der »Balôn« abzweigt, der kleine Flohmarkt. Ein Stückchen weiter, zu beiden Seiten eines kleinen Plätzchens, öffnen sich wie Arme die Vorbauten des Cottolengo, dahinter steht eine Reihe von Gebäuden in neutraler, trister Farbe, mit abweisenden Fassaden und verborgenen Gärten, dazwischen Gäßchen, die wie Krankenhausflure wirken.

Mariuccia hat nicht die blasseste Ahnung, was sie tun, an wen sie sich wenden, an welche Tür sie klopfen muß. Aber was sie sagen wird, das weiß sie schon, nicht nötig, lange zu überlegen, sie braucht nur jene ununterdrückbare Wahrheit aus sich hervorsprudeln zu lassen, die ihre Tochter so bitter findet. Mariuccia ist überzeugt, daß diese Wahrheit sich Gehör verschaffen und sie dahin bringen wird, wohin zu gehen sie beschlossen hat, in eine Welt aus Frieden und Abgeschiedenheit.

Sie wandert in eines der Gäßchen, es hat etwas Schwebendes, Zeitenthobenes, wirkt nicht einmal, als läge es in der Stadt. Nach ein paar Minuten öffnet sich ein Türchen, zwei Nonnen treten heraus und kommen auf sie zu.

Eine von ihnen schiebt einen Kinderwagen.

Die Nonnen gehen schweigend, Mariuccia erwartet sie entschlossen. Erst als sie auf ein paar Meter herangekommen sind, wirft sie einen Blick auf den Insassen des Wagens.

Er oder sie hat ratzekurzes Haar unter einer gelben Bommelmütze, ein breites, flächiges Gesicht, kleine, abwesende

Augen und einen offenen Mund, aus dem dünn Speichel rinnt. Er reckt den Hals, will Mariuccia deutlicher sehen, und sie spürt, wie sie unter diesem Blick versteinert, in dem eine dunkle, bedrohliche Unschuld flackert.

Sie sieht Oreste wieder, ihren Oreste mit von der Kälte aufgesprungenen Wangen, der Rotznase und den Augen voller Tränen über die Streiche, die die anderen Kinder ihm nach der Schule gespielt haben.

»Sei ruhig«, sagte sie immer zu ihm, »du weißt, daß du nicht reden sollst. Bleib von den anderen weg, faß sie nicht an, bleib für dich. Du machst sie nur wütend.«

Aber es half nichts: Oreste provozierte alle mit hinterhältiger Unschuldsmiene, mit einer Beharrlichkeit und Naivität, die Mariuccia ganz wehrlos machten und den anderen Jungen Wellen genüßlicher Grausamkeit über die Wangen jagten, während sie ihn wie eine Puppe hin- und herschubsten, ihn zu Boden warfen, bis seine Lippen aufplatzten und er aus der Nase blutete.

Sein Tod war trotz aller Qual eine Gnade gewesen, und Mariuccias bodenständige Seele hatte nicht anders gekonnt, als es hinzunehmen. Für Oreste hätte es keine Hoffnung gegeben: Je größer er wurde, desto weniger Platz war für ihn auf der Welt.

Jetzt ist der Kinderwagen ganz nah, Mariuccia ist wie gelähmt, sie spürt die Gegenwart von Dutzenden, Hunderten Geschöpfen wie Oreste jenseits der Mauern, der Kinderwagen fährt an ihr vorüber, ist vorbei, sie kann und will ihm nicht folgen, hat keine Kraft mehr, das, was sie als Kind erlebt hat, noch einmal durchzumachen.

Mariuccia bekreuzigt sich und bittet um Vergebung. Vergebung wofür, das braucht sie dem, an den sie sich wendet, nicht zu erklären.

Sie macht kehrt.

Niedergedrückt kommt sie nach Hause, geht ins Bett. Sie ist todmüde.

❧

Fernanda hat ihren Eltern nicht verraten, daß sie nicht mehr bei Clelia arbeitet. Neulich, nach ihrer letzten Unterredung mit Signora Alberici, ist sie lange ziellos durch die Straßen gewandert, hastig und ohne sich umzuschauen, voll blindem Groll über das erlittene Unrecht.

An den folgenden Morgenden geht sie zur üblichen Zeit aus dem Haus, die Tasche über der Schulter, mit gerade mal einem knappen Gruß für ihre Mutter, die sich in der Küche zu schaffen macht, und den Vater, der sein Gesicht in die Zeitung steckt. Sie geht in ihre Wohnung in der Via della Forca, wo Giuseppe glücklicherweise mit dem Anstreichen fertig ist.

Sie setzt sich in den Sessel, vorsichtig, ohne den Nylonbezug abzunehmen, und liest *Ein Mann für Lucy, Die Liebe wird kommen* oder *Ich habe immer auf dich gewartet*. Dann und wann steht sie auf, läuft hin und her, schaut aus dem Fenster.

Eine seltsame, triste Sehnsucht hat sich ihrer bemächtigt, ein Gefühl von Spannung und Erwartung hüllt sie ein wie ein grauer, lauwarmer Kokon. Sie denkt weder an Vergangenheit noch an Zukunft, sie behaucht die Fensterscheibe und schreibt ihren Namen darauf, in Schönschrift, wie in der Schule.

Sie beobachtet den braunhaarigen Mann gegenüber.

Mitten am Nachmittag, während der feuchtrußigen Dämmerung, geht das Wohnzimmerlicht an und läßt einen Unbekannten auf der Schwelle erkennen. Die Erscheinung kommt so unerwartet, daß Fernanda zusammenzuckt: Ein dunkler Teufel taucht unter einer grobwollenen Mütze auf, wickelt seinen schwarzen Bart aus dem Schal. Mit einer Vorahnung von Gefahr, die sich nicht einmal zerstreut, als sie in dem Teufel einen hageren Mann mit zerzaustem Haarschopf und schwarzem Bart erkennt, sperrt Fernanda die Augen auf. Sie würde gern genauer sehen, dem Braunhaarigen, der sich langsam dem Eindringling nähert, über die Schulter schauen.

Es folgt ein kurzes Zwiegespräch, dessen Hin und Her Fernanda lediglich aus den Bewegungen der beiden in dem Zimmer ablesen kann. Der Braunhaarige flieht mit fahrigen Gesten, der andere stellt ihm flehentlich mit ausgebreiteten Armen nach. Der Braune sucht auf der Bank hinter dem

Eßtisch Zuflucht, hockt darauf wie ein Huhn auf der Stange, fuchtelt mit den Händen vor seinem Gesicht herum, als wolle er nein sagen, nein, nein.

Der arme Teufel setzt sich auf einen Stuhl; es sieht aus, als kniete er vor dem anderen, so beschwört er ihn mit ausgestreckten Armen und zieht ihn an sich. Seine Hände scheinen sich an den Strick zu klammern, mit dem der andere gebunden ist.

Sie küssen sich lange, dort hinten in dem leider viel zu dunklen Wohnzimmer. Dann kommt der Braunhaarige mit gesenktem Blick zum Fenster und schließt die Läden.

Fernanda bleibt an ihrem Fenster stehen, ihr Herz pocht rhythmisch und gedämpft wie ein Gefangener an die Wand seiner Zelle.

❧

Armando ist in den letzten Tagen nicht zur Arbeit gegangen. Der peinsame Auftritt mit seiner Chefin hat Gefühle geweckt, die tief in seiner Seele schlummerten: Menschenwürde, männlicher Stolz, das Bewußtsein seiner Rechte als Arbeitnehmer.

Seit Jahren liest Armando jeden Morgen im Büro die Zeitung. Das macht Bruna Piazzas Auftritt so viel schlimmer, unakzeptabler. Wenn es um etwas Neues gegangen wäre, in Ordnung, aber so urplötzlich wegen einer harmlosen, gemütlichen Gewohnheit über ihn herzufallen! Als wäre er der einzige, der so etwas tut! Nur eine Frau, die nicht schafft, was sie sich vorgenommen hat, die ihre Weiblichkeit nicht ausleben kann, bringt so etwas fertig!

Wo sind bloß die Frauen von früher geblieben, wie seine Großmutter eine war, wie Mariuccia, voller Weisheit, in dem Wissen darum, daß die empfindliche Blume des Mannesstolzes nicht gekränkt werden darf? Eine Frau, die einen Mann demütigt, ist auf einem Irrweg, verloren, ein solches Schauspiel erregt nur Wut und Trauer.

Unvermeidlich, daß seine Gedanken zu Barbara zurückkehren, die ihm jetzt als die Anstifterin eines Haufens feindlich gesonnener Weiber erscheint, eine Lilith, die alles Ungemach der Welt hervorgebracht hat. Er sieht ihre goldgesprenkelten grünen Augen vor sich, fühlt wieder die Wärme ihres Nackens in seiner Hand, er will sie umbringen und dann selber sterben.

Dann aber begnügt er sich mit wutentbrannten, ironischen und bitteren Reden, während er die Straße entlanggeht und Atemwölkchen aus seinem Schal pufft, ohne auf die befremdeten Blicke derer zu achten, die ihm begegnen.

Er verlegt sich aufs Kranksein, geht zum Fluß, der grau und phlegmatisch unter dem Hügel vorbeiströmt. Die Überschwemmung vom November hat die Bäume mit Müll und anderem Treibgut behängt, und jetzt, wo das Wasser wieder gesunken ist, flattern Blüten aus blauen und weißen Plastikstreifen an den Ästen. Armando sieht sie an, und ihm kommen tausend Einfälle für eine Skulptur; kaum aber hat er sich umgedreht und die kältestarren Hände wieder in die Taschen gesteckt, strömt die Luft aus den Ideen wie aus durchlöcherten Luftballons.

Dennoch, er denkt an Mariuccia, geht in sein Atelier in der Via della Forca und zwingt sich zur Arbeit.

Er liest die Zeitungen und kommentiert sarkastisch die politischen Zänkereien, bebend vertieft er sich in die Leidenschaftsdramen auf den Seiten mit den Sensationsnachrichten. Die Versammlungen der Gruppe *Anghelos 2000* langweilen ihn, überrascht stellt er fest, daß er während der Vorträge mit den Zähnen knirscht, die Fingergelenke knacken läßt und während der Meditationsstunden auf die Uhr schaut.

Einsamkeit und das Gefühl, zu nichts nutze zu sein, zerreißen ihn.

Seit Barbara ihn verlassen hat, hat es keine Frau in seinem Leben gegeben, abgesehen von zwei, drei unwesentlichen Zwischenspielen. Im vergangenen Frühling, nach der Wahlniederlage der Linken, hat er einen kurzen Flirt mit Kollegin Petrella vom Nachbarschreibtisch gehabt. Eines Nachmittags, als die Chefin nicht da war, hat sie ihn derart mit ihren Ängsten um die Zukunft der Menschheit genervt, daß er sie, um sie zum Schweigen zu bringen, in die Konditorei eingeladen hat und nach der Arbeit noch ins Kino und zu einer Pizza. Nach ihrer Quattro Stagioni aber hat sie ihn mit ihren großen, von neapolitanischem Pathos erfüllten Augen angeschaut und erklärt, in der jetzigen politischen Situation, nach dem Sieg der Rechten, hätte sie wirklich keine Lust auf Sex. Später wurde Armando klar, daß er Glück gehabt hatte: Eine Geschichte mit der Petrella hätte ihm den Gnadenstoß versetzt.

Am zweiten Abend seines Krankenstandes, nachdem der Kontrollarzt ihn auf dem Bett liegend, unrasiert und mit gelb unterlaufenen Augen angetroffen hat, geht er einen alten Freund besuchen und spricht mit ihm – worüber sonst als über Barbara. Sein Freund, der sie flüchtig kennt, bringt Armando nach dem Hörensagen auf den neuesten Stand. Barbara stehe kurz vor ihrer Hochzeit mit einem reichen, vierzigjährigen Architekten.

Spät nachts kehrt Armando betrunken nach Hause zurück und kassiert eine Standpauke von Angela. An den Türpfosten gelehnt, hört er zu, ohne zu begreifen, ein vage mißtrauisches Lächeln auf den Lippen. Sein leerer Blick irrt über ihren Mund, der auf- und zuklappt, über ihre Hände, mit denen sie auf dem Wachstuch gestikuliert, über das Gebetbuch, zwischen dessen Seiten ein paar Zettel stecken, beschrieben mit Angelas ungelenker Handschrift. Von seltsamer Rührung befallen, will er sie umarmen: Er sieht in ihr eine Mutter, die einzige, die ihm auf Erden noch geblieben ist. Angela schiebt ihn in sein Zimmer und wirft die Tür hinter ihm zu.

Tags darauf, in seinem Atelier-Schuppen in der Via della Forca, zerstört Armando mit Meißelhieben eine Gipsbüste von Barbara und im Eifer der Leidenschaft ein paar andere kleinere Werke gleich mit. Als er fertig ist, schweißüberströmt, das Hemd aus der Hose hängend, trocknet er sich Stirn und Augen. Dann hebt er den Blick und schaut durch das große, verdreckte Schuppenfenster. Jemand beobachtet ihn: An einem Fenster im zweiten Stock steht eine dunkelhaarige junge Frau und mustert ihn aufmerksam, als hätte sie auf der Welt nichts anderes zu tun.

Armando erwidert den Blick. Hinter ihr erkennt man undeutlich ein leeres Zimmer.

Delia Ugazzi ist in den Hausfrauenstreik getreten: Sie wäscht nicht, bügelt nicht, kocht nicht, macht nicht mehr sauber. Es dauert zwei, drei Tage, bis ihr Mann es bemerkt, aber als Nestore endlich klar wird, was da vorgeht, weiß er nicht recht, wie er auf den Anschlag reagieren soll.

Es ist Zeit zum Abendessen. Nestore hat zu seiner Überraschung bemerkt, daß ihm viel an den häuslichen Gewohnheiten liegt: sich um acht zu Tisch setzen, um halb neun in den Fernsehsessel, zwischen elf und Mitternacht dann zu Bett. Jetzt ist alles über den Haufen geworfen, nichts liegt an Ort und Stelle, nichts geschieht zur rechten Zeit. Der Wäschekorb im Bad quillt über, das Waschbecken zieren Zahnpastakrusten, und in der Küche weht ein eigentümlicher Geruch, aus dem ungeleerten Mülleimer, wie sich später herausstellt.

Delia ist von haltloser, rasender Geschwätzigkeit befallen.

Zerzaust, die Ellbogen unverrückbar auf dem Tisch, der offene Morgenmantel gibt den Blick auf ein altes, löchriges Wolljäckchen über dem Nachthemd frei, so hält Delia eine Gabel in der Faust, spießt wütend Thunfisch- und Artischockenbröckchen direkt aus der Dose und steckt sie sich zwischen ihren Bemerkungen in den Mund.

Die Ansprache hat heute früh um sieben begonnen, Nestore hat den größten Teil versäumt, da er zur Arbeit gegangen ist, aber er versucht erst gar nicht, den Anschluß zu finden, denn seit drei Tagen ist es immer dieselbe Leier. Noch nie hat er seine Arbeit so geschätzt: Sie ist alles für einen Mann, sie erlaubt ihm, aus dem Haus zu gehen, mit anderen Männern zusammenzukommen, freie Luft zu atmen. Der Zwang, einem Chef zu gehorchen, erscheint ihm milde und barmherzig, verglichen damit, seiner Frau zuhören zu müssen.

»Ich begreife einfach nicht«, sagt Delia gerade, »was die an dir findet. Schau dich doch mal an! Unrasiert, dreckige Manschetten, dir fehlt ein Knopf! Nie putzt du dir die Schuhe! Haarausfall hast du auch!«

»Schau dich selber an! Ziehst dich den ganzen Tag nicht ordentlich an, seit vorgestern hast du dich nicht gekämmt! Der schreckt wohl vor gar nichts zurück, dein Typ von neulich nacht!«

»Ah!« schreit Delia. »Was erlaubst du dir! Mir was von meinen Nächten erzählen, aber eine Fremde in mein Bett bringen!«

»In *unser* Bett, wenn ich bitten darf, nicht *deines*«, korrigiert Nestore. Wie oft hat er das schon wiederholt?

Seine Gedanken schweifen ab. Delia sucht beharrlich nach einem Sinn, nagt die Wörter bis auf die Knochen ab, spuckt sie wieder aus, dreht sie hin und her, um dann mit neuer Wut draufloszubeißen – für ihn läuft dieses Gespräch leer. Während er den verkokelten Pfannkuchen ißt, den er sich selber zubereitet hat, schielt er unwillkürlich in eine Frauenzeitschrift, die aufgeschlagen auf dem Tisch liegt. Auf einer schmierigen, vom Boden der heißen Kaffekanne befleckten Seite ist ein junges Mädchen im roten Mini zu sehen, das ihn unverwandt, provozierend anblickt, mit halbgeöffneten, fleischigen Lippen, das jugendlich glatte Gesicht perfekt geschminkt.

Wo sind die Frauen bloß? fragt sich Nestore und schaut zwischen Delia und dem Mädchen hin und her. Die wahren Frauen, schlank, sauber geschminkt, jung, mit einladendem Blick, Frauen, denen man auf der Straße folgen möchte, mit der blinden Leichtigkeit einer Hornisse auf der Spur eines Duftes?

Überall um ihn herum sind sie, wenn man seiner Frau glauben möchte. Seit Tagen tut sie nichts anderes, als der weiblichen Menschheit die ungebrochene Bereitwilligkeit vorzuhalten, mit der sie ihn, Nestore Ugazzi, verfolgt.

Diese Sicht schmeichelt ihm, auch wenn kein objektiver Tatbestand sie stützt. Cecilia scheint ihm die letzten Tage sogar absichtlich aus dem Weg zu gehen.

Nestores Geist verhält sich wie eines jener laublütigen Tiere, die sich so langsam bewegen, daß man sie für reglos hält. Schimmel wuchert in ihrem Pelz und verwandelt sie in grünliche Anhängsel der Bäume, auf denen sie hausen. Am Ende ihres Lebens aber stellt man fest, daß sie sich doch von Ast zu Ast bewegt haben, ja sogar von Baum zu Baum, daß sie zwischen zwei Nickerchen kurze, aber durchaus meßbare Strecken zurückgelegt haben. Während er das Mädchen im roten Mini anschaut, denkt Nestore an Cecilia, die dem Foto in der Zeitschrift nicht in geringsten ähnelt; für ihn heißt es aber eins nach dem anderen, und Cecilia ist der nächste Ast. Würde er zweihundert Jahre lang leben, könnte man sich seine Ankunft bei dem roten Minirock vorstellen, der wäre dann hundertsiebzig.

»Hör mir wenigstens zu!« kreischt Delia und schleudert die Zeitung vom Tisch.

»Sechs Jahre!« sagt sie, mit ihren Pantoffeln hörbar in der Küche auf- und abschlappend, das zarte Rosa des Fußes sichtbar durch eine Laufmasche, die bis zum Knie reicht. »Sechs Jahre! Du hast es nicht bemerkt, ich aber sehr wohl!«

»Sechs Jahre was?« fragt Nestore, beeindruckt, daß er einen derart zähen Pfannkuchen zustande gebracht hat.

»Seit sechs Jahren sind wir nicht mehr miteinander ins Bett gegangen!« schreit Delia und baut sich vor ihm auf, die Hände in die Hüften gestützt.

»Wie denn, machen wir doch jeden Abend…«, sagt Nestore, bevor er die tatsächliche Bedeutung begreift. »Du hast Thunfisch an der Lippe«, bemerkt er.

»Da pfeif ich drauf! Ich wälze mich in Thunfisch, wenn ich Lust dazu habe!«

»Du hast doch nie welchen gemocht!« entgegnet er. Langsam belebt er sich.

»Wie, nie gemocht? Ah! Was weißt du schon von mir? Nichts! Null! Sechsundzwanzig Jahre Ehe, und du weißt nichts von deiner Frau!«

»Und warum hast du mir nichts gesagt? Wenn wir's seit sechs Jahren nicht mehr gemacht haben, muß das unbedingt meine Schuld sein?«

»Ach, ich hätte was sagen müssen? Du bist mir ein Kavalier. Ich hätte dir wohl Blumen mitbringen sollen, Pralinen, und hoffen, daß du nicht gerade Kopfweh hast! Ich hätte es ja gemacht, wenn es der Mühe wert wäre. Den Tanz der sieben Schleier hätte ich für dich getanzt, wenn es sich lohnen würde. Aber sechs Jahre mit oder ohne Sex, das ist kein großer Unterschied, wenn man mit dir verheiratet ist.«

»Was regst du dich dann so auf?« fragt Nestore, dunkelrot.

»Wenn du nichts versäumt hast, was beschwerst du dich? Was soll überhaupt dieses ganze Getue um Sex auf einmal? Kaum hast du jemand anderen kennengelernt, sind die letzten Jahre vergeudete Zeit für dich!«

»Ich habe keinen anderen kennengelernt!«

»Na, dann kennst du ihn eben schon länger. Klar, das war eine abgekartete Sache. Du hättest mir ja einen Zettel auf den Tisch legen können, ›Komme morgen wieder‹, dann wäre alles einfacher gewesen.«

»Eben, dann hätte ich dich nicht mit deiner Freundin überraschen können! Sehr bequem für dich!«

»Hör zu, das ist nicht meine Freundin, wie oft soll ich dir das noch sagen?«

»Willst du sagen, du hast die Nacht mit ihr verbracht, und zwischen euch ist gar nichts gewesen? Wie ich dich kenne, würde ich dir das sogar glauben.«

Nestore beugt sich zu seiner Frau über den Tisch, gefährlich dicht über wackligen Stapeln von schmutzigen Tellern, Konservendosen und anderem klebrigen Geschirr. »Komm, wir machen was ab: Ich sage dir die Wahrheit, wenn du mir die Wahrheit sagst«, schlägt er vor, »ohne Mogeln.«

Er fühlt sich irgendwie heroisch. Und was ist, wenn er jetzt, nachdem er gestanden hat, daß er, von einer Dosis Tavor betäubt, geschlafen hat wie ein Stein, erfahren muß, daß seine Frau wirklich eine heiße Nacht in den Armen eines unermüdlichen, leidenschaftlichen Mannes verbracht hat? Sein weiteres Leben könnte ihm zur Hölle werden.

Sie schauen einander an. Delias Augen schleudern Blitze. Sie steckt sich eine eingelegte Zwiebel zwischen die Zähne und beißt krachend zu. Nestore fröstelt, als wären es seine Knochen, die da zwischen Delias Kiefern zermahlen werden.

»Gut, los«, sagt sie. »Fang an. Ich bin ganz Ohr.«

»Fang du an.«

»Aha! Du hoffst, ich erzähle dir, daß ich die Nacht bei Egle verbracht habe, daß ich dich nur eifersüchtig machen wollte, aber dich nie betrogen habe, was?«

»Ich habe Egle angerufen, sie hat gesagt, daß sie dich schon eine Zeitlang nicht gesehen hat.«

»Dummkopf! Sie könnte meine Komplizin sein. Denkst du, eine Frau könnte nicht lügen, wann immer sie will, auch wenn sie eine Betschwester ist wie Egle?«

»Das hätte ich von ihr nicht gedacht. Dies stille Wasser, so eine Heuchlerin...«

»Aber Egle hat nichts damit zu tun. Ich bin nicht bei ihr gewesen, sie weiß nichts davon, was ich gemacht habe. Siehst du, du würdest alles glauben, was ich dir erzähle!«

»Wenn du nicht bei Egle gewesen bist, warum erzählst du dann sowas? Willst du mich durcheinanderbringen?«

»Das ist so leicht, das macht mir keinen Spaß mehr. Eins kann ich dir über die Nacht neulich verraten: Sie hat mein Leben verändert.«

Nestore taumelt.

»Schluß, ich will nichts mehr hören.«

Er plumpst auf den Stuhl zurück, sein Pfannkuchen macht im Teller einen Hüpfer. Jetzt ist er kalt.

Delia würde lieber weiterreden, wie ein Maschinchen, das unter Druck steht und nicht anhalten kann, sonst platzt es. Sie wandert weiter auf und ab, mit einem Ausruf dann und wann.

Nach fünf Minuten sprechen beide gleichzeitig los.

»Was ist jetzt, willst du es wissen oder nicht?« fragt sie.

»Willst du ihn wiedersehen?« fragt er.

»Wie? Wen?«

»Den Kerl von neulich«, sagt Nestore finster. »Der dein Leben verändert hat.«

Delia bricht in Gelächter aus, ein schrilles, schepperndes Sopranlachen, das kristallene Muranogläser und -lampenschirme zum Klingen brächte; hier antwortet ihr lediglich das matte Echo des Steingutgeschirrs.

Ach, wenn sie doch nicht mit dem Singen aufgehört hätte! Wenn sie aufs Konservatorium gegangen und Opernsängerin geworden wäre! Dann wäre sie jetzt woanders als hier in dieser dreckigen Küche mit Nestore. Kein Nestore in ihrem Leben, sondern Tenöre und Baritone, reiche Impresarios und junge Bewunderer, schöne Kleider und samtene Vorhänge!

Mit einem jener typisch weiblichen Umschwünge der Launen sprudelt mitten in der Tragödie ihres Lebens eine vitale Euphorie aus Delia. Sie trällert eine Arie aus der Traviata.

Nestore, dem jeder Ton wie eine Klinge durch Mark und Bein geht, fühlt sich gehäutet, er rutscht auf seinem Stuhl hin und her, haut endlich mit der Faust auf den Tisch. »Ich weiß, wer es ist! Du brauchst es mir gar nicht erst zu sagen, ich bin nicht so dumm!«

»Ach jaaa?« trillert sie. »Wer denn?«

»Der, den du jeden Monat bezahlst, da hast du's!« Nestore schlägt auf den Tisch, jetzt mit dem Teller. Der Pfannkuchen hüpft zu Boden, wo Zorro ohne rechte Überzeugung an ihm zu schlecken beginnt. »So weit ist es mit dir gekommen, daß du dir einen Gigolo kaufen mußt! Aber paß auf: Der macht dich fertig! Der nimmt dich aus, bis zum letzten Groschen! Zum Glück ist die Wohnung auf uns beide eingetragen.«

Delia fängt wieder zu lachen an. In schwindelerregendem Walzertaumel wirbelt sie durch die Küche und witscht ins Bad, wo sie sich im Spiegel betrachtet.

»Ich habe immer gewußt, daß du's mit Bellini treibst!« schreit Nestore.

Delia fängt an, sich zu kämmen. »Doktor Bellini«, murmelt sie feierlich, während sie den Kamm mühsam durch ihr verfitztes Haar zieht. »Alberto Maria Bellini.«

Ein schöner Mann, keine Frage. Vielleicht kein Monstrum an Einfühlungsvermögen, aber voll männlicher Ausstrahlung. Und jetzt auf einmal scheint es ihr, als enthüllte das Maria zwischen Alberto und Bellini einen unerwarteten weiblichen Anteil an dem virilen, zurückhaltenden Psychoanalytiker. Bellini schüchtert sie ein und langweilt sie ein wenig; Alberto mit seiner Zigarre, seinem englischen Eau de toilette und seinen Lederschuhen wirkt für sie unerreichbar; Maria hingegen ist eine androgyne Schattierung voller Sinnlichkeit, ein Frau-Mann, der sich anbietet – warum nicht gegen Bezahlung –, sich hingibt, sich lieben läßt. Maria ist der Vermittler zwischen ihr und Alberto.

»Alberto Maria«, flüstert Delia mit spitzen Lippen, als schlürfte sie Champagner aus einem Kelch.

Und mit einer jener blitzartigen weiblichen Wandlungen

wird aus der schlampigen, vernachlässigten Delia mit dem schmutzigen Kragen urplötzlich eine sinnliche, lüsterne Frau. Während das Wasser in die Wanne rauscht, sinken Morgenmantel, Wolljäckchen, Unterwäsche zu Boden, auf einen Haufen, dem sie nackt entsteigt, der üppige Busen mit sanfter Linie auf ihrer rosa Haut ruhend, der Nabel wie von einem verliebten Polsterer in die weiche Rundung ihres Bauches gesteppt.

Schade, daß niemand sie sehen kann, wie sie sich in die schäumende Wanne kuschelt. Sie jedoch fühlt sich in einem glücklich-ruhmvollen Moment wie auf einer Bühne. Und sie singt weiter.

❧

»Cecilia.«

»Hmmm.«

»Cecilia, Cecilia, Cecilia.«

»Ich habe nicht vergessen, wie ich heiße, überflüssig, daß du mich daran erinnerst. Dieser blöde Automat hat meine Münze geschluckt und spuckt keinen Kaffee aus. Hast du mal fünfhundert Lire?«

»Für dich alles, Cecilia.«

»Fünfhundert Lire. Mehr will ich von dir nicht.«

»Warum gehst du mir aus dem Weg?«

»Ich dir aus dem Weg? Wie kommst du auf die Idee, du wärst so wichtig? Ich gehe dir nicht aus dem Weg. Ich suche nur einfach nicht deine Gesellschaft.«

»Aber ich suche deine, und du verhinderst, daß ich sie finde.«

»Ich dachte, suchen macht dir mehr Spaß als finden, in deinem Alter. Finden könnte zu beschwerlich sein.«

»Was soll das, erst kriege ich wegen dir Ärger mit meiner Frau, und jetzt läßt du mich hängen?«

»Wegen *mir* kriegst du Ärger mit deiner Frau? Ich bin dir zu Hilfe gekommen, als du dir wegen deiner Frau schwere Sorgen gemacht hast. Es war ihr Ehrenabend, das solltest du ihr mal erklären. Oder hast du die ganze Telefon-Arie vergessen, die Krankenhäuser, die Polizei, die Leichenhalle?«

»Den Anruf in der Leichenhalle hast du gemacht, dafür war ich zu erschüttert.«

»Das Wort fasziniert mich, ›Leichenhalle‹, für eine Krimi-Leserin ist das ein mythischer Ort. Hätte mir schon gefallen, da mal reinzuschauen.«

»Das wäre aber verfrüht gewesen, noch am selben Abend da hinzufahren, oder? Besser, man wartet bis zum Morgen danach. Ein Glück, daß es nicht nötig war.«

»Schade, noch eine vertane Gelegenheit. Mein Leben scheint aus nichts anderem zu bestehen.«

»Warum sagst du sowas? Mit uns hat es noch nicht einmal richtig angefangen, warum tust du so, als wäre es schon vorbei?«

»Stimmt, in deinem Fall ist es nicht korrekt, von einer Gelegenheit zu sprechen, es war nur Neugier. Eine läßliche Sünde.«

»Neugier?«

»Auf dich, dein Leben, den Notfall, über den du am Telefon gesprochen hast. Ich wollte mal deine Wohnung sehen. Ich liebe es, die Wohnungen anderer Leute kennenzulernen.«

»Du bist zu mir gekommen, um meine Wohnung anzusehen?«

»Na ja, auch ein bißchen, um eine gute Tat zu tun. Du warst so verzweifelt, als du bei mir angerufen hast.«

»Verzweifelt? Ich war nicht verzweifelt. Durcheinander vielleicht.«

»Doch, du warst verzweifelt. Hat dir sogar gut gestanden, die Verzweiflung, ein gewisses Kolorit, etwas Lebhaftes. Jedenfalls erst am Abend, später dann hast du nachgelassen. Bist verloschen wie ein Streichholz.«

»Natürlich, du hast mir ja ein Beruhigungsmittel gegeben!«

»Ohne das Mittel hätte ich mich nie darauf eingelassen, in deiner Wohnung zu schlafen. Ich will nichts tun, wozu ich nicht bereit bin.«

»Und … in welcher Situation wärst du dazu bereit?«

»Das weiß ich nicht. Das ist mir noch nie passiert. Die Männer, denen ich bislang begegnet bin, waren ein bißchen verrückt, wenn sie frei waren, die Normalen waren alle verheiratet. Vielleicht ist das ja auch logisch, aber diese Logik bringt mir nichts.«

»Du hast doch gewußt, daß ich verheiratet bin!«

»Abstrakt habe ich das gewußt, aber erst als deine Frau auf mich losgegangen ist, weil ich ihr Nachthemd angezogen hatte, da habe ich es konkret erfahren. Ein gewaltiger Unterschied. Nebenbei, hier ist das Nachthemd, gewaschen und gebügelt: Du bist sicher der Richtige, um es ihr zurückzugeben.«

»Meine Frau braucht für uns kein Hindernis mehr zu sein. Sie hat einen Liebhaber.«

»Das heißt noch lange nicht, daß ich mir auch einen nehme. Ich habe nicht den geringsten Grund, deiner Frau etwas nachzumachen.«

»Cecilia. Cecilia. Als ich dich zur Pizza eingeladen habe, drüben in der Kneipe, hatte ich das Gefühl, ich gefalle dir.«

»Ich hätte lieber eine Pizza aus dem Steinofen gehabt, wie im ›Baobab‹, aber du hast immer gesagt, das ist zu teuer.«

»Vergiß die Pizza. Gefalle *ich* dir?«

»Warum sollte ich als erste von uns beiden diese Frage beantworten?«

»Wenn du willst, daß ich das sage: Ja, du gefällst mir, heute nacht habe ich unablässig an dich gedacht, deine Haare, deinen Mund, deine Augen …«

»Ich kenne meinen Körper, Nestore. Jetzt, nach deiner Erklärung, fällt mir meine schwerer als vorher. Ich will nicht sagen, daß du mir nicht gefällst, aber ich fürchte, du bist nicht aufregend genug, um mich zu einer Todsünde zu verleiten, und du bist mit Sicherheit nicht frei, um mich zu heiraten.«

»Ich nicht frei? Wer sagt, daß ich nicht frei bin? Ich kann tun und lassen, was ich will.«

»Die Ehe ist ein festes Band. Ich könnte nie mit einem Mann etwas anfangen, der das nicht respektiert, nicht einmal als Geliebte könnte ich das. Was hätte ich davon?«

»Du bist kalt, Cecilia. Eiskalt und berechnend bist du, herzlos.«

»Ich bin Katholikin. Ich habe nicht die Absicht, auf diesen Teil von mir zu verzichten. Aber – ich könnte dir eine Probezeit geben. Heute sehen die Dinge so aus, und morgen?

Wer weiß? Wir können ja dann und wann miteinander ausgehen.«

»Essen wir morgen in der Mittagspause zusammen eine Pizza?«

»Ja, aber diesmal im ›Baobab‹.«

»Im ›Baobab‹. Punkt halb eins warte ich unten am Haupteingang.«

»Da nicht, ich will nicht, daß sämtliche Kollegen uns zusammen sehen. Ich bin noch nicht sicher, vergiß das nicht. Und wenn ich mich für dich entscheiden sollte, dann wäre das ein Grund mehr, es nicht allen zu verraten. Treffen wir uns im Park, unter der Magnolie.«

❧

Da man, wie Eleonora diskret zu verstehen gegeben hat, nicht in der Adventszeit feierlich heiratet, es sei denn, ein Don Quaglia drückt als Freund der Familie ein Auge zu, werden Barbara und Emanuele tatsächlich bis Ende Januar warten müssen.

Beide ärgern sich dermaßen darüber, daß sie sich gestritten haben, und jetzt schleudert Barbara Bücher, Zeitschriften und Bündel betippter Blätter in einen Karton, während sie im Geiste furios über die Männer herzieht.

Egoistisch, taktlos, selbstverliebt, unfähig, ihre Gefühle auszudrücken, sie haben einen Horror davor, schwach zu sein. Und einen schauerlichen Geschmack bei Krawatten. Sie müssen immer eine Frau griffbereit haben, um alles an ihr auszulassen. Keinen Humor haben sie, sind ungeduldig, tölpelhaft. Ihr Ego ist zerbrechlicher als eine Eierschale, deswegen sperren sie es in eine Rüstung aus Männlichkeit ein.

Warum sind nicht alle wie Nani? Der ist geistreich, ironisch, auch sich selber gegenüber, in jenem kleinen Maß, das genügt, um ihm seine Egozentrik nachzusehen. Mit ihm zusammen ist es nie langweilig, er ist nie todernst. Ein Abend mit Nani, Ernesto und den anderen ist so unvergleichlich entspannter und anregender als ein Abendessen mit einem Verlobten und dessen Freunden, egal ob Junggesellen oder verheiratet. Schwule beten Frauen an, wirklich ungeheuer schade, daß sie ihnen sonst in ihrem Leben keinen Raum geben wollen.

Heute abend bringt Barbara das Material in Emanueles Wohnung, das sie benötigt, um eine dringende Arbeit abzuschließen, und der wird sie sich ab morgen mit Leib und Seele widmen. Im Grunde kommt die Verschiebung der Hochzeit wie von der Vorsehung gesandt: So kann sie die allerletzte Fristverlängerung einhalten und kriegt mit dem Verleger keinen allzu großen Ärger. Nachher kommt der Techniker, um den Computer in Ordnung zu bringen, dann wird auch der in ihr neues Arbeitszimmer gebracht. Ein beträchtlicher Fortschritt im Vergleich zu der völligen Desorganisation, mit der sie bis vor ein paar Tagen ihr Berufsleben hat schleifen lassen. Schon fühlt Barbara sich erquickt, sie wäre sogar glücklich, hätte es da nicht den Streit mit Emanuele gegeben.

Sie träumt von einem geordneten Leben, davon, jeden Morgen um acht Uhr aufzustehen und sich spätestens um neun an den Schreibtisch zu setzen, leichten Herzens, wachen Geistes, mit flinken Fingern, in der Nase den belebenden Duft des Kaffees. Sie träumt davon, für alles Zeit zu haben: für die Arbeit, für sich selbst, für Emanuele, die Freunde, die Wohnung, auch für Unvorhergesehenes. Sie sehnt sich nach Ausgeglichenheit, jener unbekannten, mythischen Größe, die es doch irgendwo geben muß. Wahrscheinlich besteht sie aus Ruhe und Weisheit, dazu Gelassenheit, Gleichmaß und Reflexion. Recht bedacht, wirkt das eine Spur öde, aber wenn sie sich selber darum kümmert, bringt die Anstrengung sie vielleicht auf andere Gedanken. Außerdem, wie soll man ohne Ausgeglichenheit mit sich selber zufrieden sein?

Das ist sie nie. An einem Tag findet sie sich glänzend, am nächsten gräßlich, heute genial und morgen eine Idiotin, erst bedeutend und dann uninteressant, am Ziel ihrer Wünsche und noch nicht einmal auf dem Weg. Ein untergründiger Zweifel höhlt all ihre Sicherheiten aus. Dabei ist Barbara eine ausgesprochen liebenswerte Frau. Sie ist schön, großzügig, von jener Großzügigkeit, welche jede Frau in eine üppige Magdalena verwandelt, und jeden Mann, der ihr begegnet, in einen sündigen Christus. Sie steckt voller Leben und Begeisterung, von ihr geht eine Aura kecker und freizügiger Erotik aus, die jeden Mann verrückt macht. Bevor er sie erobert, ist er von ihr fasziniert, kaum meint er, sie sicher in Besitz zu haben, versucht er, Barbara in ein typisches domestiziertes Weibchen zu verwandeln. Bislang hat Barbara reagiert, indem sie einen nach dem anderen verlassen hat, eine Lösung, die sie mit der Zeit deprimierend und nicht sehr abwechslungsreich fand.

Au weia, wenn man dreißig wird! Dieses Alter ist im Leben einer freien Frau so undankbar, ein Wendepunkt, an dem man ohne Vorwarnung von einer jungen Frau zum Single wird! Mit der Zeit entdeckt Barbara an sich immer mehr schlaffe Stellen, überraschend Nachgiebiges – zum Glück nicht an den Brüsten oder am Bauch, aber im Geist –, wo zuvor nichts herrschte als die triumphierende Härte, die rührende Arroganz der Jugend. Es genügt nicht mehr ein Schulterzucken, eine Liebesnacht, ein Morgen im Fitneßclub, um wieder loszuflattern wie ein Schmetterling im Frühjahr und mit der Vergangenheit Tabula rasa zu machen.

Sie empfindet ein Bedürfnis nach ernsthafter Lektüre: Philosophie, Soziologie, Theologie. Abwechselnd träumt sie davon, die Weisheit des Autors zu besitzen oder den Autor selber, indem sie ihn verführt. Die Männer sind und bleiben für sie die Mittler für alle Kenntnis von der Welt. Da sie ihre naturgegebene Wendigkeit in der Liebe einzusetzen weiß, ist sie eine enzyklopädisch gebildete Frau.

Als sie mit Piergiorgio zusammen war, einem Journalisten und Schriftsteller, hat sie begriffen, daß das Schreiben die einzig wahre Möglichkeit ist, der Welt wirklich etwas mitzuteilen und dasjenige in sich selbst, das vielleicht fortzudauern verdient, der ewigen Vergessenheit zu entreißen. Sie schrieb rund zwanzig kurze Erzählungen, um gleich an deren Dasein zu leiden wie eine Mutter, die einen Stall voll mißratener Kinder zur Welt gebracht hat.

Lange ringt sie um den Mut, sie Piergiorgio zu lesen zu geben. Als sie es endlich tut, sagt er ihr mit lebensklugem Lächeln: »Ich begreife euch Frauen nicht. Warum um alles in der Welt willst du Schriftstellerin werden, wenn du doch nur du selbst zu sein brauchst, um mich zu inspirieren?«

Sie gibt das Schreiben auf.

In der Zwischenzeit hat Piergiorgio eine Erzählung über sie geschrieben, die in einem Band mit dem Titel »Junge Autoren unserer Stadt« veröffentlicht wird. Beim Cocktailempfang des Verlegers sieht Barbara dessen offizielle Verlobte, eine Zwanzigjährige aus gutem Hause, aber niemand stellt sie einander vor, und so studiert sie sie von ferne.

Am selben Abend liest sie die Erzählung und fällt völliger Ratlosigkeit anheim. Soll sie beleidigt oder geschmeichelt sein? Einerseits könnte sie ihn ohrfeigen, andererseits kennt sie jede Menge Frauen, die einen Arm oder ein Bein dafür hergeben würden, die Muse eines Schriftstellers zu sein.

Dann hat sie sich langsam von ihm entfernt, jede Frau kennt die Methode: Frau verweigert ihm nach und nach alle mildernden Umstände und unterwirft ihn Zweifeln. Es ist ganz leicht, frau braucht nur einfach einen der kleinen Fehler oder Irrtümer nicht mehr zu entschuldigen, die er tagtäglich begeht (Piergiorgio kommt systematisch zu spät, bringt ihr nie Blumen mit, liebt türkis-grün gemusterte Windjacken), und kaum sind zwei Wochen herum, da stellt sich heraus, daß er unerträglich und voller Macken ist – knauserig, unaufmerksam, schlecht gekleidet, angeberisch und provinziell –, daß frau nicht ihn geliebt hat, sondern sein eingebildetes wunderbares alter ego. Einen Traum-Piergiorgio zum Beispiel, den es nie gegeben hat.

Ihre Erzählungen sind in der Schublade geblieben. Wenn sie ihr einmal in die Hände geraten, seufzt Barbara, je nach Tagesform nimmt sie sich vor, das Ganze eines Tages einmal zu überarbeiten, oder sie stellt fest, daß Literatur sie nicht mehr interessiert, und sie legt die Texte mit einem weiteren, tieferen Seufzer zurück. Immerhin hat sie aber eine Menge klassischer und zeitgenössischer Romane gelesen, ganz zu schweigen von Essays.

Nach Piergiorgio kam Armando, und Barbara entbrannte für die Bildhauerei, überraschend auch für Geschichte und Kunstwissenschaft. Seither besucht sie Ausstellungen und hat einen gewissen Blick für moderne oder avantgardistische Werke entwickelt.

Dann ein kurzes Zwischenspiel mit Jérôme, einem hinreißenden Tänzer, für sie eine Einführung in die Geschichte des Balletts. Gemeinsam mit Lino, ihrem ersten Freund, hatte sie angefangen, Japanisch zu lernen; das hat sie zwar wieder aufgesteckt, aber ihr Tempura ist durchaus nicht schlecht. Mit Raffaele, einem Schwimmlehrer, hat sie ihren Kraul-Stil perfektioniert und gelernt, vom Zehn-Meter-Turm zu springen.

So hat sie sich durch die Schule ihrer Liebhaber hindurchgearbeitet. Ihre großen und kleinen Vorlieben, diejenigen, die überdauert haben (Deutsch und Russisch, ihre Ausbildung als Übersetzerin und Literaturwissenschaftlerin, die Arbeit für Zeitungen und Zeitschriften), aber auch die flüchtigsten, hängen eng mit den Männern ihres Lebens zusammen. Die Männer ziehen schnell vorüber, das Wissen hält ein bißchen länger vor.

Jetzt, da sie heiraten wird, plant Barbara, die abgestorbenen Äste ihrer verzweigten Existenz ein wenig auszulichten. Von Emanuele, dem Architekten, will sie lernen, ihr Leben auf ein solides Fundament zu stellen, das einiges aushält. Ein goldener Käfig – wie wahr, wenn man sich Emanueles Vermögen ansieht –, der sie daran hindert, hierhin und dorthin zu flattern. Mit einem unglaublichen Zutrauen zum Akt des Heiratens denkt Barbara heute, zu Ende des 20. Jahrhunderts nach Christus, daß diese heilige Institution über die Macht verfüge, sie zu einer verantwortungsbewußten Frau zu machen, welche ihre Energien bündelt, über die Macht, sie von ihrem Egoismus zu heilen – und daß sie all das annehmen wird, ohne aufzujaulen.

Bis es soweit ist – noch ist sie schließlich nicht verheiratet und kann sich noch erlauben, sich den Freuden des Alleinseins hinzugeben –, will sie Langeweile, Müdigkeit und Übellaune entschlossen bekämpfen, und zwar mit einem der wirksamsten Mittel, die sie kennt: Sie gönnt sich ein ausgiebiges Bad, schminkt sich in aller Ruhe, und dann probiert sie ein paar der schönsten Kleider aus, die sie im Schrank hat.

Es ist sechs Uhr nachmittags an einem kalten, nebligen Tag.

Um fünf nach sechs klingelt das Telefon. Nani, der einen Anruf von Salvador erwartet, zögert lange, bevor er den Hörer aufnimmt. Es ist Bruna.

»Hast du dir's nochmal überlegt?«

»Hör zu, Bruna, ich kann im Augenblick wirklich nicht. Ich habe andere Pläne, vielleicht drehe ich einen Film.«

»Daran werde ich dich ganz gewiß nicht hindern. Was ich will, kostet dich kaum Zeit, einen Abend, höchstens zwei oder drei.«

Schweigen diesseits. Dann:

»Und wie hast du dir die Operation vorgestellt?«

»Traditionell. Das scheint im Augenblick noch am meisten Erfolg zu versprechen.«

»Das heißt, wir müssen miteinander ins Bett gehen, bis ...«

»Keine Angst, sobald der Schwangerschaftstest positiv ausfällt, bist du frei. Ich habe dir schon gesagt, daß ich nichts von dir erwarte, außer ...«

»Den Spermien, klar. Und ich habe dir schon gesagt, daß ich nicht beabsichtige, eine Frau zu schwängern und mein Kind dann zu verlassen.«

»Seit wann kümmerst du dich so um Frauen?«

»Du weißt genau, daß ich immer eine Menge Freundinnen gehabt habe ...«

»Aber was für welche! Du magst so auffällige Frauen wie diese Barbara, ich wette, ihr tauscht miteinander Kleider und Lidschatten. Dir gefallen Frauen nur, wenn sie dir ähnlich sind, welche, die anders sind als du, erträgst du nicht, also diejenigen, die nichts anderes sind, als was sie sind: Frauen.«

»Wo hast du diesen Blödsinn nur gelesen? Ich wette, das stammt von irgend so einer verbissenen amerikanischen Feministin ...«

»Das ist von mir selbst, wenn du mir ein Gehirn zugestehen willst.«

»Na und, wenn du mich für so einen scheußlichen Frauenfeind hältst, warum willst du dann ausgerechnet mit mir ein Kind in die Welt setzen? Stell dir vor, am Ende ist es mir ähnlich!«

»Ich glaube nicht, schließlich werde ich es erziehen.«

Sie fangen an, sich zu wiederholen. Bruna fühlt sich in der Sackgasse. Sie macht eine Pause, dann fügt sie mit brüchiger, den Tränen naher Stimme hinzu: »Ich bitte dich darum, weil ich verzweifelt bin.«

»Verzweifelt! Du bist gesund und kräftig, bist noch keine vierzig, nicht häßlich, du hast einen guten Job, warum solltest du da verzweifelt sein? Das Leben ist für niemanden leicht!«

»Du hast gut reden! Du hast einen Liebsten, die Arbeit, von der du geträumt hast, und jetzt machst du auch noch einen Film!«

»Das steht nicht völlig fest, der Regisseur hat mich gefragt, aber ich bin noch nicht ganz entschieden, auch weil es wahrscheinlich eine Produktion mit einem relativ kleinen Budget sein wird. Naja, es ist trotzdem ziemlich schmeichelhaft, das muß ich zugeben, außerdem ist ein Film eben ein Film, nicht wahr.«

Während er spricht, wird sich Nani unvermittelt bewußt, wie eigenartig sein Leben verläuft. Wie eine verwirrte Hausfrau: Bis gestern hat er ein ruhiges Leben geführt, wenn auch unbefriedigt, von vagen Sehnsüchten und undeutlichen, aber dafür um so schmerzhafteren Wünschen gequält. Jetzt geschieht endlich etwas, fast wie eine Antwort auf seine unausgesprochenen Hoffnungen: Salvador, dem die Liebe aus allen Poren sprüht, fleht ihn an, mit ihm nach Spanien zu kommen; Bruna will ihn überreden, ihr ein Kind zu schenken. Keines von beiden ist allerdings auch nur von ferne das, was er wollte, wenn er überlegen würde, wie er am besten der Fadheit seines Lebens begegnen könnte. Das Ganze hat eine Moral an sich, die ihm nicht gefallen will.

Nachdem er aufgelegt hat, schaut Nani gedankenversunken aus dem Fenster. Ist seine Freundschaft zu Barbara tatsächlich so oberflächlich und narzißtisch, wie Bruna behauptet? Bruna ist eifersüchtig, das ist sonnenklar. Seit einiger Zeit jedoch gibt es wirklich einen Mißton zwischen ihm und Barbara. Sie haben einander versprochen, daß diese Heirat nichts an ihrer Freundschaft ändern soll, aber Nani weiß, das ist heuchlerisch, Selbstbetrug. Es wird sich etwas ändern, es ist schon passiert. Barbara hat sich verändert. Sie ist stumpf, angewelkt, angebürgert. Diese Heirat wird dich teuer zu stehen kommen, würde er gern zu ihr sagen, aber er traut sich nicht: Barbara ist kein kleines, wehrloses Mädchen und Emanuele kein Blaubart, auch wenn er schon eine legitime Gattin und zwei Lebensgefährtinnen hinter sich hat. Außerdem ist er *reich*: Nani würde wahrscheinlich selber nicht nein sagen, wenn Emanuele ihn heiraten wollte. Angesichts gewisser Argumente mit großem gesellschaftlichen Wert treten alle anderen in den Hintergrund.

Also wäre er für diese Ehe viel eher geeignet als sie, mit wieviel Spaß würde er dank Emanueles Geld die Signora spielen! Frauen verstehen nicht zu spielen, sie nehmen alles viel zu ernst, sie können nicht mit männlicher Gelassenheit mitten auf der Bühne Kleider und Persönlichkeit wechseln. Er phantasiert sich an Barbaras Stelle in die Wohnung am Corso Galileo, wie er den Angestellten Order erteilt; oder in eine Luxusboutique; oder zu einem Treffen des Rotary-Clubs, inmitten von Generaldirektoren und Gemeinderäten. Er wäre genau am richtigen Ort.

Nein, er kann Barbara nichts von seinen Zweifeln über ihre Heirat sagen, sie würde ihn für eifersüchtig halten.

Ohne erkennbaren Zusammenhang fällt ihm seine Mutter ein, diese starke und schreckliche Frau, die in der letzten Zeit so tragisch gealtert ist.

Was würde seine Mutter zu einem Enkelchen sagen?

Ihm schießen ein paar Phantasiebilder durch den Kopf, ziemlich morbide, wie ein Horrorfilm lassen sie ihn vergnügt und entsetzt schaudern. Er stellt sich vor, wie er in seinem Elternhaus eintrifft, ein kleines weißes Bündel im Arm, das er seiner bewundernden Mutter hinhält; sie fällt auf die Knie wie eine zweite heilige Anna und ruft »Wunder über Wunder!«, sie steht auf, von allen Übeln geheilt und vom Gewicht der Jahre befreit.

Bruna fehlt auf diesen Phantasiebildern.

Sofort schämt er sich.

So wie er sich der widersprüchlichen Gefühle schämt, die er Salvador gegenüber empfindet. Er möchte sich seiner Liebe hingeben – was er auch schon getan hat, in der Mansarde an der Piazza Vittoria und ebenso hier, auf dem Sofa – und zugleich kann er einfach nicht vergessen, daß Salvador unten links einen goldbekronten Schneidezahn hat und seine Unterwäsche dringend mal gewaschen werden müßte, aber mit Vor- und Hauptwäsche, und bitte nicht ohne Bleichmittel. Ihm schwillt der Kamm vor Stolz, daß Salvador ihn als Hauptdarsteller seiner Filme will – Autorenfilme, künstlerisch wertvoll, die auf Festivals und in Clubs gezeigt werden –, aber er kann sich eines tristen, öden Gefühls nicht erwehren, wenn er an einen schwarz-weißen Stummfilm denkt, mit einem gegen Null gehenden Budget produziert, den zu Lebzeiten zwanzig zahlende Zuschauer sehen werden, wenn das Glück ihm hold ist.

Und wo ist Ernesto? Warum ist er noch nicht zu Hause? In dieser ganzen Geschichte ist er nicht gerade hilfreich, aber zugegeben, der gute Ernesto hat auch von nichts den blassesten Schimmer.

Nani schaut zu dem Mädchen hinüber, das gerade allein in dem einzigen beleuchteten Zimmer in der Wohnung gegenüber sitzt. Seit Tagen sieht er sie schon an diesen vorhanglosen Fenstern, oder wie sie auf dem Parkett der leeren Räume hin- und hertigert. Sie fasziniert ihn. Gern würde er mehr von ihr wissen, sich ihr Leben vorstellen, ihre Gedanken. Ganz sicher wartet sie auf etwas, aber worauf?

Nani schüttelt sich, er löst sich aus seinen Betrachtungen. Er muß sich bewegen, muß mit jemandem reden. Während er sich den Schal um den Hals schlingt, hofft er, daß Ada gerade nicht so beschäftigt ist und Zeit zum Zuhören hat.

❧

Um sieben Uhr steht Barbara bewundernd vor dem Spiegel und stellt einige Verbesserungen fest. Der sorgfältig aufgetragene Hauch von Schminke läßt ihre grünen Augen noch größer wirken. Der Herpes ist verschwunden, und zum ersten Mal seit Wochen wirkt ihr Gesicht entspannt, ihre Haut ist fast wieder so strahlend wie sonst. Sollte das an der Verschiebung der Hochzeit liegen? fragt sie sich, als sie sich ein letztes Mal mit der Bürste durch das frischgewaschene Haar fährt.

Das Romeo-Gigli-Kostüm steht ihr gottvoll, fast eine Sünde, es für die Hochzeit zu verschwenden. Barbara lächelt ihrem Spiegelbild zu, als wäre sie ein Mann, der ihr den Hof macht.

Um zehn nach sieben läutet es an der Tür.

Der Techniker, der den Computer reparieren soll. Den hatte sie ganz vergessen.

Er ist groß, bildschön, dunkelblondes Haar hängt ihm in die Stirn, er schaut überrascht, fast perplex. Lange blicken sie einander an, ohne zu reden.

Er entschuldigt sich für die Verspätung, er hat im Stau gestanden und konnte keinen Parkplatz finden. Er hat einen starken ausländischen Akzent. Dann schaut er sich aufmerksam um, als wollte er sich jedes Detail der Wohnung einprägen.

Als er seine Tasche auf das Sofa stellt, das voller Papier und Verpackungsmaterial liegt, rutscht ein Buch heraus und fällt zu Boden: *The Complete Poems of Emily Dickinson*. Barbara und er bücken sich zugleich, um es aufzuheben, sie ist die erste und reicht es ihm. Verlegen bedankt er sich.

Dann setzt er sich an die Tastatur.

Verträumt läßt sich Barbara in den einzigen freien Sessel fallen und betrachtet ihn. Ein Mann, der Emily Dickinson liest... Sein üppiges Haar ist im Nacken gelockt. Wie würde sie ihn beschreiben, wenn er eine Figur in einer Erzählung wäre? Ein kräftiger Nacken, freundlich und harmlos...

Sie sitzt im Sessel, gekleidet in ihr Hochzeitskostüm. Er beugt sich über die Tastatur, vor dem flackernden Monitor, wie ein Pilot, der sie weit weg, zu einem unbekannten Ziel fliegt. Sie lehnt sich entspannt zurück, vollkommen reglos.

Die vertrauten Geräusche des Hauses – das Knacken eines Balkens, das ferne Schlagen der Aufzugtür, ein Tropfen aus dem Wasserhahn in der Küche – lassen sie zusammenzucken. Ringsum herrscht tiefe Stille. Als sie aus dem Oberlicht schaut, wirkt der dunkle, winterliche Abendhimmel anders als sonst, sie stellt sich vor, wie hinter den Wolken still die Sterne ziehen. Dann schaut sie wieder auf den blonden Nacken des Piloten.

Unvermittelt dreht der sich um und erwidert ihren Blick.

Barbara kennt sich zu gut in Liebeswundern aus, um zu übersehen, wenn sich eines ereignet. Dieser Blick ist ein köstlicher Moment, in dem von Augenpaar zu Augenpaar umfassendes Wissen übereinander ausgetauscht wird. Die Lebenserfahrung meint, das kann es nicht geben, aber was hat die bei einem Wunder zu suchen?

Dann wendet er sich langsam wieder seiner Arbeit zu.

»Was fehlt meinem Computer?«

»Er ist abgestürzt. Ich fürchte, die Festplatte ist ernstlich beschädigt.«

»Soll das heißen, alles ist weg?«

»Wahrscheinlich. Ist es sehr wichtig?«

»Wahnsinnig wichtig. Vernachlässigt, aber wahnsinnig wichtig. Ein Teil meines Lebens.«

»Das tut mir sehr leid.«

Emanuele hätte sie mit Vorwürfen überhäuft, zu Recht: Bleib mir weg mit dem Gerede von Freiheit und Autonomie, wenn du nicht mal daran denkst, eine Sicherheitskopie auf Diskette zu ziehen, das würde er sagen. Dich darf man eben nicht aus den Augen lassen.

»Es gibt noch eine Chance, es zu retten, aber dazu müßte ich den Computer mitnehmen.«

»Nehmen Sie ihn mit, wohin Sie wollen. Ich vertraue ihn Ihnen an. Ich bin völlig in Ihrer Hand.«

Auf der Schwelle, von dem großen Karton halb verdeckt, hält er einen Moment lang inne. »Ich kümmere mich am Wochenende darum. Montag fahre ich nach Toronto, ich will Weihnachten bei meiner Familie und meinen Freunden sein. Seit zwei Jahren war ich nicht mehr zu Hause.«

»Oh«, seufzt Barbara sacht. »Frohes Fest also.«

»Ihnen auch.« Er streckt ihr unbeholfen die Hand unter dem schwankenden Karton hin. Sie lächeln einander zu.

Wieder allein, beginnt Barbara, auf- und abzugehen. Erneut läßt sie sich in den Sessel fallen, wo sie sich einem Gefühl der Dankbarkeit für das Leben überläßt.

Sie sagt sich, wo sie schon so viele Männer hatte, braucht sie diese Konsumhaltung gegenüber der Liebe einfach nicht mehr. Sie ist gereift, kann wie ein erfahrener Sommelier einen großen Wein an seinem Bouquet erkennen, nicht mehr nötig, das Glas an die Lippen zu führen.

Ein paar Minuten lang verharrt sie in dieser süßen, unbestimmt leuchtenden Empfindung. Dann wählt sie ohne weiteres Nachdenken Emanueles Nummer. Die Haushälterin nimmt ab.

»Guten Abend, Adele, wie geht's? Ich weiß, Signor Emanuele ist noch nicht zu Hause, könnten Sie ihm etwas ausrichten? Ich fühle mich nicht recht wohl, vielleicht ist eine Grippe im Anzug, ich kann nicht mit ins Restaurant kommen. Sagen Sie ihm bitte, daß ich heute nacht lieber bei mir zu Hause schlafe, ich will ihn nicht anstecken. Er braucht nicht zurückzurufen, ich gehe sofort ins Bett.«

Wie gut, daß sie ihre liebe alte Wohnung noch nicht gekündigt hat! Wie konnte sie sich bloß vorstellen, jede Nacht, die der Liebe Gott werden läßt, neben Emanuele einzuschlafen, nie allein, um aus dem Fenster zu schauen, Gedichte zu lesen?

Sie sucht ihr altes, zerlesenes Exemplar der Gedichte von Emily Dickinson, wahrscheinlich ist es hinter das Regal gerutscht, da klingelt es wieder.

Er ist es. Heftig atmend, offensichtlich ist er die Treppe hochgerannt, wollte nicht auf den Fahrstuhl warten. Mit einem Akzent, dem man seine Herkunft noch deutlicher anmerkt als vorhin, sagt er: »Entschuldigung, ich glaube, ich habe meine Brille vergessen.«

»Bitte, kommen Sie herein«, sagt sie, als erwachte sie aus einem langen Schlaf.

Er schaut sich wieder um, sucht auf dem Teppichboden, unter dem Schreibtisch. Barbara hofft, daß er den Staub der letzten Wochen, der sich dort ballt, nicht bemerkt.

»Aber Sie hatten gar keine Brille!« fällt ihr plötzlich ein.

»Nein«, sagt er unbefangen, einen Anflug von Röte auf seinen schönen Sportlerwangen. »Habe ich noch nie gehabt.«

Barbara weiß, jetzt müßte sie loslachen, seinen Versuch dankbar und anmutig zurückweisen, doch dafür ist es zu spät, die Situation ist über jede soziale Konvention hinaus, sogar über die Riten der Werbung. Sie lächelt unmerklich, ihre Augen sind vor Rührung feucht.

Sie umarmen sich, als wären sie lange getrennt gewesen.

»Ich heiße Hugh«, flüstert er, bevor er sie küßt.

❧

Anders als seine Mutter annimmt, ist Alberico nicht mehr Jungfrau.

Mit zwanzig hat er die Abwesenheit Alinas, die Clelia zu einem Genfer Spezialisten begleitete, genutzt, um für zwei Tage bei einem Kommilitonen zu wohnen.

Alina will ihn nicht mit seinem Vater alleinlassen, einer völlig ungeeigneten Gesellschaft für einen Jungen dieses Alters, und so hat sie ihm erlaubt, zu Signora Conte zu gehen, nicht ohne diese zu ermahnen, ihm nichts als Wasserreis und gekochte Hühnerbrust vorzusetzen, ungewohnte Nahrung könnte ihm schaden, wo er doch so empfindlich und an klinische Sauberkeit bei Tisch gewöhnt ist.

Abends nimmt ihn der Sohn von Signora Conte, Mario, zu einer Bekannten mit, die in der Via Nizza arbeitet.

Alberico erklärt ihm, daß er gegen so etwas ist, davon kann man sich Krankheiten holen, und seine Energie setzt man besser im Studium ein. Aber sein Freund nimmt ihn nicht ernst. Er hat sich in den Kopf gesetzt, Albericos Widerstand zu brechen, und sollte er ihn selber verführen müssen – so sehr wünscht er sich, diesen mageren, bleichen Körper in schwitzige Liebeshändel verstrickt zu sehen. Aber er selber kennt auch Hemmungen, also vertraut er ihn Marlene an, einer Prostituierten mit umfangreicher Erfahrung.

»Fünfzigtausend oder hunderttausend?« fragt diese, ohne den Kaugummi aus dem Mund zu nehmen.

»W… was ist der Un… Unterschied?« Alberico blickt sich hilfesuchend um. Unter den Arkaden herrscht reges Treiben, und alle scheinen mehr von der Sache zu verstehen als er, sogar der behinderte Losverkäufer. Mit blitzartiger Eingebung wird Alberico bewußt, daß all diese Frauen, die langsam einherspazieren oder mit den Verkäufern von Juventus-

Abzeichen und Pornos schwatzen, Kolleginnen von Marlene sind.

»Schon gut«, sagt sie und muß ihn fast mit eigenen Händen in das Zimmer im ersten Stock der Pension hochtragen, wo die Polizei so gut wie täglich Razzien veranstaltet.

Während der Sitzung kaut Marlene weiter. Sie macht eine Diät und ist der Ansicht, Kaugummi zügelt den Appetit.

Alberico weiß nicht, daß Mario hinter der Tür steht und versucht, durch das Schlüsselloch soviel zu hören und zu sehen wie möglich. Aber Marlene weiß es genau, und als sie wieder aus dem Zimmer kommt, verlangt sie von Mario einen Aufpreis für das Schauspiel. Alberico rückt seine Brille zurecht und schaut zu Boden. Marlene sagt, bevor sie mit Mario wieder hineingeht, will sie eine Pizza. Mario wirft Alberico einen anerkennenden Blick zu, denn der hat diesen wenn auch strikt auf den Magen begrenzten Appetitschub bei Marlene ausgelöst.

Sie gehen in einen der zahlreichen Pizza-Imbisse in Bahnhofsnähe und setzen sich an den Tresen. Marlene und Mario schlagen die Zähne in die fetttriefenden Stücke, etwas Paprika verklemmt sich in Marlenes Gebiß, Alberico behauptet, keinen Hunger zu haben, und versucht, den komplizenhaften Ellbogenstößen seines Freundes auszuweichen.

Dann wartet er seinerseits in einem düster-dumpfen Flur auf einem wackeligen grünen Plastiksesselchen. Er tröstet sich über die umgebende Ödnis hinweg, indem er beim Licht einer Vierzig-Watt-Funzel in einer Frauenzeitschrift blättert. Als die beiden aus Marlenes Zimmer kommen, ist er gerade in einen Artikel über gesättigte Fettsäuren vertieft und beglückwünscht sich selber, daß er keine Pizza gegessen hat.

Auf dem Heimweg bemerkt Mario – neckend? zerstreut? –, Marlene könnte Albericos Mutter sein. Alberico wird glühend rot und entgegnet, wenn überhaupt, dann Marios Mutter. Du verstehst aber auch gar nichts, sagt der, ich meine vom Alter her. Arschloch, sagt Alberico zum ersten und letzten Mal in seinem Leben.

In der Woche darauf ruft Mario an und fragt ihn in anzüglichem Tonfall, ob er ins Kino mitkommen möchte. Alberico antwortet, er habe keine Zeit, er müsse lernen.

Wenn er ihn zufällig in den Gängen der Universität trifft, grüßt er ihn mit einem eisigen Nicken.

Der Zwischenfall scheint keine Spur bei Alberico hinterlassen zu haben, abgesehen davon, daß er fortan sehr mit gesättigten Fettsäuren aufpaßt und sich bald gründlich im Krankenhaus durchchecken läßt, zum zweiten Mal in diesem Jahr, vorgeblich wegen anhaltender Schwäche. Insgeheim jedoch versetzt er sich immer wieder in die Erlebnisse und Gefühle zurück, bei denen Verlegenheit vorherrscht, und spürt in diesem Wirrwarr ein Körnchen Genuß auf, an dem er geduldig herumnagt.

Wie alle jungen Leute seines Alters hat auch er den eigenen Körper entdeckt. Freilich ist es nicht leicht, derlei Entdeckungen zu machen, mit einer Mama, der die Sitte, vor dem Betreten anzuklopfen, unbekannt ist. Nicht einmal nachts hat er Ruhe: Alina ist schlaflos, das Dunkel ist mit schlagenden Türen durchsetzt, mit an- und ausgehenden Lampen, frühmorgendlichen Überfällen, Sirupflasche und Löffel in der Hand.

Effektiver noch als die unablässige Überwachung ist aber das Bewußtsein, das seine Mutter ihm schon mit der Muttermilch eingetrichtert hat, daß er ökonomisch mit seinen Energien umgehen, übermäßige Anstrengungen vermeiden muß, sich mit nichts Nutzlosem aufhalten darf, mit nichts, das der Gesundheit abträglich sein könnte, mit nichts außer Studium und Familie (das sind sie beide, Mutter und Sohn, das perfekte Duo).

Daher sind die manuellen Erkundungen auf dem Gebiet des Geschlechtsgenusses für Alberico eine äußerst aufwendige Sache, nur im Notfall zugelassen, wenn er zum Beispiel nicht einschlafen kann, oder bei Prüfungsangst, denn dann wird es eine nützliche Handlung, durch ihren Zweck geadelt, da sie seine Karriere stützt und zu Wohlbefinden und häuslichem Frieden beiträgt.

In der Post-Marlene-Zeit tauchen bisweilen Bilder von der weiblichen Anatomie vor seinem inneren Auge auf. Doch erst die Begegnung mit Fernanda vor einigen Jahren hat sein Sexualleben wirklich erschüttert.

Gleich von Anfang an ist Fernanda ihm im Traum erschienen.

Nackt oder halbnackt kommt sie auf ihn zu. Ihr Körper ist gedrungen, kindlich, zart, die Haut ist von der Unberührtheit eines nie getragenen Kleidungsstücks, die Falten in Ellenbeugen und Kniekehlen wirken wie aus Gaze. Ihr mißtrauisches, verstocktes Kleinmädchengesicht öffnet sich ihm mit erwartungs- und hingebungsvollem Lächeln.

Sie wandeln durch einen Garten Eden, der an den Garten der Ferrantes, ihrer Nachbarn, erinnert, mit denen die Bianchis beständig im Clinch liegen, wegen der Grenzübertritte von Hunden, Katzen und Kindern. Sie tauchen in Becken voll kristallklaren Wassers. Sie wälzen sich miteinander zwischen Laken, die so zart sind wie das feine Häutchen an einem gekochten Ei.

Der Traum ist wunderbar, mitreißend. Manchmal explodiert er unvermittelt zu einem überwältigenden Hochgefühl, das deutliche Spuren auf den Laken hinterläßt.

Anfangs macht Alberico sich Sorgen. Er ist daran gewöhnt, seinen Körper als empfindliches Wechselspiel der Regeln zu betrachten, das eine – gemessen am kläglichen Ergebnis – übertriebene Sorgfalt erfordert und dem man vor allem keine sinnlosen Anstrengungen abverlangen darf. Gewissenhaft schlägt er in verschiedenen medizinischen Werken nach. Mit leichter Beschämung und großer Erleichterung stellt er fest, daß er normal ist.

Er betrachtet sich als so gut wie mit Fernanda verlobt. Nicht ausgeschlossen, daß sie eines Tages heiraten, vielleicht wenn seine Großmutter tot ist.

Fernanda weiß indessen von nichts, wie auch.

Jetzt wird Alberico also von zwei Ängsten geplagt: zunächst, daß er an Fernandas peinlicher Kündigung teilgenommen und sie unwiderruflich verloren hat. Nachts vor dem Einschlafen versucht er, seine Phantasie anzufeuern und Fernanda zum Erscheinen bei ihrer Verabredung zu bewegen. Aber sie kommt nicht mehr.

Seine zweite Pein entspringt jenem Wort, Psychopath. Er ist so gut wie sicher, daß sie es zufällig ausgesprochen hat, ohne die wirkliche Bedeutung zu kennen, dennoch quält es ihn. Er spürt, daß es irgendwas mit seinem Verhältnis zu Alina zu tun hat, damit, wie andere sie beide sehen.

Er wird noch verzagter, mißtrauischer. Sein Horror vor Dreck und Infektionen nimmt zu und mit ihm die hygienischen Maßnahmen. Er wird seiner Mutter gegenüber noch zuvorkommender.

Innerlich jedoch, fast ohne es sich selber einzugestehen, verübelt er es ihr, daß sie ihm Fernanda weggenommen hat. Steigt die nervöse Spannung auf den Höhepunkt, so daß er vom Studiertisch aufsteht und in die Küche geht, um sich einen entspannenden Kräutertee aufzugießen, dämmert ihm sogar der Gedanke, seine Mutter könnte Fernanda entlassen haben, weil sie seine verbotenen Träume kennt oder ahnt. Er ist sowieso seit frühester Kindheit überzeugt, daß Alina seine Gedanken lesen kann. Diese Allwissenheit treibt ihn um: Er fühlt sich durch sie zugleich geborgen, unterdrückt und beunruhigt.

❧

Die Nachricht, daß Barbara heiraten wird, hat Armando um zwanzig Jahre altern lassen. Er fühlt sich hinfällig und haßt alle Frauen, inklusive Ada, die ihn über das drohende Verhängnis nicht informiert hat. Nur die Alten wie Mariuccia und Angela nimmt er aus. Die beneidet er fast. Er wäre gern jenseits aller Sehnsüchte und Leidenschaften, wie sie; könnte er sich doch auch einfach auf die Bank neben dem Kamin setzen und Tabak schnupfend über Beerdigungen reden, wie seine Großmutter es tat.

Er raucht ununterbrochen, rasiert sich nicht, trinkt Kaffee, Whisky und Bier, kauft sich belegte Brötchen, führt Selbstgespräche. Ins Büro schickt er eine weitere Krankschreibung, aus der hervorgeht, daß er unter schwerer psycho-physischer Erschöpfung leidet. Die meiste Zeit verbringt er in seinem Schuppen und baut fieberhaft aus den verschiedensten Materialien Kunstwerke zusammen, die er dann ebenso fieberhaft wieder zerstört. Als einzige Heizung steht ein kleines Kerosinöfchen in dem Atelier, und er wärmt sich mit langen Zügen aus der Flasche, die er immer zur Hand hat; dabei gestikuliert er herum und tigert auf und ab.

Von der Außenwelt sieht und hört er nichts. Manchmal bleibt er stehen, um eine geschlagene Viertelstunde lang auf das Fenster im zweiten Stock zu starren, hinter dem das Mädchen steht und ihn schläfrig ansieht. Doch ihr Geist ist anderswo, nimmt ihn nicht wahr.

Er ist verzweifelt. Vierzig Jahre alt, ein jämmerlicher Job, als Wohnung ein Pensionszimmer. Kein echter Freund, keine Frau. Ein gescheiterter Bildhauer. Das Wort wiederholt er sich: gescheitert. Er kostet es lange aus, dann öffnet er die Tür des Schuppens und spuckt in den Hof. Das hat er noch nie getan, und es verschafft ihm eine gewisse Befriedigung.

Gern würde er sich Mariuccia anvertrauen, ihr den Kopf in den Schoß legen und weinen. Aber er will nicht in die Via della Misericordia gehen. Er denkt an seine Mutter, die gestorben ist, als er ein Kind war. Er denkt an seinen Vater und verflucht ihn. Der alte egoistische Gockel wohnt in einem kleinen Haus im Monferrato, er zieht Hühner, hat eine dreißigjährige Freundin und malt Landschaften, die er im Fremdenverkehrsamt ausstellt und an örtliche Liebhaber verkauft. Sowohl als Künstler wie auch als Mensch hat er viel mehr Erfolg als Armando, keine Frage.

Eines Tages beim Schlangestehen im Supermarkt gerät Armando mit einer Frau im Pelz aneinander und beschimpft sie vor aller Augen. Wieder auf der Straße, knirscht er mit den Zähnen in der kalten Luft und fühlt sich frei, wie ein einsamer Wolf. In der Pension erwartet ihn eine Mitteilung des Kontrollarztes, der festgestellt hat, daß er während der Krankschreibung die häusliche Wohnung verlassen hat, weswegen ihm bis auf weiteres das Krankengeld gestrichen werde. Er zerreißt den Zettel und wirft ihn aus dem Fenster, schaut den Schnipseln nach, die auf die vorüberfahrenden Autos hinunterwirbeln, dann läuft er zu einem befreundeten Neurologen und läßt sich ein weiteres Attest ausstellen.

Stundenlang zieht er mit grimmigem Vergnügen über die hiesigen Bildhauer- und Künstlerkollegen her, vor allem die

-innen. Pharisäer, Prostituierte, Dünnbrettbohrer; rettungslose Provinzler voller Vorurteile; aufgeblasene Knauser und Arschkriecher. Die Frauen sind für ihn allesamt sentimentale Gänse, die sich von einem Mann durchfüttern lassen und/oder sich durch die Kritikerbetten nach oben schlafen. Ein Glück, er gehört nicht zu dieser verkommenen Gesellschaft.

Mitten bei einer dieser einsamen Tiraden öffnet sich die Tür vom Vorderhaus zum Hinterhof. In Pantoffeln und ohne Mantel erscheint die junge Frau vom zweiten Stock.

Fernanda bringt eine Plastiktüte zur Mülltonne. Sie trägt ein graues Wollkleidchen, dessen Saum unten aufgegangen ist und schlabbert. Auf der Wange hat sie einen roten Streifen von dem Kissen, auf dem sie eingeschlafen ist, nachdem sie ihr Mittagessen aus einer Packung Kekse und einer Apfelsine gegessen hat.

Die Tonne steht direkt am Schuppen. Sie sind einander sehr nah, blicken sich durch die schmierige Scheibe hindurch an. Dann dreht sie sich langsam, wie in Trance, zum Gehen.

Aus einer plötzlichen Regung verfolgt er sie, als gehorchte er einem Befehl.

Auf dem Treppenabsatz oben dreht sie sich um und wartet auf ihn. Sie scheint unsicher, was sie tun soll, aber dann tritt sie beiseite und läßt ihn ein.

Ihn fasziniert ihr abwesender Blick.

Schweigend geht er durch die Wohnung, inspiziert sie wie ein potentieller Kaufinteressent. Es ist warm, die Heizung läuft. Armando zieht die gefütterte Jacke aus und wirft sie auf den Boden. Woanders könnte er sie auch nicht ablegen.

In der Küche nimmt er eine Orange vom Tisch, läßt sie einige Male in der Hand hüpfen, dann schält er sie. Am Boden sieht er einen Stapel Bücher mit grellbunten Einbänden und zwei prallvolle Tüten: Sie enthalten bereits gelesene Bände, die Fernanda zum Kiosk zurückbringen will, dessen Inhaber sie ihr zum halben Preis wieder abkauft.

»Warum machen Sie all Ihre Plastiken wieder kaputt?« fragt Fernanda.

Armando lächelt schief: »Weil ich ein wahrer Künstler bin«, sagt er, »oder ein wahrer Idiot. Such dir was aus.«

Fernanda scheint die Alternativen zu erwägen.

»Und du, was machst du hier drin ganz allein?«

»Nichts.« Fernanda zuckt mit den Achseln und tritt einen Schritt zurück, von ihm weg, schaut ihn aber weiter unverwandt an.

Armando verspürt ein wirres Vergnügen bei der Feststellung, daß sie unsicher ist, verängstigt. Sie hat einen Unbekannten in die Wohnung gelassen, und jetzt weiß sie nicht, was passieren wird.

Schön kann man sie ja nicht nennen, aber jung ist sie, frisch, wirkt wehrlos, unwissend und herausfordernd zugleich. Eine Art schlampiger, häuslicher Reiz geht von ihr aus, der ihm Lust macht, sie hier auszuziehen, in der unmöblierten Küche ohne Vorhänge, ihr in die geröteten Wangen zu beißen.

Er fühlt sich wie Marlon Brando in *Der letzte Tango von Paris*. Ein leeres Haus, ein Mann ohne Illusionen, eine junge, scheue Frau. Sie ist zwar nicht ganz Maria Schneider, aber was soll's.

Auch Fernanda mustert ihn. Sie kennt ihn mittlerweile auswendig, hat ihn stundenlang beobachtet. Sie hat ausgezeichnete Augen, deutlich über Durchschnitt, und ihr Badezimmerfenster ist nicht so weit vom Atelier entfernt. Sie hat seine Bewegungen studiert, hat ihn im Geiste gewaschen, rasiert und gekämmt und ihn sich nacheinander in einer ganzen Reihe männlicher Hauptrollen aus der Romanserie *Scharlachrote Strumpfbänder* vorgestellt. Nicht in allen freilich: Einige hat sie für den Dunkelhaarigen aus der Wohnung auf der anderen Straßenseite reserviert. Der ist ihr von beiden nach wie vor der liebere, aber sie macht sich keine Illusionen. Ein Mädchen darf nicht ewig warten, besser, sie nimmt den Spatz in der Hand.

Aus der Nähe gesehen, ist er gar nicht so übel. Genau der Richtige für eine bohèmehafte Liebesgeschichte zwischen Maler und Modell am Montparnasse. Wer weiß, vielleicht fragt er, ob sie ihm Modell stehen möchte?

Ihre Phantasien sind also gar nicht so weit voneinander entfernt, zumindest landen sie beide in derselben Stadt, Paris.

Fernanda beißt sich auf die Lippe. Langsam beschleicht sie

ein Gefühl, wie eine dunkle, warme Woge kommt es über sie. Ihr Vater hat schon immer gesagt, daß sie ein stilles Wasser ist, und jetzt spürt sie, wie es schwillt, dieses Wasser, etwas Schweiß tritt ihr auf die Stirn, in ihren Händen wird es feucht, zwischen ihren Beinen ebenso. Sie wischt sich die Hände am Rock ab, den sie dabei zwei Fingerbreit über das Knie hinaufzieht.

»Willst du was trinken?« fragt sie ihn. Fast ohne zu schwanken, öffnet sie einen Wandschrank und entnimmt ihm eine Flasche Whisky, noch ungeöffnet, und zwei Plastikgläser.

Eine halbe Stunde darauf wälzen sie sich engumschlungen auf dem knirschenden Wohnzimmerparkett, auf Armandos altem Burberry, der nach Rauch, Lack und Kerosin stinkt. Er quetscht sie auf das Holz, sie strampelt, um es sich bequemer zu machen, er quetscht sie noch schlimmer, ganz dominantes Männchen. Nach langem Gezappel gelingt es ihr, den Knopf unter ihrer Wirbelsäule beiseitezudrücken; sie läßt einen Seufzer fahren und liegt passiv in Wartestellung da. Er küßt sie und zieht sie währenddessen aus. Sie wendet sich von dem Nikotingeruch ab, dreht das Gesicht weg und drückt es in das Fellfutter. Noch schlimmer. Sie beschließt, sich küssen zu lassen.

Zwei Stunden darauf erwacht er aus kurzem Schlaf. Er schaut direkt in ihre aufgerissenen, wachsamen Augen. Beide kleben vor Schweiß und haben kalte Füße. Ihr ist ein Arm eingeschlafen.

»Ich muß gehen«, sagt sie zu ihm. »Es ist spät.«

»Morgen bist du wieder hier«, sagt er in dem Versuch, diesen Satz – er ist eine Frage – wie eine Feststellung klingen zu lassen.

»Ja«, antwortet Fernanda zögernd. »Aber du mußt dich rasieren. Ich bin ganz zerkratzt.«

Während sie sich anzieht, packt ihn kurz Panik. Er spürt, daß sie weit weg ist, nicht an ihn denkt. Das stimmt: Fernanda feilt mit peinlicher Genauigkeit daran, wie sie Giuseppe erklären will, woher die deutliche Schramme an ihrem Kinn stammt.

Sie läßt ihn vorgehen, will nicht mit ihm gemeinsam auf der Treppe gesehen werden, die Leute sind so klatschsüchtig.

Armando irrt lange umher, benommen. Ohne zu wissen wie, gelangt er vor ein Geschäft, das eben schließen will, er kann gerade noch hineinschlüpfen, um eine Packung Rasierklingen zu kaufen.

❧

»Du rätst nie, was mir passiert ist«, sagt Barbara, die wie ein warmer Windstoß in das Geschäft gestürmt ist.

Sie sieht blendend aus, ihre Haut strahlt Licht und Wärme aus, als hätte sie in karibischer Sonne gelegen und käme nicht aus dem feuchten Winternebel.

Sie beginnt zu erzählen. Wenn sie einmal innehalten muß, wartet sie voller Spannung, vibrierend, fast, als schwebe sie über dem Boden. Wer hereinkommt, schaut sie bewundernd oder mit verblüfftem Schrecken an. Eine Schauspielerin? Ein Fotomodell? Ein Fernsehstar? fragt sich, wer in den Zauberkreis aus Erregung und Vitalität tritt, der sie umgibt.

Barbara in Hochform verwandelt den Gemischtwarenladen in der Via della Misericordia in ein Hollywood-Studio. Die Kunden bleiben in respektvoller Distanz, sie fürchten und hoffen, in das Visier der unsichtbaren Filmkameras zu geraten. Ada tut, was sie kann, um sie geschwind zu bedienen. Was für ein Unterschied, denkt sie, zwischen ihr dort und den makellos anonymen Turiner Damen, die sich so anziehen, daß sie um Himmels willen nicht auffallen, ein Ideechen understatement, um Taschendiebe fernzuhalten und Bettlern von vornherein klarzumachen, daß es nichts zu holen gibt! Barbara bricht aus diesem Schema aus, sie trippelt nicht drei Schritte hinter ihrem eigenen gesellschaftlichen Ich her wie eine brave muslimische Frau unter ihrem Tschador hinter dem Gatten, sondern sie schreitet ihm voraus, frohgemut und ungeniert.

Rosi verschwindet im Hinterzimmer und kommt wieder heraus, elektrisiert und voller Mißbilligung. Sie findet Barbara vulgär und ihr Verhalten skandalös: Ihre Röcke sind zu kurz, ihre Ausschnitte zu offenherzig, sogar wenn das Thermometer unter Null fällt, sie trägt ein knallenges Mäntelchen, das ihre

Wespentaille betont, und schwarze Plastikschuhchen, die bis über die Knöchel geschnürt werden. Rosi weiß nicht, daß die in New York der letzte Schrei sind, und selbst wenn, ihr Urteil fiele kein Jota anders aus.

»Wenn ich mir vorstelle, was alles für Zufälle nötig waren, damit wir uns begegnen! Hughs Geschichte ist ja so was von unglaublich! Er ist in der halben Welt herumgekommen und hat alle möglichen Jobs gehabt. Erst hat er in Chicago im Sinfonieorchester gespielt, dann in London in der U-Bahn, danach hat er aus Tibet Hüte nach New York exportiert und von da Bagel-Back-Maschinen nach Mailand. Ich kann noch kaum glauben, daß er ausgerechnet hier gelandet ist, und das jetzt! Letztes Jahr in Rangoon hat er sich nämlich in eine Turinerin verliebt, aber dann haben sie sich wieder getrennt. Jetzt will er vielleicht nach Berlin gehen, da hat er ein paar Freunde. Das wäre wunderbar, dann wüßte ich, wo ich in Deutschland mal hinfahren könnte, es ist so wichtig für eine Übersetzerin, mit ihren Sprachen in Kontakt zu bleiben!«

Eins ist sicher, denkt Ada, von diesem Begeisterungssturm überwältigt: Weiter als Barbara kann man nicht von der idealen Ehefrau entfernt sein.

Rosi ist entsetzt und fasziniert. Barbara erlangt in ihren Augen das Format einer mythischen Sünderin, verantwortlich dafür, daß die Menschheit aus dem Urzustand ehelicher Glückseligkeit herausgefallen ist. In einer kurzen Phantasie, die ihr reiche sadistische Genugtuung bereitet, denkt sie sich in die Rolle der Richterin über Eva hinein. Gott war zu mitleidig, denkt sie. Er hätte sie, auf frischer Tat ertappt, mit dem Blitz erschlagen sollen, statt sie bloß zusammen mit dem armen Adam aus dem Garten Eden zu vertreiben. Eine Welt ohne Frauen wäre einfach eine bessere Welt, sagt sie sich, während sie wutentbrannt eine Reihe Konservendosen abstaubt.

❧

»Denkst du, es ist meine Schuld?« fragt Ada.
»Wo denkst du hin! Du hast nichts damit zu tun, ebensowenig wie dieses Weiblein mit seiner weißen Magie. Eine Verkettung von Zufällen, das ist alles«, antwortet Isabelle im Brustton der Überzeugung.

»Ich bin mir da nicht so sicher. Ich habe von Magie keine Ahnung, aber ich glaube, daß Gedanken einen gewissen Einfluß haben. Wie oft habe ich schon an jemanden gedacht, den ich lange nicht gesehen habe, und siehe da, schon kommt dieser Jemand herein, und wenn er mir erzählt, was er erlebt hat, dann kommt es mir so vor, als hätte ich genau das erwartet…«

»Ich weiß, aber das hat mit Magie oder paranormalen Phänomenen nichts zu tun. Du bist einfach sehr einfühlsam, spürst die geringsten Details und analysierst sie, ohne das zu bemerken. Was man so schön weibliche Intuition nennt, ist nichts anderes als eine Präzisionsarbeit, deren Mechanismen so was von raffiniert und schnell arbeiten, daß es wirkt wie Magie. Deswegen müssen die Männer das auch leugnen: Verglichen mit der Intuition einer intelligenten Frau steht jeder Mann da wie ein Höhlenmensch vor einem Computer, und da reagiert er auf typisch männliche Weise, er haut mit der Keule drauf.«

»Du hast wohl kürzlich deinen Mann getroffen?«

»Woher weißt du das? Stimmt, Pierre hat gestern seine Tochter abgeholt. Ich erzähl's dir nachher. Erstmal will ich, daß du dich wegen dieser Barbara-Geschichte beruhigst. Glaub mir, das ist Zufall. Erst war da ein Gewitter und hat die Kuppel von San Pancrazio beschädigt; und jetzt hat Barbara einen Mann kennengelernt, der ihr gefällt. Zwei absolut banale Umstände, die können jeden Tag passieren.«

»Bist du wirklich sicher?«

»Aber völlig. Trotzdem, wenn ich nach Turin komme, möchte ich diese Angela mal kennenlernen. Glaubst du, sie übernimmt auch Verbrechen?«

Angela hat sich in der Via della Misericordia nicht mehr blicken lassen. In der letzten Zeit hat sie ganz anderes zu bedenken gehabt. Eine gemeinsame Inspektion von Steuerfahndung und Sozialversicherung – gegen Steuer-und Beitragshinterziehung in Hotels, Pensionen und Gastwirtschaften – hat ihr für ein paar Tage gründlich den Appetit verdorben.

Es war ein Dienstagvormittag gegen elf. Aus einer Art Vorahnung (dank der Madonna Consolata, ganz sicher) hat Angela eben beschlossen, Gnocchi mit Hackfleischsoße zum Abendessen zu machen, und daher Teresina, die ihr die Zimmer macht (schwarz natürlich), Kartoffeln kaufen geschickt.

Als sie sie durch den Türspion sieht – zwei Männer in Zivil mit typischen Behördengesichtern und Akten unter dem Arm –, wird sie blaß und läuft schnell, die Kerze vor dem kleinen Hausaltar auf dem Fernseher anzünden. Betrübt fragt ihr Blick die Jungfrau, ob die sich letzthin vernachlässigt gefühlt hat? Sie verspricht ihr ein halbes Jahr lang frische Blumen.

Als Teresina zurückkommt, wird sie auf der Türschwelle abgefangen und barsch nach Hause geschickt. Während die Inspektoren es sich im Wohnzimmer einrichten und einen alten Ordner voller Zeitungsausschnitte, Rezepte und Heiligenbildchen durchzublättern beginnen, stopft Angela hastig ein Bündel Quittungen und Papiere in den Küchenherd, darunter den Zettel mit Barbaras Namen.

Sie vergißt sie. Von nun an wird Barbara sich selber durchschlagen müssen.

❧

Mariuccia sucht eine Unterkunft. Trotz Adas Protesten und guten Absichten weiß sie, daß sie nicht bei ihrer Tochter bleiben kann: Die ist zu empfindlich, ganz der Vater. Und je mehr sie ihr das klarmacht, desto schlimmer wird es.

Altersheime sind für sie der Vorhof zum Grab. In der Stadt alleine zu leben, macht ihr Angst, was sie allerdings niemals zugeben würde.

Aber sie verliert nicht den Mut. Sie erfährt – im Geschäft

hört man ja so allerlei –, daß Clelia Albericis Pflegerin und Mädchen für alles gekündigt worden ist, und beschließt, sich als Gesellschaftsdame anzuerbieten. Das paßt doch fabelhaft: Wer könnte eine Alte besser ertragen als eine andere Alte? fragt sie sich, als sie sich die Korallenbrosche ans Revers heftet, die sie zur Konfirmation bekommen hat. Ohne ihrer Tochter etwas davon zu sagen – Ada wird immer gleich nervös, wenn sie etwas unternimmt, als wäre sie ein hirnloses kleines Mädchen, das nicht auf sich aufpassen kann –, geht sie Signora Alberici besuchen.

Clelia ist voll in Fahrt. Nach dem tragischen Zwischenfall mit Fernanda hat sie ihren Adoptivsohn Fabio an ihr Krankenlager gerufen und sich einen ausgiebigen, verdienten, anrührenden Zusammenbruch gegönnt. Fabio hat in dieser Nacht bei ihr geschlafen, im Gästezimmer, mit offener Tür, damit ihm auch keine ihrer kostbaren Klagen oder Seufzer entgeht, bereit, beim ersten leisen Ruf an ihr Bett zu eilen.

Fabio verbringt den größten Teil der Nacht mit Berechnungen, Plänen und Hoffnungen. Er fühlt: Seine Zeit ist gekommen.

Fabio ist ehrgeizig, und anders als sein Vater vor ihm hat er sich nicht mit dem Verwalterhäuschen am Rande des großen Gutes von Moncalvo zufriedengegeben. Es ist ihm nicht schwergefallen, Clelia begreiflich zu machen, daß das große Herrenhaus nicht leerstehen und verfallen sollte, und so ist er mit ihrer Zustimmung in den Flügel eingezogen, der zu den Ställen– jetzt zur Garage umgebaut – liegt. Natürlich zahlt er keine Miete, und die Heizung wird mit allen anderen Unterhaltskosten direkt von Clelia gezahlt.

Bislang hat er sich als Tierarzt bei den Viehzüchtern ganz gut über Wasser gehalten, alle zwei Jahre ein neues Auto gekauft und seinen nichtsnutzigen Sohn aufs Gymnasium geschickt, wo der am Abitur gescheitert ist. Seit einiger Zeit aber tritt er unzufrieden auf der Stelle, sein Dasein als Provinztierarzt kommt ihm isoliert, monoton und seiner nicht mehr würdig vor. Jedesmal, wenn er nach Hause kommt, nachdem er eine Kuh entbunden oder Kälber beim Schlachter untersucht hat, packt ihn beim Anblick der Lindenallee und der überall bröckelnden Jugendstilfassade rasende Wut. Er will sich nicht damit zufriedengeben, daß sie nicht ihm gehört, diese Villa, die er sein Leben lang kennt und auf die er ein Recht zu haben meint.

Die Villa gehört Clelia. Notar Alberici hat sie ihr testamentarisch vermacht, ebenso wie den Großteil seiner Besitzungen. Seine Tochter erhielt eine bis zu ihrer Volljährigkeit festgelegte Summe Geldes, welche dann fast gänzlich in Aktien investiert wurde, die nach zwei Jahren so gut wie wertlos waren.

Die Vorstellung, nach Clelias Tod könnte der Besitz aufgeteilt werden, macht Fabio traurig und wütend. Mit dem Geld, das Clelia ihm hinterlassen wird, würde er Alina vielleicht den Teil abkaufen können, den er jetzt bewohnt, obwohl er wetten könnte, daß die hysterische Kuh, wie er sie privat nennt, das Gebäude lieber kaputtgehen ließe, als es ihm zu verkaufen; aber dann bliebe trotzdem nicht genug Geld übrig, um es in ein zauberhaftes Hotel zu verwandeln, wie es sein Traum ist, mit regionaler Küche, Zimmern in Piemonteser Barock und einem Keller voll großer Weine aus eigener Produktion.

Wenn es einen geeigneten Moment gibt, Clelia davon zu überzeugen, daß sie ihm das ganze Gut überschreibt und dazu mit der Summe versieht, die er braucht, dann jetzt.

Am nächsten Morgen wird er geweckt, als Alina, beladen mit Proviant, in die Wohnung einfallen will, um eine kleine hygienische und heilsame Mahlzeit zuzubereiten, die ihre Mutter wieder zu Kräften bringen soll. In Voraussicht dieser Idee hat Clelia den Schlüssel von innen stecken lassen und weigert sich, ihr aufzumachen. Mit bloßen Füßen und im Pyjama wohnt Fabio einer Szene zwischen Mutter und Tochter bei, deren Heftigkeit ihn mehrfach dazu bringt, dem Himmel Dank zu sagen, daß der ihn als Junge zur Welt hat kommen lassen. Als Alina am Ende geräuschvoll ihren Posten auf dem Treppenabsatz räumt, funkelt in Fabios Augen ein feuchter Schimmer, sieghaft und dankbar.

Noch am selben Morgen läßt Clelia ihren Hausanwalt kommen.

Acht Tage darauf sitzen Clelia, Fabio und dessen achtzehnjähriger reumütiger Luca auf den hohen, unbequemen Renaissance-Stühlen bei Notar Toma, der ihnen einen Verkaufsvertrag verliest, betreffs des Gutes in Moncalvo, bisherige Inhaberin Clelia Alberici – Verkäuferin –, zukünftiger Inhaber Luca Alberici – Käufer –. Luca, auf dessen Namen einige Tage zuvor ein Konto bei der Sparkasse eingerichtet worden ist, ausgestattet mit einem beträchtlichen Sümmchen (seinerseits aus dem Verkauf von Schatzbriefen, die Clelia gehörten), trägt, während er sich an seinen Montblanc klammert und den Vertrag samt Kopien mit großen Schnörkeln unterschreibt, ein blödes, selbstgefälliges Grinsen im Gesicht, das seinem Vater Lust macht, ihm ein paar ordentliche Tritte in den Hintern zu verpassen.

Noch am selben Abend sagt er ihm gründlich Bescheid: »Denk dran, das Haus gehört mir, verstanden? Mir! Daß der Vertrag auf dich lautet, ist eine Formalität, nicht mehr, damit die hysterische Kuh kein Theater macht. Du hast nichts damit zu tun. Und damit du nicht vergißt, wer hier das Sagen hat: Ab sofort ist mein Auto für dich tabu.«

Luca steckt alles ein, mit finsterer Miene, und verkriecht sich in sein Zimmer.

In der Zwischenzeit hat sich Clelia über eine Agentur eine professionelle Pflegerin besorgt, die zwei Tage lang durchgehalten hat, bevor sie kündigte. Ihre Nachfolgerin, eine mittelalterliche Hausgehilfin, geht erst am dritten Tag, nachdem sie eine Woche im voraus kassiert hat. Und so fort. Zum Trost geht Clelia einkaufen: Sie gönnt sich einen Pelz und verbringt die Nachmittage bei Versace und Valentino, wo die Verkäuferinnen sie reizend willkommen heißen, ein Lächeln im Gesicht und Mordlust im Sinn. Sie fühlt sich riesig in Form. Alina ruft jeden Tag an; aber sie haut ihr verbal den Hörer um die Ohren oder tut so, als würde sie sie nicht erkennen. Vorsorglich hat sie das Türschloß auswechseln lassen.

Dann und wann denkt sie an Fernanda, überzeugt, daß die früher oder später wieder auftaucht und alles wieder so wird wie zuvor.

Fernanda in ihrer Wohnung in der Via della Forca denkt dasselbe, wenn sie nicht gerade mit der Entdeckung der

Sexualität beschäftigt ist. Jede von beiden erwartet von der anderen, den ersten Schritt zu machen.

Mitten in diese Situation herein platzt Mariuccia.

Clelia empfängt sie königlich gönnerhaft und läßt sich dazu herab, ihr von sich zu erzählen, auch von ihrer Absicht, Alina nicht einen blanken Heller zu hinterlassen. Unbefangen und euphorisch redet sie von ihrem Tod, als könnte sie noch von der Bahre aus das Schauspiel ihrer enterbten Tochter genießen – wahrscheinlich hat sie genau das vor.

Ihr Anwalt, so fährt sie fort, untersuche gegenwärtig die beste Methode, Fabio auch noch die Wohnung in der Via Garibaldi zu vermachen; beim Schmuck gibt es kein Problem, ihr Sohn habe auch den Schlüssel zum Tresor, und Bargeld, ach Gottchen, das kommt und geht halt so, wer will da schon beweisen, daß etwas dagewesen ist? Sie bemüht sich derweil nach Kräften, es auszugeben.

Mariuccia ist bestürzt.

»Aber das können Sie nicht tun! Kinder sind Kinder, jedes muß der Mutter so lieb sein wie das andere. Ganz gleich, wenn sie nichts als Ärger machen, undankbar sind, egoistisch und böse: Eine Mutter hat Pflichten! Sie wollen sich doch nicht selber ins Unrecht setzen?«

Clelia schaut sie an, leicht irritiert. »Könnten Sie freundlicherweise dem Mädchen Bescheid sagen, daß es den Tee bringt?« fragt sie ruhig und gelassen.

Mariuccia hievt sich mühsam aus ihrem Sessel und begibt sich auf die Suche nach den Dienstbotengemächern.

»Haben Sie daran gedacht«, fragt sie, als der Tee auf einem großen, bemalten Tablett serviert wird, »was die Leute sagen werden? Und erst der arme Notar Alberici, wenn er das erführe?«

»Das Mädchen hat die Milch vergessen«, bemerkt Clelia ärgerlich, »gehen Sie doch bitte und erinnern Sie sie daran!«

»Und sind Sie so sicher«, fährt Mariuccia fort, als sie das randvolle Milchkännchen hereinbalanciert, »daß dieser Sohn, der gar nicht Ihr echter Sohn ist, kein Gauner ist? Wie man so sagt, wenn zwei sich streiten ...«

»Zu heiß!« schreit Clelia, setzt die Teetasse ab und vergießt einen guten Teil des Inhalts auf die Spitzendecke. »Ich hab ihr doch gesagt, die Milch muß kalt sein, nicht heiß! Holen Sie andere!«

»Gehen Sie doch selber! Jetzt soll ich zum dritten Mal aufstehen, dieser Tee wird ja langsam zur Staatsaffäre!«

Clelia starrt sie aus großen Nußaugen an (das Braun vom Star getrübt), voller Unglauben und Gekränktheit. Sie scheint noch kleiner und wehrloser zu werden in ihrem riesigen damastenen Sessel. Sie stößt ein dumpfes Krächzen aus, führt dann ihr Tüchlein zur Schläfe.

»Ich hab so Kopfweh, ich halte es nicht mehr aus!« ächzt sie.

Auf dem Heimweg denkt Mariuccia traurig, daß sie sich vielleicht doch nicht als Gesellschaftsdame eignet.

Die Fußgängerzone ist taghell beleuchtet und von Menschen durchflutet, die in den Geschäften ein- und ausgehen, sich ohne erkennbare Richtung fortbewegen und in Gruppen vor den Schaufenstern stehenbleiben. Wie die Viehherden in der Kindheit, denkt Mariuccia und erinnert sich an das Gebimmel spätnachts, wenn die Tiere auf die Almen getrieben wurden. Doch da war sie jung und beweglich, kannte keine Angst, nicht einmal, wenn sie Orestes Lumpenball aus dem Stiergehege holen mußte. Jetzt hingegen erschreckt sie alles und ist ihr lästig, sogar das Weihnachtsfest mit seinem Rummel.

Dieses Jahr wird Weihnachten anders. Kein Familientreffen, kein sorgsam von ihr zubereitetes Festmahl, keine hitzigen Gespräche über der Schlackwurst mit Linsen, kein Protest wegen zu schwerer Speisen und keine ätzenden Kommentare von Gino über die abwesenden Enkel oder seine anwesenden, schmollenden Kinder.

Mariuccia seufzt. Sie erinnert sich, wie sie das einzige Mal in ihrer Kindheit ein Geschenk zum Fest bekommen hat: Mit zahnlosem Lächeln und vom Wein glänzenden Augen drückt ihre Mutter ihr so, daß die Brüder es nicht sehen und sie berauben können, eine Tüte mit Orangen, Mandarinen und Pfefferminzbonbons in die Hand. Sie versteckt sich mit Oreste im Stall, wo sie alles in einer halben Stunde wegputzen, so schnell, daß Oreste Schluckauf bekommt.

Langsam wandert sie in der Straßenmitte einher, einen Arm vorgestreckt, um die rempelnden Passanten abzuwehren, und manchmal betet sie für das Seelenheil ihrer Mutter. Wenn sie noch am Leben wäre, die Hexe, vielleicht könnte sie ihr in dieser Ungewißheit beistehen.

❧

»Warum suchen Sie sich eigentlich keine Arbeit, Signora Ugazzi?« fragt Ada. »Sie sind hübsch, sympathisch, flink, was bleiben Sie immer zu Hause und machen sich Sorgen? Lenken Sie sich ab, kommen Sie auf andere Gedanken, beweisen Sie sich und ihrem Mann, daß Sie ihn nicht brauchen, um zu überleben.«

Delia, ebenso für Komplimente empfänglich wie sie kitzlig ist, lacht glücklich. Sie war gerade beim Friseur (ein epochales Ereignis); ein Hauch glänzende Kakaobutter auf den Lippen und etwas von dem eingetrockneten Lidschatten, den sie zwischen Aspirin und Heftpflastern gefunden hat, vollenden das Werk.

Die Inhaberin des Sanitärartikelladens um die Ecke sucht eine Teilzeitverkäuferin. Sie möchte eine reife Frau, kein flatterhaftes junges Ding. Delia läßt sich überreden und macht einen Termin für den nächsten Tag aus.

Am Morgen darauf fühlt sie sich völlig zerschlagen. Mit Fortschreiten des Tages verschlimmern sich ihre Malessen. Bauchgrimmen. Allein die Vorstellung, auf die Straße zu gehen, ist ihr ein Horror. Ihre Platzangst meldet sich zurück, die Heilung war nur eine Illusion.

Sie liegt im Bett, das Heizkissen auf dem Bauch, und lauscht mit wachsender Angst dem Ticken der Minuten, die auf dem Zifferblatt des alten, rostigen Metallweckers vergehen.

Jede Minute läßt sie tiefer zwischen die Laken, unter die Steppdecke rutschen. Sie wird immer schwerer, ein Felsblock. Nie wieder steht sie auf.

Die Angst lähmt sie. Wenn sie nicht sofort aufspringt und sich anzieht, kommt sie zu spät.

Tick, tack. Sekunden, Minuten, Viertelstunden.

Steh auf, sagt sie sich, beweise dir und deinem Mann, daß du ihn nicht brauchst, um zu überleben.

Aber ich *brauche* ihn, um zu überleben! entgegnet sie sich selber wutentbrannt. Warum um alles in der Welt sollte ich ihm erlauben, das Geld, das er verdient, mit einer anderen auszugeben? *Mich* hat er vor den Priester geschleift, an diesem verfluchten Tag vor sechsundzwanzig Jahren.

Tick, tack. Wenn sie jetzt aufsteht, kommt sie mit einer winzigen Verspätung, vielleicht bemerkt die Inhaberin es nicht einmal.

Und ich soll jetzt Bruchbänder und Gummistrümpfe verkaufen, damit er am Haushaltsgeld sparen und sich besser mit seiner Schönen vergnügen kann? fragt sie sich.

Nestore gehört ihr, sein Heim ist ihr Heim, dieser Fetzen Leben gehört ihr, sie hat soviel dafür getan, sich nie an ihn zu gewöhnen, und jetzt soll sie darauf verzichten? Natürlich, für ein fürstliches Leben würde sie gern darauf verzichten, aber der Weg dahin führt mit Sicherheit nicht über Hühneraugenpflaster.

Tick, tack. Wenn sie sich ranhält, schafft sie es mit knapp zwanzig Minuten Verspätung.

Ich bin eine Katastrophe, sagt sie sich. Unfähig, irgendwas zu tun außer zu jammern. Dafür kannst du hervorragend jammern, sagt eine andere Stimme in ihr. Wenn du deinen Ängsten begegnest, deinen Beschwerden, wenn du dein tristes, unordentliches Leben in eine mutige, verantwortungsbewußte Existenz verwandelst, worüber willst du fortan reden? Warum solltest du diese bequeme Hausfrauenhölle verlassen und dich in das Fegefeuer der arbeitenden Frauen begeben? Was wird aus der Identität, die du dir mühsam aufgebaut hast, in all den Jahren? Du bist eine Künstlerin, dein Publikum ist winzig, aber ausgesucht. Es ist menschlich, sich nicht verbessern zu wollen, jedes gefühlsbegabte Wesen, das eine Form komfortablen Verzichts erreicht hat, scheut sich davor, sie aufzugeben. Da unten in deiner Höhle bist du jemand, aber wehe, du rückst eine Stufe auf, da bist du nur eine unter vielen.

Der Termin ist seit einer Dreiviertelstunde verstrichen.

Jetzt ist es zu spät, die Gelegenheit ist vorbei.

Unvermittelt fühlt Delia sich besser. Sie steht mit Leichtigkeit auf, geht ins Bad und cremt sich das Gesicht, zieht sich an, kocht, als müßte sie nicht einen Mann satt machen, sondern ein halbes Dutzend: Kroketten, Rouladen alla Valdostana, Minestrone mit Kutteln und Apfelpfannküchlein.

Nachts, nach einem schweigend eingenommenen Abendessen, weint sie ins Kissen, daß das Ehebett unter ihren Schluchzern nur so wackelt. Sie fühlt sich hundeelend. Nestore schläft, benommen von den tierischen Fetten und dem Gebratenen.

Tags darauf die wöchentliche Sitzung mit Doktor Bellini.

Delia – ihre Augen leuchten vom Weinen, ihre Haut wirkt transparent nach der durchwachten Nacht – zieht das einzige elegante Kleid an, das sie besitzt, jedenfalls war es vor fünfzehn Jahren elegant, und tupft sich einen Tropfen Parfüm hinters Ohr.

»Doktor«, sagt sie mit ein wenig unsicherer Stimme, sie schließt die Augen und überläßt sich ihrem Schicksal, »ich habe geträumt, daß ich mit Ihnen schlafe.«

Bellini räuspert sich.

»Ausgezeichnet«, sagt er (scheint es nur so, oder ist er wirklich verwirrt? vielleicht sogar bewegt?). »Ein wichtiger Traum.«

»Darauf habe ich schon lange gewartet«, fügt er hinzu.

Delia sinkt noch tiefer in das Sofa, ihr Herz taumelt. Sie ringt ihr Taschentüchlein in den Händen, sie weiß fast nicht mehr, wie ein Mann aussieht, Nestore sieht sie schon seit Jahren nicht mehr als solchen an.

»Wir sind damit bei einer grundlegenden Etappe der Analyse angelangt«, fährt Bellini fort, »fast hätte ich nicht mehr daran geglaubt.«

Und er erklärt ihr, daß er in ihrem Traum zugleich er selber, Doktor Bellini, ist und Delias Vater. Das bedeutet, daß Delia endlich an den Kern ihrer Probleme herangeht, die ungelöste Liebesbeziehung zu ihrem Vater, und bereit ist, diese Dynamik in den Analysesitzungen erneut durchzuleben.

»Was hat denn mein Vater damit zu tun! Es waren wirklich

Sie, sogar die Zigarre war dabei!« protestiert Delia. Doch schon weiß sie, daß alles zwecklos ist. Von wütender Unrast ergriffen, beginnt sie planlos loszureden, entschlossen, ihm nicht nachzugeben.

Beim Abendessen dieses Tages (Bohnen aus der Dose und Risotto von Knorr) nervt sie Nestore mit einem Trommelfeuer aus »Wo trefft ihr euch, wie oft siehst du sie, was tut ihr«, bis sie ihn in das Abstellkämmerchen vertreibt, wo er sein Fernglas für das Bird-Watching aufbewahrt, die Karten über die Zugvögel Europas und die alten Jahrgänge der Ornithologen-Zeitschrift. Nachdem sie um Mitternacht das letzte Kommando mit der TV-Fernbedienung abgefeuert hat, findet sie ihn schlafend, auf einen Stapel Decken gesackt. So läßt sie ihn sitzen.

❧

Vorweihnachtliche Versammlung in San Lazzaro. In der Sakristei aus dem 17. Jahrhundert mit dem Fliesenboden und den großen Barockschränken sitzen zehn Frauen und der Priester. Der Raum ist vom Duft nach Weihrauch und Kerzen sowie vom Gewirr der weiblichen Stimmen erfüllt, welches ein wenig leiser und verschwörerischer geworden ist, seit Don Clementes Kopf erst sachte wackelte und ihm dann auf die Brust sank. Bei seinem Alter erwartet niemand mehr von ihm, unablässig eine Leuchte der Geistlichkeit abzugeben, im Gegenteil, sie sind alle überzeugt, daß ein Blinklicht mehr als genügt, um ihre erfahrenen Schritte auf dem Wege des Glaubens zu beleuchten; laut sagen würde das freilich keine von ihnen.

Dies ist, so nennt Cecilia sie bei sich, die Versammlung der Frommen Frauen. Sie zählt sich nur unter Vorbehalt dazu. Typisch für sie, daß sie sich in keiner Situation eine Blöße geben will, also bleibt sie auch hier lieber am Rande, von wo aus sie einen besseren Rundblick und größere Kritikfreiheit genießt.

Seit Jahrzehnten organisieren die Frommen Frauen das Leben der Gemeinde. Dekorationen für festliche Messen und Novenen, Wohltätigkeitsbasare, Basketballturniere für die

Jugend, Bibelstunden, alles läuft über sie. Cecilia steht ihnen zutiefst zwiespältig gegenüber, fasziniert und entsetzt sieht sie in diesem Trüppchen mittelalterlicher Jungfern ihre eigene wahrscheinliche Zukunft. Innerlich erwägt sie das Für und Wider einer Kirchenhausfrau: Ist es besser, einen Mann wie Nestore ganz für sich zu haben oder sich Don Clemente mit den anderen neun zu teilen? Besser, Hemden zu bügeln oder golddurchwirkte Kasel? Macht es mehr her, bei der Arbeit mit Ehering am Finger aufzutauchen oder bei der Hohen Messe vor der versammelten Gemeinde zu stehen und mit salbungsvoller Stimme aus dem Evangelium vorzulesen?

Natürlich würde die Ehe auch den Faktor Sex mit sich bringen. Doch wenn über etwas dermaßen viel Geschrei gemacht wird, dann dürfte es schwerlich den Erwartungen entsprechen – heißt es ja immer mit einer Prise Snobismus. Außerdem hat die Ehe etwas so Privates, Enges an sich, nicht zu vergleichen mit der hallenden Weite eines Kirchenschiffes, mit der Feierlichkeit einer schönen Zeremonie, einer gelungenen Beerdigung und mit der honigsüßen Empfindung, nicht nur zu einer Gemeinschaft zu gehören, sondern auch ihr intelligentestes Mitglied zu sein.

Indes wird die Arbeit der Frommen Frauen weithin verkannt. Außerhalb der Gemeinde hilft ihnen nichts gegen den Hohn, den die Gesellschaft unverheirateten Frauen eines gewissen Alters entgegenbringt, und sogar im Schoße der Kirche selbst liegt ein gewisser Verdacht auf ihnen, der sie zu beständiger Verteidigungsbereitschaft zwingt, als hegten sie hier, in dieser Männerwelt, heimliche Ansprüche auf die Posten der abwesenden Würdenträger.

Alles in allem kann sich die hyperkritische Cecilia nicht entscheiden, weder für das heilige noch das profane Leben.

Dann und wann ertappt sie sich bei reumütigem Bedauern, daß sie nicht als Protestantin auf die Welt gekommen ist. Einen Pfarrer zu heiraten, das wäre der Gipfel all ihres Trachtens. Jedesmal, wenn sie das denkt, geht sie es Don Clemente beichten, und während sie zerstreut seinem nach Anisbonbons duftenden Gewisper lauscht, träumt sie, hinter diesem Gitter säße ein wohlgefälliger Vierzigjähriger mit graumelierten Schläfen und schüchterner Galanterie den Damen gegenüber.

Heute abend geht die Diskussion um die Weihnachtsfeier für die mittellosen Familien. Der Inhalt der Kartons, die sich an der Rückwand häufen – Kleider und Spielzeug aus zweiter Hand, Bücher, Grundnahrungsmittel und allerlei Nützliches und Unnützes – muß aufmerksam gesichtet, aufgeteilt und dann so schön verpackt werden, wie es mit den vorhandenen Mitteln eben geht. Verteilt werden die Päckchen dann bei der Feier am Nachmittag des 25. Dezember. Mit der Oberaufsicht über die Unternehmung wird Agnese betraut, eine kühl und nordisch wirkende EDV-Fachfrau mit großen blauen Augen. Die fünfundvierzigjährige Agnese glaubt an die Selbstaufopferung, denn sie hat sie ihr Leben lang praktiziert. Mit zweiundzwanzig saß sie allein mit einer heimtückischen, gelähmten Tante da, gerade als ihr angeboten wurde, für eine große Firma ins Ausland zu gehen. Verwirrt und ratlos suchte sie Hilfe bei Don Clemente, der die Vorzüge der christlichen Nächstenliebe pries, der Frömmigkeit, der gegenseitigen Hilfe und sie an das Gebot gemahnte, Hungrige zu speisen, Nackte zu kleiden und Kranke zu besuchen. Krank ist ihre Tante gewiß, hungrig ist sie auch an jedem neuen Tag, und nackt auch, denn sie reißt sich wütend die Kleider vom Leib, die sie immer wieder besudelt. Agnese blieb. Sie und Cecilia sind zutiefst uneins, was sich hin und wieder in einem Wortgefecht entlädt.

»Ich schlage vor, wir lassen die Feier mit einem Gebet beginnen«, sagt sie gerade. »Die Leute dürfen nicht vergessen, daß Weihnachten einen geistigen Inhalt hat und nicht nur aus Konsumrummel besteht. Es ist eine Gelegenheit zur Sammlung, zu der wir für die Armen beten müssen, die Kranken, Sterbenden, Arbeitslosen, Drogenabhängigen, für die Gesundheit des Papstes …«

»O nein!« platzt Cecilia dazwischen. »Wenn wir eine Feier machen, machen wir eine Feier. Die Leute sollen einmal was zum Freuen haben. Es gibt die Mitternachtsmesse, die Frühmesse, die Nachmittagsmesse, da können sie beten, soviel sie wollen.«

»Wer zu uns kommt, kommt ins Haus des Herrn«, weist Agnese sie zurecht, die wie immer, wenn ihr etwas nicht paßt, dunkelrot geworden ist, »und nicht in eine Diskothek. Ich mache mir die Mühe, die Päckchen zu schnüren, was ich hasse, dann sollen die sich bitte die Mühe machen und beten.«

»Es gibt eine Zeit zum Beten und eine Zeit zum Feiern«, entgegnet Cecilia, die einen Sonntagskurs in Theologie für Laien besucht hat und sich immer als Leserin für die Bibelabende eintragen läßt.

»Lassen wir das Don Clemente entscheiden«, schlägt eine Frau diplomatisch vor.

»Ich bin nicht einverstanden!« protestiert Cecilia. »Wieso sollen zehn Frauen nicht ohne Hilfe des einzigen Mannes etwas entscheiden können?«

»Er ist kein Mann, er ist *Priester*!« präzisiert Agnese krebsrot.

»Er ist Priester, *weil* er ein Mann ist!« erläutert Cecilia, »wie könnte man das übersehen?«

»Psst! Weckt ihn nicht auf!« flüstert eine besorgte Stimme.

»Was willst du damit sagen? Im Hause des Herrn gibt es nicht Männer und Frauen, sondern einzig Seine Geschöpfe!« behauptet Agnese verstimmt.

»Du machst Witze! Und warum ist er dann Priester und wir nicht?«

»Weil es so ist und damit basta! Du wirst doch jetzt nicht über sowas diskutieren wollen, das ist ein Angriff auf die Einheit der Kirche und die Gesundheit unseres Papstes, das ist gegen den Geist des Katholizismus…«

»Im Evangelium steht kein Wort davon, daß Frauen nicht Priesterinnen werden können!« sagt Cecilia und beißt sich gleich auf die Zunge. Sollte sie etwa zu weit gegangen sein?

»Mulieres in Ecclesiis taceant!« brummt Don Clemente, aus seinem Nickerchen aufgeschreckt. Keine hört ihn.

»Ich persönlich würde weibliche Priester nicht aushalten.« Agnese steht kurz vor einem hysterischen Anfall. »Frauen sind hysterisch, bösartig und unerträglich, sie wären ein schlimmes Vorbild für die Gemeinde!«

»Bitte, bitte«, wendet eine weitere ein, »nicht persönlich werden, Mädels!«

»Auch mir sind Männer lieber!« schreit Cecilia, »die sind wenigstens nicht so frauenfeindlich wie gewisse Frauen, vielleicht, weil sie sie nicht genug kennen!«

»Bravo! Ich komme mir vor wie im Theater«, meint Mafalda mit vergnügt funkelnden Augen.

Plötzlich senkt sich Stille über die Sakristei. Cecilia räuspert sich verlegen, Agnese putzt sich die Nase.

»Was ist los?« Don Clemente ist etwas spät dran. »Worum geht es?«

»Nichts, nichts, beruhigen Sie sich. Frauendinge«, sagt Mafalda.

Die sechzigjährige, weißhaarige Mafalda mit ihrem ironischen, in sich ruhenden Blick ist die unbestrittene Autorität der Gruppe. Im ganzen Viertel bekannt und höchst angesehen, leitet sie ein Maklerbüro, mit dessen Hilfe Hunderte ihrer Schützlinge eine Wohnung gefunden haben, Einwanderer jeglicher Herkunft, Verzweifelte aller Altersklassen und Lebensumstände. Ohne sie gäbe es die Gruppe nicht; wenn sie dabei ist, ruhen Animositäten und Querelen. Die anderen erkennen ihre ungewöhnliche Willenskraft und eine heilige, unbedingte Skrupellosigkeit an, die Respekt und Bewunderung hervorrufen und sie zu einer Abenteurerin des Herrn machen. Seit längerem hat Mafalda Cecilia insgeheim im Auge, ohne herauszufinden, ob sie etwas mit ihr anfangen kann oder nicht. Sie findet sie sehr klug, allerdings zu wankelhaft und oberflächlich, um wirklich vertrauenswürdig zu sein; gewiß keiner der Ecksteine, auf die der Herr seine Kirche bauen könnte. Jetzt allerdings spürt sie an ihr einen Ehrgeiz, der ihr nicht mißfällt, und beschließt, sie umgehend auf die Probe zu stellen.

»Ihr habt beide recht.« Sie wirft den Streithennen einen begütigenden Blick zu. »Das Fest soll ein Fest werden, aber darüber dürfen wir den Sinn von Weihnachten nicht vergessen. Warum veranstalten wir nicht statt der Gebete eine schöne Lesung der Weihnachtsgeschichte aus dem Evangelium, ein bißchen Matthäus, ein bißchen Lukas, was haltet ihr davon?«

»Ein Sampler«, wagt Cecilia sich vor, noch beleidigt und nachtragend.

»Genau. Etwas Lebendiges, an dem man ein paar Jugendliche beteiligen kann. Du bist die jüngste von uns, Cecilia, du kannst dich da einfühlen: Warum übernimmst du das nicht? Du suchst die Passagen aus, und vielleicht schreibst du selber noch etwas zur Ergänzung, du kannst doch gut schreiben und kennst dich sehr gut im Stoff aus. Und dann suchst du unter den Gescheitesten einen Jungen und ein Mädchen aus und läßt sie mit vorlesen. Kurzum, übernimm doch du die Regie des Festes.«

Cecilia denkt kurz nach. Mafalda scheint sie zum ersten Mal zu bemerken, und der Vorschlag schmeichelt ihr unglaublich. »Ich übernehme die Regie des Festes«, wiederholt sie innerlich, das klingt gut. Agnese steckt ihre Nase ins Taschentuch.

»Aber es ist wahnsinnig wenig Zeit, das schaffe ich nie!« sagt sie dann, wieder zurück in der Realität.

»Stimmt, es ist eine Herausforderung«, meint Mafalda ruhig. »Liegt bei dir, ob du sie annehmen willst.«

»Aber dann brauche ich dafür keine Päckchen zu packen«, meint Cecilia mißtrauisch.

»Natürlich nicht. Du hast dann an Wichtigeres zu denken.«

Cecilia lächelt und ringt um einen bescheidenen, demutsvollen Gesichtsausdruck. Ihre Gedanken laufen los: Sie muß jeden Abend mit den jungen Leuten proben, sich am Wochenende um die Textauswahl kümmern, in der Mittagspause heimlich im Büro Kopien für die Teilnehmer des Festes machen. Cecilia ist die geborene Organisatorin. Eine einzige Sache fällt aus ihrem vorweihnachtlichen Programm heraus: Nestore. Für ihn hat sie keine Zeit.

Außerdem wäre es Wahnsinn, ihren Ruf aufs Spiel zu setzen, wenn sie so eine Rolle im Gemeindeleben übernimmt: Das Viertel ist schlimmer als ein Dorf, alle wissen alles, die Wände haben Augen und Ohren.

Cecilias innere Waage, bislang in instabilem Gleichgewicht zwischen Unzufriedenheit und Anmaßung, schlägt mit einemmal zur Seite des Ehrgeizes aus, mit solchem Schwung, daß Nestore von der gegenüberliegenden Schale herunterpurzelt.

Wie jeden Tag treffen sie sich im Park unter der Magnolie. Cecilia kommt heran, den Mantelkragen hochgeschlagen und den Hut ins Gesicht gezogen.

»Was stehst du so rum?« fragt sie Nestore, der auf sie wartet, die Hände in den Taschen, er tritt von einem Fuß auf den anderen und atmet Wölkchen in den waschlaugenfarbenen Dunst. »Komm schon!«

»Du bist zu spät!« rechtfertigt er sich und setzt sich langsam in Bewegung.

»Genau. Wir haben wenig Zeit, trödel nicht, sonst kommen wir nicht mehr zum Essen!«

Er trabt hinter ihr her. Schnell ist Nestore nie gewesen, und heute spürt er, wie ihm die Ereignisse aus der Hand gleiten.

Im Selbstbedienungsrestaurant schlüpft Cecilia gewandt vor ein paar zerstreuten Kunden in die Schlange, hängt den wenig agilen Nestore ab. Als er mit seinem Tablett zum Tisch kommt, ist sie mit den Maccheroni schon fertig und macht sich über ihre Auberginen alla Parmigiana her.

Ihn verwirrt ihr beispielloses Verhalten: Sie hat an der Kasse nicht auf ihn gewartet, sondern selber für sich bezahlt. Was hat das zu bedeuten?

Normalerweise bestreitet Cecilia die Unterhaltung so gut wie allein. Nestore war noch nie ein großer Redner, hat die meiste Zeit damit zu tun, daß er – meist erfolglos – Strategien wälzt, wie er Körperkontakt zu ihr aufnehmen könnte, ihre Hand ergreifen, ihr einen Kuß geben oder sich an sie drücken könnte, während sie sich zwischen den eng stehenden Tischen hindurchzwängen. Sie stößt ihn zurück, als achte sie gar nicht darauf, wie man eine lästige Fliege abwehrt, die sich auf den Teller setzen will.

Heute aber redet sie nicht. Sie hält den Kopf gesenkt und tunkt die Soße mit Brot auf.

Bis zum Nachtisch versucht Nestore, irgendwie ihre Aufmerksamkeit zu erregen, er räuspert sich und schiebt ihr Ananasstückchen hinüber, die er aus seinem Obstsalat sammelt. Jetzt ist er kurz vorm Platzen. Aber als er gerade den Mund aufmachen will, um zu sagen: »Cecilia, so kann das nicht weitergehen! Meine Frau behandelt mich schlecht, du ignorierst mich, was habe ich davon, wenn ich mit diesem Imitat eines Ehebruchs weitermache?«, da meint sie:

»Morgen kann ich nicht mit dir essen.«

»Warum? Was ist los? Was ist passiert?«

»Gar nichts. Ich habe einfach viel zu tun in der nächsten Zeit.«

»Du hast gesagt, morgen hast du zu tun.«

»Ich habe gemeint, mindestens bis Weihnachten. Ich werde sogar ein paar Tage Urlaub nehmen. Wie gesagt, ich habe zu tun.«

»Cecilia, so kann das nicht weitergehen. Meine Frau ignoriert mich, du behandelst mich schlecht...«

»Stimmt. Ganz meine Meinung. Besser, wir treffen uns nicht mehr.«

Nestore verstummt betroffen. Die Frauen schaffen es immer wieder, ihn durcheinanderzubringen.

»Cecilia, Cecilia! Ich bitte dich, Cecilia!«

»Hör auf, immer Cecilia zu mir zu sagen.«

»Wieso, so heißt du doch!«

»Du kannst einem wirklich auf die Nerven gehen, weißt du das? Ich will dich nicht mehr sehen, das hätte ich dir schon längst sagen sollen, aber jetzt sage ich es. Zufrieden?«

Nestore verschluckt sich am Kaffee. Mit einem Gesicht, verschlossen wie das Hauptportal von San Lazzaro außerhalb der Meßzeiten, schaut Cecilia zu, wie er sich verzweifelt vor Husten krümmt. Dann klopft sie ihm in einer Anwandlung von Mitleid ein paarmal auf den Rücken und einmal aus Versehen, aufs Ohr. Er beruhigt sich, reibt sich das geschlagene Ohr und fragt mit halberstickter Stimme: »Aber warum? Warum?«

Cecilia, die heute einen historischen Höhepunkt ihrer Tugend erlangt hat (sie beendet die Nestore-Episode, hat ihre Rechnung selber bezahlt und statt der geliebten Windbeutel zum Nachtisch nur Apfelkompott genommen), beschließt, ihn mit einer frommen Lüge zu trösten.

»Ich habe es mir gut überlegt, aber ich ertrage es wirklich nicht, mit einem verheirateten Mann zu gehen. Mein Gewissen spielt da nicht mit.«

»Und wenn ich frei wäre?« insistiert er, immer noch blaß und fassungslos.

»Bist du aber nicht, was soll das also?«

»Ich kann zu Hause ausziehen. Mir eine Wohnung suchen. Ich schlafe sowieso schon in der Abstellkammer, was habe ich da noch zu verlieren. Es gibt Trennungen, Scheidungen.«

»Red keinen Unsinn«, wendet sie mütterlich ein. »Vertrag dich wieder mit deiner Frau, ihr mögt euch doch, wenigstens ertragen werdet ihr euch.«

»Meine Frau ist unmenschlich«, bemerkt Nestore voll Bitternis, »eine Hexe. Wenn ich sie manchmal sehe, mit dem gesträubten Haar und diesem bösen, verzerrten Gesicht, dann wundere ich mich, daß die Leute auf der Straße keine Angst vor ihr bekommen. Ich bin immer darauf gefaßt, daß mir die Polizei ein Protokoll verpaßt, weil ich sie nicht an der Leine halte. Zum Glück geht sie selten aus.«

»Ich wette, das alles liegt nicht daran, daß sie vor lauter Ritterlichkeit deinerseits verrückt geworden ist.« Cecilia schaut auf die Uhr. »Wie auch immer, wenn eure Ehe ein solches Kreuz ist, dann tröste dich damit, daß ihr zu zweit daran hängt. Wir müssen jetzt los, oder wir kommen zu spät.«

Als er in den Mantel schlüpft, muß Nestore noch einmal nachfassen, wie ein Hund, der den Knochen nicht loslassen will: »Aber wenn ich ein freier Mann wäre, würdest du mich dann wollen?«

»Natürlich doch. Lauf, wir sind schon fünf Minuten über die Zeit.«

Überflüssig, ihm zu erklären, daß er aus Cecilias Perspektive nie ein freier Mann sein wird. Selbst wenn sie in eine zivile Trauung einwilligen und als großes Opfer darauf verzichten würde, als Hauptdarstellerin an einer religiösen Zeremonie teilzunehmen, für die Kirche wäre das eine Todsünde, keinen Deut besser als Ehebruch. Was hätte sie also davon? Nestores einzige Hoffnung wäre, daß der nächste Papst sich etwas offener zeigte, was das Abendmahl für Geschiedene angeht. Als vertrauensvolle und fortschrittsgläubige Christin ist Cecilia sicher, daß es früher oder später soweit kommt. Doch wann? Sie hat etwas gegen lange Verlöbnisse, die zermürben die

Bezauberung der Verlobten, und man tritt schon voller Enttäuschung vor den Altar. Kurzum, die Geschichte mit Nestore war auch wieder nur eine von ihren eingebildeten Liebesgeschichten, schließt sie ohne Reue, um sich wieder ganz auf ihre Pläne für die Weihnachtsfeier zu konzentrieren.

❧

Fernandas erste Begegnung mit der Sexualität liegt zehn Jahre zurück. Es war am Fuße des Ätna, in einer Pension, bei angelehnten Fensterläden, in der Bruthitze eines Augustnachmittags, achtunddreißig Grad im Schatten. Ihre Tante Palmina schlief im Nebenzimmer, und während ihr Cousin Vincenzo auf Fernanda herumjuckelte, spitzten beide unablässig die Ohren, in kaltem Schweiß erstarrend, jedesmal wenn das Schnarchen abbrach.

In Vincenzo ist sie verliebt, seit sie zwölf war, und als sie in die Pubertät kommt, träumt sie von seinen schwarzen Locken und seinen Brustmuskeln, die sie umklammert, wenn er sie auf dem Moped mitnimmt. Sie sehen einander nur in den Ferien. Er behandelt sie wie alle anderen Frauen der Familie, begleitet sie zerstreut, wenn sie aus dem Haus geht, und nimmt sie strikt schweigend zum Eisessen an die Meerespromenade mit. Als sie vierzehn wird, hält ihr Vater es für geboten, sie von einem weiteren Cousin begleiten zu lassen, dem achtjährigen Santo. Eines Tages informiert ihr Vater sie mit einem knappen Monolog auf den Klippen, daß er sie nicht auf die Schule schickt, damit sie sich an einen Kfz-Lehrling verschwendet. Die halsstarrige Fernanda tut so, als hätte sie nichts gehört, dabei hat sie jedes Wort mitbekommen und ist zum Teil derselben Ansicht. Mittlerweile hat sie die Lektüre der *Amore*-Hefte vom Kiosk begonnen und bastelt an ihren Zukunftsplänen.

Im Jahr darauf ist Vincenzo verlobt. Wenn er nicht durch sie hindurchschaut, dann schneidet sein Blick sie entzwei wie ein Skalpell. Er hat sich einen Schnurrbart stehen lassen und kann mit großer Treffsicherheit drei Meter weit spucken. Fernanda erlebt den größten und verzweifeltsten Liebessommer ihres Lebens. Sie ignoriert ihn ostentativ, spricht ihn tunlichst nicht an, grüßt ihn nicht, wenn sie ihn trifft. Sie ist wahnsinnig vor Eifersucht, kann es aber niemandem erzählen, unmöglich, es auch nur anzudeuten. Sie wird noch verschwiegener, verstockter. Sie wird frech zu Giuseppe, der sie aus Rache bei den anderen Frauen sitzenläßt und allein Muscheln zum Abendessen sammeln geht. (Erminia schaut unterdessen in Turin nachmittagelang in ihr Glas mit Grignolino, im Wohnzimmer, immer bei brennendem Licht, die Fensterläden fest geschlossen).

Schließlich bittet sie Vincenzo mit dem Wagemut dessen, der nichts mehr zu verlieren hat, eine Runde mit ihr Moped zu fahren. Eine Stunde lang fahren sie, den Wind im Haar, durch den betäubenden Verkehrslärm, und sie drückt ihn so fest an sich, daß es ihm einen Hemdknopf abreißt. Als sie tags darauf zur Siesta in ihr Zimmer geht, läßt sie die Tür offen. Er kommt fast sofort nach.

Sie kriegt nicht alles Blut aus den Laken. Tante Palmina erzählt sie, sie habe heftige Menstruationen, und so wird sie ins Bett gesteckt und muß Zuckersirup einnehmen. Die Tante macht ihr zur Stärkung Cannelloni mit Ricotta.

Vincenzo kommt noch zweimal zu ihr. Fernanda spürt nichts außer einem nicht besonders starken Schmerz. Während er sich auf ihr abmüht, bringt sie ihn in ihrer Phantasie um und schickt der Verlobten den Leichnam in einer Riesencassata mit Marzipankruste. Sie liebt und sie haßt ihn so sehr, daß sie ihn am liebsten zerstückeln und in Tante Palmiras Einkochtopf werfen würde. Eine Hand oder ein Auge oder sonst etwas würde sie zum Andenken behalten. Sie beißt ihn derart in den Hals, daß er einen Schreck bekommt, von ihr abläßt und ins Bad rennt, um seine Wunde zu versorgen.

Im nächsten Jahr wohnt Vincenzo mit seiner Frau auf dem Land. Unter verschiedenen Vorwänden vermeidet sie, ihn zu besuchen. Drei Jahre danach ist er fett geworden und hat zwei Kinder. Wenn sie einander begegnen, wirft er ihr verstohlen schmachtende, einladende Blicke zu, doch ihre Augen bleiben eiskalt. Befriedigt und triumphierend stellt sie fest, daß sie ihn nicht mehr liebt.

Hier in Norditalien jedoch hat noch kein Mann dieselbe gierige, ungestillte Leidenschaft in ihr geweckt. Liegt das daran, daß weder Gefahr noch Drohungen, weder Pathos noch Tragik in der Luft liegen? Fernanda braucht starke Empfindungen, um aus dem Schneckenhaus zu kommen, in das sie sich verkrochen hat. Wenn Armando wüßte, daß die Intensität, mit der sie ihn umklammert, nur der Dampf ist, der aus dem Drucktopf entweicht, in dem ihre Ansprüche und Demütigungen brodeln, ihre Lust auf Rebellion! Aber er weiß es nicht, will es gar nicht wissen, er bleibt dem Drehbuch treu, das er gewählt hat, redet kaum, fragt nichts und macht vor allem keinerlei Konzessionen an Gefühle oder gute Manieren.

Unvermeidlich, daß er bei den ersten Malen an Barbara denkt. Verglichen mit ihr schneidet Fernanda in jeder Hinsicht schlecht ab: Barbaras Teint ist golden, Fernandas olivbräunlich, ewig hat sie Ringe unter den Augen, als hätte sie die Nacht durchwacht; Barbara ist lebhaft, geistreich, unberechenbar, Fernanda ungeschickt, verstockt, anspruchsvoll. Barbara ist mit einem anderen zusammen, Fernanda ist hier bei ihm. An den ersten Tagen reißt ihn die Bitterkeit der Erinnerungen dazu hin, sie unsanft zu behandeln, sie dafür büßen zu lassen, daß sie nicht Barbara ist. Fernanda ist nicht beleidigt, sie weint nicht, diskutiert nicht, behandelt ihn aber auf ihre Weise ebenso unsanft.

Eines Nachts, allein am Fluß, während er den Stummel seiner Camel in den Po wirft, sagt er sich, daß diese Situation etwas Poetisches an sich hat, eine ursprüngliche, wilde, intensiv erotische Poesie. Er gesteht sich ein, daß Fernandas Bild allmählich Barbaras überlagert, und auch, daß er sich auf einem Feldzug gegen die unerweckte, träge Weiblichkeit befindet, die Fernanda verkörpert: Er will in ihr eine neue Selbsterkenntnis wecken, will vor allem, daß sie jenen Genuß verspürt, dem sie trotz all seiner Anstrengungen so hartnäckig widersteht. Er spürt, daß sein Leben wieder einen Sinn und ein Ziel erhält, und beschließt, seine Krankschreibung um noch eine Woche zu verlängern.

Tags darauf bringt er ihr eine Tüte Salzstangen und eine Flasche Wein mit. Beim Essen macht sie ihn darauf aufmerksam, daß er mal seine Felljacke in die Reinigung bringen und das Schwarze unter den Fingernägeln entfernen müßte.

Er kauft sich eine Barbour-Jacke und eine Nagelbürste. Am nächsten Tag geht er zum Gegenangriff über und kommentiert ihre Art, sich zu kleiden: »Wie eine Fiat-Arbeiterin, die frisch aus dem Süden gekommen ist.« Fernanda wirft ihm einen schwarzen Blick zu. »Dabei könntest du richtig scharf aussehen, bei deiner Figur. Minirock, hohe Absätze und ein bißchen Schminke, das gibt einen Menschenauflauf, wetten.« Aber kaum ist das heraus, fällt ihm auf, daß sie ihm genau so gefällt, wie sie ist, leicht vernachlässigt, in den formlosen Kleidern versteckt, mit diesem angewiderten, sinnlichen, geheimnisvollen und ein bißchen dämlichen Gesichtsausdruck einer süditalienischen Bäuerin mit eifersüchtigem Ehemann. Er mag diese Augen mit den Ringen darunter – sieht so aus, als hätte er ihr am Abend zuvor ein paar gelangt –, mag die aufgesprungenen Lippen, die wirken, als wären sie bei einer Bettschlacht zerbissen worden. Fernanda schaut ihn undurchdringlich an und verändert ihr Aussehen an den folgenden Tagen um kein Jota. Er kommt nicht wieder darauf zurück.

Sie will es unterdessen unbedingt wissen, sie will es schaffen. Sie ahnt, daß da etwas sehr Wichtiges zu holen ist, in all diesem Gezappel am Boden, auf den Luftmaträtzchen (sie hat zwei im Kaufhaus gekauft und mit einem Laken bezogen, aber sie sind immer noch zu schmal, als daß man bequem drauf liegen könnte), und mindestens dreimal täglich kommt sie ihrem Ziel nahe, hautnah, das fühlt sie irgendwo im Kopf und im Bauch. Doch ausgerechnet in diesen Momenten spürt sie den Blick ihres Vaters auf sich und wird eiskalt. Sie schaudert nervös, schlägt um sich, wird wütend, doch der magische Augenblick ist verpaßt und entfernt sich immer mehr.

Was für ein Gespenst lastet da seit jeher auf ihr und läßt nicht zu, daß ihr Traum ein glückliches Ende findet? Ist es Giuseppe?

Mit der Zeit wird Armando zärtlicher. Er küßt sie länger, ohne Bart, macht Dinge mit ihr, die sie in der Reihe *Scharlachrote Strumpfbänder* gelesen hat, doch nie von ihm zu verlangen gewagt hätte. Manchmal kommt es vor, daß Giuseppes Blick sich entfernt, daß der Giuseppe in ihr verblaßt, den Zugriff lockert.

Eines Nachmittags gegen sechs ist das Wunder kurz davor, sich zu ereignen. Den Kopf zum Parkett zurückgebogen, die Finger in Armandos Nacken gekrallt, der irgendwo da unten im Mittelpunkt ihres Wesens steckt, läuft Fernanda in konzentrischen, immer weiteren Kreisen auseinander, bäumt sich dann wieder auf, wie ein See, in den ein einzelner Regentropfen fällt. Weitere Kreise entstehen, noch mehr Tropfen fallen, immer schneller, immer größer. Sie sieht und hört nichts mehr, die Geräusche der Stadt sind zu Blätterrauschen geworden, die Decke mit der Stuckrosette um den Lampenanschluß ist einem wolkenlosen Himmel gewichen.

Fernanda stößt ein langes Stöhnen aus.

Wütendes Klingeln erschallt von der Tür.

Ruckartig setzt Fernanda sich auf, rammt Armando ein Knie in die Rippen.

»Was ist los?« fragt er und schaut verblüfft an ihr hoch. »Du wirst ja wohl nicht aufmachen wollen.«

Fernanda hält ihm den Mund zu. Mit übermenschlicher Energie zerrt sie einen widerstrebenden, starren Armando vom Boden hoch, und nachdem sie sich verzweifelt umgesehen hat, stopft sie ihn in den Riesenschrank, seine Kleider, die Luftmatratzen und das Laken gleich hinterher. Sie schließt mit dem Schlüssel ab.

Ein zweites Läuten explodiert wie der Schuß einer abgesägten Schrotflinte.

Fernanda schlüpft in Kleid und Nylonstrümpfe, steckt sich Unterwäsche und BH in die Tasche, macht Läden und Fenster sperrangelweit auf.

»Wer ist da?« fragt sie mit einigermaßen fester Stimme, dabei weiß sie genau, wer es ist.

»Ich!« schallt es dumpf zurück. »Warum machst du nicht auf?«

Sie öffnet mit bebender Hand, kann aber ihr Gesicht noch gerade zu seinem üblichen Ausdruck zurückzwingen. Das Herz klopft ihr bis in die Kehle. Sie fühlt sich, als umgäbe sie eine Sex-Aureole wie ein obszöner, gelb phosphoreszierend in die Luft geschriebener Satz. Sie riecht und schmeckt nach Sex, im Gesicht hat sie Armandos Speichel, sie drückt die Hand auf die von Wäsche pralle Tasche ihres Kleides.

»Was willst du?« fragt sie kreidebleich.

»Ich komme die Pinsel holen.« Mißtrauisch läßt er seine Blicke schweifen. »Wo bist du gewesen, warum hast du nichts gehört?«

»Im Bad. Ich wollte gerade unter die Dusche.«

»Wieso bist du eigentlich hier drin und nicht bei der Arbeit? Ist was passiert?«

»Die Signora ist heute abend bei ihrer Tochter und hat mich früher gehen lassen.«

»Und warum duschst du hier? Haben wir zu Hause etwa keine Dusche?«

»Ich bin hier zu Hause.« Fernanda wendet ihm den Rücken zu.

»Warum hast du den Schlüssel stecken lassen?«

»Das mache ich immer, du hast selber gesagt, ich soll das tun.«

»Ist hier jemand? Ich habe doch eine Stimme gehört.«

»Was erzählst du da. Hier ist niemand.«

Mit gemessenen Schritten geht Giuseppe das Wohnzimmer ab, kreuz und quer. Er scheint zu wittern. Er berührt die Heizung, die glüht, dann schließt er das Fenster.

»So sparst du also. Heizung knallheiß und das Fenster offen.«

»In der letzten Zeit bist du komisch, denk ja nicht, ich hätte das nicht bemerkt«, fügt er hinzu. »Du verheimlichst mir etwas.«

In diesem Augenblick bleibt Fernanda fast das Herz stehen, ihr fällt ein, daß Armandos neue Jacke in der Küche über einer Stuhllehne liegt. Und auf dem Tisch stehen zwei Gläser und die Weinflasche. Und das Camel-Päckchen liegt auch dort.

»Du willst doch die Pinsel holen? Also bitte, da sind sie! Worauf wartest du?« fragt sie mit der Härte, die im Hause Ragusa üblich ist. Zum Geruch nach Sex mischt sich der Geruch ihrer Angst.

Langsam geht Giuseppe zu seinem Werkzeug hinüber, das in einer Ecke an der Wand lehnt. Er betrachtet es schweigend, wirft ihr dann einen langen Blick zu. »Willst du mich wegschicken?« fragt er.

»Ich? Dich wegschicken? Ich weiß nicht, was du heute abend hast, was soll das Theater?« Fernanda streicht wie besessen mit den Händen über den Rock. Ihr kommt es vor, als könnte sie aus dem Schrank ein Rascheln hören.

»Du wirst ja ganz rot. Was verheimlichst du mir? Wartest du auf jemanden?«

»Du bist verrückt.«

»Du willst mich wegschicken und hier warten, da wette ich.«

»Und ich wette, du hast beim Boccia verloren und läßt es jetzt an mir aus.« Fernanda zieht sich den Mantel an. »Komm nach Hause, es ist spät.«

»Warte, ich glaube, der kleine Pinsel fehlt noch. Ist der vielleicht in der Küche?«

»Nein, in der Küche nicht, da bin ich sicher. Du hast ihn schon nach Hause mitgenommen, weißt du nicht mehr?«

»Du bist heute wirklich komisch.«

»Laß mich in Frieden, ich habe mit der Signora gestritten.«

»Aha!« meint Giuseppe und schließt die Augen halb. »Wußte ich doch, daß da was ist. Was hast du angestellt?«

Fernanda fängt zu weinen an. Verzweifelt sucht sie nach einer Neuigkeit, die Giuseppes Aufmerksamkeit vollkommen beansprucht und von den Spuren der Tat ablenkt, die ihn umgeben.

»Ich habe gekündigt«, sagt sie.

»Was? Gekündigt? Warum? So eine gute Stellung! Du bist verrückt geworden, völlig verrückt!«

Die Stimmen entfernen sich, ihre jammernd, seine anklägerisch. Dann fällt die Wohnungstür ins Schloß.

Armando will seinen Ohren nicht trauen. Splitterfasernackt, in ein Laken gewickelt, harrt er in einer äußerst unbequemen Position aus. Sie ist gegangen und hat ihn dagelassen. Nach allem, was er für sie getan hat. Nach allem, was er gerade heute getan hat. Das kann nur ein Irrtum sein. Natürlich wird sie gleich zurückkommen, sagt er sich, um Fassung ringend.

Er hat solche Lust auf eine Zigarette. Auch anziehen würde er sich gern; zwar hat sie seine Kleidung ebenfalls in dem Schrank verstaut, aber in einem Nebenabteil.

Es ist dunkel, der Schrank riecht nach Lack und Leim, Armando bekommt keine Luft, ihm ist kalt.

❧

»Auf dem Anrufbeantworter war eine komische Nachricht.« Ernesto verfolgt auf seinem Teller ein Stück Hühnerfleisch, das er nicht zu fassen bekommt. »Entschuldige, aber ich war doch früher hier, da habe ich gedacht, ich schalte den Anrufbeantworter aus und melde mich persönlich, aber du weißt ja, wie ich mich mit so technischem Krempel anstelle, hoffnungslos. Statt abzustellen, habe ich die Nachrichten gehört. Tut mir leid, ich hoffe, es war nichts, was ich nicht hören sollte.«

»Das hoffe ich auch.« Nani steckt sich eine Mandel in den Mund und hält sie graziös zwischen den Zähnen. »Wenn du mir den Inhalt sagst, wissen wir's gleich.«

»Eine Männerstimme. Tief, ich würde sagen: ein bißchen traurig, vielleicht sogar ängstlich. Kein ganz junger Mann, aber interessant, der Stimme nach zu urteilen. Er hat gesagt: Warum bist du nicht gekommen? Ach, ich habe vergessen, er hatte einen starken spanischen Akzent. Dann hat er noch gesagt: Ich erwarte dich morgen, bestraf mich nicht, geh mir nicht aus dem Weg. Du bestrafst mich, weil ich dich zu sehr liebe, ich weiß. Was ist los? Hast du dich verschluckt?«

»Nein, nein«, hustet Nani.

»Wie stelle ich mich mit den Stäbchen an? Findest du, ich mache Fortschritte? Und was hältst du von diesen Frühlingsrollen? Besser als die neulich, oder? Ich habe sie aus einem neuen Schnellimbiß unten bei mir im Haus.«

»Sie sind super«, murmelt Nani, das Gesicht im Teller, mit roten Ohren. Könnten Blicke töten, wären seine schon durch den Boden gedrungen und hätten das Ehepaar Vespa gemeuchelt, das unter ihnen auch gerade beim Abendessen sitzt.

»Wo war ich gerade? Ach ja, er hat gesagt; Du bestrafst mich, weil ich dich zu sehr liebe, aber in der Liebe gibt es kein Zuviel.«

»So ein Blödsinn!« unterbricht ihn Nani. »Ich kann mir nicht vorstellen, daß er all das gesagt haben soll.«

»Warum nicht? Sicher, ich habe ein Gedächtnis wie ein Sieb, das weißt du ja…«

»Eben.«

»…aber ich kann mich nicht irren, ich habe es dreimal nacheinander gehört. Aber nur, weil ich dreimal versucht habe, den Apparat abzustellen. Wort für Wort weiß ich es. Am Ende hat er gesagt: Bis morgen, Julio, mi querido. Vielleicht hat er sich ja verwählt, habe ich gedacht. Kennst du jemanden, der Julio heißt?«

Nani springt auf, fast stürzt sein Stuhl um, und geht ins Bad, sich das Gesicht waschen. Er sieht in den Spiegel und schimpft sich selber einen Idioten. Wer ist der größere Idiot, er oder Salvador? Obwohl, Ernesto schießt den Vogel ab, so, wie er sich anstellt. Nani will dieser lächerlichen Geschichte ein Ende machen.

»Hör zu«, sagt er, wieder bei Tisch, »seit einiger Zeit verfolgt mich einer am Telefon. Ich wollte es dir nicht erzählen, um dich nicht auch noch in diese dusslige Geschichte mit hineinzuziehen. Jetzt weißt du's. Ein Verrückter natürlich.«

»Warum hast du mir das nicht erzählt? Du weißt, daß ich sowas lustig finde. Darf ich abnehmen, wenn er mal anruft, wenn ich hier bin? Unsympathisch klang er nicht.«

»Red bitte keinen Blödsinn. Und nimm endlich eine Gabel, du verteilst den Reis über den ganzen Tisch. Es ist zwecklos, du kannst nicht mit Stäbchen essen, du hast zwei linke Hände, erkenne deine Grenzen an, du machst dich ja lächerlich!«

Ernesto schlägt die Augen nieder und schweigt diplomatisch.

Er kennt Nanis plötzliche Ausbrüche und weiß, daß er ihn mit seiner Naivität und seinen unpassenden Bemerkungen aufbringt.

Ernesto ist in einer reichen, aber auch zahlreichen Familie aufgewachsen, deren Kinder von der Wiege an britische Disziplin und Selbstkontrolle lernen mußten, und Nanis wirre Primadonnensensibilität fasziniert ihn. Ohne Widerrede läßt er sich von ihm schlecht behandeln, das ist unvermeidlich, so verschieden, wie ihre Charaktere nun einmal sind, es gehört zu ihrer Liebe.

»Unsympathisch klang er nicht!« wiederholt Nani, wutentbrannt kauend. »Bist du dir klar, was du da sagst? Ich erzähle dir, daß mir einer Telefonterror macht, und du hast nichts anderes zu sagen, als ›Unsympathisch klingt er nicht‹. Du führst dich naiver auf als Rotkäppchen!«

»Ich habe es bloß von der positiven Seite sehen wollen!« verschlimmbessert Ernesto.

»Laß es einfach! Versuch es erst gar nicht! Sei still und iß!«

Ernestos unzerstörbarer Optimismus und seine gute Laune stellen Nani oft auf eine harte Probe. Wie letzten Sommer in San Francisco: Nani, die Augen noch geschlossen, erkundigt sich nach dem Wetter. Ernesto, bereits gewaschen und rasiert, schaut aus dem Fenster und ruft: »Super!« Eine Viertelstunde darauf schaut Nani selber hinaus und blickt in einen tiefen, voll grauer Wolken hängenden Himmel. Giftig dreht er sich um und macht Ernesto eine Szene.

Ein paar Stunden später, in Sausalito, wagt Ernesto eine Bemerkung: »Entschuldige, ich habe ›super‹ gesagt, weil ich mich so freue, mit dir hier zu sein. Deswegen finde ich den Tag so schön. Immerhin, geregnet hat es nicht.«

Nani hat zwei Tage lang kein Wort mit ihm gesprochen.

❧

Es dauert fast drei Stunden, bis Fernanda wieder in die Via della Forca kommt.

Armando hatte im Vier-Jahreszeiten ausgiebig Gelegenheit gehabt, ein reiches Spektrum aller möglicher Gefühle und Empfindungen zu durchleben. Von Unglauben über Sarkasmus zu Wut zu Raserei und zurück zur tiefsten Demütigung. Es hat einen Moment gegeben, als ihm der linke Fuß eingeschlafen ist und er das Gefühl hatte, der Hexenschuß vom letzten Winter melde sich zurück; da wäre er am liebsten niedergekniet und hätte um Erlösung gefleht. Die nächste Stufe bescherte ihm einen Heulkrampf, gefolgt von einem Anfall von Klaustrophobie, in dem er mit den Fäusten auf den Schrank losgegangen ist und sich die Hände zerschlagen hat; danach schwärzeste Verzweiflung.

Jetzt, gegen neun Uhr, kältestarr (Giuseppe hat im Gehen die Heizung heruntergedreht), ist seine Seele von Resignation und absolutem Fatalismus erfüllt, ein ähnliches Gefühl, wie es ein napoleonischer Soldat in der schneebedeckten russischen Steppe kurz vor dem Erfrieren gehabt haben muß.

Er hört nicht, wie sie in die Wohnung kommt. Das Geräusch des Schlüssels in der Schranktür weckt ihn brüsk aus seiner Erstarrung. Als die Tür, an die er sich gelehnt hat, aufgeht, kippt er fast aus dem Möbel.

Dem Licht entwöhnt, blickt er zwinkernd auf eine Fernanda im Sturm der Gefühle. Ihre lange Diskussion mit Giuseppe ist völlig entgleist, als sie ihm mitgeteilt hat, sie gehe jetzt ins Kino. Eine, die eben rausgeschmissen worden ist, hat Giuseppe geblafft, hat nicht das Recht, ins Kino zu gehen; das kostet, sie ist arbeitslos und hat Schulden abzuzahlen. Erminia hat sich eingemischt, um ihre Tochter zu verteidigen. Die Überraschung hat ihm kurz den Mund gestopft (Erminia spricht seit mindestens fünf Jahren nicht mehr), und schließlich hat Fernanda das Wortgefecht der Eltern genutzt, um sich aus dem Staub zu machen.

Und jetzt ist sie hier. Es klingt unglaublich, aber die größte Erschütterung des Abends war für sie der Anblick von Erminias grauem, ungewohnt belebtem Gesicht. Warum hat ihre Mutter ihr beigestanden? Lieber wäre ihr, das hätte sie nicht erlebt. Die Vorstellung, daß ihre Mutter nicht der mehr oder weniger harmlose Haushaltsgegenstand ist, als den Fernanda sie seit langem ansieht, sondern eine Frau wie ihre Tochter, bestürzt sie. Dafür ist sie nicht gewappnet.

Armando weiß von all dem nichts. Wankend kommt er heraus, tief gebückt, und überläßt sich einer Serie heftiger Nieser.

»Gib mir meine Kleider«, gebietet er mit rauher Stimme.

Fernanda willfährt.

Im Unterhemd gewinnt Armando wieder Oberwasser.

»Gelungener Scherz«, sagt er neutral.

Fernanda schweigt.

»Kannst stolz auf dich sein«, fährt er ätzend fort.

Fernanda starrt ihn finster an und zieht die Nase hoch.

»Noch nie hat eine Frau sowas mit mir gemacht«, behauptet Armando, selber überrascht von der Tragweite der Äußerung. Er ist zutiefst erniedrigt, das wird ihm jetzt bewußt.

»Ich konnte nicht wissen, daß mein Vater herkommen würde«, lügt sie. Ihr ist klar, daß das früher oder später fällig war und sie das genau gewußt hat. Schade, daß es ausgerechnet heute passiert ist.

»Und warum hast du aufgemacht? Wer hat dich dazu gezwungen? Du bist ja wohl volljährig, oder?« schreit er und verknöpft sich mit seinem Hemd.

»Was hätte er gedacht, wenn ich nicht aufgemacht hätte?« schreit Fernanda zurück.

»Daß seine Tochter mit einem Unbekannten auf dem Boden fickt! Ja, na und?« schreit er lauter und tritt auf sie zu. Ihr verschlossenes, tränenverquollenes Gesicht provoziert ihn, wie gern würde er sie ohrfeigen, aber er schafft es nicht. Der Aufenthalt im Vier-Jahreszeiten-Schrank wirkt auf ihn wie eine Kastration, er fühlt, daß er sie nie wieder wird schlagen noch beschlafen können, und schlimmer, auch keine andere Frau.

In der Wohnung gegenüber stellt Ernesto gerade die leergegessenen Teller zusammen, um sie in die Küche hinüberzutragen, er ruft Nani, der sich die Zähne putzt:

»He, komm mal schnell!«

Armando ist wie entfesselt. Er bewirft sie mit den schlimmsten Ausdrücken, die ihm einfallen. Sie sei ihrem Vater hörig, eine frigide Heuchlerin. Er macht eine Pause, um sich die Socken anzuziehen; beim Bücken tut ihm die Lendenwirbelsäule verflucht weh. Dann wirft er ihr inzestuöse Neigungen vor und fügt hinzu, sie müsse sich häufiger enthaaren und ein gutes Deodorant benutzen. Er habe Frauen gekannt, so läßt er durchblicken, denen Fernanda nicht einmal die Schuhe zubinden dürfte. Er schnürt sich die seinen mit einem gräßlichen Fluch, er muß die Zähne zusammenbeißen, um nicht loszuweinen. Sein Rücken krampft sich zusammen wie eine Faust, er weiß, heute nacht bekommt er kein Auge zu. Außerdem hat er sich erkältet. Von der Camel muß er elend husten. Zum ersten Mal spürt er die Last seiner vierzig Jahre auf diese Weise, kein schönes Gewicht. Er fühlt sich altersschwach.

»Den kenne ich doch!« meint Nani. »Das ist ein Ex von Barbara, todlangweilig, der Typ, der macht auf Maler oder sowas. Savelli, genau, so heißt er, Armando Savelli! Er arbeitet, wenn man das so nennen kann, in Brunas Büro!«

»Ich schwöre dir, der ist splitternackt aus dem Schrank gekommen! Nicht mal Unterhosen hat er angehabt. Häßliche Beine, findest du nicht auch?« kommentiert Ernesto und legt Nani einen Arm um die Hüfte. »Überhaupt kein Vergleich mit deinen.«

»Ich habe schon immer gedacht, daß er nicht ganz dicht ist. Wenn er handgreiflich wird, rufe ich die Poizei«, sagt Nani.

Armando setzt noch eins drauf: Sie ist eine Schlampe, verlottert, häßlich, sie ekelt ihn an. Es tut ihm leid, daß er sich mit ihr eingelassen hat. Sie wird im Leben nie etwas zustandebringen, sie ist eine völlige Niete. Sie kann sich nicht wehren, hat keinen Charakter. Sie denkt nicht, es gibt sie überhaupt nicht.

Mit großen Schritten stapft er durch das Zimmer, bedrohlich fuchtelnd.

Absichtlich wirft er die Zigarette auf das Parkett und tritt sie mit dem Absatz aus.

Ohne ein Wort schaut sie zu, beißt sich auf die Lippen. Sie wirkt eher erstaunt als beängstigt, und das bringt ihn noch mehr auf die Palme.

Türenschlagend geht er fort. Unten auf der Treppe schreit er: »Nutte!«, nur eben, um die Nachbarn zu entsetzen, aber dann schämt er sich sofort der Erbärmlichkeit dieser Rache. Am liebsten würde er eine Bombe legen.

Noch nie ist es ihm so dreckig gegangen. Er hofft, daß Angela Zeit hat, ihm Kamillentee zu machen und ein paar Aspirin zu bringen.

Die Augen noch starr auf das Fenster gerichtet, hinter dem

die junge Frau reglos steht, mitten in ihrem beleuchteten Wohnzimmer, wählt Nani Barbaras Nummer. Niemand meldet sich.

Dann wählt er eine andere.

»Ada? Hier ist Nani. Entschuldige die Störung, aber ich muß unbedingt jemandem erzählen, was gerade passiert ist. Du wirst es nicht glauben, aber vor ein paar Minuten, da ist gegenüber in Nummer siebzehn…«

❧

Und außerdem hängt ihre Tochter unablässig am Telefon. Den ganzen Tag läßt sie sich im Geschäft vollschwatzen, und dann geht es bis spät abends am Telefon weiter. Mariuccia begreift das nicht.

Wie lebt ihre Tochter bloß, wovon lebt sie? Was denkt, hofft, fürchtet sie?

Keine Familie, keine Kinder. Nur ein Haufen Leute, die um sie herumschwirren und ihr den Kopf mit Dummheiten vollreden.

Diese Isabelle zum Beispiel. Was muß sie die so oft anrufen? Wenn's ein Mann wäre, dann würde sie das ja noch verstehen. Aber eine Frau?

Instinktiv lehnt sie Isabelle ab, empfindet sie als Gefahr, Bedrohung. Als wollte sie ihre Tochter weglocken.

Mariuccia hat nie Freundinnen gehabt. Dafür war keine Zeit in ihrem Leben, und es wäre ihr auch nicht in den Sinn gekommen. Freundschaft zwischen Frauen war ein höchst überflüssiges Gut, das sich nur Reiche und Müßiggängerinnen leisten konnten. Solidarität mit den Nachbarinnen, wenn es hochkam. Aber Mariuccia ist zwischen ihren dreizehn Umzügen nie lange genug an einem Ort geblieben, um engere Bande zu knüpfen.

Theoretisch muß sie zugeben, daß es schön wäre, eine Freundin zu haben. Aber das sind Träume, in der Wirklichkeit gibt es keine Freundinnen. Jede Frau muß sich selber zu helfen wissen, als gäbe es um sie herum nichts und niemanden. Sie kämpft ihre Schlacht im Namen der Familie und ihrer Kinder, da kann sie sich keine Verbündeten leisten. Alle anderen Frauen sind potentielle Gegnerinnen, angefangen bei Schwägerinnen und Schwiegermutter. Selbst wenn sie einem nichts Böses wollen, sind Frauen immer zum Verrat bereit. Allein, wenn sich der Schatten eines Mannes nur zeigt, genügt das, um zwei Frauen auseinanderzubringen.

Eine Schwester vielleicht. Sie erinnert sich, daß sie sich in der Kindheit vor Sehnsucht nach einer Schwester verzehrt hat. Mit Schürzchen und Mütze sah Oreste aus wie ein kleines Mädchen, und eine Zeitlang hoffte sie, daß er zu einem würde. Aber da war nichts zu machen. Er war ein Junge, leicht zurückgeblieben, was ihn vielleicht einem Mädchen etwas ähnlicher machte, aber dasselbe war es nicht.

Vielleicht hätte sie Ada eine Schwester bescheren sollen. Aber ein viertes Kind kam nicht in Frage, schon Ada war zufällig gekommen, ungeplant, als Mariuccia bereits Anfang vierzig war.

Egal, denkt Mariuccia, während sie sich mit müden Bewegungen das Nachthemd überzieht, das Dasein einer Frau besteht aus Einsamkeit, sonst nichts. Die Kinder, so viele Jahre der einzige Lebenszweck, sind fern, sie leben in ihrer Welt und haben für dich keine Zeit. Vom Mann reden wir lieber gar nicht erst. Die Jugend ist für immer verloren. Was du mit deiner Hände Arbeit ausrichten konntest, hast du zu Hause getan, das alles ist verloren und vorbei.

Sie legt sich hin; das Bett ächzt unter ihrem Gewicht.

Und das, wo ich doch immer meine Pflicht erfüllt habe, bereut sie, während sie sich hin- und herwälzt. Immer auf alles verzichtet habe. Unter »alles« versteht Mariuccia ihre Arbeit, ihre Leidenschaft, ihre Kunst: das Schneiderhandwerk.

Nun liegt sie still, sie weiß, daß sie dick und schwer ist, viel Platz einnimmt: ein alter, dahintreibender Kontinent. Wie überall kommt auch auf dem Mariuccia-Kontinent der Krieg nie zum Erliegen, hier erlischt er kurz, um woanders um so heftiger wieder aufzulodern.

Aber was hätte ich tun sollen? fragt sie voller Groll, innerlich wendet sie sich an Gino. Ich bin eine gute Ehefrau gewesen, eine fleißige Arbeiterin, eine aufmerksame Mutter, ich habe nie einen anderen Mann angeschaut.

Im Grunde weiß sie, daß er noch mehr von ihr gewollt hätte: sich selber aufzugeben, zu einem Teil von ihm zu werden. Seinen Glanz und sein Elend wiederzuspiegeln, sich damit zu begnügen, als sein getreuer Schatten zu leben. Und anderes war ihm wieder zuviel: Er hätte es vorgezogen, wenn sie schwächer gewesen wäre, weniger in der Lage, Situationen zu retten, weniger talentiert.

Mariuccia indes hat sich nie ergeben, bis heute ist sie nicht still, vergißt nicht und vergibt nicht. Mit den Jahren hat sie die Fröhlichkeit ihrer Jugend eingebüßt, Kraft und Vitalität aber sind intakt geblieben. Dafür haßt er sie.

Jedesmal, wenn sie ihre Pflicht bis aufs Blut erfüllt, nämlich das Blut ihrer eigenen Sehnsüchte vergießend, errichtet Mariuccia ein Kriegerdenkmal, einen Gedenkstein, der diesen Tod bezeugt und ihre ewige Wut nährt. Der Mariuccia-Kontinent ist mit solchen Gedenkstätten übersät, mit Narben bedeckt wie ihr Körper, Zeichen von Verzicht und Entsagung, wie die Narbe jener vor Jahren mit dem Skalpell entfernten Brust.

Im Alter bleibt ihr noch ihr Haus, ihr Dorf, die Landschaft. Der Kontakt mit dem Stofflichen hat Mariuccia immer Lebenskraft gespendet: die gescheuerten Töpfe, die stämmigen Beine ihrer Kinder, Samt, Seide, Mousseline zwischen den Fingern, die bunten Flecken der Zinnien im Garten. Ein unschuldiges Glück, das nichts kostet. Er neidet es ihr, sucht es zu zerstören, verachtet es: Weiberkram, das Herz der Welt schlägt anderswo, in den Wörtern, aus denen Politik und Geschäfte aufgebaut und von denen sie wieder zerstört werden, in Handschlägen von Mann zu Mann, in der Erregung der Schlacht und dem Triumph des Siegers. Kurz, in allem, was das Alter ihm genommen hat.

Jetzt ist sie stärker als er, denn sie ist noch zur Freude imstande. Deswegen liefert er ihr diesen unerbittlichen, grausamen, unerträglichen Krieg und zwingt sie zur Flucht.

Und jetzt sind wir quitt, denkt sie böse. Du, der du das Land immer verabscheut hast, sitzt auf dem Land fest, und ich hocke in der Stadt, als Ballast für meine Tochter. Beide stehen wir mit leeren Händen da. Zufrieden?

Sie schläft ein und träumt von ihrer Mutter.

Maria Coppo mit ihrem zahnlosen Grinsen und den weinschillernden Augen erwartet sie in der Tür zum Stall. Ein schöner Frühlingstag, man hört die jungen Blätter sich im Winde regen, den Bach, der hinter dem Haus plätschert. Fliederduft und Mistgeruch, der Duft von Gras in der Sonne und gepflügter Erde. Maria gibt ihr ein Zeichen, in den dunklen, warmen Stall zu kommen. Sie schenkt ihr ein Körbchen, darin acht noch lauwarme Eier, an manchen klebt eine Feder. Sie sagt ihr, das sei ihr Geschenk zu Mariuccias einundachtzigstem Geburtstag und zum einundvierzigsten ihrer Tochter Ada. Mariuccia ist gerührt und glücklich, sie hat einen Kloß im Hals; sie vergißt im Traum, daß es bis zu ihren Geburtstagen noch Monate hin ist. Nie ist ihr ihre Mutter so deutlich erschienen; nicht nur erkennt sie sämtliche Falten, das rote Zahnfleisch, die knotigen Fingerknöchel, sie riecht sogar ihren unverwechselbaren Geruch nach Reisigfeuer, Schweiß, Wein und getragener Kleidung.

Jäh wacht Mariuccia auf, tastet ungeschickt nach dem Lichtschalter, hat das Gefühl, es sei dringend. Sie greift nach dem Bleistift, der immer auf dem Nachttisch bereitliegt, und kritzelt drei Zahlen an den Rand einer Zeitung: acht, einundachtzig, einundvierzig.

Bevor sie wieder einschlafen kann, liegt sie lange wach und denkt nach.

❧

Der Tag danach ist ein Freitag, zwei Tage vor dem Weihnachtsfest am 25. Dezember.

Barbara schläft bis weit in den Vormittag hinein und träumt glücklich. Heute nacht um drei Uhr hat Hugh sie aus Toronto angerufen. Sie hat lange mit ihm geredet, auf dem Teppich liegend, die Augen durch die Oberlichter auf den Himmel gerichtet. Der Himmel ist nicht schwarz, sondern von einem rostigen, elektrischen Rosa: Er reflektiert die Lichter der Stadt und die von etwas Schnee weiß überpuderten Dächer. »Hier sind drei Grad unter Null«, sagt er mit seiner warmen, einladenden Stimme; im Hintergrund sind andere hörbar. Sie kuschelt sich in ihren Pullover und lächelt ihm zu. Sie hat das Gefühl, auch in Kanada zu sein, seine Familie zu kennen, seine Freunde, die Landschaften seiner Kindheit.

Morgen wird Emanuele seine Mutter in ihr Haus in Courmayeur begleiten und dort mit ihr Weihnachten feiern. Barbara hat die Einladung mitzukommen ausgeschlagen. Sie fühlt sich als freie Frau. Lächelnd, von Hughs Stimme gewiegt, streichelt sie zerstreut den Band mit Mutter Ricardas Briefen, der offen neben ihr auf dem Teppich liegt.

Für Ada ist es ein scheußlicher Tag. Die Kunden sind nervös, anspruchsvoll, unsicher und launisch wie Kinder. Rosi verpackt in fliegender Eile Panettones und Schachteln mit Süßigkeiten, still vor sich hinweinend. Dicke Tränen purzeln auf das rote und goldene Papier, sie denkt an das Weihnachtsmahl mit ihrer Mutter und der Schwiegermutter, den Schwestern, Schwägerinnen und Schwagern. Sie weiß nicht einmal, ob sie weint, weil sie von der Aussicht auf das Weihnachtsfest im Familienkreise gerührt oder entsetzt ist. Bis heute sind alle Schwangerschaftstests negativ ausgefallen.

Signora Alina Bianchi holt sechs Panettones und zwölf Pakkungen Marrons Glacés ab. Während Ada die Rechnung fertigmacht, verstaut sie ein Glas Himbeermarmelade in ihrer Tasche.

Mariuccia steht als Verkehrshindernis festgemauert mitten im Laden, erhascht einen Blick auf Alinas Bewegung und schöpft Verdacht, ist aber nicht sicher, ob sie recht gesehen hat. Sie nimmt sich fest vor, diese Kundin im Auge zu behalten.

Als der Vormittag halb vorüber ist, geht sie zur Lotto-Annahmestelle und setzt auf acht, einundachtzig, einundvierzig, sie spielt auf Doppeltreffer und Hauptgewinn, sowohl bei der Turiner Ziehung als auch bei allen anderen. Wieder sieht sie das lachende Gesicht ihrer Mutter vor sich, so nah und lebendig, als könnte sie es berühren. Ihre Augen füllen sich mit bislang zurückgehaltenen Tränen. Sie zieht das große schwarze Portemonnaie aus der Tasche, zählt ihr Geld und setzt fast ihre ganze Barschaft, eine Million Lire.

Wieder auf der Straße, wird sie im leichten, allmählich in Regen übergehenden Schneefall von euphorischer Erregung ergriffen. Wenn ihre Mutter ihr hilft, hat sie vor gar nichts Angst. Sie rechnet im Kopf aus, wieviel sie gewinnen könnte, genug, um ein paar Jahre auszukommen. Sie beschließt, von dem Rest, den sie noch im Portemonnaie hat, eine Bahn schönen Stoff zu kaufen und ihrer Tochter ein Kleid zu nähen.

In demselben Moment steht in Corio ihr Mann Gino am Radio, lauscht den neuesten Nachrichten von der Regierungskrise und kichert bitter in sich hinein. Auf der von Glasringen und Soßenspritzern befleckten Plastiktischdecke im Wohnzimmer sind jede Menge Zeitungsausschnitte verteilt, fast alle mit Bemerkungen und roten und blauen Unterstreichungen, daneben liegt auf einem Stapel vergilbter extrastarker Papierbögen eine alte Schere, die Schenkel weit gespreizt.

Könnte Mariuccia sehen, wie sehr sich ihr Haus in diesen kurzen Wochen verändert hat, das Herz würde ihr bluten. Der Küchenboden klebt und knirscht unter den Füßen, auf dem Rauchfang hat sich eine fettige Schicht abgesetzt, in den Ecken aller Zimmer waren die Spinnen fleißig am Werk. Die Rolläden sind stets herabgelassen, und ihr Ficus hat das letzte Stadium der Agonie erreicht.

Armando bleibt den ganzen Tag im Bett, fiebernd und vom Hexenschuß lahmgelegt. Er fühlt sich wie ein Wrack und haßt alle Frauen unter sechzig, unterschiedslos. Gemeinerweise läßt sich der Kontrollarzt nicht blicken, ausgerechnet heute, wo seine Krankheit wirklich ist und nicht simuliert.

Luca Alberici, Fabios Sohn, nutzt die Abwesenheit des Vaters, der zu einer trächtigen Stute gerufen wurde, ein Notfall; ohne der Mutter Bescheid zu sagen, setzt er sich in den Mercedes und fährt nach Turin. Nach ein paar gewagten Überholmanövern und einer Rutschpartie auf frisch gefallenem Schnee in einer Kurve, mit dem Zustand der Bremsen und seiner Reaktionsgeschwindigkeit zufrieden, feilt er seinen Plan aus, der ihm ebenso einfach wie unfehlbar erscheint.

Als Nani Milch kaufen geht, kommt es ihm vor, als sähe er Salvador, in einem Hauseingang auf der anderen Straßenseite lehnend. Eine Woge von Reue, Wut und heftigem Verlangen spült über ihn hinweg. Er hat beschlossen, Salvador nicht mehr zu sehen, und hat ihm das mitgeteilt. Er möchte diese Episode seines Lebens gern als abgeschlossen betrachten. Abgesehen davon hat er ihm nie Illusionen gemacht. Er liebt ihn nicht und hat keineswegs die Absicht, ihm nach Spanien zu folgen und dort ein Hungerleiderdasein für das experimentelle Kino zu führen. Im Januar beginnt er mit der Arbeit an seinem neuen Stück, in dem er Robin Hood verkörpert. Addio, Salvador, laß uns eine gute Erinnerung aneinander bewahren. Wärst du schöner, weniger unbeholfen und ungestüm, hättest du deinen Schneidezahn mit Keramik überkronen lassen und nicht mit Gold, vielleicht könnte ich dich lieben. Vielleicht auch nicht. Dem Herzen läßt sich nicht gebieten, und du tätest gut daran, dir nicht von ihm gebieten zu lassen.

Und mit diesen weisen Gedanken im Kopf beschließt Nani, ihm auf dem Rückweg erhobenen Hauptes gegenüberzutreten. Er geht über die Straße, rutscht im Schneematsch aus und zerbricht die Milchflasche. Der Mann in dem Hauseingang ist nicht Salvador, sondern ein Elektriker, der eine Gegensprechanlage repariert.

Kaum wieder zu Hause, schrillt das Telefon. Bruna Piazza ruft ihn aus dem Büro an. Der Direktor hat sie gerüffelt, weil in ihrem Bereich ein zu hoher Krankenstand herrscht. Nach einigen Minuten des Gesprächs gelangt sie zu einer nicht sonderlich verhohlenen Selbstmorddrohung. Nani ist erledigt, läßt sich zu einer vagen Zusage hinreißen und rennt in die Küche, die Milch vom Feuer nehmen, die den Herd schon ganz überschwemmt hat.

Delia Ugazzi ist mit fieberhaften Vorbereitungen befaßt: Ihr Sohn Francesco hat sich gemeinsam mit seiner Frau zum Weihnachtsessen angesagt.

Alles Nestores Schuld, der hat den Anruf entgegengenommen: Warum hat er nicht zu einer Ausrede gegriffen?

»Einfach zu bequem!« ruft sie vorwurfsvoll, während sie mit dem Besen durch die Wohnung rast und aufs Geratewohl Staubflocken und Hundehaare einsammelt, die auf dem Boden herumfliegen. »Das ganze Jahr über kein Ton, und dann kreuzt er zu Weihnachten auf, Geschenke abholen! Und wer kocht? Ich natürlich! Bei allem, was man mir zumutet, muß ich mich jetzt auch noch abquälen, um dieser bigotten Schnepfe von Schwiegertochter was Ordentliches vorzusetzen!«

Nestore, noch verträumter und geistesabwesender als sonst, zuckt mit den Achseln: »Was machst du dir so viel Mühe? Koch doch ein paar Spaghetti, ganz gutbürgerlich.«

»Freilich! Bestellen wir einfach was beim Pizzaservice!« entgegnet sie verbiestert.

Nach sechsundzwanzig Jahren Ehe, nachdem sie ihren Sohn aufgezogen haben, hat Nestore immer noch nicht begriffen, was für ein Prüfstein so ein Weihnachtsessen für eine Hausfrau ist. Da kann man mal sehen, in welch verschiedenen Welten Mann und Frau leben, selbst unter ein und demselben Dach. Ist ihm vollkommen gleichgültig, daß eine andere Frau ins Haus kommt, der kein Körnchen Staub entgeht, nicht der geringste Fleck am Waschbecken, und die sich auf dem Ehrenplatz am Tisch niederläßt, um die Frucht der Anstrengungen der Hausherrin kritisch zu sezieren.

Das ist kein Mittagessen im Familienkreise, sondern eine Razzia.

Von einer erhöhten Dosis Koffein angeregt, beschließt Delia, die Herausforderung anzunehmen. Zunächst entwirft sie ein traditionelles, aber leichtes Menü, klassisch, aber mit persönlicher Note, schlicht, aber nicht karg, vielseitig, aber von einem diskreten roten Faden durchzogen; mit einem Wort, ein Kunstwerk, das sich mit heimtückischer Bescheidenheit servieren läßt, dazu bestimmt, in Magen und Herzen von Sohn und Schwiegertochter ein leichtes, wohltuendes Gefühl der Demütigung zu hinterlassen.

Fernanda geht grußlos aus dem Haus und begibt sich entschlossenen Schritts in die Via Garibaldi.

Clelia empfängt sie gnädigst, sie verbirgt ihren Triumph unter einem Schleier selbstgerechten Vorwurfs. Fernanda jedoch weicht um keinen Millimeter. Starr und steif sitzt sie da, die Knie geschlossen, den Rücken kerzengerade, und antwortet einsilbigst.

Clelia, die etwas Vergnügliches noch nie lange hat hinauszögern können – vor allem hat sie nie eingesehen, wozu das gut sein sollte –, macht ihr Komplimente. Unmerklich entspannt sich Fernanda. Clelia läßt die derzeitige Pflegerin Kaffee servieren, und noch bevor diese die Tür hinter sich geschlossen hat, hebt sie zu einer langen, detaillierten Tirade über ihre Fehler und Mängel an. Übergangslos wechselt sie zu ihrer Tochter und den aktuellen Plänen, sie zu enterben.

Nach einer halben Stunde ist zwischen Fernanda und ihr wieder alles beim alten.

Fernanda jedoch ist weder glücklich, noch fühlt sie Genugtuung. Aufsässige Verbitterung brodelt in ihr: Allzuviel Unrecht hat sie erlitten. Von Giuseppe, von Armando, von Erminia und dem Leben. In dieser Situation erscheint ihr ein Waffenstillstand mit Clelia unabdingbar, um die Situation irgendwie wieder in den Griff zu bekommen. Mit ihrem Examen bekäme sie in jedem Krankenhaus, jeder Spezialklinik eine Anstellung, aber Clelia zahlt gut, und weder Klinik noch Krankenhaus haben bestickte Leinenlaken oder Wandleuchter aus Murano-Kristall zu bieten. Außerdem hat Clelia ihr das dreizehnte Monatsgehalt noch nicht gezahlt und noch kein Weihnachtsgeschenk überreicht.

Kurz vor Mittag werden sie von Lucas Ankunft unterbrochen. Dem Prinzip gehorchend, nach dem eine Luxuslimousine hinfahren kann, wo sie will, hat er den Mercedes direkt vor der Haustür geparkt, in der Fußgängerzone, unter den erbosten, entrüsteten Blicken der Passanten. Er hat seinen Auftritt mit seiner Brave-Jungen-Lammlederjacke, seinen Doc Martens und seinem Totschlägergrinsen: Er hält sich für absolut unwiderstehlich.

Clelia ist müde überrascht und reicht ihm die Wange zum Kusse. Er berührt sie kaum, wegen seiner abergläubischen Angst vor dieser alterszarten Haut. Luca begreift einfach nicht, warum die Alten sich so an dieses Leben klammern, ihr einziger Grund kann doch nur sein, daß sie den Jungen auf die Nerven fallen wollen. Für ihn ist Clelias Existenz die reinste Verschwendung: Sie gibt das Geld aus, das er erben soll. Was kann eine in diesem Alter noch von Leben erwarten? fragt er sich und schaut angewidert und seltsam panisch auf ihren faltigen Hals. Lieber konzentriert er sich auf Fernandas Beine, deren Inhaberin seinen Blick zornig erwidert.

Luca ist der von keinem Anflug eines Zweifels getrübten Meinung, Clelia habe ihm ein üppiges Weihnachtsgeschenk zu machen, schließlich sind sie verwandt, und er hat bei Notar Toma eine wichtige Rolle gespielt. Er will sowohl sie als auch Fabio erpressen: Er ist der legitime Besitzer der Villa, außerdem ist er volljährig, wer nicht will, daß er das Anwesen verkauft, muß seinen Anweisungen schleunigst Folge leisten.

Um Clelia all dieses gentlemanlike und diskret mitzuteilen, hat er beschlossen, sie in das erste Restaurant am Platze zum Essen einzuladen, auf ihre Kosten, versteht sich. Er hat bereits telefonisch zwei Plätze reserviert. Clelia verkündet, daß Fernanda sie begleiten wird; Luca zuckt mit den Schultern, das ist ihm gleich, er bezahlt sowieso nicht.

Luca ist bester Laune. Clelia auch.

Als sie aus dem Haus treten, erblicken sie eine Verkehrspolizistin, die mit gezücktem Notizbuch vor dem Mercedes steht. Luca klemmt sich Clelia unter den Arm und schleift sie zum Wagen. Die Polizistin läßt das Büchlein sinken, angesichts der betagten Invalidin schmilzt ihre strenge Miene. Luca fühlt sich göttlich. Noch bevor er den Gang einlegt, schaltet er das Radio ein.

Er legt einen Kavaliersstart hin. Clelia, die sich nicht angeschnallt hat, um den Pelz nicht zu ruinieren, krallt sich an den Sitz. »Nicht so schnell!« gellt sie.

»Keine Sorge, Großmutter. Mit mir fährst du bombensicher«, sagt Luca und biegt in eine Einbahnstraße ein, verkehrt herum.

»Wo fährst du lang? Das hier ist verboten«, bemerkt Fernanda.

»Ah, das macht doch nichts.« Clelia wedelt mit ihrem behandschuhten Pfötchen. »Das stört uns nicht.«

Luca lacht zufrieden, haut ihr aufs Knie, zieht aber jäh die Hand zurück, als hätte er sich verbrannt.

»Du bist wirklich elegant.« Clelia hat sich zu ihm hingedreht. »Ich wundere mich nur über eines. Dieses Pferdeschwänzchen da, halten die Leute dich damit nicht für ein Mädchen?«

»Für ein Mädchen? Mich?« Luca kann es nicht fassen. »Das ist modern so, Großmutter. Die Mädchen aus meiner Klasse sagen, ich sehe aus wie Tom Cruise«, informiert er sie und überfährt beim Einbiegen in die Via Cernaia eine rote Ampel.

»Was meinst du? Sehe ich ihm ähnlich?« fragt er und nimmt eine Hand vom Lenkrad, um sich zu Fernanda umzudrehen, die mit weit aufgerissenen Augen erstarrt.

Clelia stößt einen erstickten Schrei aus.

Mit unglaublichem Blechknirschen brettern sie auf einen Fiat 600, der mit dreißig Stundenkilometern einherwackelt – und das direkt neben einer Carabinieri-Kaserne.

Ein paar Meter weiter kommen sie am Bürgersteig zum Stehen.

»Oh, Scheiße.« Luca sitzt starr am Lenkrad. »Scheiße, Scheiße, Scheiße!«

Langsam, wie in Trance, steigt er aus dem Wagen.

Der 600 ist poliert und herausgeputzt wie eine junge Braut; schade, daß das Vorderteil nur noch ein Blechhaufen ist, um einen Ampelmast gewickelt. Aus der halbgeöffneten Tür ist ein Patchworkkissen hinter dem Rücken des Fahrers herausgerutscht. Eine Duftpappe in Form eines kleinen Tannenbäumchens baumelt wild hinter der geborstenen Windschutzscheibe.

Am Steuer sitzt ein schmächtiger alter Mann, reglos, nach vorn gesunken. Sein Hut ist auf den Beifahrersitz gefallen.

»Oh, Scheiße, Papas Auto!« Luca massiert sich den Kopf und die Handgelenke. Um sie herum bildet sich ein Stau.

Zwei Carabinieri kommen aus der Kaserne gelaufen.

»Mindestens neunzig, dieser Idiot«, bemerkt Luca schnaufend. »In dem Alter sollte man sie nicht mehr aus dem Haus lassen.«

»Sie sind bei Rot gefahren«, sagt einer der Carabinieri. Er ähnelt ein wenig Lucas Vater.

Der Alte macht den Mund auf und ächzt.

Jemand sagt: »Er lebt noch!«, jemand anderes ruft: »Ein Krankenwagen, schnell!«

Fernanda, die zwischen den Sitzen des Mercedes eingezwängt worden ist, zieht sich mühevoll hinaus, ohne auf Hilfe zu warten. Eine Schulter schmerzt sie.

Sie bemerkt als einzige, daß Clelia sich nicht mehr bewegt. Sie ist wohl mit dem Kopf an die Windschutzscheibe geschlagen; jetzt sitzt sie wie hingeworfen, zusammengesackt da. Ihr Lippenstift ist auf dem wachsbleichen Gesicht verschmiert.

❧

24. Dezember, Samstag. Früher Nachmittag. Ziehung der Lottozahlen.

Die Acht, die Einundachtzig und die Einundvierzig werden nirgends gezogen.

Mariuccia sitzt lange vor dem Fernseher, reglos, einen gezückten Bleistift in der Hand.

Auf dem Bildschirm erscheint das Gesicht ihrer Stiefmutter Maria Coppo, zu einer Grimasse satanischer Freude verzerrt, wie das einer Teufelin, die gerade irgendeiner armen Sterblichen einen schönen Streich gespielt hat.

❧

Mitternachtsmesse in der Chiesa di Maria Consolatrice.

Der Raum wirkt wie eine verwunschene Höhle. Er ist ein Produkt der Jahrhunderte, wie eine steinalte Muschel mit ihren Perlmuttschichten. Vor rund tausend Jahren wurde der Bau begonnen, im 17., 18. und 19. Jahrhundert ist das Gebäude gewuchert, spiralförmig um die Kuppeln und die Altäre von Guarini und Juvarra herum gewachsen.

Wer die Kirche betritt, kommt in einen dunklen, ovalen Bauch, in dessen Dämmerlicht unzählige Vergoldungen funkeln. Aus dieser ersten, von Kapellen flankierten Riesenhöhle gelangt man in eine zweite; diese wenigen Stufen bedeuten einen Aufstieg zum dunklen, tiefen Himmel der Kuppel. Dort wartet Sie, in einem beleuchteten Umhang, Ihren Sohn im Arm.

Das Gotteshaus ist ein Labyrinth, von Fluren, Nischen und Treppenaufgängen durchzogen. Die Gläubigen bewegen sich langsam aufwärts und abwärts, sie lehnen sich an winzige Vorsprünge, schlüpfen in unterirdische Gelasse oder lassen sich von der schwindelnden Höhe der Kuppeln ansaugen. Gerade Linien gibt es hier nicht, nur konzentrische oder kurvige Rundungen. Einen weiblicheren Raum als diesen mit seinen Kreisen und Schwüngen kann man sich nicht vorstellen, mit seiner Struktur einer in der unendlichen Nacht schwebenden Stadt. Drinnen begegnet man Bischöfen, Königinnen, Heiligen und Tausenden von Fürbitten, von der Zeit kristallisiert, in den Stein geritzt oder an den Wänden der Sakristei hängend, bis unter die Decke, alles voller Votivtafeln.

Sogar die Luft ist von der immateriellen Dichte des Gebets.

Beten, diese so irrationale, vor allem den Frauen so wichtige Handlung. Wer hätte noch nie in seinem Leben gebetet? Es gibt Momente, in denen kommt es nicht mehr darauf an, ob man glaubt oder nicht, in denen man seinen lebenslangen Atheismus, der vielleicht mit festgefügten politischen Überzeugungen zusammenhängt, hintanstellt und sich segnen lassen geht. Wer hätte noch nie gebetet, ungeschickt vielleicht und ohne zu wissen, an wen sich wenden, vor einer wichtigen Prüfung, wegen einer Beförderung, einem ersehnten Menschen, der nicht kommt, schmachtender Liebe, einer Krankheit, eines Todesfalles, der einen keinen Frieden finden läßt?

Hier, in der Chiesa di Maria Consolatrice, üblicherweise einfach die Consolata genannt, herrscht Waffenruhe mit der übrigen Welt. Ein Ort der Metamorphosen. Vielleicht wird es eines Tages gelingen, jenen komplizierten Transformationsprozeß des Gebetes zu beschreiben: Man beginnt bei der bebenden, schamerfüllten ursprünglichen Materie, bei Gefühlen, die den Körper beschweren und an seine Sterblichkeit fesseln, Angst, Ohnmacht, Bedürftigkeit, um dann, wenn man es schafft, bei einer reinen Flamme anzulangen, die ohne Flackern brennt.

Danach, wenn man aus der Kirche auf die Straße tritt, unter einen grauen, schmutzigen Himmel, ist alles wieder wie zuvor. Aber es bleibt eine Erinnerung daran, der eigenen kleinen Hölle für ein Momentchen entronnen zu sein.

Mittlerweile ist die Kirche voller Menschen und von festlichem Gesumm erfüllt. Barbara betet für all ihre Liebhaber, die vergangenen, gegenwärtigen und zukünftigen. Sie verzeiht ihnen all ihre Fehler, die geplatzten Rendezvous und die unpassenden Bemerkungen, das Zuviel an Liebe und das Zuwenig. Von jedem erinnert sie das Beste, das Leuchtende. Einen um den anderen nimmt sie bei der Hand, als wären sie Statuetten minderer Heiliger zu Füßen der Madonna, bläst jedem einzelnen ihre Zärtlichkeit ein, sie putzt und poliert sie, bis sie glänzen wie Gold, in dieser Heiligen Nacht. Sie betet für Emanuele, denn jetzt, da sie ihn betrogen hat, liebt sie ihn noch mehr, man könnte sagen, sie liebt ihn in der richtigeren, natürlicheren Weise, da er nicht mehr der einzige Mann in ihrem Leben ist. Sie nimmt sich vor, ihn nicht leiden zu lassen, jedenfalls nicht sinnlos. Dieser letzte Gedanke ist ein Zeichen, daß sie ihre Klarsicht wiedergewonnen hat. Es ist, als wäre ihr Hugh von der Madonna gesandt worden, damit sie wieder zu sich selber finden kann. Barbara ist zutiefst dankbar. Sie nimmt sich vor, bei ihren Männern auf die Kleinigkeiten zu achten, zärtlich, aufmerksam, feinfühlig zu sein. Einen breiten Schal um den Kopf geschlungen, kniet sie da und gibt sich der Entrückung durch die Weihnachtsmesse hin.

In einer der hintersten Bänke sitzt Mariuccia, das Gesicht in den Händen, und weint. Sie hofft, daß Ada, die hinter ihr steht, es nicht bemerkt, und fragt die himmlische Mutter, warum ihre irdische Stiefmutter sie betrogen hat. Nie in ihrem Leben hat sie sich so verlassen gefühlt. Die Verbitterung über das erste Verlassenwerden, darüber, daß sie ihre leibliche Mutter nie gekannt hat, kommt ungemindert über sie, heute abend, in ihrem einundachtzigsten Lebensjahr. Was hat Maria Coppos Heimtücke zu bedeuten? fragt sie die Madonna. Soll ich daraus etwas lernen? Mariuccia will nichts mehr lernen, sie ist zu alt, sterben will sie.

Ada schaut auf die massige, dunkle, von Schluchzern geschüttelte Gestalt ihrer Mutter. Sie fleht die Madonna Consolatrice an, ihr zu zeigen, wie sie Mariuccia trösten könnte. Sie verspricht, auf ihre egoistischen Wünsche zu verzichten, auf Paris, auf Isabelle und ihre Pläne, wenn sie dafür ihre Mutter glücklich machen kann. Die Schwere der Aufgabe, die sie sich gestellt hat, drückt sie nieder, und sie bittet die Madonna um die Kraft, ihrer Mutter eine Mutter zu sein. Es kommt ihr vor, als würde Sie dort aus ihrem Silberrahmen ihr zulächeln, undurchschaubar, vielleicht skeptisch, als würde Sie sie prüfend mustern.

❧

Als Hauptgang des Weihnachtsessens hat Ombretta Marzo Tante Margheritas Milchbraten gewählt. So gern erinnert sie sich an die Festtage ihrer Kindheit, wenn die ganze Familie bis tief in den Nachmittag hinein am Tisch sitzenblieb, bis die Männer dann zum Kartenspielen gingen und die Frauen schwatzend die Küche aufräumten, eingelullt von gemütlicher sonntäglicher Schläfrigkeit.

Tante Margherita machte es so: Erst rieb sie einen Lendenbraten vom Schwein gründlich mit einer Paste aus zerdrücktem Knoblauch, Rosmarin und Sardellen ein, briet ihn in Butter an, begoß ihn dann mit Milch, um ihn lange schmoren zu lassen, bis sich eine dicke, cremige Soße bildete und das wunderbar zarte Fleisch umhüllte.

Ombretta trägt ihre Küchenschürze, ein grellbuntes Stück wie aus dem Märchen, selber fast ein Festtagskleid, das ihr die Kolleginnen vor vielen Jahren zu Weihnachten geschenkt haben. Der Brustteil ist von roten und grünen Blumen geziert, die Säume sind rundum mit breiten Rüschen besetzt. Bislang hat sie die Schürze nicht getragen, Germano hätte es nie ausgehalten, sie in diesem flammbunten Ding zu sehen. Sie kann ihn geradezu hören, wie er sie anmault: »Woran bastelst du da jetzt wieder, so herausgeputzt?«

Ja, ja, Germano.

»Jetzt machen wir uns einen guten Braten«, sagt sie zu ihrem Publikum, das erwartungsvoll bebend vor ihr sitzt, auf dem Fensterbrett der Küche aufgereiht, Tabasco, Ginger und Vanilla, alle drei mit erhobenen Näschen schnuppernd. Sie sind ihre Komplizen.

Seit langem ist Fleisch in dieser Form für sie der höchste der Genüsse: lange geschmort, ein wenig fett, warm und nach

Knoblauch und Kräutern duftend, dazu vielleicht ein pikantes Sößchen.

Was zwischen ihnen beiden war, vor so vielen Jahren, ist nur noch eine verschwommene Erinnerung, und viel gibt es gar nicht zu erinnern. Bewegungen wie zwischen Klammern, ihre Ausbruchsversuche, bei denen sie sich an seinem verstockten Schweigen den Kopf einrannte, seine unvermittelte Glut, nach der ihr verlassen und melancholisch zumute war wie im winterlichen Dämmerlicht.

Das war aber noch vor der großen Depression.

Danach hatte aller Überfluß dem Unabdingbaren Platz gemacht, Ruhe und Gemütlichkeit waren einem ununterbrochenen Alarmzustand gewichen. Die Liebe in ihrer grundlegendsten Form, der reinsten und haltbarsten, derjenigen, die eine Frau nur innerhalb ihrer Familie erleben kann, sieht die Trägheit der Befriedigung, die Erfüllung der Wünsche nicht vor.

Germano ist für sie Sohn, Vater, Großvater und alle Brüder, die sie nie gehabt hat. Manchmal, wenn sie beim Milchhändler oder am Zeitungsstand von ihm redet, sagt sie aus Versehen »mein Sohn« oder »mein Bruder« statt »mein Mann«. Er umgibt sie wie eine Mauer aus vielfachen Identitäten, eine solide fleischerne Mauer zwischen ihr und dem Rest der Welt.

Alles hatte sich mehr oder minder im Gleichgewicht befunden, bis er sie überredete, ihre Arbeit aufzugeben. Ombretta wandte ein, ihre Rente würde zu niedrig sein, aber er, der selber seine Pension hat, dazu ein bißchen Gespartes auf der Bank, hat nur mit den Schultern gezuckt.

»Seit wann«, hat er gefragt, »ist Geld das Problem?«

Ach, der Idealist der Familie.

Wie soll sie ihm sagen, daß sie selber das Problem ist?

Wie soll sie ihm die Leidenschaft und Sehnsucht begreiflich machen, mit denen sie im Frühling morgens durch den knospenden Park geht und ihre Blicke zwischen herumfliegendem Papier und Flaschenscherben nach den Gänseblümchen suchen? Die sie dazu bringen, daß sie rennt, um eine Minute zwischen den Marktständen auf dem Platz herumschlendern zu können? Die Ombretta erheben, sie das Gesicht zum Himmel wenden lassen, bis sie den Eindruck hat, auch ihre Füße lösten sich vom Pflaster und begännen zu schweben?

Wie würde ihr der Morgenhimmel fehlen, wenn sie sich pensionieren ließe!

Sie ließ sich schnell überreden.

Was für einen Unterschied kann es für die Geisel schon machen, für die Frau, die sich von der wissenden Gewehrmündung führen läßt, ob sie nach rechts oder links, nach oben oder unter die Erde geführt wird? Wichtig ist doch nur die Nähe, der enge Kontakt mit diesem verliebten Metallmund.

Der Schock der Pensionierung fiel denn auch geringer aus als erwartet. Die Kollegen fehlten ihr nicht, mit denen sie ohnehin nur wenig gesprochen hatte (ein bißchen aus Schüchternheit, ein bißchen, weil sie sich ihres ereignislosen Lebens schämte); in einen von ihnen, einen schönen Mann mit tiefer Stimme und untadeligen Manieren gegenüber den Frauen, war sie ein wenig verliebt gewesen, auf abstrakte, träumerische Weise. Nicht einmal er fehlte ihr.

Keine Trauer um die schmächtige Topfblume auf dem Fensterbrett, um die Gerüche und Geräusche des Büros, den Geruch der kunstledernen Einrichtung und der nahen Kaffeerösterei, um die Geräusche von rollenden Stühlen auf dem Linoleum und von aufgezogenen, zugeschobenen Metallschubladen, um das beständige Stimmengewirr.

Was ihr fehlt, ist ihr tägliches Abenteuer.

Morgens das Haus zu verlassen, für ein stets gleiches Ziel, für einen Weg, der stets, unendlich vertraut derselbe war; aber dennoch trat sie jeden Tag unter einen neuen Himmel, schlug sie die Zähne in einen neuen, unwiederholbaren Tag.

Wenn ihr gegen Abend Überdruß, Müdigkeit und Ängste auf den Leib rückten und sie sich einer gewissen Traurigkeit nicht mehr erwehren konnte, spürte sie oft die Sehnsucht nach dem, was nicht geschehen war, nach einem Tag, der sich immer wieder ankündigte, um dann nie einzutreffen.

Aber das machte nichts, denn sie wußte, morgen kam die Verheißung eines neuen Tages.

Sie wußte, daß sie aus dem Haus gehen würde, um ein Teil des Draußen zu werden, der Stadt, der Bäume, der Gänseblümchen, des Abfalls, der beschneiten Berge, der überfüllten Straßenbahn.

So entkam sie ihm. Und er wußte es.

Aber Ombretta Marzo ist stark und widerstandsfähig. Sie erträgt auch das Rentnerinnendasein.

Zäh wie ein Weidenast, elastisch in der Verbiegung, der immer wieder zur Ausgangsform zurückkehrt.

Während sie das Fleischstück geschickt in Form bindet, mit dem Küchengarn ein Netz knotet, das es wie einen Gefangenen an der Flucht hindert, fällt ihr der Weidenast ein, mit dem ihr Großvater ihr als Kind zischend auf die Beine schlug.

Armer Großpapa, denkt sie kopfschüttelnd.

Der arme Großpapa, so cholerisch. Böse war er nicht. Zu seiner Zeit waren alle Männer autoritär und tyrannisch. Es war nicht seine Schuld. Und ich war wirklich zu lebhaft, richtig aufsässig.

Sie verspürt Zugehörigkeitsgefühl, Nähe zu ihrer Vergangenheit, zu allen Ereignissen und Personen, die sie mitgeformt, ihre Muster in ihr hinterlassen haben. Sie ist ihr Abdruck.

Sie ist eine, ist viele.

Vor allem ist sie Germano.

Nein, er hätte nicht von ihr verlangen dürfen, daß sie in Rente geht.

Die Welt dort draußen war ihre Rettung. Das wußte er nicht, darin bestand seine Kurzsichtigkeit, und ebensowenig wußte er, daß sie diese Rettung mit ihm teilte, sie ihm mit ihrem Körper überbrachte, mit ihren von der Kälte oder der Wärme auf der Straße geröteten Wangen und den Ohren, in denen noch die Geräusche und die Laute der Menschen widerhallten.

Es war wie eine Kommunion, ein Mysterium, eine Eucharistie.

Als sie im Haus eingesperrt war, vertrocknete sie bald und hatte ihm nichts mehr zu geben. Sie wurde ihm zu ähnlich, bis sie ebenso verdorrt war wie er und begann, einen unerträglichen Schmerz zu spüren, wie ein Brennen tief drinnen, noch dazu ohne das hilfreiche Schauspiel der Flamme.

Sie wird von einem eiternden Abszeß befallen, der sie nachts wachhält, in einer Agonie von Juckreiz und Brennen. Bei den Händen hat es angefangen: Mitten in den Handflächen sind rote, mit Lymphe gefüllte Bläschen aufgetaucht; wenn sie verschwinden, ist die Haut schuppig und schorfig und reißt leicht auf.

»Schau mal, ich habe Wundmale bekommen«, stellt Ombretta fest. Er aber regt sich auf, anstatt darüber zu lächeln, in ihm steigt kalte Wut auf, wie immer, wenn ihm etwas zuwiderläuft. Fühlt er einen Vorwurf? Oder hat er Angst, er könnte seinen Vorsprung im Leiden einbüßen?

Die Wundmale brennen wie Feuer und werden immer größer. Sie geht zum Arzt, verzichtet einen Monat lang auf Süßes, Fettes und Wein und muß sich mit einer Salbe einreiben, deren Geruch ihn absolut abstößt, so daß er sie nicht anrühren will und auf dem Sofa schläft, und sie muß morgens und abends je dreißig bittere Tropfen einnehmen.

Indessen breitet der Abszeß sich aus, befällt auch Ellbeugen und Kniekehlen.

»Sie stehen unter Streß«, sagt der Arzt. »Haben Sie vor irgend etwas Angst? Haben Sie Sorgen? Stehen Sie unter Schock?«

»Ich liege auf dem Grill«, antwortet sie lebhaft, »aber ich kann nicht braten. Also verbrenne ich langsam.«

Der Arzt lacht. »Verbrennen Sie lieber das, was Sie quält«, rät er. »Sonst kriegen wir das nie weg.«

Als wäre das so einfach.

Dennoch kommt Ombretta Marzo mit der Zeit zu fast demselben Schluß wie der Arzt.

Sie ist Germano so ähnlich geworden, daß sie sich mittlerweile wie er vom Anblick der Leute angewidert fühlt.

Und das ihr, die seinerzeit bei jeder Gelegenheit so gern mit Nachbarn und Händlern ein paar Worte wechselte, immer dieselben; jetzt ist sie stumm und unleidlich. Sie geht lieber in den Supermarkt als in die Lädchen um die Ecke, da braucht man nichts zu sagen, zu niemandem, nicht einmal »danke«.

Sie macht nicht einmal mehr dem Postboten die Tür auf, wenn der gegen Mittag klingelt, obwohl sie weiß, daß sonst im ganzen Haus niemand da ist.

Und da sie nicht mehr lacht und nichts mehr zu erzählen weiß, läßt er sich bequem in seine miese Laune zurücksinken, richtet sich darin ein wie ein Penner im Straßendreck, so verschafft er sich Befriedigung und nährt seine Wut.

Ombretta fängt wieder zu weinen an. Wochenlang weint sie.

Sie weint wie ein tropfender Wasserhahn, ohne Unterlaß, sie weint und kratzt sich und salbt jammernd ihre Wunden.

Bis sie endlich eines Tages unvermittelt, ohne daß etwas Sichtbares geschehen wäre, zu weinen aufhört und sich schüttelt.

Sie wird gewahr, daß sie während ihrer erzwungenen Diät abgenommen hat. Außerdem ist sie käsebleich geworden, auf der blassen Haut leuchten die entzündeten Placken wie Blut im Schnee.

Sie kommt wieder zu sich, unerwartet, aber dennoch von einer Regung tief in ihrem Inneren vorbereitet, als wäre ein Wecker auf genau diesen Tag eingestellt worden.

Das erste Gefühl, das sich meldet, ist Hunger. Das zweite Vereinsamung. Sie ißt wieder alles, trotz Germanos erbitterter Vorhaltungen. Ihr Leiden läßt nach. Aber sie weiß, wenn sie richtig genesen will, muß sie etwas Radikaleres tun. Sie spricht mit dem Essen, das sie vor sich hat. Eine angenehme Gewohnheit. Überhaupt ist das Essen jetzt ihre netteste Gesellschaft.

Ombretta beginnt, den runden Tisch einzudecken. Auf das weiße, bestickte Tischtuch stellt sie sechs Gedecke. Feierlich holt sie das Festtagsgeschirr aus dem Schrank, wischt jeden Teller einzeln mit dem Küchenhandtuch ab, bevor sie ihn neben die gefaltete Serviette stellt.

Sie weiß noch nicht, wen sie einladen wird.

Während sie letzte Hand an das Menü legt, überlegt sie, vielleicht wäre es richtig, Weihnachten mit der Familie zu feiern, mit ihrer Mutter, dem Großvater, Onkel Eugenio …

Zu Tode würde ich mich langweilen! denkt sie, während sie mit dem Holzlöffel die Soße abschmeckt.

Nein, nichts da mit Familie. Jetzt kann sie sich erlauben auszubrechen, Herz und Gewissen zu vergessen.

»Du bist eine potentielle Verbrecherin!« hat Germano immer gesagt, worauf sie lachte, bis ihr die Tränen kamen.

Sie würde Weihnachten gern mitten im Wald feiern, ein Fest inmitten von Geglitzer und Schnee.

Ein Foto kommt ihr in den Sinn, das sie in einer Reisezeitschrift gesehen hat: ein großes Holzchalet am Rande eines Tannenwaldes, die schwarzen Zweige schwer unter ihrer blauen Schneelast, eine verschneite Wiese mit den Schatten des Winternachmittags.

Dort wäre sie gern, in einem Haus voller Holzduft, in dessen Kaminen große Feuer prasseln, die Stimmen der eleganten, lächelnden Gäste hüllen sie ein wie ein Pelzmantel. Unter Unbekannten, selber eine Unbekannte.

Sie probiert den Wein, eine Flasche Barolo, die sie für den Anlaß zurückgelegt und vor drei Stunden entkorkt hat. Köstlich.

Für nachher hat sie Spumante.

Sie hebt das Glas und trinkt auf die Gesundheit der Unbekannten, die um ihren Tisch sitzen, neben den drei konzentriert-begeisterten Katzen, im großen, von Kerzen beleuchteten Wohnzimmer. Es ist halb ein Uhr am Mittag des fünfundzwanzigsten Dezember.

❧

Zur selben Stunde blickt Delia sich in ihrer Küche um, die sie mit fieberhafter Emsigkeit verwüstet und dann wieder geputzt hat, so gut es ging: Jede verfügbare Fläche steht voll von Tellern aller Formen und Größen, ihrerseits von Tellern oder Küchenhandtüchern bedeckt.

Sie ist völlig fertig. Seit gestern früh ist sie fast ununterbrochen mit den Vorbereitungen beschäftigt. Die ganze Zeit hat sie sich mit Nestore gekabbelt, außer in der kurzen Atempause heute nacht, während derer sie träumte, sie würde sich mit Doktor Bellini kabbeln.

Überpünktlich wie immer steht ihr Sohn zur verabredeten Stunde auf der Schwelle, und sie hat keine Minute Zeit gehabt, sich ein wenig frischzumachen.

Da steht er, säuberlich und brav wie stets, gekleidet wie zu einer Beerdigung, glattrasiert und in einem dunklen Anzug, in dem er mindestens zehn Jahre älter aussieht. Wer würde darauf kommen, daß er erst vierundzwanzig ist? Seine Frau Maria Teresa trägt ein blaues Schwangerschaftskleid, unter dem sich eine gewisse Wölbung abzeichnet. Delia starrt sie fasziniert und entsetzt an, als säße unter dem Kleid eine Python, bereit, sie zu erwürgen. Sie wird also bald Großmutter.

Als erster faßt sich Nestore. »Wie ich sehe, bist du nicht faul«, sagt er augenzwinkernd zu seinem Sohn. Maria Teresa erstarrt. Unverhohlen angewidert blickt Francesco auf einen Tomatensoßenfleck auf dem Rollkragenpullover seines Vaters.

»Wir bekommen ein Kind«, sagt er dann, jede Silbe deutlich artikulierend, als wären seine Zuhörer taub.

»Alle beide?« fragt Delia, von plötzlicher Albernheit geschüttelt. Ihr schwankt der Boden unter den Füßen.

Ein Moment Stille.

»Natürlich, alle beide«, antwortet Francesco leicht verstimmt. »Unser Kind.« Er legt seiner Frau den Arm um die Schultern. »Wir wollten, daß ihr es erfahrt, wie es sich gehört. Es kommt im März.«

»Warum hast du mir das nicht vorher gesagt?« explodiert Delia. »Kommst hier einfach so damit an, ohne Vorwarnung...«

»Schon gut, schon gut«, unterbricht sie Nestore mit erhobener Stimme. »Das müssen wir feiern. Zum Bankett geht's hier entlang.«

Das Essen liegt für Delia unter einem Nebel diffusen Schmerzes. Wie üblich pickt ihr Sohn nur in seinem Teller herum und beäugt die Speisen mißtrauisch. Ihre Schwiegertochter tupft sich nach jedem Bissen den Mund mit der Serviette ab. Nestore fängt sofort zu trinken an, obgleich niemand sonst einen Aperitiv möchte, und später schenkt er fleißig nach. Die Gläser leeren sich im Schneckentempo, bis auf seines.

Sie würde gern mit ihrem Sohn reden, seine Stimme hören, ihn fragen, was zwischen ihnen geschehen ist, wann sie begonnen haben, sich voneinander zu entfernen und warum.

Indes kann sie von nichts anderem reden als von dem Essen, das sie zubereitet hat, sie entschuldigt sich für die Mängel, die sie jedem Gericht andichtet, vergebens darauf hoffend, daß jemand ihr widerspricht.

Das Menü zieht vor ihren Augen entlang wie ein Horrorfilm in Erwartung des schauerlichen Finales. Zunächst die Antipasti: Zunge in grüner Soße, Peperoni mit Sardellen-Kapern-Sauce, Kräuterpfannküchlein. Schade nur, daß sie überall Knoblauch verwendet und vergessen hat, daß Sohn und Schwiegertochter den nicht vertragen. Dann kommen Tagliolini mit Pilzen; in ihrem Bemühen, alles richtig zu machen, hat sie sie zu früh gekocht, und jetzt, nach einstündigem Warten, sind die mit so viel Aufwand selbstgemachten Nudeln eine einzige gummiartige Masse. Sodann der Auftritt des Bratens mit Salat, von letzterem will allerdings niemand mehr, weshalb er traurig in der Salatsoße zusammensackt. Schließlich naht die Stunde der Panna cotta, Delias Spezialität, die diesmal heimtückischerweise auseinanderläuft, kaum daß sie aus den Förmchen gestürzt worden ist.

Delia betrachtet die Teller von Sohn und Schwiegertochter, Schlachtfelder von Resten, und sie wankt unter dem Gewicht ihrer Niederlage. Gekocht hat sie für zwölf, es bleibt furchtbar viel übrig.

Beim Kaffee – in den Nestore eine großzügige Dosis Sambuca gießt – durchdringt ein Satz ihres Gatten die dicke Rinde aus Benommenheit, die sie einhüllt. »... vielleicht werden Mama und ich uns trennen«, sagt er, nachdem er schon eine Viertelstunde lang vor seinem wohlerzogenen, peinlich berührten Publikum dahergeplappert hat.

Augenblicklich gerät sie in Fahrt, es ist, wie wenn der Optiker einem die Linse mit der richtigen Sehstärke vor das Auge schiebt.

Mit aufgerissenen Augen sehen sie sich an. Sie erkennen einander wieder. Sogar ihr Sohn zwinkert überrascht.

»Was fällt dir ein?« würde Delia gern losschreien. »Was erlaubst du dir?« – aber ihre Zunge gehorcht ihr nicht.

»In eurem Alter?« fragt indessen Francesco und lockert sich den Knoten seiner grauen Krawatte.

»Ich bin noch keine fünfzig!« entgegnet Nestore. »Ein Mann ist mit fünfzig im besten Alter!«

Ihr Sohn schaut sie aufmerksam an. Er ist blaß. Delia schäumt. »Dein Vater ist betrunken«, gibt sie mit gellender Stimme bekannt. »Er hat sich ganz allein zwei Flaschen Dolcetto reingekippt.«

»Ich bin nicht betrunken«, protestiert Nestore, »ich bin ein freier Mann.«

»Also ich bitte dich!«

»Ich begreife dich nicht«, meint er mit belegter Stimme und dreht sich zu ihr um. Seine Augen sind blutunterlaufen, vielleicht vom Wein. »Wer hat denn angefangen? Du, nicht etwa ich!«

Und zu Delias wachsendem Entsetzen spuckt er Sohn und Schwiegertochter die ganze Geschichte ins Gesicht. Sie bricht unhaltbar aus ihm hervor, wie etwas Beschämendes, das man nicht mehr für sich behalten kann. Sofort im Anschluß geben Nestore und sie das Schauspiel eines ihrer üblichen Kämpfe, nur noch heftiger, voll wilder Freude und wilder Zerstörungslust, als machten sie endlich Ernst, nachdem sie lange nur so getan haben als ob.

Maria Teresa sitzt ganz hinten auf ihrem Stuhl und hält sich die Arme vor den Bauch, als fürchte sie um das Leben ihrer Leibesfrucht. Bestürzt, entsetzt schaut sie ihnen mit halboffenem Mund zu, so daß ihre Zahnspange sichtbar wird: als drohte der Auftritt ihr Kind zu verstören. Sie hält ihm Ohren und Augen zu, zwingt es, sich auf die andere Seite zu drehen.

Delia haßt sich für das, was sie da tut, aber sie kann es nicht lassen. Sich vor Maria Teresa zu einer Szene hinreißen zu lassen! Vor ihrer Schwiegertochter, die alles ist, was sie nicht ist, nie sein wird: ordentlich, exakt, wohlerzogen, sparsam; jeden Sonntag geht sie zur Messe, sie kleidet sich in Blau und Perlgrau, putzt ihre Wohnung, bis sogar der Gashahn diamantengleich schimmert, sie strickt, kocht fettfrei, nie hebt sie die Stimme, beim Anblick eines Säuglings kommen ihr automatisch die Tränen. Maria Teresa ist die normale Frau par excellence, die Auserwählte ihres Sohns.

Ihr gegenüber verliert Delia gerade für immer das Gesicht.

Im Taumel des Streits verpaßt sie Nestore eine Ohrfeige, die er ihr umgehend zurückgibt. Noch nie haben sie sich geschlagen. Ihr Sohn geht dazwischen, um sie zu trennen, sofort danach klopft er sich die Jackenärmel ab, als müßte er befürchten, sich beschmutzt zu haben.

Das Feuer verraucht, sie beruhigen sich. Das Geschehene scheint sie verstummen zu lassen, sie wagen es nicht mehr, die beiden anderen anzusehen. Die reißen die Augen auf. Für einen Moment denkt Delia daran, wie sie Zorro aus dem städtischen Tierheim geholt haben. Die kleine Promenadenmischung rennt ans Gitter vor und bellt sich die Kehle aus dem Hals wie alle anderen, »nimm mich mit, nimm mich mit!«, und vor lauter Eifer muß der Hund ein bißchen pinkeln; plötzlich beschämt, verstummt er und sitzt da, ein klägliches Fellbündel. In diesem Augenblick beschließen sie, ihn zu adoptieren. Aber ihr Sohn und die Schwiegertochter sind aus ganz anderem Holz geschnitzt, die lassen sich nicht erweichen, die nicht.

Sobald der Anstand es erlaubt, gehen beide. Sie haben genug gesehen. Maria Teresa muß sich ausruhen, die Schwangerschaft strengt sie sehr an.

Sie sind schon in der Tür, da schreit sie: »Francesco!«

»Was ist, Mama?«

Gegen die Tränen ankämpfend, greift sie sich seine Hand und knetet sie zwischen den ihren, ganz wie den Teig für die Tagliolini, sie sagt: »Gehst du einfach so, ohne ein Wort? Nimm wenigstens etwas Braten mit, ich habe noch für eine ganze Kompagnie.«

»Du machst eben immer zuviel, Mama.« Er zieht die Hand weg.

Sie umarmt ihn heftig. »Verzeih«, sagt sie zu seiner Krawatte und tränkt sie mit Tränen. »Verzeih uns bitte, dein Vater und ich sind ein bißchen gestreßt. Das ist das Zusammenleben. Das ist die Ehe.«

»Unsere Ehe ist glücklich«, sagt Maria Teresa.

»Halt den Mund, dumme Gans! Was weißt du schon, du bigottes Ding?« jault Delia auf und beendet so die Abschiedszeremonie abrupt. Das hat sie ihr schon immer sagen wollen, seit sie sie kennt. Wie bei allen lange aufgeschobenen Wünschen ist der Augenblick der Erfüllung eher enttäuschend.

Sie gehen hastig, türenschlagend.

»Mußtest du sie wirklich eine dumme Gans nennen?« erkundigt Nestore sich müde.

Sie messen sich mit einem langen Blick, in dem Feindseligkeit, Komplizenschaft und Resignation ineinanderfließen.

Fast zugleich fallen sie in bleischweren Schlaf, nebeneinander im Ehebett liegend, sie im Unterrock, er hat nicht einmal den Rollkragenpullover ausgezogen.

Am Abend hat er Kopfweh und ist wortkarg. Nachdem sie Gläser und Teller gespült, die Töpfe gescheuert und die Reste im Kühlschrank verstaut, Böden und Herd geschrubbt hat, wird sie gegen neun Uhr von einem Freßanfall übermannt.

Es ist wutentbrannte Gier, fast identisch mit dem Verlangen nach Ordnung und Vergessen, dem Wunsch, all dieses Essen verschwinden zu lassen; in den Müll kann sie es nicht werfen, schließlich ist sie in einer Kultur aufgewachsen, in der es ein Sakrileg war, etwas Eßbares wegzuwerfen. Also tritt sie selber an die Stelle des Mülleimers und schluckt – bunt durcheinander und ohne sich einen sauberen Teller zu nehmen, direkt aus den Plastikbehältern – Peperoni und Zunge mit grüner Soße, kalten Braten und Panna Cotta, dazu noch kalte Nudeln und abgesoffenen, öltriefenden Salat, um schließlich die Sardellensoße auszulöffeln, die sie für den nächsten Tag beiseite gestellt hatte.

Als sie satt ist, fühlt sie sich einen Augenblick in Frieden mit sich selbst. Sie stürzt ein Glas Dolcetto hinterher, ohne auch nur einmal abzusetzen. Dann geht sie hin und setzt sich vor den Fernseher, neben ihn und die Sambuca-Flasche. Sie trinken, ohne zu reden.

❧

Ada weiß nicht, was ihre Mutter quält. Ist es Weihnachten mit seiner Last an Erinnerungen?

Als sie für sie beide allein den Tisch deckt, verspürt sie eine unbegreifliche Sehnsucht nach den Weihnachtsfesten früher, den üppigen Festessen mit Schlackwurst und Panettone, während derer sie und ihre Brüder sich vorsichtig über das verminte Terrain der Familienangelegenheiten bewegen.

Die Mariuccia in ihr findet es sentimental, für sie beide das beste Tischtuch und die Kristallgläser hervorzuholen, sie findet das Leben als Junggesellin kalt und öde, meint, ihr stehe ein vereinsamtes Alter bevor. Zwecklos zu entgegnen, daß sie sich dieses Leben ausgesucht hat, daß es für sie maßgeschneidert ist. Mariuccia ist erbarmungslos.

Sie essen schweigend. Adas Bemühungen um ein Gespräch fallen ins Leere. Mariuccia hat rotgeweinte Augen.

Um drei kommt Franco aus Alessandria. Es findet ein verlegener Austausch von Geschenken und stummen Blicken statt.

Im Flur flüstert Franco seiner Schwester zu, so könne es nicht weitergehen, man müsse etwas tun. Er zeigt ihr einen Umschlag, prallvoll mit Ginos anonymen Briefen. Ada zeigt ihm diejenigen, die sie erhalten hat. Sie legen sie nebeneinander.

Franco ist gealtert und leidet unter Leberbeschwerden. Natürlich ist er der Meinung, ein Mann seiner Jahre habe das Recht auf Ruhe vor den Verrücktheiten seiner Eltern. Für ihn besteht die einzige passende Lösung darin, beide in verschiedene Altersheime zu sperren, möglichst weit voneinander entfernt. Er möchte, daß Ada das Thema »Altersheim« ins Gespräch bringt, doch als er sieht, daß seine Schwester sich nicht dazu durchringen kann, zieht er leidlich iritiert ein Blatt mit Notizen hervor und fängt eine Leier mit monatlichen Kosten, Einzelzimmeraufschlag und spezialisiertem Pflegepersonal an.

Ada sagt, sie sei bereit, Mariuccia bei sich zu behalten. Ihr Bruder wirft ihr einen langen, perplexen, fragenden Blick zu, wackelt dann mit dem Kopf, als gebe er es auf, das begreifen zu wollen, streckt ein wenig die Schultern; sein Gesicht erhellt sich, und er verkündet fast liebenswürdig, na, dann bräuchte man ja nur einen Platz zu bezahlen.

Während sie reden, telefoniert Mariuccia mit Michele, der sie angerufen hat, am Rande eines Nervenzusammenbruchs. Gino hat einen anonymen Brief voller perfider Gemeinheiten in das Büro gesandt, wo seine Lebensgefährtin arbeitet. Der Schrieb ist auf dem Schreibtisch des Chefs gelandet. Offenbar hält Michele seine Mutter für mitverantwortlich an der Sache. Mariuccia fängt an zu weinen und sagt, er wisse nicht, was sie im Leben alles durchgemacht habe.

Ada und Franco streiten sich mit Michele, und dann, ohne daß die Dynamik der Geschehnisse irgendeinem von ihnen bewußt würde, beide miteinander und jeder für sich mit Mariuccia.

Der Nachmittag kippt ins Tragische. Eine moderne Tragödie ist das, ohne Einheit von Raum, Zeit und Handlung, ganz ohne Katharsis. Mehr als vom drohenden Schicksal sind die Darsteller davon bedrückt, wie unbedeutend und kläglich ihre Rolle ist, aus der sie jedoch keinen Ausweg sehen. Einzig Mariuccia bewahrt eine gewisse Größe: Sie spricht, ohne ihre Kinder dabei anzusehen, sie starrt auf eine Stelle an der Wand, vielleicht sieht sie dort den Tod, der ihrer harrt. Sie erklärt, daß sie bereit zum Sterben ist, nichts anderes mehr erwartet. Die Welt hat ihr nichts mehr zu bieten noch von ihr zu verlangen. Das Leben hat keinerlei Anspruch mehr an sie zu stellen.

Als Franco gegangen ist, weint Mariuccia still vor dem Fernseher. Eine alte Frau weinen zu sehen, überdies noch die eigene Mutter, dieses Schauspiel ist schwer erträglich. Ada schnürt es den Hals zu. Ein finsterer Schrecken legt sich auf sie und verschlingt sie, schlägt ihr die Zähne in das Fleisch. Sie kniet sich vor die geschwollenen Beine, umfaßt fest die Hand, in deren einen Finger der Ehering seit alters her tief einschneidet, und bittet um Verzeihung.

Mariuccia, die sich ihrer Tränen schämt, kann der ungewohnten Zärtlichkeit ihrer Tochter nicht widerstehen und gesteht ihr den Grund ihres brennenden Schmerzes: Maria Coppo hat ihr im Traum die falschen Zahlen gesagt, und sie hat über eine Million Lire verloren. Ein tödlicher Schlag.

Ada, die sich immer für verständnisvoll gehalten hat, explodiert in übermäßiger Wut.

»Deswegen weinst du? Wegen einer Million? Die kriegst du von mir wieder, und mehr, soviel du willst! Du kannst mich doch nicht wegen Geld so quälen.«

Eigentlich wollte sie sagen »dich nicht quälen«, aber sie sagt tatsächlich »mich«.

Entsetzt über sich selber, läßt Ada die Vorwürfe aus sich hervorbrechen, die sie seit dreißig Jahren und mehr verborgen hält. Sie geht im Zimmer auf und ab, vor Mariuccia, die reglos wie ein Totem dasitzt, in ihren Schmerz gesperrt, wie eine Demeter, die beschlossen hat, der Erde keine Frucht mehr zu spenden. Ada wirft ihr vor, daß sie sich aufgeopfert hat, und zwar unwillig, daß sie die kleine Persephone in sich unterdrückt hat. Alles ist verkehrt gelaufen in ihrem Leben, angefangen bei der Ehe mit Gino, dem Umstand, ohne den es Ada nicht gäbe. Sie traktiert das Sofa mit Fußtritten, reckt die Arme gen Himmel, knirscht mit den Zähnen. Ihre Kindheit hat sie gepackt, die düsterste aller Kindheiten, die ihr wie ein Geier auf den Schultern hockt, bereit, die Beute im ersten unachtsamen Augenblick zu packen. Dieselbe Rebellion ohne Form noch Ziel, dieselbe Ohnmacht wie bei der achtjährigen Ada, die sich am Boden wälzte und mit den Fäusten auf den Boden trommelte.

Und genau wie damals sagt ihre Mutter: »Du bist immer bösartig gewesen. Genauso bösartig wie dein Vater.«

Nach zwei Stunden ruft Isabelle an.

Diesmal gesteht Ada ihr alles. Ohne einmal zwischen zwei Sätzen Luft zu holen, schildert sie, was seit der Ankunft ihrer Mutter geschehen ist. Sie sagt zu Isabelle, sie werde nie nach Paris ziehen, adieu Restaurant, adieu Rue des Beaux-Arts. Adieu Leben. Ada wird mit Mariuccia hierbleiben, bis der Tod kommt. Und danach ist es zu spät. Sie sagt, daß Isabelle und sie nicht gemeinsam Silvester feiern werden, wie sie es vorhatten. Der Flug, den Ada vor zwei Wochen reserviert hat, ist bereits wieder abgesagt. Die Entscheidung ist gefällt: Die Wohnung an der Piazza della Consolata wird verkauft, sie braucht eine größere mit einem Zimmer für Mariuccia.

Statt großmütig und verständnisvoll zu reagieren, wie eine wahre Freundin, enthüllt Isabelle Ada eine furchterregende Seite der weiblichen Natur.

»Und ich?« fragt sie hart. »Ich zähle wohl gar nicht?«

Ada hängt in den Seilen. Doch wie ein Boxer, den sein Gegner eben zu Boden gesandt hat, wirft sie sich mit wütender Kraft in die nächste Runde. Sie will Blut sehen.

»Sie ist immerhin meine Mutter!« protestiert sie.

»Na und? Mußt du dein ganzes Leben und deine Pläne opfern, weil sie dich in die Welt gesetzt hat? Oder hast du das nötig, um deine Schuldgefühle zu beruhigen? Du denkst wohl, du kannst an ihrer Stelle ihre Probleme lösen und ihr Leben in die Hand nehmen? Nein, du kannst sie nicht retten. Niemand kann gerettet werden außer durch sich selber. Sie wird sich nicht retten lassen, das wirst du schon sehen.«

»Du begreifst das nicht. Sie ist meine Mutter«, wiederholt Ada.

»Und ich bin deine Freundin.« Jetzt ist Isabelle richtig aufgebracht. »Und ich kann nicht mit ansehen, daß du genauso endest wie deine Mutter. Ich hänge nämlich mehr an dir als sie!«

Diese Deklaration platzt in Adas Ohr und hinterläßt eine große Leere, in die lautlos Bruchstücke und Trümmer hineinpurzeln. Sie hält den Hörer vor sich hin und schaut ihn an wie einen unbekannten, möglicherweise gefährlichen Gegenstand. Dann legt sie ihn behutsam hin und beendet so das Gespräch.

❧

Barbara ist allein und glücklich. Nein, sie ist nicht allein: Sie hat Mutter Ricarda zu Gast. Die sitzt ihr gegenüber, lächelnd und geheimnisvoll, gekleidet in helles Linnen, das schlichte, feingeschnittene Gesicht gerahmt vom Schleier, der auf ihre Schultern herabhängt.

Hugh hat das Wunder vollbracht: Er hat den Computer repariert, und nichts ist verlorengegangen!

Das ist ein Zeichen. Es bedeutet, daß sie ihr Buch über die deutsche Nonne auf jeden Fall fertigstellen soll: Mutter

Ricarda, Tochter aus adligem Hause, Äbtissin eines Klosters in Sachsen, ehemals Schreiberin und spirituelle Tochter der heiligen Hildegard von Bingen, die in einer direkt von Gott kommenden Inspiration als Lob der jungen Frau gesagt hat: »O Jungfräulichkeit, dir gebührt der Thronsaal!«

Was hat Mutter Ricarda Barbara zu sagen, die heiligmäßige Jungfer, die gemeinsam mit ihrer Schwester Elfriede in jugendlichem Alter ins Kloster eingetreten ist und die Ekstase, wenn überhaupt, dann einzig in ihrer reinsten, dem Fleisch abgewandtesten Form kennengelernt hat, indem sie sich für das Erhabene befreite, während sie gemeinsam mit den anderen Nonnen unter dem Gewölbe einer Kapelle das Chorgebet sang?

Paradox. Anziehung der Gegensätze. Barbara erkennt sich in der machtvollen Jungfräulichkeit der Mutter Ricarda wieder, denn auch sie trägt eine Jungfräulichkeit in sich, die ihre vielen Liebesgeschichten nicht haben antasten können, wie ein feines Flämmchen, das gegen den Luftzug der Wirklichkeit kämpft, um weiterbrennen zu können.

Wird es verlöschen? Die Seufzer ihrer Liebhaber konnten es nicht ausblasen; wird die Klimaanlage der Luxuswohnung am Corso Galileo Ferraris es ersticken?

Wie es in manchen buddhistischen Tempeln einen heiligen Bezirk gibt, den Frauen nicht betreten dürfen, gibt es in Barbara einen verborgenen Ort, an den nie ein Mann je vorgedrungen ist. Er ist ihrer persönlichen Verbindung zu ihrer persönlichen Gottheit vorbehalten, wie der Thronsaal der Jungfräulichkeit Ricardas. Es ist ein unkörperlicher Ort, von dessen Existenz niemand weiß, vielleicht nicht einmal sie selbst. Trotzdem, er ist tagtäglich von Invasionen bedroht, genau wie weiland die Autonomie und die Macht der Äbtissin Ricarda von autoritären Päpsten und eifersüchtigen, mißtrauischen Bischöfen.

Aber heute ist Barbara glücklich, kein widriger Gedanke plagt sie. Sie braucht sich nicht zu verteidigen. Ihre Männer warten schweigend, diszipliniert in den Vorzimmern ihres Geistes, allen anderen voraus Hugh, dieses schöne, sportliche, glänzende, eben seinem strahlend neuen Geschenkpapier entstiegene Weihnachtspräsent; darauf Emanuele, so sanft, wie er in seinen besten Augenblicken sein kann; danach dann, abgeschlagen, alle anderen, wie die Favoriten einer Königin, aufgereiht entlang dem Weg ihrer Regentschaft.

Barbara arbeitet schnell, Worte und Sätze scheinen unter ihren Fingern aus Ricardas Sprache in ihre eigene zu strömen: »...ich erkannte in mir Charakter und Temperament einer melancholischen Frau, deren Laune hundertmal am Tage umschlägt und keinerlei Zwang duldet; ihre Brust wird von Wünschen erhoben und bisweilen bedrückt, die größer sind als sie, und obschon sie unwürdig ist, läßt ihr die Suche nach Vervollkommnung keine Ruhe; ihr geziemen weder Ehe noch häusliches Leben...«

❧

Nani haßt Captain Hook.

Er verabscheut die schwarze Zottelperücke, den ledernen, mit dem Plastikhaken versehenen Armstumpf, der zu eng über seiner Hand sitzt, und vor allem die Augenbinde, wegen der er bei einer Probe von der Schiffsleiter gestürzt ist.

Und heute geschieht in der Nachmittagsvorstellung etwas, das ihn diese Figur noch viel mehr hassen läßt.

Kaum steht er auf der Bühne, wittert er instinktiv Gefahr. Ein Unwohlsein, eine Bedrohung. Ein Unbefugter ist anwesend.

Und dann sieht er ihn, da, in der fünften Reihe Parkett, zwischen einer Familie, die sich mit Kartoffelchips und Popcorn verproviantiert hat, und einer alten Dame mit nervtötendem Enkel, der den Sitz vor ihm unaufhörlich mit Fußtritten traktiert.

Mit seinem verehrungsvollen, pathetischen Blick, aus dem die Liebe trieft wie dunkler, klebriger Honig.

Wenn Nani eines auf der Welt haßt, dann, wenn ein verstoßener Liebhaber in die Vorstellung kommt, um ihn, während er arbeitet, mit schmerzerfüllten, leidenschaftlichen Blicken zu bombardieren wie ein Bienenschwarm mit seinen Stichen.

Er artikuliert schlecht, macht auf der Bühne falsche Bewegungen, in der Schlußszene verpaßt er zwei Einsätze. Das Publikum bemerkt nichts, eine Erleichterung, aber auch eine Katastrophe. Ein Schauspieler, der sein Publikum nicht respektieren kann, kann auch sich selber nicht achten. Nach der Vorstellung klopft Salvador schüchtern an Nanis Garderobentür. In der Hand hält er eine etwas angewelkte rote Rose, er wagt nicht, sie ihm zu überreichen, oder vergißt es, und nach einer Weile steckt er sie in ein leeres Glas. Nani gibt sich Mühe, die Situation als Mann von Welt zu bestehen, Salvador versucht es nicht einmal. Hoffnungsfroh und schuldbewußt sitzt er da, seine Gefühle stehen ihm ins Gesicht geschrieben, für alle – Regisseur, Schauspieler, Bühnentechniker und Inspizient – mühelos lesbar. Nani fürchtet, daß Salvador gleich anfängt, der Kostümbildnerin seine Liebespein zu schildern.

Sie gehen in eine nahe Bar, Nanis Idee, denn sie ist immer so gut wie leer.

Salvador blickt ihn aus feuchten Augen an.

»Entschuldige bitte, daß ich gekommen bin«, sagt er, »aber ich wollte es wissen, bevor ich fahre.«

»Was wissen?«

»Ob du mit mir nach Spanien kommst.«

»Ich habe dir schon gesagt, daß ich nicht mitkommen kann!«

»Ja, aber vielleicht hast du deine Meinung ja in der Zwischenzeit geändert. Ist Hoffnung ein Verbrechen?«

»Ich begreife dich nicht.«

»Ich begreife mich auch nicht. Das ist das erste Mal, daß ich mich so schnell verliebe, so heftig. Ich bin ein bißchen durcheinander. Stell dir vor, ich habe sogar mit Manuel darüber geredet.«

»Wer ist Manuel?«

»Ach, stimmt ja, ich habe dir nie von ihm erzählt. Manuel und ich sind seit sechs Jahren zusammen. Er ist so lieb, unglaublich sensibel. Kaum hatte ich ihm von dir erzählt, da wollte er sofort herkommen, mich trösten, er macht sich solche Sorgen.«

»Du bist verrückt! Warum mußtest du ihm von uns erzählen?«

»Das war falsch, nicht wahr? Es ist stärker als ich, ich kann nichts für mich behalten. Vielleicht bin ich deswegen Filmemacher geworden, weil ich so viel zu sagen habe. Oder ich bin kindisch, wie Carmen immer sagt. Carmen ist meine Frau.«

»Deine Frau?« echot Nani entsetzt.

»Sie ist eine so besondere Frau«, begeistert sich Salvador. »Sie hat mir so viel geholfen. Wunderbar, wie sie Manuel aufgenommen hat. Ganz wunderbar. Ich möchte einen Film über sie machen. Über eine Frau, die entdeckt, daß ihr Mann homosexuell ist, und ihr gesamtes Leben unter dieser neuen Voraussetzung überdenkt. Vielleicht hat sie eine Krise, aber die überwindet sie, dank der typisch weiblichen Kraft, die Männer zu lieben und zu akzeptieren. Frauen faszinieren mich, in allen meinen Filmen kommen fast nur Frauen vor. Julio ist meine erste männliche Hauptfigur, deswegen war es mir so wichtig, daß du ihn spielst.«

Nani schweigt verwirrt. Salvdor rutscht bettelnd an seine Seite, Nani zuckt zurück, er ahnt, was Salvador vorhat.

»Laß das gefälligst!« wehrt er ab.

»Gut, ich lasse es. Aber ist es nicht furchtbar, daß wir das nicht tun können? Ist es nicht demütigend, mit diesen Vorurteilen leben zu müssen?«

»Nein. Ich persönlich finde es abstoßend, wenn die Leute sich in der Öffentlichkeit küssen, ganz egal, welches Geschlecht und welche Rasse.«

Das Gespräch will nicht recht in Gang kommen. Nani wünscht sich ans andere Ende der Welt. Er scharrt unter dem Tisch mit den Füßen, trinkt sein Tonic aus, schaut auf die Uhr.

Allmählich füllt die Bar sich mit Rentnern, die vor dem Abendessen eine Runde Karten spielen wollen. Nani muß Salvador versprechen, daß er sich meldet, falls er mal nach Barcelona kommt, daß er sie alle drei besucht, ihn, Carmen und Manuel. Wen denn noch, bitte? fragt er sich stumm, während er sich widerstrebend die Adresse aufschreibt.

»Ich bin so traurig.« Salvadors Augen stehen voller Tränen. »Carmen hat recht, ich werde nie erwachsen.«

Auf dem Bürgersteig streift Nani kurz seine Wange, sagt, er könne Abschiede nicht ausstehen, springt in seinen alten

Volkswagen und fährt mit quietschenden Reifen los. Er hat das Gefühl, knapp einer Gefahr entronnen zu sein.

Zu Hause macht er sich einen Tee und setzt sich in einen Sessel, ein Buch in der Hand.

Er ist allein, nicht einmal die junge Frau von der Wohnung auf der anderen Straßenseite ist zu sehen.

Der Roman, den er liest, handelt von der Liebesgeschichte zwischen einem englischen Lord und einem hübschen sozialistischen Arbeiter in den dreißiger Jahren, geschrieben von einem jungen Autor in einem mondänen, poetischen und zugleich illusionslosen Stil, also insgesamt allzu nett und langweilig, genau wie das Foto des Autors auf der Umschlagklappe. Nani hat es zum halben Preis am Kiosk gekauft, denn er fand, den ganzen Preis war es nicht wert. Jetzt aber, als auf den letzten Seiten der letzte Abschied der beiden Liebenden geschildert wird und man ahnt, daß bald der Tod herbeieilt, um eine verratene Liebesgeschichte zu beenden und in die Ewigkeit eingehen zu lassen, jetzt fängt er an, wie ein kleines Kind zu weinen.

Er zerfließt in Tränen, wie aufgelöst, wie gebadet ist er beim Gedanken an den Tod.

Eigentlich fühlt er sich dabei recht behaglich, wenn er auch innerlich dem Autor vorwirft, er schreibe Kitsch.

Salvadors brennender, ursprünglicher, unverstellter Schmerz, seine durchschlagende Egozentrik wirken so lebendig auf Nani, bunt wie ein explosiver Karneval, verglichen mit seiner eigenen sturen, erloschenen Dumpfheit.

Salvador, dessen Bild durch die Entfernung bereits in ihm verblaßt – zwei Stunden haben genügt –, erscheint ihm wie das letzte Glied einer Kette von Trennungen und schmerzlichen Entscheidungen. Seine Erinnerung schweift in die Vergangenheit, zu längst vergessenen Liebhabern mit lieblichem oder raubtierhaftem Lächeln, ihre Augen strahlen im Dunkeln, eine Jugend, die er eben erst gefunden und schon wieder verloren hat, neue Lieben, von Anfang an ohne Hoffnung, nach einer Minute verbraucht, Begegnungen, die ein Leben hätten währen können und nur einen Augenblick gedauert haben. Wieviele ungelebte Möglichkeiten! Wieviele nur kurz erspähte Wege, die er nie gegangen ist! Der Gedanke, daß all das von der Zeit verschlungen worden ist, daß es nirgends mehr existiert außer in der Erinnerung, bestürzt Nani.

Nie wieder wird er jemanden kennenlernen, der ihn so rasend und umfassend liebt wie Salvador, sagt er sich, während er lange in seinem Tee rührt. Carmen und Manuel hat er schon vergessen.

Er fühlt sich alt, weit entfernt vom Ursprung der Dinge.

Er weint um die Fehler, die er begangen hat, mehr noch aber um diejenigen, die er nicht mehr begehen wird. Die Weisheit erscheint ihm dürr, wie ein ausgetrockneter Fluß zwischen Ufern voller Müll. Wo ist die Begeisterung hin, die er als Jugendlicher ausgestrahlt hat, ohne seine Kräfte zu schonen? Was ist aus dem wunderbar schamlosen Spiel geworden, sich Unbekannten in die Arme zu werfen und dann wie aus einem kühlen, erfrischenden Bad wieder aufzutauchen? Er bewegt sich nur noch mit Mühe, vorsichtig, langsam, er weiß von vornherein, wo er hinkommen wird.

Das Alter bedrückt ihn mit seiner grauenhaften Sinnlosigkeit.

Er beweint die Vergänglichkeit seiner Lieben und die Vergangenheit des jungen Mannes, der er einmal war. Er hätte ihn gern neben sich, diesen jungen Nani, es kommt ihm vor, als könnte er ihn aus dem Augenwinkel erspähen, aber das ist eine Illusion, eine Fata Morgana, das Zeichen einer Leere.

Er hat die Hälfte seines Lebens erreicht, der schwarze Schatten der Sterblichkeit, unter dem alle Farben verblassen, dämmert herauf.

Was wird ihn davor bewahren, für immer zu vergehen?

Das Theater ganz sicher nicht, denkt er mit bitterem Lächeln.

Er durchlebt einen jener Momente, in denen ihm alles, was er bislang gemacht hat, wertlos und fast inexistent vorkommt, aus dem einfachen Grund, daß er seine Geschichte nicht in einem der Kitschromane nachlesen kann, die überall in der Wohnung herumliegen. Der Ruhm, jene Fee, die mit einer Berührung ihres Zauberstabes allen Dingen Realität verleihen kann, hat ihm nie Beachtung geschenkt.

Plötzlich fällt ihm ein, daß ihm doch angeboten worden ist, zum ältesten, verbreitetsten Mittel gegen die Angst vor dem Tod, vor dem Nichts zu greifen, und er hat es abgelehnt: ein Kind zu zeugen.

Der Eingebung folgend, nimmt er das Telefon und wählt Brunas Nummer.

Ein Glück, sie ist nicht zu Hause. Mit einem erleichterten, enttäuschten Seufzer legt er wieder auf.

Seit ein paar Tagen hat sich Bruna schon nicht mehr gemeldet. Sollte sie es aufgegeben haben? Er hat ja immer gewußt, auf sie kann man sich nicht verlassen. Auf welche Frau könnte man sich in einer so delikaten Angelegenheit schon verlassen?

Schluß damit, sagt er sich beim Naseputzen, das ist ja wohl ein erster Anfall von Vergreisung. Ich muß was tun.

Und wo zum Teufel steckt Ernesto?

Ernesto ist im Krankenhaus, wie immer. Seine Freundlichkeit, sein Pflichtbewußtsein machen ihn zum obligatorischen Kandidaten für die von allen Kollegen gefürchteten Schichten an Weihnachten, Ostern und anderen Feiertagen.

Ich hasse es, auf Befehl zu feiern, sagt sich Nani übellaunig, während er eine Minestrone zubereitet, wie seine Mutter sie immer gemacht hat. Menschen mit allzu gutem Charakter kann er nicht ertragen, die Überehrlichen, Reinen, denen Bürgersinn und Verantwortungsbewußtsein aus allen Poren triefen. Diejenigen, die sich Hörner aufsetzen lassen und es nicht einmal bemerken.

Und wie immer, wenn er innerlich ein wenig über Ernesto hergezogen ist, fühlt er sich gleich besser.

❧

26. Dezember, das Fest des heiligen Stefan. In ihrem Krankenhausbett liegt Clelia im Koma, zwei Schläuche in der Nase und eine Sauerstoffflasche neben sich wie einen gespenstischen Schutzengel.

Ihr aschgraues, eingefallenes Gesicht mit den blutunterlaufenen Jochbeinen entsetzt Alberico, der so weit weg sitzt wie möglich, gleich neben der Tür. Alberico haßt Krankenhäuser. Bakterienverseucht sind sie, die Leute sind so rücksichtslos, hier zu sterben; alles ist voller unbekannter Keime, die aus ihren Verstecken lüstern nach ihm spähen, bereit, über ihn herzufallen.

Alberico steht unter Schock. Seit drei Tagen verhält sich seine Mutter, als gäbe es ihn nicht. Unaufhörlich zieht er die Bügelfalte an seinen Hosenbeinen zurecht, schlägt die Beine unter- und übereinander, zerrt die Manschetten unter den Pulloverärmeln heraus und läßt in regelmäßigen Abständen ein rauhes, ersticktes Gurgeln hören, wie ein Huhn, dem der Hals umgedreht wird (sein Asthma plagt ihn). Er hofft krampfhaft, daß Clelia baldigst gesund wird und alles wieder so ist wie zuvor. Daß Alina in diesen Tagen wie eine Fremde ist und ihn ignoriert, wenn sie ihn nicht gar verjagt, und nur um Clelias willen zu leben, ja, ihretwegen außer sich zu sein scheint, bekümmert ihn zutiefst.

Alina ist nicht wiederzuerkennen. In den letzten zweiundsiebzig Stunden hat sie nichts außer ein paar Tassen Tee zu sich genommen und kein Auge zugetan; dennoch scheint ihre Energie immer noch weiter zu wachsen. Sie hat die Krankenschwester verjagt und den Chefarzt mit schweren Vorwürfen überhäuft, sie verlangt, daß man ihre Mutter umgehend in eine Privatklinik verlegt, in ein Einzelzimmer mit Fernseher und Blick auf den Park, außerdem, daß sofort Clelias Zimmergenossin entfernt wird, eine alte Frau mit Atemproblemen, die die ganze Nacht hindurch schnarcht. Zwecklos, ihr zu erklären, daß Clelia nicht transportfähig ist, daß ihr weder Fernseher noch Park helfen können und sie das Schnarchen nicht hört. Alina tobt, droht mit Ärger und Anzeigen. Sie macht sich allein am Bett ihrer Mutter zu schaffen, bildet mit ihrem Leib eine Barriere gegen alle Eindringlinge von außen.

Wie die heilige Katharina angesichts der Lepra gerät Alina am Bett ihrer Mutter in einen Zustand der Glückseligkeit, der anderen Sterblichen verschlossen bleibt.

Nie, nicht einmal während ihrer Kinderkrankheiten, hat sie ihre Mutter so für sich allein gehabt wie jetzt. Hilflos, bedürftig, fügsam. Sie, die jeden Körperkontakt verabscheut, berührt ihre Mutter unablässig: Ohne Unterlaß zieht sie ihr Laken glatt, tätschelt ihr die schlaff auf der Decke liegende Hand, tupft einen nicht existenten Schweißtropfen von der Oberlippe. Clelias dünne Haut, fein wie Puder, zieht ihre Finger unwiderstehlich, magnetisch an. Alina kann sie nicht loslassen, sie sind wie zu einer Einheit geworden, so wie vor ihrer Geburt.

Sie ist gewiß, daß ihre Mutter nicht sterben wird, trotz der zurückhaltenden Prognose wegen der Hirnschädigungen, die die Ärzte befürchten. Sie sitzt neben dem Bett, eine Hand auf der des schönen Dornröschens, in einem erschöpften, fieberhaften Dämmerzustand. Sie träumt, daß Clelia gelähmt bleibt, unfähig, auch nur einen Muskel zu bewegen und ein Wort zu sagen, bewußtlos, in wundersanfter Starre befangen. Sie träumt davon, rundum für sie zu sorgen, das Leben der Mutter in ihrer Hand zu spüren, jedes Wimpernzucken zu kontrollieren.

Alberico leidet stumm, mit weit aufgerissenen Augen. Er ist wehrlos, unvorbereitet wie ein Kleinkind. Sollte Clelia in diesem Zustand bleiben, sollte sie möglicherweise zu ihnen nach Hause gebracht werden und Alina dort ihre ganze erbarmungslose Liebe über sie ergießen, was wird dann aus ihm?

Enrico Bianchi, sein Vater, hat den Blick fest auf das Kruzifix an der Wand geheftet, in der Manteltasche kreuzt er die Finger. Wenn es einen Gott gibt, dann gesteht ihm Enrico jetzt und hier die letzte Gelegenheit zu, seine Existenz zu beweisen, indem er Clelia so schnell sterben läßt wie möglich.

Seine Firma steht kurz vor dem Konkurs, und nur Clelias Nachlaß könnte sie retten. Vor einem halben Jahr hat er sie um einen Kredit gebeten, aber Clelia hat ihn verweigert. Danach hat er häufig davon geträumt, sie umzubringen, allerdings waren das reine Gedankenspiele. Enrico ist ein Theoretiker, kein Mann der Tat, dafür ist er nicht geeignet. Alles, was er im Leben je begonnen hat, war eine Pleite, angefangen bei der Ehe. Seine größte Schlappe aber ist Alberico: Würde Enrico Alina nicht kennen, er würde nicht glauben, daß das sein Sohn ist. Da er sie kennt, wäre er eher geneigt zu glauben, daß sie ihn ganz allein gebastelt hat, ohne seine Beteiligung.

Enrico betet flehentlich: Mach, daß sie bald stirbt! Dann

besinnt er sich, mit wem er spricht, und fühlt ohne große Überzeugung hinzu: damit sie nicht zu lange leiden muß.

Eine schüchterne Phantasie streift ihn, zaubert ihm die Andeutung eines Lächelns auf die angespannten Lippen: Clelia stirbt, mit der Firma geht es wieder bergauf, er verkauft sie, läßt sich von Alina scheiden und zieht mit Carla, der Frau, mit der er seit zehn Jahren ein Verhältnis hat, aufs Land, sie machen lange Spaziergänge in den Bergen, sein Magengeschwür heilt ab, er gibt das Rauchen auf, seine Lungen werden wieder rosig wie die eines Kleinkindes, er vergißt die Vergangenheit und gibt sich den Freuden eines heiteren Alters hin…

Clelia atmet mühsam. Die Luft um sie herum ist dicht gesättigt von einander widersprechenden Wünschen.

Gegen Mittag kommt Fabio samt Gattin und Sohn.

Fabio ist unrasiert und hat blutunterlaufene Augen. Gestern, als er seinen Sohn um den zum Mittagessen gedeckten Tisch herum verfolgte, wurde ihm auf einmal schlecht. Ein dumpfer Schmerz in der Brust, der ihn bleischwer auf einen Stuhl sinken ließ, und kalter Angstschweiß auf der Stirn. Dabei war er nicht einmal schnell gelaufen, denn er wollte Luca gar nicht wirklich einholen: Er ist größer und schwerer als sein Vater und würde ihn ohne Skrupel niederschlagen.

Diese Tage sind für Fabio ein einziger Alptraum. Sein erster Gedanke war: Oh, nein, nicht jetzt. Clelia darf nicht sterben, bevor sie mir das Geld überschrieben hat.

Ohne das zur Renovierung nötige Kleingeld ist die Villa nichts als ein Mühlstein um seinen Hals, der ihn nach und nach in die Tiefe ziehen wird, allein schon wegen der Steuern.

Außerdem, so hat ihm sein Freund erklärt, der Hauptmann bei den Carabinieri ist, verbietet das Gesetz jungen Leuten, die eben erst den Führerschein gemacht haben, das Fahren von Wagen mit großem Hubraum, und von den Eltern verlangt es, ihre aufsässige Brut zu beaufsichtigen; folglich wird man ihn für die Tat seines Sohnes zur Verantwortung ziehen.

»Aber er ist volljährig!« hat Fabio gerufen. »Was willst du machen«, hat der Hauptmann geantwortet und ihm auf die Schulter gehauen, »eigentlich dürfte die Volljährigkeit heutzutage erst ab fünfunddreißig beginnen, und bei manchen wäre das immer noch zu früh.«

»Ich bring ihn um«, hat Fabio geschluchzt, »ich erschieße ihn mit dem Jagdgewehr, ich binde ihn am Bett fest, und dann schieße ich drauf.«

»Ich kann dich verstehen«, hat ihm der Freund gut zugeredet, »ich bin auch Vater und kenne deine Gefühle. Andererseits« – er dachte immer noch über die Frage der Volljährigkeit nach – »stell dir bloß mal vor, du müßtest deinen Sohn behalten, bis er fünfunddreißig ist…«

»Das muß ich sowieso.« Fabio zieht die Nase hoch.

Luca seinerseits ist sich absolut keiner Schuld bewußt.

Erst war er verwirrt und ein bißchen besorgt. Die Folgen seines Handelns sind ihm entschieden maßlos und ungerecht erschienen: Clelia liegt im Sterben, dem Alterchen hat es ein Bein zerquetscht, sein Vater ist rettungslos sauer, und, was am schlimmsten ist, seinen neuen Führerschein ist er wieder los, und wer weiß wie lange! Wie soll er jetzt die Mädchen herumkutschieren, wo er kein Auto mehr hat? Für sein Geschlechtsleben ist das ein schwerer Schlag. Das Ende. Der gesellschaftliche Tod.

Er liegt lang auf seinem Bett, das Gesicht ins Kissen gedrückt, und hört bei voller Lautstärke Techno, bis seine Mutter sich mitleidsvoll über ihn beugt, ihm das Haar streichelt und ihn anfleht, doch wenigstens etwas Tagliatelle alla Bolognese zu essen.

Fabio und seine Frau streiten: Sie beschwert sich, er sei zu hart mit Luca, er wirft ihr ihre Nachsicht vor. Du hast ihn nie verstanden, sagt sie. Du hast ihn verdorben, entgegnet er. Du hast ihn nie mit auf die Jagd genommen, weint sie, dabei hätte er das so gern gewollt. Das einzige Mal, wo ich ihn mithatte, hat er mir den Hund erschossen! bellt Fabio, der wie alle wahren Männer weder erträgt, Frauen weinen noch Tiere leiden zu sehen, nur daß er sich als Tierarzt bei Tieren zu helfen weiß: Notschlachtung. Bei Frauen geht das allerdings schlecht. Du läßt ihm nie was durchgehen! schluchzt sie. Und du immer alles! schreit er, haut mit der Faust auf den Tisch und spürt wieder den Nachhall jenes dumpfen Schmerzes.

Nachdem sie solchermaßen ihre Rollen als Mutter und Vater behauptet haben, blicken sie einander stolz an, und er gibt als erster auf, beängstigt von dem drohenden Infarkt. Er stützt seinen Kopf in die Hände und murmelt ein Geständnis, das er im Augenblick nicht mit lauter Stimme vorbringen könnte: Ist dir klar, daß er uns in der Hand hat? Wir sind abhängig von einem Volltrottel!

Und ich habe selber dafür gesorgt!

Lange denkt Fabio über sein Leben nach, über sich selber. Den Blick fest auf den Küchentisch gerichtet, dessen rosagelbes Tulpendekor sich ihm fest ins Gedächtnis einprägt, das Inbild der ausweglosen Desillusionierung, gesteht er sich einige Wahrheiten ein, denen er bislang nicht ins Auge sehen konnte. Er ist ein Opportunist, ein Feigling, ein Durchschnittsmensch, ein Mann, der nicht zu seinen Handlungen steht. Bis in die Kindheit reicht das zurück, damals, als er Alina mit der selbstgebrannten Grappa fast vergiftet hätte. Das war sein erster Mißerfolg, die erste Handlung, die er nicht zu Ende gebracht hat, weil ihm der Mut dazu fehlte. Hätte er es getan, dann wäre sein Leben anders verlaufen. Clelia wäre ihm ja nicht einmal böse gewesen, und es hätten sich keine Hindernisse zwischen sie beide geschoben, zwischen ihn und das Erbe.

Aber jetzt ist es zu spät.

In dieser seelischen Verfassung, erschwert durch seinen Horror davor, Alina wiederzubegegnen, und die Notwendigkeit, sich dafür zu wappnen, hält Fabio eine Sekunde auf der Schwelle inne. Er schnuppert: Ihre bedrohlichen Gerüche schwängern bereits die Luft. Seine Nackenhaare stellen sich auf. Er beißt die Zähne zusammen, sammelt seinen Mut. Mit einem Schubs zwingt er Luca vorauszugehen, er flüstert ihm zu: »Los, und gnade dir Gott!« Luca stolpert ins Zimmer und hält sich an Clelias Bett fest.

Alina beginnt zu schreien.

Es ist kein Schrei, es ist die Stimme eines wilden Tieres, das zur Verteidigung seiner Kleinen angreift. Einer Hyäne beispielsweise.

Die Männer erstarren, als sie diesen Schrei hören, unfähig,

ihm entgegenzutreten. Die Tiefen, aus denen er heraufsteigt, sind ihnen zu archaisch, dabei sind sie selber ja in der Evolution nicht sonderlich weit gediehen. Fabios Frau, die seit Jahren nicht zur Kirche geht, bekreuzigt sich. Ihr Mann bemerkt das, und es tut ihm gut: ist also auch sie eine Opportunistin.

Albericos Gesicht verzerrt sich vor Schmerz, als dränge der Schrei ihm einer Klinge gleich ins Herz.

Eine Schwester kommt herbeigerannt, und die Alte im Nebenbett röchelt mit aller Kraft los, neidisch, daß der Aufstand nicht ihr gilt.

Alina windet sich aus den Armen der Krankenschwester, und es gelingt ihr, Luca mit dem Fingernagel eins über die Nase zu ziehen; er macht einen Satz nach hinten und rennt dabei Alberico um.

Ein wunderschönes Chaos.

Wie von einem unfehlbaren Sinn für das Dramatische angelockt, hat Fernanda ausgerechnet jetzt ihren Auftritt. Sie trägt eine rosa Strickjacke und die violetten Pantoffeln ihres Vaters. Sie liegt ebenfalls im Krankenhaus, wegen einer ausgerenkten Schulter und Verdacht auf Gehirnerschütterung. In Wahrheit ist sie gar nicht mit dem Kopf aufgeschlagen, aber sie hat schweres Kopfweh vorgetäuscht, um nicht wieder nach Hause zu müssen. Im Krankenhaus ist es komfortabler, sie bekommt zu essen, man macht ihr das Bett und bietet ihr politisches Asyl. Fernanda spürt, daß ihr das zusteht.

In dem Augenblick, als sie eintritt, um Nachrichten über ihre Arbeitgeberin und so auch über ihre zukünftige Gehaltssituation einzuholen, schlägt Alina eben mit aller Kraft um sich und brüllt: »Mörder! Raus hier!« Luca indes betupft sich die aufgeschrammte Nase mit dem Taschentuch.

Fernanda lächelt. Diese Szene ist ein erstes Portiönchen Balsam auf ihre Wunden.

Alina schreit weiter. Ein Arzt kommt herbei, dazu zwei weitere Schwestern, unter lautem Holzlatschengeklapper.

»Schickt sie weg!« befiehlt Alina dem Personal. »Meine Mutter möchte sie nicht sehen! Weg! Raus hier!«

Enrico, der einzige, der sich bisher nicht geregt hat, beobachtet sie mit geradezu wissenschaftlichem Interesse. Er lehnt in einer Ecke, die Arme verschränkt, und schaut zu, wie die Frau, die er geheiratet hat, endlich auch den anderen gegenüber ihre wahre, gefährliche Natur zeigt. Zu seiner Ehre sei gesagt, daß er auch ein gewisses, mattes Mitleid für sie empfindet.

Fabio versucht zu verhandeln, immer noch zitternd, angespornt vom halblauten Gestichel seiner Frau.

Alina überschüttet ihn mit Schimpfwörtern, während der Arzt sich mit der Krankenschwester berät, ob man ihr nicht umgehend ein starkes Beruhigungsmittel geben sollte.

»Merken Sie gar nicht, daß Sie sich lächerlich machen?« Fernanda nutzt die Tatsache, daß Alina Atem schöpfen muß. »Ihre Mutter hat Sie nie riechen können, sie hat Sie sogar enterbt. Die Villa in Moncalvo hat sie ihm da geschenkt«, sie deutet auf Fabio, »und wenn sie noch gekonnt hätte, wäre der Rest auch noch an ihn gegangen.«

Mit lauter Sitmme spricht sie das aus, klar und deutlich und mit gnadenlosem Haß. Sie fühlt sich besser, hat den therapeutischen Wert der Bosheit entdeckt.

Alina starrt sie an, als wollte sie sie zerreißen.

»Raus hier, raus, du Diebin!« schreit sie.

Fernanda lächelt sie triumphierend an. Aus dem Augenwinkel nimmt sie eine Bewegung auf dem Bett wahr, in dem Clelia liegt.

Alina folgt ihrem Blick. Alle erstarren.

Clelia hat die Augen geöffnet und sieht sie etwas überdrüssig an. Trotz ihrer leichenhaften Blässe scheint sie bei klarem Bewußtsein zu sein.

Sie bewegt den Mund, als wollte sie sprechen.

Mit einem sich überschlagenden Ausruf stürzt Alina sich auf sie und reicht ihr ein Glas Wasser.

Clelia lehnt es ab. Sie bewegt den Kopf, als suchte sie etwas oder jemanden.

Und endlich erblickt sie Fabio.

»Was willst du, Mama? Was willst du?« fragt Alina immer wieder.

Clelia macht eine knappe Handbewegung, als wollte sie ein lästiges Insekt verscheuchen.

Fabio, der dem Ruf folgen will, gibt sich einen Stoß und sammelt die verstreuten Einzelteile des Mannes zusammen, der er einst war, den Clelia liebte und als Sohn haben wollte.

Er naht sich dem Bett und setzt unterwegs das männliche, beruhigende Lächeln auf, das er im Lauf der Jahre perfektioniert hat. Dann nimmt er Clelias kaltes, verschrumpeltes Händchen zwischen seine warmen Pranken. Über Clelias Gesicht läuft ein leichtes Zucken, dann sinkt ihr Nacken entspannt ins Kissen zurück. Sie lächelt.

»Mama!« kreischt Alina, der Schrei einer zum Tode Verurteilten. Sie schwankt vor und zurück, dann sinkt sie zu Boden, bevor die Schwestern sie greifen und halten können.

»Mama!« kreischt Alberico mit fast demselben Grad an Verzweiflung und will sich auf sie werfen.

Von ihrem Sohn gefolgt, der nicht von ihrer Seite weichen will, wird Alina hinausgetragen. Fabio bleibt an Clelias Bett; sie läßt seine Hand nicht los. Die anderen werden aufgefordert, das Zimmer zu verlassen.

»Tja, so ist das nun«, lächelt Enrico gelblich die kahlen Platanen im Hof des Krankenhauses an und massiert sich sein Magengeschwür. »Jetzt hat sie mich noch einmal in die Pfanne gehauen.«

Durch die Zweige schaut er auf den blauen Himmel und schluckt einen gallig-bitteren Geschmack herunter, der ihm in der Kehle aufgestiegen ist. Sein einziger Trost besteht darin, daß er nicht als einziger in die Pfanne gehauen worden ist.

»Geteiltes Leid ist halbe Freude«, fügt er an Fernandas Adresse hinzu, mit einem rauhen Kichern, das sogleich zu einem Hustenanfall wird.

Fernanda blickt ihn mitleidig und verächtlich an. Vor allem aus großer Distanz. Würde ihr Vater sie jetzt wieder einmal fragen, auf welcher Seite sie stehe, sie würde entschiedener als je antworten: »Auf meiner eigenen.«

Etwas sagt ihr, daß die Angelegenheit Clelia vollendet ist.

Morgen wird sie kündigen.

Clelia stirbt drei Stunden später und hinterläßt alle ein wenig unglücklicher, unzufriedener und böser.

Sie wacht nicht mehr aus dem Koma auf, in das sie zurückgesunken ist, nachdem sie Fabio wiedererkannt hat. Sie leidet nicht. Wahrscheinlich bemerkt sie nicht einmal, daß sie stirbt. Ein leichtes, verführerisches und befriedigtes Lächeln liegt auf ihren Lippen.

Sie wirkt heiter, in Frieden mit sich selbst.

❧

Die Weihnachtsfeier im Gemeindehaus von San Lazzaro war ein voller Erfolg.

Noch während am selben Abend die frommen Frauen aufräumen, erläutert Cecilia Mafalda ihr Projekt für ein Passionsspiel, das man in der Karwoche aufführen könnte.

Mafalda gibt ihr freie Hand.

Cecilia erglüht in einem Eifer, in dem sich Geistliches und Weltliches anmutig und hinreißend mischen, wie die Zutaten eines gelungenen Cocktails. Sie weiß, früher oder später wird das vorübergehen, wie die meisten Begeisterungen ihres Lebens, aber ihr Motto ist »Carpe diem«.

Am Dienstag, dem 27. Dezember, erwartet Nestore sie vergeblich unter der Magnolie. Sie vermißt ihn nicht, nur die Mittagessen im ›Baobab‹, die sie sich selber keineswegs leisten will. Sie begnügt sich mit einem Brötchen aus der Bar, aber als ein Kollege aus der Technik-Abteilung darauf besteht, läßt sie sich von ihm zu einem zweiten einladen.

Nestore sieht, wie sie mit dem anderen von der Pause zurückkehrt. Erst jetzt beginnt er zu ahnen, daß er sie tatsächlich nicht mehr interessiert. Die Fettschicht, die sein männliches Ego umgibt und die keinerlei Äußerung der Gleichgültigkeit von Seiten Cecilias je hätte durchdringen können, fällt beim Anblick, wie sie am Arm eines anderen Mannes geht, von ihm ab.

Nestore beginnt zu niesen. Eine Stunde hat er unter der Magnolie gewartet und sich erkältet.

Tags darauf meldet er sich krank.

So teilt er das Bett mit Delia, die immer noch unter der Magenverstimmung vom ersten Weihnachtstag leidet.

Die Woche über geht Nestore nur aus dem Haus, um Milch und andere Grundnahrungsmittel einzukaufen.

Einmal begegnet er beim Heimkommen, schwer mit der Einkaufstasche beladen, einer jungen, in einen schwarzen Schal gewickelten Blondine. Sie nehmen gemeinsam den Fahrstuhl.

Nestore versucht, sich unter seiner Wollmütze zu verbergen (unter dem Mantel trägt er einen Overall, seit zwei Tagen hat er sich nicht rasiert, und Delias Einkaufstasche mit provenzalischem Blumenmuster ist eingerissen) und wirft ihr einen flüchtigen Blick zu.

Die junge Frau hat ein feingeschnittenes, eigensinnig wirkendes Gesicht, große, blaugraue Augen und zwei Stecker von derselben Farbe in den Ohrläppchen, die klein und perfekt sind, was sich unter dem sehr kurzen Haar gut erkennen läßt. Sie ist achtundzwanzig, heißt Elena, schreibt an ihrer Doktorarbeit über nordamerikanische Literatur und hat vor kurzem ihren Verlobten und Lebensgefährten verlassen, um hier in eine Mansarde im fünften Stock einzuziehen, gemeinsam mit ihrer neuen Liebe. Aber das weiß Nestore nicht, und es interessiert ihn auch nicht. Er verliert sich in diesen kühlen, leuchtenden Augen, in dem geranienrosa leuchtenden Mund.

Würde doch der Aufzug zwischen zwei Geschossen steckenbleiben und ihre Begegnung auf diese Weise verlängern! Zwischen dem dritten und vierten Stock ächzt der Fahrstuhl, er wird langsamer, erzittert, bleibt aber nicht stehen.

Wo sind bloß die Frauen? fragt sich Nestore wieder einmal, während er die Einkäufe langsam aus der Tasche auf den Küchentisch packt. Die echten Frauen: jung, schön, mit klaren, stolzen Augen und einem Mund wie Blütenblätter, die man zerdrücken möchte?

Überall sind sie, gibt er sich selber zur Antwort. Sogar hier sind sie, in der Via delle Orfane Nummer vier.

Aber diese Entdeckung verschafft ihm nicht die erhoffte Freude. Delias Theorie, nach der Horden junger, hübscher Frauen nur darauf warten, sich ihm zu Füßen zu werfen, kommt ihm nicht mehr sonderlich stichhaltig vor.

Die Schlappe mit Cecilia ist schwer zu verdauen, aber es wird ihm gelingen, unter der Voraussetzung, daß Delia nichts davon erfährt. Delia, früher seine Diktatorin, erscheint ihm auf einmal als letzte Garantin seiner Illusion, die Wächterin seines Selbstbildes als sieghafter Mann.

Er legt sich neben sie und streift wie zufällig ihre Hand.

Doch als er die Lider schließt, taucht vor seinem inneren Auge die junge Blondine aus dem Fahrstuhl auf.

❧

Was für eine tote Zeit, zwischen Weihnachten und Silvester …

Viele sind aus der Stadt weggefahren. Die Wochenend-Pendlerinnen, die das Privileg genießen, an jedem Weekend im Landhaus Hausfrau spielen zu dürfen, nachdem sie von Montag bis Freitag in der Stadtwohnung dasselbe getan haben, toben ihre Ängste in den Küchen mit Alpenblick aus, in Courmayeur, Oulx, Sestrière, Bardonecchia oder an weniger bekannten Orten. Die Männer, nie mehr als Teilzeitgatten und -väter, suchen beim Essen und vor dem Fernseher Zuflucht, sie schlafen bis spät in den Vormittag hinein und träumen vom Büro.

Zwischen zwei Kundinnen hat Ada viel Zeit zum Nachdenken.

Sie denkt an Isabelles Behauptung: »Ich hänge nämlich mehr an dir als sie!«

Was ist an diesem schlichten Satz, daß sie ihn Isabelle nicht verzeihen kann? Die Anmaßung, mit der Liebe einer Mutter konkurrieren zu wollen? Der Mut, eine Wahrheit zu äußern, von der Ada nichts wissen will, nämlich, daß ihre Mutter sie nicht besonders liebt? Oder die Härte, mit der Isabelle sie zwingen will, sich zu entscheiden, zu wählen?

Tut eine Freundin das, solche Behauptungen aufstellen? Das Leben einer Frau wird wie ein besetztes Land zwischen den Besatzern aufgeteilt, in verschieden große Zonen: zwischen Vater, Mutter, Ehemann, Liebhaber, Kindern, je nach Kraft und Gewicht des einzelnen. Hat man schon mal gesehen, daß eine Freundin bei dieser Aufteilung mitmacht?

Eine Freundin ist doch ein Mensch, der dir das Leben lang

zur Seite steht, um beispielswiese das, was du mit den anderen erlebst, zu besprechen. Der Ort, an dem Freundinnen sich begegnen, liegt außerhalb von Zeit und Geschichte – eine Pause im üblichen Ablauf, wenn man sich zu einer Zigarette in der Garderobe zusammensetzt, die Schminke halb verschmiert, und mit genüßlicher Wut den Hauptdarsteller zerreißt, bevor du wieder in die altbekannte Rolle der betrogenen Liebenden schlüpfst, die einzige Rolle überdies, die du beherrschst.

Adas Wahrheit ist eine andere, das weiß sie bestens, doch ein Wirrwarr von Ängsten – in Gemeinplätze gekleidet – hat die Bühne betreten, um ihre Gewißheiten zu bekämpfen. Wozu ist eine Gewißheit gut, wenn du sie mit niemandem teilen kannst?

Die Mariuccia in ihr sagt: Was willst du tun, wenn diese Isabelle sich in einen Mann verliebt? Wenn sie beschließt, zu ihrem Mann zurückzukehren? Wenn du einen Mann kennenlernst, der dir gefällt? Zwei Frauen bringen gemeinsam nichts Haltbares zustande, vergiß das nicht. Bei zwei Männern ist das etwas anderes. Die Freundschaft zwischen Männern weiß sich Respekt zu verschaffen, sie braucht keine weibliche Konkurrenz zu fürchten.

Ada entgegnet in ihren Gedanken, keine Liebe werde je ihre Freundschaft zu Isabelle trüben können. Sie mögen einander, wie sie sind, in aller Freiheit und Unberechenbarkeit. Sie können sich aufeinander verlassen. Sie respektieren einander, und daher sind alle anderen gezwungen, das auch zu tun.

Mariuccia lacht. Schau dich doch um, sagt sie. Es braucht nur ein Mann vorbeizukommen, und schon werden Freundinnen zu Feindinnen.

Und außerdem, fügt sie hinzu, hat sie eine Tochter. Was, wenn du dich mit der nicht verstehst? Drei Frauen auf einmal, eine Katastrophe.

Ada verstummt.

Und warum um Himmels willen Paris? Du bist hier geboren und hast immer hier gelebt. In einer anderen Stadt wirst du verkümmern, so weit weg von allen und allem. Vielleicht wirst du verstehen, was die Leute sagen, aber nicht, was sie denken. Die ziehen dich über den Tisch. Und in der Schule warst du in Französisch sowieso nicht gut.

Hör mit diesen Plattheiten auf! schreit Ada. Warum mußt du für mich immer nur die Welt sein, wie sie ist, und nie, wie sie sein könnte?

Ich habe dich immer machen lassen, was du wolltest, entgegnet Mariuccia beleidigt. Auch wenn du im Unrecht warst. Ich habe dich deine Fehler selber machen lassen, wie es sich gehört, um dann zu dir zu sagen: Ich hatte es dir gesagt, aber du wolltest ja nicht hören.

Ich habe immer einen Wahnsinnspreis für meine Freiheit gezahlt, und meistens warst du der Steuereintreiber, gibt Ada zurück.

Ich habe mehr bezahlt als du und am Ende weniger behalten, behauptet ihre Mutter. Nicht meine Schuld, wenn die Welt so läuft, wie sie's tut.

O doch! beharrt Ada unerbittlich. Es ist auch deine Schuld.

Und so geht der Streit zermürbend weiter, sobald eine Kundin weg ist, bis die nächste kommt.

Jedesmal, wenn die Tür aufgeht, läutet das Glöckchen eine Waffenruhe ein.

Alberico Bianchi kommt einkaufen, und zwar allein, ein beispielloser Vorfall. Er trägt einen schwarzen Übermantel und einen schwarzen Hut. Er ist totenblaß. Das, was er erlebt, scheint ihm die Sprache verschlagen zu haben. Die Abwesenheit seiner Mutter ist geradezu körperlich spürbar. Oft dreht er sich unvermittelt um, als hätte er sie nur kurz aus den Augen verloren und suchte sie jetzt inmitten einer Menge. Seine Ticks sind ausgeprägter als üblich: Fortwährend rückt er sich die Brille auf der Nase zurecht, wäscht sich die Hände unter einem unsichtbaren Wasserstrahl.

Ada spricht ihm ihr Beileid aus.

»Ein schwerer Schlag«, sagt er, »ein schwerer Schlag.« Alina hat sich noch nicht erholt. Sie liegt im Bett, hat Fieber und weigert sich zu sprechen. Sie weint nicht. Der Schmerz lähmt sie. »Aber täuschen Sie sich nicht, das ist völlig normal, schließlich handelt es sich um den Verlust einer Mutter«, ergänzt Alberico seinen Bericht hastig. Gleichzeitig schaut er sich eilig um, als wäre die verschwundene Mutter seine eigene und könnte sich ausgerechnet hier versteckt haben. Seit Tagen hat Alina weder gegessen noch getrunken, aber jetzt hat sie um Kamillentee gebeten, und zur großen Verblüffung ihres Sohnes ist keine Kamille mehr im Haus. Deswegen ist er hierher geeilt, vom Villenviertel auf den Hügeln herab und quer durch die Stadt.

»Die Welt steckt voll böser Menschen«, sagt Alberico unvermittelt, als er Ada mit den Fingerspitzen zimperlich eine Banknote hinstreckt, »Leuten, die anfangen, sich um Erbangelegenheiten zu streiten, während der Körper ihrer Mutter noch warm ist.«

Während sie ihm zuhört, wird Ada gewahr, daß er abgenommen hat und seine Lippen blaß sind.

»Aber ich bin Staatsanwalt«, fügt Alberico hinzu, »und bald werde ich Richter. Wir lassen nicht auf uns herumtrampeln, meine Mama und ich.«

Nie zuvor hat sich der junge Bianchi so eine Vertraulichkeit geleistet. Ada beunruhigt diese Neuerung. Er redet nervös, stoßweise, ohne ihr in die Augen zu sehen. Während der wenigen Minuten, die er im Geschäft ist, sagt er mindestens dreißigmal »meine Mama«.

Was für eine tote Zeit, zwischen Weihnachten und Silvester ...

Ada hat zuviel Zeit zum Nachdenken.

Wenn ich tue, was ich will, fragt sie die Mariuccia in sich, wenn ich nach Paris gehe, stirbst du dann?

Ich sterbe sowieso früher oder später, antwortet Mariuccia. Sorge du dich mal nicht so sehr darum, ob du mein Leben verkürzt mit den Sorgen, die du mir bereitest.

Eins begreife ich nicht, nutzt Mariuccia den so gewonnenen Vorsprung aus, warum mußt du eigentlich zu ihr ziehen statt sie zu dir? Wenn sie wirklich mit dir leben und arbeiten will, soll sie doch herkommen, nach Turin. Was ist an Turin schlechter als an Paris?

Was schlechter ist als an Paris? explodiert Ada; eine Teedose entgleitet ihren Händen. Du machst Scherze, Mama.

Unsere kleine Stadt, die so unter ihren Minderwertigkeitskomplexen leidet, willst du neben Paris stellen? Wie stehen diese Leute in der Welt da, die hinter verrammelten Türen leben und sich als normale Menschen verkleiden, bevor sie das Haus verlassen? Wer glaubt denn überhaupt noch an Normalität, wer paßt sich an? Wir in Turin, sonst keiner.

Die Menschen sind überall gleich, sagt Mariuccia.

Turin steht unter dem Zeichen des Steinbocks, sagt Angela, die still und unbemerkt hereingekommen ist. Aber sein Aszendent ist der Skorpion. Hier herrscht das Feuer der Ursprünge, der Teufel. Die Dinge entstehen hier und leben woanders weiter.

Ada und Mariuccia schweigen eine Zeitlang nachdenklich.

Trotzdem wäre es besser, du würdest aufs Land zurückkommen und bei uns leben, schließt Mariuccia.

Nun kommt Armando, vom Hexenschuß gebeugt. Seinen Bart versteckt er unter einem trist braunen Schal. Immer mehr ähnelt er Marlon Brando in *Letzter Tango in Paris*. Er hofft, daß Fernanda irgendwann wieder auftaucht und ihn aus Mitleid erschießt. Seit jenem Abend, als er sie so beschimpfte, hat er nichts mehr von ihr gehört.

Kaum konnte er wieder aufstehen, ist er in sein Atelier gegangen – das ihm nie öder und kläglicher vorgekommen ist – und hat stundenlang auf das Fenster im zweiten Stock gestarrt. Er ist die Treppen hochgegangen, hat geklingelt, an die Tür geklopft. Ohne Erfolg.

»Übrigens«, sagt er im Gehen, »ich habe erfahren, daß Barbara heiratet.«

»Nein, sag nichts«, fügt er hastig hinzu, »ich verstehe, daß du nicht mit mir darüber reden willst. Ich mache dir keinen Vorwurf. Ihr auch nicht. Ich wünsche ihr alles Glück der Welt«, schließt er mit pathetischem Lächeln, von einer schmerzlichen Grimasse begleitet, sei es wegen Barbara, sei es wegen Fernanda, sei es wegen des Ischias, wer weiß.

»War das nicht Savelli?« fragt Nani, wie aus dem Ei gepellt in einer Yamamoto-Jacke. »Der arme Teufel, dem geht's ja wirklich dreckig.«

»Ich habe aber auch eine Krise, meine Liebe«, er wedelt

mit einer kleinen Plastiktüte, auf der *Apotheke Santa Margherita* steht. »Immer mehr Malessen und die Tage werden immer kürzer. Das reife Alter steht vor der Tür.«

Und so vergeht langsam jene Woche, in der nichts geschieht.

❧

Mariuccia träumt von ihrer Stiefmutter.

Maria Coppo sitzt neben dem gußeisernen Öfchen, das leise in der Ecke knackt wie ein dunkles Untier mit roten Zähnen.

Mariuccia ist ein kleines Mädchen. Sie hat von der Kälte gerötete Knie und ballt wütend die Fäuste. Ihr ist böses Unrecht geschehen, der Schmerz in ihrer Brust gräbt eine immer tiefere Höhle, er bringt sie ganz allmählich um.

Sie geht mit Fußtritten auf die bemalten Milchkannen los, zerfetzt mit den Fingernägeln die schmierigen, verstaubten Samtkissen, stürzt die Strohstühle um, hebt die Türen der Anrichte aus den Angeln, schleudert die Schüsseln durch die Gegend, zieht die Schubladen des Tisches auf und läßt alte Kalender, Brotrinden, verschrumpelte Salamienden, Klappmesser und den Rosenkranz durch die Luft fliegen wie Geschosse.

Maria Coppo will sich schier totlachen. Sie ist dem Ofen so nah, daß sie fast eins wird mit diesem gedrungenen, rußigen, schwer atmenden Tier, auch sie selber scheint aus Feuer zu bestehen, scheint zu brennen, ohne zu verbrennen, während sie ihren lachenden Mund immer weiter aufreißt, als wollte sie Mariuccia fressen, die schreiend aufwacht.

❧

Im Laufe eines hitzigen Gesprächs mit Isabelle gesteht Ada endlich gegen Mitternacht ein, daß es eine Wahnsinnsidee ist, mit Mariuccia zusammenleben zu wollen, selbstquälerisch und sinnlos, daß ihre Mutter ein solches Opfer nicht einmal von ihr verlangt, daß der Plan ihr zum Teil nur als Alibi dient, um ihre eigenen Wünsche zu verdrängen.

Bleibt der Tatbestand, wendet Ada ein, daß Mariuccia schwach ist, durcheinander, hilflos. Sie wird langsam wirr, ein verirrtes Mädchen, das man nicht allein lassen kann.

»Unfug«, sagt Isabelle, »alles, was deine Mutter hat, sind Wachstumsschmerzen, wie meine Tochter. Die kann man mit achtzig genauso haben wie mit fünfzehn. Du mußt sie in Ruhe lassen. Laß sie ihre Schlachten allein ausfechten. Sie findet eine Lösung, bevor du noch Zeit hattest, dir die Augen abzuwischen. Und es wird ihr nicht im Traum einfallen, dich um deine Meinung zu fragen.«

Ada wirft Isabelle Opportunismus vor, Gleichgültigkeit, Grausamkeit.

Isabelle fängt an zu lachen.

Ada ist von diesem Lachen entsetzt, genau wie Mariuccia, die hinter der geschlossenen Tür schläft, über das Gelächter ihrer Stiefmutter erschrickt.

❧

Am Morgen des einunddreißigsten Dezember wird Fernanda von der Stimme ihres Vaters geweckt.

»Es ist acht«, sagt er. »Du könntest langsam mal aufstehen. Deine Mutter muß das Zimmer machen.«

Auszuschlafen verstößt im Hause Ragusa gegen das Gesetz.

Fernanda wird von einem Elend niedergedrückt, wie sie es bislang noch nicht gekannt hat. Es ist, als wäre ihr bewußt geworden, daß ihr Leben schon im voraus völlig durchgeplant worden ist und ihr kein Ausweg mehr bleibt.

»Nächste Woche meldest du dich arbeitslos«, sagt Giuseppe.

Fernanda antwortet nicht.

»Die müssen zahlen«, fügt er mit einer gewissen Befriedigung hinzu. »Und die Raten? Du mußt was für die Raten tun. Die Alte ist tot, aber die Erben müssen zahlen.«

»Ich will den Schlüssel von meiner Wohnung«, sagt Fernanda mit dumpfer Stimme und tunkt einen Keks in ihren Milchkaffee.

»Was? Was hast du gesagt?«

»Das hast du genau gehört.«

»Und wozu? Wozu brauchst du ihn? Willst du ihn wem geben?«

»Weil es meine Wohnung ist. Ich will den Schlüssel von meiner Wohnung.«

»Den hast du doch, oder? Oder hast du ihn verloren?«

»Tu nicht so, du weißt genau, was ich meine.«

»Für wen hältst du dich, daß du so mit mir sprichst?«

Fernanda antwortet nicht.

»Deine Wohnung, deine Wohnung«, sagt Giuseppe, fast zärtlich, als müßte er einem kleinen Kind vernünftig zureden. »Die gehört genauso mir, solange ich das Geld nicht von dir zurück habe. In zwei Monaten ist die erste Rate fällig, sieh zu, daß du zahlen kannst.«

Fernanda sitzt lange da und schaut versunken in ihre Kaffeeschale. Sie ist rund und begrenzt wie ihr Leben. Ausgeschlossen, daß die darin enthaltene Flüssigkeit je eine andere Form annehmen wird als die vorgegebene, nie wird sie in Rinnsalen verlaufen oder frei durch die Risse des alten Holztisches gluckern können.

Sie nimmt die Schale und pfeffert sie zu Boden.

Die Spritzer beflecken ihr Nachthemd und Giuseppes Pullover.

»Du bist verrückt! Verrückt!« sagt er nach einer kurzen ungläubigen Pause. »Ich habe eine Verrückte zur Tochter. Du hast bei dem Unfall was am Kopf abgekriegt. Die müssen dir mehr Schmerzensgeld zahlen.«

Sie sehen sich einen Moment lang an. Dann schlägt Giuseppe den Blick nieder und geht einen anderen Pullover anziehen. Bevor er sich zur Bocciabahn aufmacht, tritt er in die Küchentür und sagt: »Und bilde dir nicht ein, ich lasse mir weismachen, daß du neulich abend allein gewesen bist.«

Sein Tonfall läßt Fernanda erschauern. Sie hat nie eine Warnung von der Mafia bekommen, aber wenn, dann muß es ungefähr so klingen.

Erminia, in Pantoffeln und Morgenrock, das graue Haar nach allen Seiten abstehend, da sie sich noch keine Kämme hineingesteckt hat, bückt sich, um den Boden aufzuwischen.

Die beiden Frauen sehen sich nicht an und reden nicht miteinander. Fernanda spürt die Bewegungen ihrer Mutter, ohne sie zu sehen, sie nimmt wahr, wie Erminia um sie herum in der Küche kreist. Brüsk steht sie auf und geht. Sie kann sie keine Minute länger ertragen.

Als sie angekleidet ist, steht sie am Fenster und schaut hinaus. Alle Räume der kleinen Wohnung, auch ihr Schlafzimmer, gehen auf die Arkaden hinaus, sie liegen im Hochparterre, von beständigem Dämmerlicht und den Schritten und Stimmen derer erfüllt, die dicht unter den Fenstern vorbeigehen. Außer den fast schwarzen Bögen und hin und wieder einem vorbeihastenden Kopf ist nichts zu sehen. Tatsächlich, Fernanda schaut, sieht aber nichts. Zu Hause zu bleiben oder auszugehen, beides ist ihr gleichermaßen unerträglich, also weiß sie nicht, was tun.

Die Tür geht sachte auf, mit einem leisen Knarren, nicht mehr als ein Lufthauch.

Fernanda dreht sich um. Da steht ihre Mutter auf der Schwelle, ihre Hand zittert leicht auf der Klinke. Einen winzigen Augenblick lang ist ihr Gesicht wunderbar belebt, rosig, jugendlich. Ihre Augen glänzen. Dann verlöschen sie wieder. Erminia schaut zu Boden, macht eine undeutliche Handbewegung und zieht sich ins Dunkel des Flures zurück.

Fernanda hält die Luft an. Hat Erminia wieder getrunken?

Sie folgt ihr.

Ihre Mutter ist in der Küche, steht halb ihr zugewandt vor der Spüle. Fernanda macht einen Schritt auf sie zu, dann noch einen, erblickt etwas auf dem Tisch. Ein Schlüssel. Rasch duckt sich ihre Mutter wieder und zieht die Salatblätter unter dem Wasserstrahl durch, hin und her.

Fernanda nimmt den Schlüssel in die Hand. Eine enttäuschte, angewiderte Grimasse entstellt ihr Gesicht. Es ist nicht der

Schlüssel ihrer Wohnung. Gerade will sie ihn zu Boden schleudern, da läßt ein unglaublicher Gedanke sie innehalten.

Der Schlüssel brennt in ihrer Hand. Sie springt los wie von einer Feder geschnellt.

Für den Bruchteil einer Sekunde verspürt Fernanda ihrer Mutter gegenüber unendliche Dankbarkeit, in die sich Respekt und Entsetzen mischen.

Wie eine Diebin, die weiß, daß sie ganz leise sein muß, macht sie die Küchentür hinter sich zu. Sie betritt das Schlafzimmer ihrer Eltern, an der Wand hängt ein Bild von Joseph bei der Arbeit als Zimmermann, und dahinter ist der Tresor, den Giuseppe mit eigenen Händen in die Wand eingelassen hat. Der Schlüssel dreht sich mühelos.

❧

Giuseppe wird zum Mittagessen nach Hause kommen, um ein Uhr, spätestens halb zwei. Er ißt nie auf der Bocciabahn, außer zu ganz besonderen Anlässen oder wenn jemand ihn einlädt. Er verabscheut es, Geld im Restaurant zu lassen. Wenn ich außer Haus essen würde, hättest du jetzt keine Wohnung, sagt er oft zu ihr.

Fernanda setzt die Taschen auf dem Küchenfußboden ab, zieht den Mantel aus und krempelt die Ärmel hoch.

Sie hat genügend Lebensmittel eingekauft, um sich wochenlang in der Via della Forca zu verbarrikadieren. Sie hat keine Angst. Sie ist erfüllt von dem brennenden Bedürfnis, jeden Winkel ihrer Wohnung zu berühren, noch den hintersten, mit den Fingern über alle Oberflächen zu fahren, sie mit Streicheln zum Glänzen zu bringen.

Sie beginnt im Bad, putzt methodisch, geht präzise und liebevoll vor. Jede Bewegung kennt sie auswendig, hat sie Jahr um Jahr bei ihrer Mutter gesehen.

Sie putzt den ganzen Vormittag und vergißt das Mittagessen darüber.

Mit zwei Leintüchern aus Clelias Beständen improvisiert sie kleine Vorhänge für das Bad. Sie ersteigt die Leiter, die Giuseppe zum Anstreichen benutzt hat, und bringt sie an.

Und da hebt Armando, der sich eben im eiskalten Atelier die zwanzigste Camel ansteckt, den Blick und sieht sie.

Sie vermeidet es, herunterzuschauen, vielleicht denkt sie auch gar nicht daran.

Sie ist zu sehr auf ihre Arbeit konzentriert, um an etwas anderes zu denken. Sie isoliert ihre Wohnung vom Rest der Welt. Von jetzt an wird keine Invasion mehr Erfolg haben, denn sie sitzt hier wie in einer Festung, zu der nur sie die Schlüssel hat.

Armando vergißt, sich die Zigarette, die er angezündet hat, in den Mund zu stecken, er hält sie zwischen den Fingern, bis er sich daran verbrennt. Unverrückbar steht er da und starrt zu dem Fenster empor, während sein Herz gegen die Rippen anrennt. Mit einer Aufwallung von Panik wird ihm bewußt, daß er Fernanda mehr begehrt, als er selbst Barbara je begehrt hat. Die Vorstellung, sie könnte dieses Gefühl nicht erwidern, treibt ihn in den Wahnsinn. Unbewußt reckt er sich: Der Hexenschuß ist weg.

Er rast aus dem Atelier, die Treppen hoch in den zweiten Stock. Vor der Tür zögert er, überlegt, ringt die Hände. Halsbrecherisch rennt er wieder hinunter und an die nächste Straßenecke, wo immer ein ambulanter Blumenhändler sitzt – ohne Genehmigung, versteht sich. Er kauft einen Riesenrosenstrauß.

Als er schnaufend wieder vor Fernandas Wohnungstür ankommt, steht da ein Mann und hält mit dunkel angelaufenem Gesicht den Finger auf Fernandas Klingel.

Giuseppe. Er ist mit einer Stinklaune nach Hause gekommen, denn er hat seine Partie verloren, und aus einer unerklärlichen Eingebung heraus ist er mitten bei der Minestrone aufgestanden, um den Tresor aufzumachen. Im selben Augenblick gleitet Erminia unhörbar davon, einen Fünftausend-Lire-Schein in der Hand, Richtung Weinhändler.

Giuseppe wirft den Inhalt des Tresors durch die Luft: eine Schachtel voller Goldmedaillen mit dem Abbild eines Bocciaspielers (dritte und vierte Preise, ein paar zweite; den ersten hat er nie gewonnen), die Heiratsurkunde, die Vollmacht für Erminias Rente, den wenigen Schmuck seiner Frau, die goldene Uhr seines Großvaters und anderen Kleinkram.

Er hebt die Matratze an, kippt sie aus dem Bett, durchsucht Erminias Kleider. Schnaubend wie ein Löwe, dem man seine eben erst ergatterte Beute weggenommen hat, durchkämmt er die Wohnung, obgleich er spürt, daß die Suche aussichtslos ist. Vor dem gedeckten Tisch, auf dem seine Suppe allmählich kalt wird, hat er einen kurzen Schwächeanfall, sein Blick trübt sich.

Dann reagiert er, wirft sich den Mantel über und geht los.

»Fernanda!« befiehlt er vor der verriegelten Tür. »Mach sofort auf!«

Armando erkennt die Stimme wieder. Dieselbe, die ihm drei Stunden im Schrank beschert hat, nackt und fröstelnd.

»Mach auf, oder ich trete die Tür ein!« droht Giuseppe.

Hinter ihm kommt Armando heran, den Rosenstrauß in der Hand.

Plötzlich dreht Giuseppe sich um: »Was machen Sie hier? Was wollen Sie? Verschwinden Sie!«

»Und was wollen *Sie*?« fragt Armando, ihn mit den Blicken messend. Giuseppe ist vierschrötig, aber kleiner als er. Armando richtet sich zu ganzer Größe auf. Er fühlt sich fabelhaft, voller Kraft. Er knirscht mit den Zähnen. Beide schauen sich haßerfüllt an. Giuseppe fühlt sich auf gewisse Weise beruhigt: Es gibt einen anderen Mann, wie er geahnt hat. Und dieser andere hat ihm die Tochter weggenommen, sie zur Rebellion aufgestachelt und zur Unzucht verführt. Die Komplizin ist nicht Erminia, wie er kurz gefürchtet hat. Diese Gewißheit macht ihm Mut, auch wenn sie ihm die Galle hochtreibt, sie bringt seine Männerwelt wieder ins Lot.

»Hau ab«, sagt er. »Verschwinde! Laß meine Tochter in Ruhe!«

Armando lacht. Sein Kopf ist so leicht, als hätte er etwas getrunken, die Euphorie, die ihn langsam erfüllt, ist typisch für den Augenblick, kurz bevor man die Kontrolle verliert, dieses kostbare Erlebnis, bei dem die Welt einem von den Schultern gleitet und man nicht mehr gezwungen ist, sich wie ein verantwortungsbewußter, bürgerlicher Erwachsener zu betragen.

Giuseppe wirft sich gegen die Tür, geht mit den Fäusten auf sie los.

»Mach auf, du Schlampe! Ich weiß, daß du da bist!«

»Mach nicht auf, Fernanda«, sagt Armando. »Das heißt, mach ruhig auf, ich bin hier. Hab keine Angst.«

Fernanda macht nicht auf.

Giuseppe rennt mit der Schulter gegen die Tür, immer wieder.

Armando lehnt sich an das Geländer und lacht. Er lacht nervös, stoßweise, als hätte er Schluckauf. Vor lauter Heiterkeit treten ihm Tränen in die Augen.

Der Schlag nimmt ihm den Atem. Giuseppe ist mit gesenktem Kopf auf ihn losgegangen, hat voll in den Magen gezielt.

Armando wankt, findet das Gleichgewicht wieder und schlägt Giuseppe den Rosenstrauß mitten ins Gesicht.

Sie prügeln freudig aufeinander ein, erleichtert, wie zwei Jungen nach der Schule. Armando wird sich bewußt, daß er seinen Gegner ein wenig unterschätzt hat. Er mag klein sein, aber er ist kräftig und vor allem zäh. Gerade hat Giuseppe seinen Arm gepackt und verdreht ihn nun nach hinten, während Armando ihm mit der freien Faust auf Schultern und Kopf einhämmert.

Auf der anderen Seite der Tür bückt sich Fernanda, um durch den Spion zu schauen. Was sie da sieht, ist der Kampf zweier Männchen um ein Weibchen, in diesem Falle sie. Obwohl sie ein bißchen stolz ist, widert der Anblick sie an, sie möchte mit dem Besen dazwischengehen und sie trennen wie zwei raufende Hunde. Entfernt dämmert ihr das Gefühl des Ausgeschlossenseins, das eine Frau befällt, die nur zuschauen kann und sich fragt, ob wirklich sie der Gegenstand des Streites ist oder ob nicht die reine Freude am Kampf die beiden Gockel aufeinanderhetzt.

Dann nimmt sie resolut den Kaufvertrag der Wohnung aus der Tasche und versteckt ihn im Schrank, in einem Schließfach. Ein anderes Papier mit blauer Tintenschrift bleibt auf dem Tisch liegen: die private Vereinbarung, mit der Fernanda bestätigt, daß sie einhundertdreiundzwanzig Millionen Lire von Giuseppe erhalten hat und sich verpflichtet, sie ihm im Laufe der kommenden fünfundzwanzig Jahre zurückzuerstatten. Sie kennt es auswendig, denn sie hat es sorgfältig mit eigener Hand geschrieben, nachdem sie es Wort um Wort gemeinsam mit Giuseppe verfaßt hat, ein leidvoller Vorgang. Dieses Dokument hat sie ebenfalls aus dem Tresor entwendet.

Jetzt hält sie es über den Gasherd, führt ein brennendes Streichholz an eine Ecke des Blattes und läßt es dann in den Spülstein fallen, wo es rasch verbrennt. Nur ein bißchen Asche bleibt zurück.

Fernanda kennt aus leidvoller Erfahrung den symbolischen Wert dieses Stücks Papier: Mit Genuß betrachtet Giuseppe es von Zeit zu Zeit, er liest es, bevor er zu Bett geht, und wedelt ihr damit vor der Nase herum, um sie an ihre Situation als lebenslange Schuldnerin zu erinnern. Und jetzt hat sie es verbrannt.

Während sie die Asche wegspült, wird Fernanda von einer wunderbaren und bis dahin unbekannten Empfindung erfüllt: Bewunderung für sich selber. Sie kommt sich vor wie eine jener skrupellosen, niederträchtigen Heldinnen, die die Liebe zwischen dem schönen jungen Arzt und der tapferen, so wunderhübschen und unschuldigen Krankenschwester torpedieren. Ja, sie spürt, daß sie dieses Modell nunmehr hinter sich gelassen hat. Was sie getan hat, ist sehr viel schwerwiegender, ohne Beispiel noch Vergleich. Nie wird sie es irgend jemandem sagen können. Nie wird es jemand erfahren, außer ihrer Mutter. Sie ist sicher, daß ihre Mutter nie ein Sterbenswörtchen davon wird verlauten lassen, egal wie lang sie noch lebt.

Sollte sie je wieder Lust bekommen, an sich zu zweifeln, sich in Melancholie und das Gefühl der Machtlosigkeit zu kuscheln, dann braucht sie nur an ihr Geheimnis zu denken, um sich auf der Stelle besser zu fühlen: Von nun an hat sie einen gewissen Standard an Bösartigkeit aufrechtzuerhalten, sie kann sich nicht mehr einfach gehenlassen.

Wie sieht es indessen auf der Treppe aus? Giuseppe beginnt Terrain zu verlieren, als würde er den Verrat, dessen Opfer er soeben geworden ist, spüren. Die beiden Gegner schwanken, ineinander verkrallt, wie in einem sehr intimen, doch jeglicher femininer Grazie baren Tanz. Man hört nichts mehr außer ihrem schweren Atmen, unterbrochen von erstickten Flüchen und dem dumpfen Aufprall der Körper an den Wänden oder den Türen der Nachbarn.

Am Ende läßt sich Giuseppe, völlig aus der Puste, die Treppe hinunterstoßen. Armando triumphiert, ist aber fast genauso hinüber wie sein Gegner. Giuseppe räumt das Feld; auf jeder zweiten Stufe droht er dem Usurpator mit der Faust. Er rüttelt am Geländer, als wollte er es abreißen. Als er aus dem Haus geht, prügelt er wie ein zerstörungswütiger Jugendlicher mit der Faust auf den mit Fernandas Namen beklebten Briefkasten, schlägt das Scheibchen ein und schneidet sich gründlich die Hand auf.

Armando schnauft lange, bevor er wieder einen Schritt machen kann. Er massiert sich den Magen, wo Giuseppe die eine oder andere Gerade gelandet hat. Insgesamt war es richtig schön. Und es wird noch schöner sein, wenn Fernanda ihm erst das geschwollene Gesicht mit lauwarmem Wasser abwäscht und einen kalten Umschlag auf das Auge macht. Sie werden sich lieben, leidenschaftlich, wenn auch vorsichtig.

Er klingelt.

Fernanda gibt kein Lebenszeichen von sich.

Er klingelt noch einmal, länger diesmal. Ein drittes Mal, aggressiver.

Armando läßt sich gegen die Wand sinken. Er fängt zu weinen an und zieht die Nase hoch, während eine ältere Dame langsam die Treppe herunterkommt. Entsetzt bleibt sie stehen und preßt ihre Tasche an die Brust. Der Treppenabsatz ist von Rosenfetzen übersät.

»Wer sind Sie?« erkundigt sich die Dame. »Gehen Sie hier weg, oder ich rufe die Polizei.«

Armando schaut sie rotäugig an und wischt sich mit dem Handrücken über das Gesicht. Die Bewegung enthüllt ihm eine seltsame Nachgiebigkeit der Lippen: Ihm fehlt ein Zahn. Er tastet mit der Zunge nach der Lücke. Unverhältnismäßige Verzweiflung ergreift von ihm Besitz.

Und Fernanda will immer noch nicht öffnen.

»Mach auf«, fleht er sie an, »bitte, mach auf!«

Erst als er sich langsam von der Wand gelöst hat und mit hängendem Kopf zur Treppe geht, tut sich die Tür einen kleinen Spalt weit auf.

Sie beäugt ihn feindselig durch die Öffnung.

Dann tritt sie einen Schritt zurück und bedeutet ihm einzutreten.

»Zieh dir die Schuhe aus«, sagt sie, sobald sie die Tür mit vier Umdrehungen des Schlüssels abgesperrt hat. »Ich habe heute morgen geputzt.«

❧

Der letzte Tag des Jahres bringt für Ada eine gewisse Traurigkeit mit sich.

Nicht so sehr, weil ein Jahr zu Ende geht, sondern weil unweigerlich ein neues beginnt.

Ein weiteres Jahr voller Ungewißheit und Aufschübe, voller Wünsche, die sie in den Schrank steckt, wo sie die Motten fressen, voller Warten darauf, daß ihre Eltern sterben und das Alter naht.

Trotz des guten Wetters und des klaren Himmels über den Alpen ringsum sieht Ada heute alles grau in grau. Es ist einer jener Tage, an denen die Geschichten der Leute ihr sinn- und zwecklos vorkommen, Geschichten von lichtscheuen Hausfrauen, die in ihre häuslichen Höhlen – oder Höllen – eingesperrt leben, über ihre Töpfe gebeugt, in denen stets dieselben Ängste köcheln, dieselben Obsessionen, dieselben Lügen.

Auch die wenigen Männer, die eine Geschichte zu erzählen haben – Nani, Armando –, kommen nicht über ihre Beschränktheit hinaus. Auch sie scheinen wie Delia Ugazzi beständig auf dem Fensterbrett ihrer Küche zu sitzen, schwankend, voller Sehnsucht danach loszufliegen und sich über den Ruß aufzuschwingen, der die Stadt einhüllt, und zugleich haben sie immer eine Entschuldigung dafür parat, daß sie es nicht tun, daß sie gleich zurückkehren und das heimelige Unglück in ihren lauen Zimmern weiterpflegen werden, wo es nach Kaffee riecht, nach ziellosen Schritten und nichtigen Gesten.

Heute ist Adas Mitleid eingetrocknet, diese Begabung, mit dem Gefühl eines anderen mitzuschwingen, in seine Haut zu schlüpfen. Eine aufreibende Sache, eine Form der Liebe ohne Besitz noch Eifersucht, wie die einer Zuschauerin, die von allen Figuren eines Theaterstücks hingerissen ist: Keine scheint ihr nebensächlich oder allzu unsympathisch, alle sind voller Bedeutung und leisten ihr noch lange nach Ende der Vorstellung Gesellschaft.

Heute aber fühlt sie sich wie verdorrt. Sicher eine vorübergehende Trockenzeit, vielleicht auch nur ein kurzer Augenblick, aber wer weiß. Sie neigt dazu, diese Situation in die Zukunft weiterzudenken, es kommt ihr vor, als hätten ihre Augen die Fähigkeit verloren, das Schöne und das Verrückte zu erkennen, die Bosheit und Größe, die sich in den normalsten Leuten verbergen. Wo ist, so fragt sie sich zum Beispiel, Delia Ugazzis angestaute Lebendigkeit geblieben, die immer zu explodieren droht, wie wenn man den Deckel eines Dampfkochtopfs öffnet, ohne vorher den Druck abzulassen? Was ist aus Nanis ein wenig lausbubenhaftem Charme geworden? Aus Barbaras naiver Dreistigkeit? Selbst die beeindruckend unsympathische Alina Bianchi wirkt verblaßt, auf die reine Neurose reduziert, ein armseliges Ding, um das herum die Luft nicht mehr vibriert.

Es ist vier Uhr nachmittags an einem 31. Dezember, der völlig trostlos zu werden droht, doch da hat in der Via della Misericordia Nummer drei Mariuccia ihren Auftritt.

In demselben Mantel, mit demselben Koffer wie bei ihrer Ankunft vor Wochen. Sogar denselben angeregten Ausdruck hat sie im Gesicht. Die Traurigkeit der vergangenen Tage scheint wie weggeblasen.

»Mama!« ruft Ada. »Was machst du? Wohin willst du?«

»Ich gehe«, erklärt Mariuccia kategorisch. »Ich wollte mich nur von dir verabschieden. Es tut mir leid, wenn ich dir Ungelegenheiten bereitet habe, ich hätte nicht so lange bleiben sollen. Wir ertragen uns eben nicht so aus der Nähe.«

»Was erzählst du da? Wohin gehst du?«

»Wohin soll ich gehen? Nach Hause.«

In ihren Augen funkelt Kampfeslust. Den Mund verzieht sie zu einer resoluten Grimasse. Wieder ganz die Mariuccia von einst, wie Ada sie kennt, die Mariuccia, der sie einfach nicht entkommt.

»Dieser Mann«, Mariuccia läßt ihren Koffer mit einem

dumpfen Plumpser fallen, »irrt sich, wenn er denkt, ich sterbe so einfach. Wir werden schon sehen, wer als erster dran ist. Ich bin noch nicht erledigt, dem Himmel sei Dank.«

»Was ist passiert?« Ada schluckt, während verschwommene Katastrophen vor ihrem inneren Auge heraufdämmern.

»Irma hat angerufen, die Frau aus dem Postbüro. Jeden Tag macht er mit dem Fahrrad seine Runde durchs Dorf, er weiß alles von jedem und erzählt es herum, dabei war er immer so verschwiegen ... Gut, also Irma ruft mich an und sagt: Mariuccia, ich muß Sie wirklich warnen, Sie müssen das wissen, wenn nicht wir armen Frauen uns gegenseitig beistehen ...«

»Hatte sie meine Telefonnummer?«

»Natürlich. Die habe ich ihr gegeben, bevor ich weg bin. Alles aufgeben, ein neues Leben anfangen, einen Strich unter der Vergangenheit ziehen, alles gut und schön, aber eine Frau muß sich immer ein Hintertürchen offenhalten! Nie die eigenen Interessen aus den Augen verlieren, vergiß das nicht!«

Ada nickt perplex. Ihr Bild von der hilflosen, draußen in der großen Welt verirrten Mariuccia geht zu Bruch. Mariuccia hat für alles Vorsorge getragen, auch für eine mögliche Rückkehr. Irma hat für sie Wache geschoben.

»... und da sagt sie: Signora Mariuccia, wissen Sie, was an Ihrem Gartentor hängt? Ein Schild, sooo groß, man kann es einen Kilometer weit sehen, und darauf steht ZU VERKAUFEN – ZU VERMIETEN!«

Mariuccia breitet die Arme aus, um zu verdeutlichen, wie riesig das Schild ist. Sie macht eine bedeutungsschwangere Pause.

»An *meinem* Haus!« explodiert sie, vor Empörung fast erstickend.

»Eine Frau kann sich aufopfern«, fährt sie fort, als sie wieder Luft bekommt, »sie kann all ihre Hoffnungen und Erwartungen begraben, auf ihre liebsten Wünsche verzichten, aber alles hat seine Grenzen! Das Haus nicht! Das Haus gehört mir, ich habe es von meinen Ersparnissen bauen lassen, mit meinen eigenen Händen habe ich mitgearbeitet, ich habe dem Maurer die Steine hochgereicht, habe den Mörtel angerührt, x Schubkarren voll Erde habe ich auf der Wiese der Nachbarn ausgekippt!«

»Aber Mama, beruhige dich«, unterbricht Ada sie. »Niemand kann dir dein Haus wegnehmen. Es ist auf dich eingetragen, ohne deine Unterschrift kann er es weder vermieten noch verkaufen, also ...« Sie will sagen: »Und bis gestern warst du außerdem entschlossen, das Haus nie wieder zu betreten! Du hast gesagt, daß es dir egal ist, daß es dir nichts mehr bedeutet!« Statt dessen will sie Mariuccia beschwichtigen:

»Morgen fahren wir zusammen zu Papa, dann wird er schon wieder Vernunft annehmen ...«

»Im Traum nicht! Ich gehe allein, und zwar sofort! Du bleibst hier. Das ist unsere Angelegenheit, die müssen wir untereinander regeln. Hab keine Angst, ich werde ihn schon nicht umbringen. Obwohl, was wollen sie mir bei meinem Alter schon tun? Da wäre ich mal gespannt, ob die es wagen, mich ins Gefängnis zu stecken!«

Ada ist fasziniert. Das hat ihr also gefehlt: ihr Krieg. Jetzt geht sie wieder aufrecht, spricht mit fester Stimme, bewegt sich so entschieden wie einst: Sie hat das Kommando wieder übernommen. Nach sechzig Jahren ununterbrochener Feindseligkeiten weiß Mariuccia mit dem Frieden auf die Dauer nichts anzufangen, und das Exil bringt sie um. Besser, sie kommt in der Schlacht zu Tode.

Genau das ist es, was manche Paare zusammenhält, sagt sich Ada. So werden sie einander unentbehrlich: als Feinde. Wenn man sein ganzes Leben um den Feind herum eingerichtet hat, bis sogar der eigene Atem ein taktisches Mittel ist, der Tagesablauf eine Strategie, wie will man dann ohne ihn weiterleben? Wohin mit den aggressiven Energien, wie den Lebensüberdruß kanalisieren, wie dem ermüdenden täglichen Einerlei von Bewegungen und Wörtern einen Sinn geben? Durch diese Wunden fühlen sie, daß sie leben, durch die erlittenen Wunden und diejenigen, die sie dem anderen zufügen. Je inniger eine Frau sich wünscht, ihren Mann mit Klauen und Zähnen in Stücke zu reißen, desto unbeirrter kann sie ihn gegen jeden anderen Angriff verteidigen: Niemand hat das Recht, ihr das liebste Gut auf Erden zu nehmen, den Todfeind.

Auf einmal ist Ada sicher, daß Mariuccia ihren Kindern nie erlauben wird, Gino und sie zu trennen, daß keine Trennung zwischen ihnen je endgültig sein wird. Sollte es ein Leben nach dem Tode geben, dann werden ihre Eltern es verbringen, indem sie einander bekriegen.

Der Besuch bei Ada ist für Mariuccia nichts anderes als eine Pause gewesen, um neue Kräfte zu sammeln, ein Manöver, um den Gegner zu verwirren. Sie hat ihre Tochter nie wirklich gebraucht, und schon gar nicht deren Sorgen und so heroische wie verzweifelte Rettungsversuche.

Ada fühlt sich angeführt und erleichtert zugleich. Isabelle hatte recht.

❧

Alberico sitzt starr hinter dem Lenkrad, die Arme steif ausgestreckt.

Er weiß, daß er den Schmerz seiner Mutter respektieren müßte. Alina sitzt stumm neben ihm, von Kopf bis Fuß in Schwarz, sie trägt eine riesige Sonnenbrille, um ihre geschwollenen Augen zu verbergen. Er fürchtet sich sogar ein bißchen vor ihr, wenn sie so düster gestimmt ist. Er trägt eine hellblaue Weste unter dem anthrazitgrauen Jackett, was ihm einen vorwurfsvollen Blitz aus ihren Augen eingetragen hat. Er war getroffen, wankte aber nicht.

Er findet Alinas Schmerz übertrieben, völlig maßlos. Heute morgen beim Rasieren hat er sich eine schöne Rede ausgedacht, über die Notwendigkeit, sich mit dem Tod abzufinden, vor allem wenn es um einen alten Menschen geht, der sein Leben voll ausgelebt hat. Beim Frühstück aber, angesichts der aufgelösten Alina, die mit Mühe ihren Tee herunterbekommt und aus deren Hals seltsam rasselnde Geräusche aufsteigen, fehlte ihm der Mut, seinen kleinen Vortrag zu wiederholen.

Noch nie in seinem Leben ist er so verwirrt gewesen.

Alina vernachlässigt ihn, sein Vater erschreckt ihn mit Gerede von Konkurs und Verarmung. Er kann nicht mehr studieren. Sein Durchfall ist schlimmer geworden. Das Asthma raubt ihm den Schlaf.

Vor allem aber hat er es mit einer Alina zu tun, die er nicht kennt.

Bislang hat er in Symbiose mit ihr gelebt, wie siamesische Zwillinge, daran gewöhnt, sich synchron zu bewegen, beide Körper so miteinander verschweißt, daß sie ununterscheidbar werden, bis das Ich unmerklich mit dem Du verschmilzt. Und jetzt auf einmal, nach dem Unfall und Clelias Tod, hat Alina rebelliert und mit den Zähnen das Fleisch zerrissen, das sie mit ihrem Sohn verband. Sie befreit sich von ihm, läßt ihn verkrüppelt und verloren in einem Raum zurück, in dem nichts mehr so sein wird wie zuvor, da sie sich in ihre Einsamkeit zurückgezogen hat. Eifersüchtig ihre Trauer hütend, tödlich gedemütigt von diesem ungeheuren Verrat ihrer Mutter, dem letzten Verrat einer so langen Reihe.

Dieser ungewohnte Anblick der wunden, am Boden zerstörten Alina ist für Alberico der reine Horror.

Es ist sehr unvorsichtig von Alina, daß sie sich ihrem Sohn so zeigt. Sie müßte so tun als ob, sich zu der Anstrengung zwingen, ihn zu beruhigen, ihm einen Strohhalm hinwerfen, an den er sich klammern kann.

Doch nein, Alina wird von einem rasenden Bedürfnis nach Zerstörung getrieben. Die Trauer, die sie Clelia schenken will, hat kosmische Ausmaße. Wenn es nach ihr ginge, müßten die Sterne verlöschen und sich der Himmel verdunkeln, die Flüsse müßten austrocknen, und auf ihre Villa in den Hügeln müßte es brennende Holzscheite regnen.

Alberico ist jung, erst sechsundzwanzig. Seine Mutter hat ihn zwar zu einem ängstlichen, methodischen und kleingeistigen Greislein erzogen, aber ein bißchen jugendliches Blut fließt doch noch in seinen Adern, aufgeladen von der rastlosen Ungeduld seines Alters, schäumend durch den angeborenen Egoismus, dank dem der Tod der Alten jungen Menschen als ein vollkommen natürliches Ereignis erscheint, das man nicht hinausschieben sollte, das wäre selbstsüchtig und unproduktiv. Außerdem sollte man nicht vergessen, daß Alberico bald Richter wird. Im Laufe seiner sechsundzwanzig Jahre hat Alina ihm einen sadistischen Genuß an der Gerechtigkeit eingeimpft, die sie selber doch oft genug mit gutem Grund anzweifelt und in Frage stellt – aber das tut Alberico nicht.

Jetzt, mit schmerzhaft angespannten Armmuskeln, fragt sich Alberico, ob seine Mutter ihn möglicherweise immer belogen hat. Wie ein Kleinkind, nachdem es zum ersten Mal von seiner Mutter getrennt war, fürchtet er, sie sei eine andere geworden, habe sich von ihm entfernt, und er fürchtet, diese andere, diese ihm unbekannte Alina, könnte jetzt die echte sein.

Ein unerträglicher Gedanke, dessentwegen er vor einer Ampel, die gerade auf Gelb springt, eine Vollbremsung hinlegt.

»Mama« – mehr als alles andere braucht er es jetzt, seine eigene Stimme zu hören –, »warum hat Großmutter Luca das Gut in Moncalvo verkauft?«

»Sie ist betrogen worden«, krächzt Alina. Nach dem tagelangen Schweigen quietscht ihre Stimme wie ein rostiges Scharnier.

»Aber wir fechten den Vertrag doch an, nicht wahr?«

»Nein! Mit diesen Leuten will ich nichts mehr zu tun haben! Sollen sie das Gut behalten, das interessiert mich nicht. Ich will nichts davon wissen.«

»Aber Mama...«

»Und paß auf, wie du fährst! Fast wären wir im Graben gelandet!«

»Aber das Gut gehört doch auch uns, Mama...«

»*Mir*«, korrigiert Alina. »Und ich will es nicht mehr.« Sie schaut strikt geradeaus, auf den grauen Asphalt, der sich zwischen den winterlich vergilbten Wiesen dahinschlängelt. Die Sonne spielt auf ihren dunklen Brillengläsern. Sie sieht aus wie die Böse in einem Gangsterfilm aus den Vierzigern, eine jener durch das Leben hart gewordenen Frauen, die vor nichts zurückschrecken. In Wahrheit war sie noch nie so schwach wie jetzt.

»A-aber das ist ungerecht«, stottert Alberico. »Wenn sie Großmutter betrogen haben...«

»Halt den Mund und schau auf die Straße.«

Als sie in der Via della Misericordia ankommen, steht Mariuccia in der Tür und wartet auf ihr Taxi.

Alina steigt über den Koffer, als wäre er ein Dreckhaufen, und tritt ein.

Wie immer, wenn sie hier ist, bleibt für sie die Zeit stehen. Sie kauft ein, um zu vergessen. Ihre riesige, wohlgefüllte Speisekammer kommt ihr winzig vor. Sie verspürt ein namenloses Grauen bei der Vorstellung, es könnten nur noch drei Konservendosen darin stehen, vier Gläser Pflaumenmus, sechs Dosen Zichorien- und Gerstenkaffee. Fast immer werden die Eßwaren bei ihr nur teilweise verbraucht, der Rest kommt in den Müll. Regelmäßig inspiziert Alina die Vorräte und wirft alles, dessen Haltbarkeitsdatum abgelaufen oder was nicht mehr taufrisch ist, weg. In Wahrheit tut sie das, um für Nachschub Platz zu schaffen.

Alles, was sie sieht, kommt ihr vor wie ein Geschenk für Clelia – oder wie ein Geschenk, das Clelia dem gierigen kleinen Mädchen in Alina machen könnte. Ein Mädchen, das Wolfszähne im Mund hat und mit maßlosem, blutrünstigem Vergnügen lebendes Fleisch reißt. Während sie sich eine Tüte Pralinen in die Tasche steckt und eine Schachtel Rumkugeln in den Einkaufswagen packt, türmt Alina innerlich Opfergaben auf Clelias Scheiterhaufen, der sie mit seinem Qualm einhüllt. Sie hört, wie das Feuer um sie herum prasselt, während sie durch die Flammen schreitet, ohne sich zu verbrennen.

»Was machen Sie da?« schreit Mariuccia, die den Blick nicht von ihr gelassen hat. Ihr Taxi ist unglückseligerweise in einem Stau an einer defekten Ampel steckengeblieben. Wäre es rechtzeitig gekommen, hätte all dieses vermieden werden können. »Sie stehlen ja! Und nicht zum ersten Mal! Ich habe es genau gesehen!«

Alle erstarren und bleiben wie angewurzelt stehen.

Kurioserweise ist Ada die erste, unter der die Erde bebt. Alina geht mechanisch weiter, unbeirrt, als würde sie die Wirklichkeit nicht wahrnehmen.

»Laß sein, Mama.« Ada versucht, Mariuccia aus dem Geschäft zu schieben. »Es ist nichts, du hast dich geirrt.«

Wie soll sie ihr klarmachen, daß sie über Alina Bianchis kleines Laster genauestens im Bilde ist? Erst hat Alina ihr leidgetan, dann hat sie sich nach und nach daran gewöhnt. Sie läßt sie machen. Manchmal setzt sie ihr das, was sie stibitzt hat, auf die Rechnung, manchmal tut sie einfach so, als hätte sie nichts gesehen. Rosi stellt keine Gefahr dar, die ist derart zerstreut, daß sie nichts bemerkt, und in kritischen Momenten schickt Ada sie nach hinten, um etwas aus dem Lager zu holen.

Das würde Mariuccia nie begreifen.

Ada fühlt sich ertappt, als wäre sie die Schuldige. Ist sie es nicht auch, in einem gewissen Sinn? Sie ist schuldbewußt wie eine Gesunde, die einem chronisch Kranken geholfen hat, sich Illusionen über seinen Zustand zu machen. Auch das ist Mitleid, an den Krankheiten der anderen teilzunehmen und den gesunden Standpunkt der Gesunden aufzugeben.

Mariuccia läßt nicht nach und verlangt, daß Alina ihre Tasche öffnet. Rosi ist rot wie eine Peperoni geworden und hält die Luft an. Alberico ist bleich wie der Tod. Alina verteidigt ihre Tasche gegen Mariuccias Ansturm. Mit einer unbeholfenen Bewegung entwindet sie sich ihr, die Brille fällt ihr herunter und zeigt ihre tief in den Höhlen liegenden, von violetten Ringen umgebenen Augen.

Rosi hebt die Brille auf, ein Glas ist gesprungen.

»Schluß jetzt! Verschwinde!« schreit Ada ihre Mutter an. Sie trennen sich wutbebend. Mariuccia wankt zur Tür, ihr Taxi ist angekommen.

»Ich begreife dich nicht«, sagt sie. »Ich werde dich nie begreifen.« Sie besteigt den Wagen und macht sich eilig davon, zum Schauplatz ihres eigenen Krieges.

Ada fühlt sich wie ein besetztes Land, nachdem die Besatzer sich zurückgezogen haben. Verwüstet.

Alina klammert sich immer noch an ihre Tasche. In dem kleinen, von Waren überquellenden Raum ist das Unbehagen körperlich greifbar. Rosi hat angefangen, still zu weinen, sie hat es selber nicht bemerkt.

Alberico faßt sich als erster wieder.

Er räuspert sich. Bittet um die Rechnung. Zahlt. Geht hinaus. Alina hängt an ihm wie ein leeres Kleid. Alberico vergißt die Plastiktüten mit den Einkäufen am Tresen. Niemand kommt auf die Idee, ihn darauf aufmerksam zu machen.

Auch sie werden auf Adas Gewissen lasten, sobald sie in der Lage ist, dieses letzte, kleine Gewicht wahrzunehmen.

Im Abfahren reißt Alberico von dem Wagen, der vor seinem parkt, einen Blinker ab. Unter anderen Bedingungen wäre er stehengeblieben, um seinen Namen an der Windschutzscheibe des beschädigten Fahrzeuges zu hinterlassen. Heute nicht.

Es ist mitten am Nachmittag. Die Straßenlaternen gehen an, leuchten zunächst seltsam violett und verfärben sich dann immer weiter zu einem blassen Rosa.

»Die ist verrückt«, sagt Alina nach einer Weile. »Diese Frau ist verrückt.«

Sie umarmt immer noch ihre Tasche, nach vorn gebeugt auf dem Beifahrersitz. Verkrampft.

Alberico ist von Kopf bis Fuß mit kaltem Schweiß bedeckt.

So fährt er über den Corso Vittorio, über die Brücke, er biegt in die Straße ein, die am Hügel entlang ansteigt.

»Alles ist deine Schuld!« schreit Alberico plötzlich. »Warum hast du Fernanda gekündigt? Das hat Großmutter dir nicht verziehen. Es stimmt gar nicht, daß Fernanda gestohlen hat. Du hättest das nicht tun dürfen!«

Alina schweigt.

»Ohne Großmutters Geld geht Papas Firma in Konkurs. Vielleicht müssen wir das Haus verkaufen. Was soll ich dann machen? Ich muß studieren, ich brauche meine Ruhe, mein Zimmer. Ich muß für die Bewerbungsrunde lernen!«

Seine Stimme wackelt, bricht. Er fängt zu stottern an.

»F-für die Be-bewerbungsru-runde«, wiederholt er frenetisch, während er unmotiviert ruckartig auf Bremse und Gaspedal tritt und im Zickzack mitten auf der Straße fährt. »Was sollen wir jetzt machen, was sollen wir machen!«

»Hör endlich auf!« schreit Alina ihn an. Das Geräusch hallt in Albericos Ohren nach.

Mit kreischenden Bremsen bleiben sie in der Kiesauffahrt vor dem Haus stehen. Die Hunde der Ferrantes hüpfen bellend am Gitter; ihre Herrchen sind in den Bergen, das Haus ist verlassen. Weit und breit niemand zu sehen.

Alina starrt weiter vor sich hin, ihre Augen hinter der Sonnenbrille verborgen. Alberico steigt aus und macht ihr die Tür auf. Es ist eine Gewohnheit, die ihm sonst Spaß bereitet; er kommt sich dann wohlerzogen vor, wie ein Kavalier. Heute hingegen tut er es widerstrebend, am liebsten würde er losschreien, herumrennen, um sich schlagen. Die andressierten Bewegungen ersticken ihn, er möchte sich von ihnen befreien, sie abwerfen wie einen Bleipanzer.

Alina regt sich nicht.

Langsam schließt Alberico die Tür und nimmt selber wieder auf dem Fahrersitz Platz.

»Gib mir die Tasche«, sagt er leise, sanft.

»Gib mir die Tasche«, wiederholt er. Er streckt die Hand aus.

»Faß mich nicht an!« schreit Alina. Alberico hat die Tasche gepackt, die seine Mutter immer noch nicht loslassen will. Sie zerren daran herum, rutschen auf den Sitzen hin und her. Ihm gellt immer noch Mariuccias Ausruf in den Ohren: »Sie stehlen ja!« Das ist ungeheuerlich, das ist undenkbar, das darf nicht sein. Er muß es wissen, sofort.

»Laß los!« kreischt Alina. »Laß sofort los!«

»Gib her!« kreischt er zurück. Bei dem Gefuchtel rutscht ihm die Brille von der Nase. Er sieht nichts mehr, grabscht blindlings drauflos, nach Alina, ihrem Mantel, dem Riemen ihrer Tasche. Er spürt, daß ihm ein Knopf abreißt.

»Ich muß Richter werden, ich lasse nicht zu, daß du mir die Karriere versaust!« grölt er und wühlt in der Tasche, die endlich aufgesprungen ist.

Alina krallt ihm alle Finger ins Gesicht.

Er begehrt auf wie ein Tigerjunges, das seiner Mutter den letzten Fleischbrocken streitig macht. Er ist hinter ihr. Legt ihr die Hände um den Hals. Der Gedanke, daß seine Mutter ihn verraten hat, läßt ihn rot sehen. Das ist nicht seine wirkliche Mutter. Seine wirkliche Mutter ist vor Tagen gestorben, die hier ist eine Betrügerin. Er drückt immer kräftiger zu und schüttelt sie durch, auf und ab, auf den Sitz, gegen die abwaschbare Veloursverkleidung des Volvos, die bereits blutbefleckt ist, wo er mit seinem zerkratzten Gesicht hingekommen ist.

Ein Glück, daß die Nachbarn nicht zu Hause sind. Was würden die sagen, wenn sie sähen, wie der Volvo wackelt und ruckelt, als wäre ein Liebespaar besonders stürmisch darin zugange?

Endlich beruhigt Alina sich. Sie knickt ein, läßt die Hände sinken, als wäre sie müde, mit einem leisen, erstickten Seufzer. Als er sie losläßt, sinkt sie nach hinten, die Augen weit aufgerissen, den Mund geöffnet. Um den Hals hat sie einen Kreis, rot wie die Korallenkette, die sie manchmal trug, als er klein war.

In der Tasche befindet sich ein Cellophantütchen mit einem Dutzend dicker Pralinen. Die Cremefüllung ist herausgedrückt worden, dunkle Brocken kleben hier und da in dem Tütchen.

Alberico schaut sie lange an. Vor seinen Augen werden sie größer und kleiner, im Rhythmus seines wie ein Blasebalg gehenden Atems.

So ein Blödsinn, denkt er. Soviel Aufregung wegen sowas.

Alles kommt wieder ins richtige Maß. Er ist sicher, seine Mutter hat das aus Versehen eingesteckt, ohne Absicht. Alina ist müde und macht Schweres durch, wer wäre nach allem, was geschehen ist, nicht etwas durcheinander?

»Mama?« ruft er sie sanft, begierig, sich mit ihr zu vertragen.

Sie antwortet nicht.

»Was hast du? Geht es dir nicht gut? Schläfst du?«

Er zieht sie an einem Arm. Alina rutscht vom Sitz und kehrt ihm ihren zerwühlten Haarschopf und das verzerrte Gesicht zu.

»Ja, du schläfst, das wird dir gut tun. Du bist müde«, sagt Alberico, laut zwischen den Wörtern keuchend.

Er hebt die zerbrochene Sonnenbrille auf und setzt sie ihr wieder auf die Nase. Schon besser. Hinter dem gesprungenen Glas erkennt man undeutlich ein aufgerissenes Auge, aber nur, wenn man nah herangeht.

Er schaut sie eine Weile an. Streichelt ihr das Gesicht, um diese Grimasse unerträglichen Schmerzes wegzubekommen, die ihn vorhin so aufgebracht hat, und versucht, ihr den Mund zuzumachen. Aber das gelingt ihm nicht. Also dreht er ihr Gesicht zur anderen Seite.

Alberico versucht, Ordnung in seinen Gedanken zu schaffen. Er möchte sie nicht stören. Wie soll er sich jetzt verhalten? Sie schlafen lassen? Sie schläft mit offenem Mund. Das ist ja normal für jemanden, der Asthma hat.

Sie atmet so ruhig, daß man es gar nicht hört.

Jetzt erst fallen ihm die Tüten ein, die er im Geschäft stehengelassen hat. Er beschließt, hinzufahren und sie zu holen. Eine kleine ruhige Autofahrt tut Alina sicher gut.

Schweigend fahren sie abwärts. Alberico denkt nicht mehr an die Zukunft. Er denkt an seine schlafende Mutter neben sich. Er möchte um Verzeihung bitten. In diesem Zustand kann er sie nicht nach Hause bringen. Erst müssen sie sich vertragen.

Er fängt zu reden an, schön leise, um sie nicht zu wecken.

Er beruhigt sie: Wegen der Erbangelegenheit braucht sie sich keine Sorgen zu machen. Er wird sich um alles kümmern. Sie werden den Vertrag anfechten und bekommen, was ihnen zusteht. Die Großmutter hat das Gut gar nicht wirklich Luca überlassen wollen, sie ist von Leuten betrogen worden, die keine Skrupel kennen. Die Großmutter hat Alina immer geliebt. Sie ist eine Mutter. Eine Mutter muß ihre Geschöpfe einfach lieben, sie kann nicht anders. Das ist ein Naturgesetz. Mit Abneigung, fast Haß denkt er an das falsche Gesicht der toten Clelia.

»Nur nicht verzweifeln«, sagt er, »sonst sieht es am Ende so aus, als hättest du Großmutter lieber als mich.«

»Nein, ich mache dir keine Vorwürfe«, fügt er hastig hinzu. »Ich verstehe dich. Der Tod der Mutter muß etwas Furchtbares sein. Ich an deiner Stelle…« Er unterbricht sich, eisesstarr bei dieser Vorstellung. Nein, daran will er gar nicht denken.

Sie sind wieder in der Stadt. Jetzt, am letzten Tag des Jahres, sind all die, die nicht ins Gebirge gefahren sind, mit den Vorbereitungen ihrer Feiern beschäftigt. Die Geschäfte schließen allmählich, dabei ist es noch gar nicht halb acht, die Straßen leeren sich zusehends.

Alberico fährt vorsichtig, wie immer. Seine Mutter hat ihm beigebracht, sich stets korrekt und verantwortungsbewußt zu betragen. Er übertritt keine Geschwindigkeitsbegrenzung, gewährt Vorfahrt und bleibt rechtzeitig an den Ampeln stehen.

Alina sitzt schief auf ihrem Sitz, ihr Mund steht offen, die Zunge hängt ihr zwischen den Lippen heraus. Als ein anderer Wagen kurz neben ihnen hält, schaut ein Kind herüber und fängt bei dem Anblick zu schreien an. Alberico fährt eilig weiter, ohne auf grün zu warten.

Er durchquert das Zentrum, immer noch redend: Via Roma, Piazza Castello, Via Po, Corso Cairoli, Corso Vittorio, Corso Re Umberto, Piazza Solferino, Via Cernaia, Via Pietro Micca ... Er fährt im Kreis, immer rundum, wie einer, der verzweifelt etwas sucht, das er verloren hat, er weiß nur nicht, wo.

Die Tüten in der Via della Misericordia hat er vergessen. Vielleicht will er auch einfach nicht dorthin zurück, damit Alina nicht den Ort sehen muß, an dem sich jener unangenehme und absurde Zwischenfall ereignet hat.

Stundenlang fährt er weiter, bis es Abend wird, dann Nacht.

Und die ganze Zeit über redet er.

Er ist überzeugt, wenn er ein bißchen Geduld hat, dann verzeiht sie ihm und wird wieder diejenige, die sie vorher war. Seine Mutter.

❧

Nani trägt eine schwarz-weiß getigerte Jacke, eine schwarze Weste, weißes Hemd und weiße Hose. Im Knopfloch steckt eine Plastikblume. Ernesto trägt einen Anzug aus schottischer Wolle zu einem weiten, flaschengrünen Pullover.

»Hättest du nicht was weniger Langweiliges anziehen können?« flüstert Nani, als sie ihrem Gastgeber die Mäntel geben. »Schließlich ist Silvester.«

»Du weißt doch, daß ich mich nicht anziehen kann«, antwortet Ernesto. »Mein Geschmack ist eben hoffnungslos.«

»Ich weiß, daß du Eitelkeit nicht ausstehen kannst, aber heute abend hättest du mal eine Ausnahme machen können.«

»Stimmt nicht, daß ich gegen Eitelkeit bin. Ich finde sie wunderbar, aber nur, wenn es dich betrifft. Du bist wunderschön.«

Unter Küssen und Umarmungen gehen sie durch das Wohnzimmer. Das Fest findet im Hause eines befreundeten Malers statt, in einem großen, ausgebauten Dachgeschoß, durch die Mansarden blickt man über die Dächer der Stadt.

Nani schaut sich um. Alle, mit denen er gerechnet hat, sind gekommen. Und wenn sie noch nicht da sind, kommen sie sicher bald. Wen sucht er also mit den Blicken unter diesen bekannten und weniger bekannten Gesichtern?

Er ist nervös. Die geballte Verfolgung durch Bruna und Salvador hat Weihnachten schlagartig aufgehört, und die letzten Tage haben so leer gewirkt. Ihm fehlt etwas.

Schon nach einer knappen halben Stunde langweilt er sich. Er zieht sich an ein Fenster zurück, ein Glas Spumante in der Hand, und schaut zur Guarini-Kuppel, die sich dort hinten zwischen gelb erleuchteten Fenstern und dunkel vom Himmel abstechenden Glockentürmen erhebt.

»Und du, bist du mit dem letzten Jahr zufrieden?« fragt ihn eine verliebte Stimme über die Schulter.

»Du mußt besoffen sein, daß du so blöde Fragen stellst«, antwortet er unfreundlich.

»Ja, du hast recht. Ich habe mir gerade zum dritten Mal nachschenken lassen.« Ernesto lächelt ihn an und lehnt den Kopf an den Fensterrahmen. »Heute abend gibt es nur eins, das mir nicht gefällt.«

»Und das wäre?«

»Daß ich dem schönsten Mann des Abends nicht den Hof machen kann, weil ich schon mit ihm zusammen bin.«

Nani prustet.

»Na, dann gib doch jemand anderem die Gelegenheit dazu, geh ein bißchen beiseite.«

Ernesto bricht in Gelächter aus.

»Immer abseits, ihr zwei? Ihr seid unmöglich! Ihr seid seit Jahren zusammen, da könnt ihr euch doch nicht aufführen wie zwei Frischverliebte!« Barbara, in schwarzem Gewand mit V-Ausschnitt, schlingt Ernesto die Arme um den Hals und küßt ihn.

»Endlich kann ich dich mit Emanuele bekannt machen. Ich habe ihn überredet, hier mit hereinzuschauen, denn ich wußte, daß ihr auch hier seid. Leider müssen wir gleich wieder weg, wir feiern bei einem seiner Freunde, dem eine Fabrik für Maschinenteile gehört. Es liegt ihm so viel daran. Ich weiß ja nie, worüber ich mit seinen Freunden reden soll. Kennt einer von euch sich mit Maschinenteilen aus? Ihr seht wunderbar aus heute abend. Verschiedener geht's nicht! Ihr seid einfach füreinander gemacht. Ich weiß gar nicht, ob Emanuele und ich zu verschieden sind oder nicht verschieden genug.«

Und sie geht den Gegenstand ihrer Fragen suchen.

»Will sie ihn immer noch heiraten?« flüstert Ernesto.

»Besser, sie entscheidet sich bald«, antwortet Nani, »so eine Gelegenheit bekommt sie nicht so schnell wieder.«

»Ich würde ihn nicht heiraten, wenn ich sie wäre«, meint Ernesto. »Ich weiß nicht warum, aber was ich von ihm höre, läßt mich nichts Gutes ahnen.«

Barbara kehrt zurück, bahnt sich einen Weg quer durch die Menge der Gäste, in ihrem Kielwasser einen rund vierzigjährigen Mann, der auf seinem Weg Frauenhände und -wangen küßt, ganz wie der genießerische, etwas herablassende Liebhaber einer unbedeutenden, aber dekorativen Hunderasse.

Ernestos verträumtes Lächeln ist ihm wie von den Lippen weggezaubert. Der Sektkelch zittert ihm in den Fingern.

»Oh, mein Gott.« Er schlägt sich die Hand vor den Mund.

Nanis Blick wandert zwischen ihm und Emanuele hin und her, der sie noch nicht entdeckt hat.

Ernesto pflegt in jedes Fettnäpfchen zu treten, das sich am Wegesrand anbietet. Seine Spezialität ist es, durch unbedachte, unkontrollierte Bewegungen oder Bemerkungen die Aufmerksamkeit auf etwas zu ziehen, das er – oder meist sein Gegenüber – lieber verborgen gehalten hätte. Er kennt seinen Fehler, aber wenn er versucht, ihn ungeschehen zu machen, verschlimmert er die Situation meist nur. Nie tritt er diskret und ungesehen ins Fettnäpfchen, nein, wenn, dann lohnt es sich. Er macht eine Kunst daraus. Unvergeßlich.

Peinlich berührt wegen Ernesto und um seinetwillen, beobachtet Nani, wie er Emanuele mit weit aufgerissenen Augen anglotzt, wie eine rasche Abfolge von Fragen und Antworten über sein Gesicht huscht und er sich dann umschaut, ob ihn auch niemand gesehen hat, wodurch er die Aufmerksamkeit einer Reihe von Freunden anzieht, die ihn von nun an verstohlen beobachten.

Welch erfahrenes und scharfes Auge hingegen bräuchte man, um zu verfolgen, wie sich Emanueles Pupillen für den Bruchteil einer Sekunde erweitern, wie die Hand, die er eben ausstrecken will, sich wieder schließt und ein Fluchtimpuls ihn von Kopf bis Fuß durchzuckt! Im Handumdrehen hat er sich wieder unter Kontrolle.

Zu seiner großen Überraschung stellt Nani fest, daß die wacklige Stimme bei der Begrüßung seine eigene ist, nicht Emanueles oder gar Ernestos, der seine Gesichtsröte damit zu erklären sucht, daß es im Raum so warm sei.

Barbara merkt überhaupt nichts.

Wieviel geschieht doch zwischen Männern, ohne daß Frauen es mitbekommen! Die weibliche Wahrnehmung ist eine selektive, im Lauf der Jahrtausende perfektioniert. Wahrscheinlich müßte man Barbaras Ahnfrauen bis zu irgendeiner keltischen Kriegerin zurückverfolgen, wollte man eine finden, die blitzschnell die komplexe Alchimie begriffe, die zwischen diesen drei lächelnden Männern um Barbara herum wirkt.

Wie würde die Ahnfrau reagieren? Würde sie den Schuldigen noch selbigen Abends mit Peitschenhieben aus ihrem Zelt vertreiben? Oder würde sie ohne Groll darüber hinwegsehen und dem *Freund ihrer Lenden* dieselbe Freiheit zugestehen, die sie selber beansprucht? Wahrscheinlich würde sie kein Geschrei darum machen, schließlich ist es in ihrem Volk üblich, daß die tapfersten Krieger sich untereinander lieben, ohne daß irgend jemand etwas dagegen einzuwenden hätte. Da man die Ehe nach unserer Vorstellung bei ihrem Stamm gar nicht kennt, ist ihr Problem schließlich und endlich unbedeutend. Sie weiß, sie bräuchte lediglich »*Schande über deinen Bart*!« zu rufen, um sich von ihm zu trennen und ihre Mitgift zurückzuerhalten, ohne daß es irgendwem einfiele, ihr zuzureden, sie solle geduldig sein und Verständnis haben.

Für Barbara liegt die Sache etwas komplizierter. Zum Glück wendet sie im richtigen Moment den Kopf ab.

»Ich habe diese schmutzige, langweilige Stadt so satt«, sagt sie zerstreut. »Ich sehne mich so nach Weite, nach Natur! Ich glaube, diesen Frühling verbringe ich an einem wilden, unberührten Ort, vielleicht in Kanada. Allein. Strikt allein.«

Emanuele nickt zustimmend und lächelt verständnisvoll. Das lebende Inbild des emanzipierten Mannes, der die Freiheit der Frau zu respektieren weiß. Und schon enteilen die Verlobten in einem Wirbel von Abschiedsgrüßen.

»Gehen wir, ich, ich, ich…«, sagt Nani nach einer kurzen Weile. »Ich halte es hier nicht mehr aus.«

»Aber es ist noch gar nicht Mitternacht!« protestiert Ernesto. »Unser Gastgeber wird beleidigt sein.«

»Ach, der merkt nicht einmal, daß wir weg sind.«

Als er im Flur an einem Spiegel vorüberkommt, findet Nani seinen Aufzug absurd, lächerlich.

Schweigend steigen sie ins Auto. Das trockene Knallen der Türen hallt in Nanis Ohren wie Gewehrschüsse.

Während sie die Via Po entlangfahren, sagt er ein einziges Wort:

»Wo?«

Ernesto seufzt.

»Im Pellerina-Park.«

»Wann?« fragt Nani in demselben gewollt gleichgültigen, ätzenden Tonfall, während er den Palazzo Madama anstarrt, als sähe er ihn zum ersten Mal.

»Letzten Sommer.«

»Macht es dir was aus?« erkundigt Ernesto sich nach einiger Zeit.

»Nein, wo denkst du hin. Ich hätte es zwar gern unter anderen Umständen erfahren, aber man kann im Leben nicht alles haben.«

»Ich konnte ja nicht wissen, daß *er* es war! Und er nicht, daß *ich* es war, sonst wäre er doch geflohen wie eine Gemse vor den Jägern, statt mir in das Gebüsch nachzukommen!«

»Diesen besonderen Fall hatte ich eigentlich nicht gemeint«, sagt Nani eisig, jedes Wort äußerst deutlich artikulierend, »ich bezog mich lediglich auf deine sommerlichen Vergnügungen.«

»Ach das! Ich habe dir nie davon erzählt« – Ernesto dreht

sich zu ihm hin –, »weil ich nicht wußte, ob du es überhaupt wissen wolltest. Weißt du, als wir beschlossen haben, nicht jede Nacht beieinander zu schlafen und uns nicht jeden Abend zu treffen, uns eben nicht zu betragen wie ein Ehepaar, da fand ich das ganz richtig, auch wenn ich dich manchmal ein bißchen vermißt habe. Aber dann habe ich dich nicht gefragt, was du an diesen freien Nachmittagen und Abenden machst, und du mich auch nicht.«

»Na toll«, meint Nani und reibt sich die Schläfen. »Hast du mal eine Zigarette?«

»Warum willst du rauchen? Du weißt, daß das deiner Stimme nicht bekommt.«

»Gib mir eine Zigarette und halt den Mund.«

»Ich hätte es dir aber erzählt, wenn du mich gefragt hättest«, kommt Ernesto zum Thema zurück und bringt den Wagen auf der Piazza della Consolata zum Stehen. »Wo sollen wir hinfahren?«

»Nirgends.«

»Du willst doch nicht hier im Auto Silvester feiern.«

»Mir egal.«

Ernesto zündet zwei Zigaretten an und gibt ihm eine.

»Ich liebe dich«, sagt er nach eine Weile zärtlich.

Nani fängt zu husten an.

Er möchte ihm sagen, daß er ihn auch liebt. Er möchte ihn schlagen. Schade, daß er Szenen so haßt, sonst könnte er ihm eine machen. »Arschloch«, stellt er fest.

»Ich wußte ja, daß es dir etwas ausmachen würde«, sagt Ernesto betrübt. »Hör zu, ich bin nicht eifersüchtig...«

»Ich aber!« schreit Nani.

»Dann lasse ich es eben«, sagt Ernesto. »Das ist mir auch gar nicht so wichtig. Außerdem war es nur dreimal im ganzen Sommer.«

»Wenn du willst, erzähle ich dir alles genau«, fügt er hinzu.

»Ich will nichts wissen!«

»Aber eines solltest du wissen, und zwar...«, beharrt Ernesto.

»Ich will nichts davon hören. Und ich will auch nicht, daß du mir irgendwas versprichst. Wir sind nicht verheiratet...«

»...ich passe sehr auf, aber als Arzt werde ich auch regelmäßig untersucht. Ich bin kerngesund.«

»Na wunderbar«, sagt Nani. »Wunderbar.«

»Findest du es nicht ein bißchen kalt? Was meinst du, fahren wir zu Elisabetta? Sie wollte so gern mit uns anstoßen, das weißt du. Es sind nur noch fünf Minuten bis Mitternacht.«

»Fahr, wohin du willst, ich scheiß drauf«, gibt Nani ihm freie Bahn.

Er kann nur nicht gestehen, daß er jetzt am liebsten mit Ernesto im Bett wäre.

Ernesto läßt den Motor an, macht ihn dann aber wieder aus.

»Meinst du, wir sollten Barbara davon erzählen?«

»Du spinnst! Du hast nicht mehr alle Tassen im Schrank! Völlig übergeschnappt!«

»Nein, aber dieser Typ Männer, die einen auf Macho machen und es heimlich mit Männern treiben, das ist das schlimmste für eine Frau. Wir können nicht zulassen, daß sie ihn heiratet.«

»Letzten Sommer hast du ihn nicht so unmöglich gefunden«, entgegnet Nani.

»Ach, fürs Bett ist er in Ordnung, aber heiraten würde ich den nie!«

»Los, zu Elisabetta«, befiehlt Nani.

Die Mitternacht überrascht sie, als sie auf der Piazza Savoia sind. Ernesto hält wieder an und küßt Nani trotz seiner Gegenwehr.

»Da ist noch etwas, das ich dir sagen muß«, gesteht er dann schüchtern und zupft sich den Mantelkragen zurecht.

»Nur zu. Mich kann nichts mehr erschüttern.«

»Ich werde Vater.«

Nani drückt die Zigarette derart brutal im Aschenbecher aus, daß die Glut auf die Fußmatte hüpft. Er tritt sie panisch aus.

»Was erzählst du da?«

»Bruna hat mich darum gebeten. Sie hat gesagt, sie wollte das Kind von dir, aber du wolltest nicht und hast gesagt, sie soll mich fragen.«

Nani starrt ihn an. Ihm hat es die Sprache verschlagen.

»Sie hat mir leidgetan, die Ärmste, und ich finde, sie hat das Recht auf ein Kind. Ich begreife deine Vorbehalte, aber ich persönlich glaube, sie schafft das. Und außerdem kann ich einfach nicht nein sagen. Das erste Mal war schrecklich, ich habe einen Lachanfall bekommen und den ganzen Abend keinen mehr hochgekriegt. Wie peinlich! Ich hatte noch nie mit einer Frau geschlafen, ich fand das sowas von komisch! Sie ist sehr lieb und verständnisvoll gewesen. An ihrer Stelle wäre ich aus der Haut gefahren und hätte gesagt: Was zum Teufel gibt es da zu lachen? Aber die Frauen sind so geduldig. Beim zweiten Mal hat alles geklappt. Natürlich ist es jetzt noch zu früh, um es genau zu wissen, aber wir haben gute Chancen. Es war genau der Tag des Eisprungs.«

»Fahr mich nach Hause«, sagt Nani.

»Geht's dir nicht gut? Bist du auf mich wütend?«

»Nein. Es geht mir prima.«

Sie fahren wieder los.

»Genau der Tag des Eisprungs«, wiederholt Nani für sich, aus dem Fenster schauend.

»Hast du noch Sekt im Kühlschrank?« erkundigt sich Ernesto.

»Ich habe Cola. Du hast heute abend schon genug getrunken.«

Während sie die Treppe hinaufgehen, fragt Nani, um einen neutralen Tonfall ringend: »Und du hast die Absicht, dein Kind von Bruna aufziehen zu lassen, dieser depressiven Närrin?«

»Aber klar!« antwortet Ernesto. »Meine Mutter ist eine manische Närrin, und trotzdem hat sie sechs Kinder großgezogen, und gar nicht mal schlecht, würde ich sagen.«

Ihre Stimmen verlieren sich in den oberen Stockwerken.

Nach einem langen, fruchtlosen Telefonat mit einem Alitalia-Büro beschließt Ada, aufs Ganze zu gehen.

Sie wirft ein bißchen Unterwäsche und ein paar Kleider in ihren Koffer, ruft Rosi an und erklärt ihr hastig alles, was sie für die nächste Woche wissen muß, dann wählt sie die Nummer des nächsten Taxistands.

Während der Fahrt denkt sie an gar nichts, sie zählt nur die Minuten. Schafft sie den letzten Flug nach Paris noch? Die Angestellte hat gesagt, die Maschine sei ausgebucht, aber sie gibt noch nicht auf. Sicher sagt jemand im letzten Augenblick ab.

In den vergangenen Tagen hat sie sich öfter gefragt – nicht ohne leichten Groll –, warum sie unbedingt nach Paris ziehen muß und Isabelle nicht nach Turin kommen kann. Wie dumm von ihr. Endlich begreift sie, daß sie nichts als weg will, weg von hier, so weit wie möglich von Mariuccia und Gino entfernt, von der Familie, die bereit ist, sie in jedem Moment wieder zu verschlucken, ganz egal, daß sie vierzig ist und eine selbständige Frau.

Weg, weg! Nach Paris, nach New York, nach Singapur, Australien! So, wie sie damals nach der Geschichte mit Piero von vorn angefangen hat, wird sie es auch jetzt tun. Im Geiste nimmt sie von allen Bewohnern der kleinen, verrückten Welt Abschied, in der sie bislang gelebt hat. Schon verblassen sie. Schon nehmen sie ihre wahre Dimension an, schnurren zu Geschichten zusammen, die sie Isabelle erzählen kann. Mit denen hat sie keine Zeit mehr zu verlieren. Nur noch zwanzig Minuten bis zu ihrem Flug.

Die Frau hinter dem Schalter schüttelt den Kopf: Nichts zu machen, heute abend kommt sie nicht mehr weg. Ada diskutiert, droht, fleht. Auf der fabrikneuen Anzeigetafel blinkt die Flugnummer.

Das Flugzeug startet pünktlich. Ada hört das Grollen der Motoren auf der Startbahn, dann hebt die Maschine ab.

Sie kämpft gegen eine Enttäuschung an, die sie an längst vergessen geglaubte Momente der Kindheit zurückbringt. Sie kehrt den Abflugschaltern den Rücken zu und geht blindlings zur Ankunftshalle, den quietschenden Rollenkoffer hinter sich herzerrend.

Es war ja nur so ein Wunsch, sagt sie sich. Nicht verwirklicht, wie so viele andere. Die Mariuccia in ihr, die ein paar Stunden lang den Mund gehalten hat, räuspert sich, um ihr zu erklären, es sei dumm, sich so zu ärgern, daß sie die Neujahrsnacht nicht mit einer Freundin verbringen kann.

In diesem Moment wird die Ankunft des Air-France-Fluges aus Paris durchgesagt. Verträumt bleibt Ada inmitten eines Grüppchens Wartender stehen.

Fast sofort gleitet mit leisem Zischen die automatische Tür auf, und die erste Passagierin kommt hindurch, eine blonde, kurzlockige Frau um die Vierzig. Sie trägt eine einzige große Reisetasche über der Schulter, und ihr versunkener Blick zeigt deutlich, daß sie nicht damit rechnet, abgeholt zu werden.

Ada blinzelt und läßt ihren Koffer fallen, macht einen Schritt auf sie zu.

Alles, was war, ist nicht mehr. Unendliche Erleichterung durchströmt sie wie ein warmer Atemzug. Jetzt erst spürt sie, wie allein sie war – bis jetzt.

Isabelle bleibt wie festgenagelt stehen. Sie lächelt ungläubig und breitet die Arme aus.

»Non! C'est toi!« sagt sie. »Mais comment savais-tu?«

»Telepathie«, antwortet Ada.

Sie umarmen sich.

❧

Die Familie Lococere bewohnt fast den gesamten zweiten Stock des Hauses Via delle Orfane Nummer vier. Vor Jahren, als der Eigentümer des Gebäudes beschloß, es wohnungsweise zu verkaufen, erwarben die Loceceres die Wohnung, in der sie mit ihren vier Kindern lebten (zwei Zimmer und Küche), und die Nachbarwohnung dazu – sie mußten sich bis über die Ohren verschulden –, denn die war groß genug, daß sich aus ihr zwei Einheiten machen ließen, in denen heute die ältesten Söhne mit ihren Frauen leben. Später hat Lucia, die Drittgeborene und einzige Tochter, eine Zweizimmer-Dachwohnung gekauft und mit Hilfe ihres Vaters, der Maurer ist, renoviert. Dort lebt sie jetzt mit ihrem Kater Gullit und ihrer neuen Liebe.

Bei den Loceceres ist das Ritual des Neujahrsfestmahles im Kreise der Großfamilie ein gewichtiger Anlaß. Mutter, Vater und ein oder zwei Schwiegertöchter stehen ab dem Vortag am Herd und bereiten die vierzehn oder fünfzehn Fischgerichte zu, die auf der Silvester-Festtafel nicht fehlen dürfen. Insbesondere der Vater ist im Besitz einiger Rezepte, die er erst auf dem Totenbett an seinen erstgeborenen Sohn weitergeben wird.

Schon Ende Oktober hat sich die ganze Familie gegen Typhus impfen lassen, zu Recht wegen der Verschmutzung der Küstengewässer besorgt, aber durchaus nicht bereit, auf ihre Traditionen zu verzichten.

Das heutige Menü beinhaltet unter anderem: Austern, Riesengarnelen vom Grill, Aal, gemischten fritierten Fisch, Seebarsch aus dem Ofen und kleine Tintenfische mit Pinienkernen. Zu Ehren von Lucias piemontesischer Freundin sind neben den üblichen Vorspeisen auch Blätterteigpasteten vorgesehen, Vol-au-Vent (im Dialekt »Vulvan« ausgesprochen), mit in Butter geschwenkten Herzmuscheln, und die Bucatini mit Sepiatinte wurden durch Bechamel-Lasagne und ein Meeresfrüchteragout mit Weißwein ersetzt. Maria, die Mutter, ist um fünf Uhr früh aufgestanden, um die Lasagne zuzubereiten, und Antonietta, eine ihrer Schwiegertöchter, ist um acht als Hilfe dazugestoßen, nachdem sie Gatten und Kinder vor dem Fernseher abgestellt hat.

Lucia ist gerührt. Der Familienbrauch gebietet, sich nicht allzu lange mit Danksagungen aufzuhalten, also beschränkt sie sich darauf, ihre Mutter, die noch die Schürze trägt, etwas länger zu umarmen als sonst, ebenso den Vater, der gerade zwölf Flaschen Wein entkorkt, letzten Sommer aus seinem Heimatdorf mitgebracht und für den Anlaß zurückgelegt. Elena, Lucias Schatz, trägt das goldene Halskettchen, das Lucias Vater ihr vor ein paar Monaten zum Geburtstag geschenkt hat. Ihr ist nicht ganz wohl in ihrer Haut: Sie ist so große Familien nicht gewohnt. Sie ist das einzige Kind geschiedener Eltern, ihre Mutter unterrichtet im Gymnasium und haßt das Kochen. Seit sie vierzehn ist, feiert Elena alle Feste mit ihren Freunden und kann sich nicht daran erinnern, zu Hause etwas Raffinierteres gegessen zu haben als fertig gekaufte Tortellini mit Ricotta.

Der erste Blick auf die gedeckte Tafel blendet und verwirrt sie. Sie wankt unter dem Gewicht dessen, was ihr bevorsteht: Wird sie den Erwartungen genügen können? Beim Essen beobachtet sie manchmal Lucia, die mit hochgekrempelten Ärmeln Austernschalen auf ihrem Teller stapelt und sich noch eine Portion Aal nimmt. In dieser Umgebung begreift sie sie besser als sonst. Sie beneidet sie um die Selbstverständlichkeit, mit der sie sich inmitten dieser Menge von Verwandten bewegt, wobei sie vergißt, daß das die Frucht jahrelanger beharrlicher, erbitterter Kämpfe und mit Blut gezeichneter Kompromisse ist, jenem süditalienischen Blut, das um einiges dicker ist als das nördliche. Liebe Lucia, denkt sie manchmal – und schämt sich, daß sie zeitweise gedacht hat, mit ihnen könne es nicht weitergehen, weil sie zu verschieden seien, von Charakter wie von Herkunft –, liebe Lucia, wie großzügig und unverfälscht du bist.

Das Neujahrsessen bei den Loceceres ist wie eine Kommunion. Wahrscheinlich stammt das Ritual aus vorchristlichen Zeiten, als die ganze Großfamilie sich zu einer Zeremonie versammelte, um sich Genuß und Völlerei hinzugeben, Verschwendung und Trunkenheit, und so den Geist von den Resten eines Jahres voller Mühen, Umsicht und Sparsamkeit zu reinigen. Kein Wunder, wenn die Wogen schon vor dem Nachtisch hoch gehen, die Stimmen lauter werden. Kinder schreien, weinen, lachen, sie versuchen, die Rufe und das Gelächter der Erwachsenen zu übertönen. Während die Mitternacht allmählich näherrückt, steigt die Aufregung, kaum läßt sich Michele, der größte Junge, mehr halten, er würde die Kracher so gern jetzt schon anzünden, einen hat er unter dem Hemd.

Drei Etagen höher, bei den Ugazzis, ist das Licht schon seit geraumer Zeit gelöscht. Delia und Nestore liegen Rücken an Rücken, ohne sich zu berühren. Sechsundzwanzig Jahre ehelicher Nächte haben zwischen ihren Körpern einen seltsamen Pakt der Unkörperlichkeit entstehen lassen.

Keiner der beiden kann ein Auge zumachen, wenn der andere nicht da ist, doch jeder nimmt den anderen nur noch als eine dunkle Masse wahr, die der Nacht den Mund stopft, sie zum Schweigen bringt und so den Schlaf möglich macht.

In den ersten Jahren konnte Delia schlecht einschlafen, weil er sich gegen die nächtliche Kälte bei ihr ankuschelte und seine kantigen Knochen an sie drückte. Dann kam die Gewöhnung und schmirgelte wie ein Bimsstein Nestores Ellbogen und Knöchel ab; sein Atem wurde zum Geräusch einer Brandung, die sich an ihrem Körper brach, der rundgeschliffen und duldsam dalag. Doch die Gewöhnung blieb nicht bei diesem glücklichen Gleichgewicht stehen, sondern entfernte sie nach und nach voneinander, Nacht um Nacht, Zentimeter um Zentimeter. Mittlerweile ist zwischen ihnen ein dritter Platz frei, meist leer, auf dem bisweilen Zorro schläft, wenn er nicht sein Körbchen vorzieht. Delia und Nestore liegen an entgegengesetzten Ufern. Ihr Knie ragt über den Bettrand, die Kniescheibe über dem Abgrund, Vorposten eines gefährdeten Landes, das sich jederzeit vom ehelichen Kontinent lösen und in den Ozean stürzen kann wie Kalifornien in den Pazifik.

Die von Außengeräuschen wimmelnde Stille wird durchbrochen, vom Knarren der Federn unter einem schwer sich wälzenden Körper.

»Nestore!« ruft Delia eindringlich.

»Was ist denn?« fragt er schläfrig.

»So geht das nicht weiter!« meint sie, setzt sich auf und späht nach den Leuchtzeigern des Weckers. »Es ist viertel nach elf, und wir liegen im Bett! Als wären wir lebendig begraben. Das hier ist keine Wohnung, sondern ein Friedhof.«

»Was willst du denn?« erkundigt er sich besorgt. »Seit einer Woche bist du krank, und jetzt ganz auf einmal willst du wieder gesund sein?«

»Aus diesem Grab raus, das will ich! Komm, wir gehen ins Restaurant, ins Kino, zu einer Feier!«

»Aber uns hat keiner eingeladen!«

»Egle hat uns eingeladen. Sie hat gestern angerufen.«

»Und damit kommst du mir jetzt.«

Widerstrebend steht Nestore auf. Delia ist schon im Bad,

wo sie gewaltsam versucht, ihr zotteliges Haar mit einem Kamm zu bändigen.

In den vergangenen Tagen haben sie nur miteinander gesprochen, um sich mit bitteren Vorwürfen zu überhäufen. Sie hat gesagt, wenn die Frauen rechtzeitig davor gewarnt würden, wie übellaunig und unsensibel ein Mann sein kann und was für ein ödes, sinnloses Leben sie zu führen haben, dann würde keine mehr heiraten. Er hat zurückgegeben, sie habe all seine Ideale von der Schönheit und Poesie der Frauen auf dem Gewissen und ihm statt dessen eine launische, schlampige, parasitäre und rachsüchtige Weiblichkeit vorgeführt. Und dann haben sie darum gewetteifert, wer am höhnischsten lachen kann.

Mit jener Unempfindlichkeit gegen Beschimpfungen, die für langjährige Ehepaare charakteristisch ist, ziehen sie sich gegenseitig Jackenrevers oder Blusenkragen zurecht, ohne mit ihren Tiraden innezuhalten. Delia bindet Nestore die Krawatte und würgt ihn dabei ein bißchen, Nestore sticht sie, als er ihr die Brosche ansteckt.

Sie kabbeln sich stolz und mit dumpfem Frohsinn. Auf einmal sind beide hellwach und unternehmungslustig. Die Nacht schwirrt vor lauter Verheißungen. Die Luft bebt von den Geräuschen der Feste anderer: Stimmen, knallende Korken, Musik.

Bevor sie die Wohnung verlassen, blicken sie sich noch einmal rasch an, schon enttäuscht: Das einzige, was diese Nacht *ihnen* zu bieten hat, ist ein Glas süßer Sekt mit Egle, ihrem rechthaberischen Mann und den Schwiegereltern, pensionierten Papierwarenhändlern.

Delia zuckt mit den Schultern. »Auf geht's!« kommandiert sie.

Während sie auf den Fahrstuhl warten, denkt sie: Wenn er ein wahrer Mann wäre, würde er sie in ein schönes Restaurant ausführen, an einen eleganten Ort voller Leben. Er denkt indes an die Blondine mit den graublauen Augen.

Der Aufzug stammt aus den dreißiger Jahren. Er ist aus massivem Holz gebaut, mit großen Glasscheiben und Messingknäufen. Eine mit rotem Leder gepolsterte Bank scheint extra für die durchaus nicht seltenen Fälle eingebaut zu sein, in denen das Gefährt steckenbleibt. Heute abend hatte im Erdgeschoß ein Schild gehangen: »Gefahr! Aufzug nicht benutzen!«, das Michele Lococere abgehängt, in kleine Stücke zerrissen und dann gerecht auf die Briefkästen sämtlicher Bewohner verteilt hat.

Die Ugazzis steigen ein. Der Fahrstuhl setzt sich schneckengleich in Bewegung, erzittert, schaukelt und bleibt dann schwankend zwischen dem fünften und dem vierten Stock stehen.

Delia und Nestore lachen schallend. Dann drücken sie auf die Knöpfe, alle, und zwar mehrmals.

Der Fahrstuhl wackelt nervös, als hätte er Schluckauf, dann fällt er in seine Reglosigkeit zurück.

Sie betätigen den Alarmknopf. Kein Mensch hört es.

Aus der Wohnung der Lococeres erschallt ein Salve von Knallern.

Noch zehn Minuten bis Mitternacht.

Delia wird langsam nervös. Sie geht hin und her, und ihr Gewicht bringt die im Leeren hängende Kabine bedrohlich ins Schaukeln.

»Steh still!« gebietet Nestore. Er nimmt sie beim Arm.

Da schweben sie nun auf halber Höhe, eng umschlungen.

Keuchend, dicht aneinander. Delia trommelt mit den Fäusten auf Nestores Brust ein. Er zieht sie an den Haaren. Sie knöpft ihm den Mantel auf, zerrt seinen Schal weg.

»Ich will hier raus!« sagt sie. »Bring mich hier raus!«

»Selbst schuld!« sagt er. »Du immer mit deinen Ideen.«

Und er schüttelt sie, wodurch unter ihrer Bluse die weiche, schwere Masse ihrer Brüste ins Schwingen gerät.

Vielleicht spüren sie beide in genau diesem Moment den Anhauch der Panik. Nicht direkt unangenehm. Etwas Neues, das jene ranzige Haut aufplatzen läßt, die sie umgibt und sie entblößt. Sie frösteln, berühren sich gierig, denken beide daran, ohne es laut zu sagen, daß niemand sie sehen noch hören kann, daß allen egal ist, was aus ihnen wird, sie sind allein auf der Welt.

Delia fängt zu lachen an. Laut, wie eine Verrückte, lauter

als die Alarmglocke. Nestore packt ihren Kopf und verschließt ihr den Mund mit seinem, er weiß selber nicht, ist es, um sie zum Schweigen zu bringen oder um dieses aufrührerische Lachen zu trinken, das ihn provoziert und erschreckt.

Delias Hände kriechen ihm unter das Hemd, sie machen seinen Gürtel auf und wühlen sich in seine Boxershorts hinein. Wir könnten jetzt sterben, denkt sie, da unten im Keller zerschmettert. Wir schaukeln fünfzehn Meter über dem Boden. Origineller Ort, um die Neujahrsnacht zu verbringen.

Sie purzeln auf die Bank, Delia rittlings über ihm, ein Knie auf einem Herz, das jemand mit schwarzem Filzstift auf das rote Leder gemalt hat.

»Und wenn uns wer sieht?« ächzt Nestore, der versucht, mit den Zähnen ihr Ohrläppchen zu erwischen.

»Was soll's?« keucht sie und streift einen Schuh ab, der ihr weh tut.

Mitternacht! Mit Triumphgeheul stürzt Michele Lococere auf den Treppenabsatz hinaus, mit einer Handvoll Knaller, gefolgt von den jüngeren Geschwistern, dann auch den Männern in Hemdsärmeln und den vom Weingenuß rotgesichtigen Frauen. Das außergewöhnlich breite Treppenhaus ist der ideale Resonanzraum für die Kracher. Eine Möglichkeit, die anderen an ihrem Fest teilhaben zu lassen. Obgleich die meisten Lococeres in Norditalien geboren und aufgewachsen sind, sind sie doch sehr gesellig geblieben.

Die Explosionen knallen in dichter Folge. Feuerspiralen zischeln durch das Dämmerlicht, grüne, gelbe, rote Kanonenschläge donnern auf den Stufen, ein Funkenregen ergießt sich bis in den Eingang, die Kinder kreischen vor Begeisterung.

Lucia legt Elena den Arm um die Schultern und zeigt ihr etwas dort oben. Hat sie bemerkt, daß jemand im Fahrstuhl steckt? Oder daß eines der Kabel, die die Kabine halten, kurz vorm Reißen ist, von der jahrzehntelangen Reibung an der Rolle verschlissen? Nein, sie sagt etwas über den armen Gullit, ihren Hund, der jetzt sicher fiepend unter dem Bett sitzt, dort oben in der Mansarde unter dem Dach, von dem Geballere in Panik versetzt.

Wird das Kabel halten?

Wer weiß. Delia schließt die Augen und prägt Nestores Hals den Abdruck ihres saugenden Mundes auf. Und wenn alles hier endet, denkt sie, mit einem schönen, atemberaubenden Krachen, das wäre doch gar nicht so übel.

❧

Heute nacht kann Ombretta nicht einschlafen. Nach dem Abendessen hat eine tiefe Melancholie sie befallen.

Einen bestimmten Grund dafür hat sie nicht. Es ist etwas Dumpfes, Dunkles, das tief in ihr wühlt. Wie Zähne, die etwas Hartes, Bitteres zernagen.

Es stammt nicht aus den Jahren, die sie neben ihm gelebt hat, Tag für Tag, während der Rest der Welt ganz langsam verblaßte, zu einer irrealen Traumlandschaft wurde. Es liegt auch nicht an dem plötzlichen Erwachen dann und wann, mitten in der Nacht, neben ihm, der zitternd, ächzend, schweißüberströmt dalag. Und ebensowenig an den Diskussionen, den Tränen, Ängsten und schrecklichen Gedanken, mit denen er sie soweit gebracht hat, den Selbstmord zu erwägen (unmöglich, sie würde ihn ja alleinlassen, dabei hat sie doch versprochen, nicht vor ihm zu sterben) oder schlimmste Schreckensphantasien zu hegen.

Nicht einmal an der Einsamkeit liegt es.

Ihre Einsamkeit ist so dicht. Und sie ist so voll.

Sie bereut nichts. Sie würde alles wieder tun, von vorn, genauso. Würde bei ihm bleiben, Minute für Minute, als seine Verzweiflung über die Welt und sich selber zu wachsen beginnt, als er die Arbeit aufgibt und ein Medizinstudium anfängt, um seinen Mitmenschen nützlich zu sein, als er die Medizin und die damit verbundenen Privilegien aufgibt und diplomierter Krankenpfleger wird, bis er sich am Ende zu Hause verbarrikadiert und sich weigert, je wieder hinauszugehen, tödlich verletzt von dieser Menschheit, der er nützlich sein wollte und die nichts mit ihm anzufangen weiß.

Es brauchte so viel Geduld, aber das fiel ihr nicht besonders schwer. Sie hat es geschafft. Sie ist flexibel, belastbar.

Ihr steht jener Tag vor Augen, als Germano nach Hause gekommen ist, nach knapp zwei Wochen Schichtdienst im Narrenhaus.

»Das heißt so nicht!« schreit er.

»Warum denn nicht? Es sind Narren«, denkt sie, »das weiß doch jeder. Was ist Böses daran?«

Er ist bleich, über seine Wange zieht sich ein langer, schlimmer Kratzer, sein Hemd ist zerrissen. An Armen und Beinen blaue Flecken. Einer der Insassen hat ihn von hinten angesprungen, heimtückisch, während er ihm gerade sein Essen in die Schüssel füllte.

»Das ist doch kein Weltuntergang«, sagt sie. »Du warst eben abgelenkt. Du weißt doch, daß man bei den Verrückten immer konzentriert bleiben muß.«

»Ach, es ist meine Schuld?« schreit er.

Mein Gott, was war das für eine Nacht. Sie lächelt matt bei der Erinnerung. Keiner der beiden hat ein Auge zugetan. Er liegt steif da, schäumend vor Wut, Demütigung und Machtlosigkeit, sie versucht vergebens, ihn zu beruhigen, ihm zu helfen.

Sie wundert sich, daß sie ihn in diesem Zustand haben nach Hause gehen lassen, ohne seine Wunden zu versorgen.

Später erfährt sie, daß er sich nach dem Zwischenfall mit einem Kollegen geprügelt und den Direktor beschimpft hat und dann buchstäblich geflohen ist.

Er hat gekündigt. Niemand bittet ihn zurückzukommen.

Ombretta Marzo schüttelt den Kopf. »So ein Kleinkind«, denkt sie mit müder Rührung, »hast du nicht gewußt, daß die Verrückten gefährlich sind? Hast du gedacht, es ist so leicht, die Welt zu retten? Wenn es das wäre, hätte es längst einer getan.«

Und dann ist die Große Depression gekommen.

»Ihr Mann ist zu sensibel«, sagt der Neurologe in demselben Tonfall, wie er zu einer Mutter sprechen würde, und eine Ehefrau ist ja auch immer Mutter. »Alles verletzt ihn. Als hätte er keine Haut. Das ist natürlich nur ein Bild.«

»Und jetzt will er meine Haut, damit er nicht friert?« lacht sie los.

»In einem gewissen Sinn könnte man genau das sagen«, meint der Arzt, während er weiterschreibt, ganz Ernst und Würde, ohne sie anzuschauen. »Sie müssen um Ihren Mann herum den Schutzwall errichten, der ihm fehlt. Sie müssen ihm wie eine Haut sein.«

Ombretta streicht mit ihren Kleinmädchenhänden die Decke glatt, die sie sich über die Beine gelegt hat. Sie schmiegt sich in den Sessel, den Kopf in das Kissen gekuschelt.

Genau das ist dieses Gewicht, diese Melancholie.

Übelkeit.

Ein tiefgreifendes, nirgends genau lokalisierbares Unwohlsein. Eine Überfülle, an der sie erstickt. Ein Widerwillen gegen alles, was man essen, anfassen, atmen kann. Jetzt widerstrebt es ihr, das Werk, das sie begonnen hat, zu Ende zu führen.

Aber jetzt gibt es kein Zurück mehr.

Sie schließt die Augen, genießt die völlige Dunkelheit, in der kein Lebenshauch mehr weht.

»Du hast es so gewollt«, sagt sie nach einer Weile leise und dreht sich im Geist sacht im Bett um.

»Es ist doch auch besser so, meinst du nicht?«

Er antwortet nicht. Ein gutes Zeichen. Vielleicht fängt er langsam an zu begreifen, nachzudenken.

Ombretta ist zum Platzen voll. Auch die Katzen haben zuviel gefressen, sie wälzen sich unruhig auf dem Bett hin und her.

Nach so vielen Nächten, in denen sie traumlos und steinschwer geschlafen hat, waren die letzten eher turbulent, bewegt. An Träume erinnert sie sich nicht, nur an den lastenden, süßlichen Geruch, den sie noch beim Aufwachen in der Nase hat.

Lautes Geknalle läßt sie aus ihrem benommenen Halbschlaf hochschrecken.

Es muß Mitternacht sein.

Sie steht auf, schlüpft in die Pantoffeln und geht in die Küche, einen Kamillentee aufgießen.

»Du läßt mir einfach keine Ruhe«, meint sie, indem sie sich den Bauch massiert.

Auch diesmal wieder keine Antwort.

Seine Stimme ist nicht zu hören, nicht die vertrauten, altbekannten Bemerkungen.

Plötzlich hat sie Angst, maßlose Angst, viel mehr als in jener Herbstnacht, als sie zur Tat geschritten ist. Neulich ging es nur darum, der Realität ins Auge zu schauen mit ihrem Gewicht von Fleisch und Blut und ihren klingenscharfen Rändern. Nichts, was mit dem Körper und dem Stofflichen zu tun hat, kann eine Frau wirklich schrecken oder ekelhaft sein, denkt Ombretta. Vor allen anderen Empfindungen spürt eine Frau Erbarmen mit dem Körper, das ist ihr tägliches Brot, ihre Arbeit, ihr Metier auf der Welt.

Jetzt hingegen verspürt sie die Angst vor einem Wunsch, der in Erfüllung geht. Sie ist allein zu Hause, allein in einer Stadt, die nichts von ihr weiß, auf der Erde, die langsam durch den Weltenraum kreist.

Der Wunsch, allein zu bleiben und ihr Werk zu Ende zu führen, geht jetzt in Erfüllung, freilich zu spät. Wie immer in einer solchen Situation stellt sich das Gefühl einer großen Leere ein. Ist es besser, zu leiden und zu hoffen, daß das Leiden endet, oder nicht zu erleiden und nichts zu erhoffen?

Jetzt, wo sie allein ist, könnte Ombretta sich sogar leisten zu sterben, ohne das Versprechen zu brechen, das sie Germano gegeben hat, das Versprechen, ihn zu überleben. Oder im Gegenteil, sie könnte weiterleben, auch wenn sie nicht die blasseste Ahnung hat wie.

Jetzt ist er fast völlig in Sicherheit. Wenn nichts mehr da ist, was soll sie dann mit ihrem eigenen Leben anfangen?

»Ohne meine Mission könnte ich ja gar nicht leben«, hat sie eines Tages lachend zu Ada gesagt, die sie fragte, ob sie auch mal an sich dächte, nicht nur immer an ihren Mann.

»Es fällt einer Frau so schwer, sich nicht jemandem zu widmen. Wir haben uns so früh im Leben kennengelernt. Ich war gerade mal vierzehn. Er ist für mich so etwas wie eine Krankheit geworden, eine dieser tropischen Krankheiten, die einen nicht umbringen, aber auch nie ausheilen. Jetzt ist er ein Teil von mir. Ich kann mir überhaupt nicht mehr vorstellen, ohne ihn zu sein.«

Und dann, als sie mit ihrem Päckchen – Curry, Muskatnuß und Jamaika-Pfeffer – gerade das Geschäft verlassen will, meint sie noch, begleitet von einem ihrer typischen Heiterkeitsanfälle: »Wissen Sie, die Liebe ist ein böses Biest. Manchmal, wenn er besonders hilflos ist, sagt er zu mir: ›Was soll ich machen, wenn du von mir genug hast und mich verläßt?‹ Ich antworte dann: ›Keine Angst, wenn ich von dir genug habe, dann bringe ich dich um und esse dich auf.‹ Dann beruhigt er sich gleich wieder, stellen Sie sich das mal vor.«

Ombretta lächelt bei der Erinnerung. Sie wandert in der Küche auf und ab, um sich aufzuwärmen. Dann zieht sie über ihre Strickjacke auch noch seine, nimmt ein Spiel Karten und setzt sich an den Küchentisch. Sie mischt und versucht, sich an eine Patience zu erinnern, die ihre Mutter ihr einmal beigebracht hat, vor vierzig Jahren.

Ein altes Spiel Tarot-Karten. Früher hat sie damit umgehen können. Als Kind war sie eine richtige kleine Wahrsagerin, bevor er sie überredet hat, dieses irrationale und abergläubische Zeug sein zu lassen.

Sie fächert das Spiel auf und zieht eine Karte. Langsam, mit geschlossenen Augen, läßt sie sie auf dem Tisch kreisen.

Innerlich formuliert sie ihre Frage: Was soll ich jetzt tun? Leben oder sterben?

Sie öffnet die Augen. Es ist der Narr, das höchste Arkanum.

Enttäuscht verzieht Ombretta den Mund. Die Karten sagen ihr nichts Neues. Der Narr ist sie selbst.

Wenn sie den Tod gezogen hätte mit der großen Sense und den abgeschlagenen Köpfen, die zwischen den Blumen herumkullern, das wäre eine klare Antwort gewesen. Oder das Gegenteil, die Welt, eine schöne, halbnackte Frau, von einer Girlande umrankt und mit dem strahlenden Halbmond über dem Kopf.

Der Narr aber gibt den Schwarzen Peter an sie zurück. Wie er sich da anschickt, in den Abgrund zu stürzen, dreht er verblüfft den Kopf zu ihr um, als wollte er sagen: Wohin willst du denn? Du kannst nichts tun, du hast nichts mehr zu verlieren, genau wie ich. Warum sterben? Das Leben ist der Tod und der Tod das Leben, jedes Ding ist es selbst und sein

Gegenteil zugleich. Die Liebe schenkt das Leben und die Liebe schenkt den Tod. Folge mir!

Aber ich traue dir nicht, antwortet Ombretta. Wir sind uns zu ähnlich.

Unterdessen hat sie aber Lust auf etwas Süßes bekommen.

Seltsame Anwandlung für eine Fleischfresserin wie sie.

Während sie die Karten in einer Reihe hinlegt, überlegt sie, welche Süßspeise sie gleich zubereiten wird: Sie wünscht sich etwas Weißes, Schaumiges, wie Schnee. Sie wird Eiweiß schlagen, wie ihre Mutter, als Ombretta klein war, es löffelweise in kochende Milch mit einem Stück Zitronenschale gleiten lassen. Und diese Inselchen läßt sie dann auf einer hellgelben, mit Vanille aromatisierten Creme schwimmen, wo sie beben wie eine Schmetterlings-Puppe, die von ihren zukünftigen Flügeln träumt.

So dämmert allmählich der Morgen.

Die Neujahrsnacht ist vorüber. Der erste Tag des neuen Jahres.

»Jetzt bleiben nur noch die schwierigsten Teile«, sagt Signora Ombretta Marzo zu ihren drei Katzen, die sich zum Frühstück um den Tisch versammelt haben. »Die Leber zum Beispiel. Ich weiß gar nicht, was ich damit machen soll, Germano konnte sie nicht ausstehen.«

Ginger, der rote Kater, springt auf den Tisch und schnuppert mißtrauisch an dem Gefrierbeutel, der langsam aufzutauen beginnt.

Ombretta setzt ihre Brille auf und streckt die Hand nach dem Zeitschriftenstapel aus, der auf dem Fensterbrett liegt.

»Mal sehen. Vielleicht alla veneziana mit viel Zwiebeln. Oder eine Mousse mit Butter und Mascarpone ...«

Und plötzlich bricht sie angesichts einer grellbunt illustrierten Seite in schallendes Gelächter aus. Sie lacht aus vollem Herzen, es schüttelt sie regelrecht, die Zeitschrift rutscht zu Boden, wo sich Tabasco sofort darauf niederläßt, direkt auf dem Rezept, welches den Titel trägt: »Leberpastete Germano«.